洞窟の中の田園

そして二つの「桃花源記」

門脇廣文著

研 文 出 版

洞窟の中の田園——そして二つの「桃花源記」——

目次

序　文……3

第一部　洞窟の中の田園

第三部　従来の「桃花源記」研究の概要とその問題点

第四部　「外人」の解釈とその問題点

附録 第一部

附録　第二部

洞窟の中の田園——そして二つの「桃花源記」——

序　文

「桃花源記」は高等学校の教科書にもしばしば採用されてきた。高校生が読んでもその内容が理解できるほど平易な文章によって書かれているというのが、その第一の理由であったのだろう。だれもがよく知っている物語であるが、まずここにその全文を載せておきたい。

> 晋の太元中、武陵の人魚を捕ふるを業と為す。渓に縁りて行き、路の遠近を忘る。忽ち桃花の林に逢ふ、岸を夾むこと数百歩、中に雑樹無く、芳草鮮美にして、落英繽紛たり。漁人甚だ之を異しむ。復た前み行きて、其の林を窮めんと欲す。林水源に尽き、便ち一山を得たり。山に小口有り、髣髴として光有るが若し。便ち船を捨てて口従り入る。初め極めて狭く、纔に人を通すのみ。復た行くこと数十歩、豁然として開朗なり。土地は平曠にして、屋舎は儼然たり。良田美池、桑竹の属有り。阡陌交わり通じ、鶏犬相ひ聞こゆ。其の中に往来種作する、男女の衣著は、悉く外人の如し。黄髪垂髫、並びに怡然として自ら楽しむ。漁人を見て乃ち大いに驚き、従りて来たる所を問ふに、具に之に答ふ。便ち要へて家に還り、酒を設け鶏を殺して食を作る。村中此の人有るを聞き、咸な来りて問訊す。自ら云ふに、先世秦時の乱を避け、妻子・邑人を率ゐて、此の絶境に来たり、復た焉より出でず、遂に外人と間隔す、と。今は是れ何世ぞと問ふ。乃ち漢有るを知らず、無論魏晋をや。此の人一一為に具さに聞く所を言ふに、皆な歎惋す。余人各々復た延きて其の家に至り、皆な酒食を出だす。停まること数日にして、辞し去る。此の中の人語げて云ふ

に、外人の為に道ふに足らざるなり、と。既に出で、其の船を得、便ち向の路に扶り、処処に之れを誌す。郡下に及び、太守に詣りて説くこと此の如し。太守即ち人を遣はして其の往くに随ひて、向に誌せし所を尋ねしむるも、遂に迷ひて復た路を得ず。南陽の劉子驥は、高尚の士なり。之を聞き、欣然として往かんと規るも、未だ果さざるに、尋いで病み終りぬ。後 遂に津を問ふ者無し。

晋太元中、武陵人捕魚為業。縁渓行、忘路之遠近。忽逢桃花林、夾岸数百歩、中無雑樹、芳草鮮美、落英繽紛。漁人甚異之。復前行、欲窮其林。林尽水源、便得一山。山有小口、髣髴若有光。便捨船従口入。初極狭、纔通人。復行数十歩、豁然開朗。土地平曠、屋舎儼然。有良田美池、桑竹之属。阡陌交通、鶏犬相聞。其中往来種作、男女衣著、悉如外人。黄髪垂髫、並怡然自楽。見漁人乃大驚、問所従来、具答之。便要還家、設酒殺鶏作食。村中聞有此人、咸来問訊。自云先世避秦時乱、率妻子邑人、来此絶境、不復出焉、遂与外人間隔。問今是何世、乃不知有漢、無論魏晋。此人一一為具言所聞、皆歎惋。余人各復延至其家、皆出酒食。停数日、辞去。此中人語云、不足為外人道也。既出、得其船、便扶向路、処処誌之。及郡下、詣太守説如此。太守即遣人随其往、尋向所誌、遂迷不復得路。南陽劉子驥、高尚士也。聞之、欣然規往、未果、尋病終。後遂無問津者。[1]

漁師が訪れた桃源郷はどこにあったのか。

日本人は古くからトンネルを抜けた向こう側にあると思ってきた。「トンネルを抜けるとそこは雪国であった」[2]ならぬ、「トンネルを抜けるとそこは桃源郷であった」というように……。

しかし、本当はそうではない。桃源郷はトンネルを抜けた向こう側にではなく、トンネルの先に広がった洞窟の中にあったのである。桃源郷は天国のようなところではない。そこには何のことはない普通の田園があり、普通の農民が住んでいるだけだった。桃源郷の田園は洞窟の中にあったのである。

このことは、中国人なら誰でも知っていることであって、おそらく疑問に思うこともない事実なのであろう。なぜなら、彼らは古来そのような世界観の中に生きてきたし、現在も何ほどかそのような世界観に生きていると考えられるからである。ここで言う世界観とはいわゆる「洞天思想」と言われるものである。この「洞天思想」がどういうものであるかについては、本文をお読みいただきたい。

本書全体に通底する一つの基本的な考え方は、桃源郷の田園は洞窟の中にあったということである。すなわち「洞窟の中の田園」ということである。もう一つのそれは、「桃花源記」は実は二つあるということである。

「桃花源記」は二つある。

一つは、あらためて言うまでもなく『陶淵明集』に収められたものである。単に「桃花源記」と言えば普通これを指す。それとは別に、もう一つの「桃花源記」がある。それは『捜神後記』に収められたものである。ただ、この二つの「桃花源記」を区別して論ずることは、専門の研究者においてもほとんどない。たしかに、のちに示すように二つの「桃花源記」はほとんど同じであって相互にそれぞれの異本と見なすことができる。しかし、実は、単に異本として済ましておけない問題がそこから生じてくるのである。なぜなら、「桃花源記」が収められている二つの書、『陶淵明集』と『捜神後記』とが、その性質をまったく異にするものだからである。

『陶淵明集』は陶淵明が創作した作品を収めた作品集である。そこには有名な「飲酒二十首」や「帰園田居」「擬挽歌詩三首」「読山海経十三首」という詩や「五柳先生伝」「自祭文」などの文章が収められている。それらが陶淵明の作った作品であることを前提にしていることは言うまでもない。

一方、『捜神後記』は、ひとまず、陶淵明が蒐集記録し編纂したとされる説話集である。そこには、「形魂離異」という怪異な話や「李仲文女」のような幽霊話、「白水素女」のような伝説、「比邱尼」のような仏教説話などが収められている。これらの説話はもとは民間で語り伝えられていたものであり、陶淵明が新たに作ったものではない。

本当に陶淵明が編纂したものであるのか、それとも後世の誰かが陶淵明に仮託したものであるのかに関わりなく、(3)『捜神後記』という書に収められている以上、そこに収められた一つ一つの説話は基本的に陶淵明の作ったものではないと考えなければならない。したがって、『捜神後記』に収められているものであることを考慮に入れるなら、「桃花源記」もその例外ではなく、民間に伝承されていた数多くの説話の一つであって、陶淵明の作ったものではないということになる。

いま述べたように『陶淵明集』と『捜神後記』は、その性質をまったく異にする書である。そこに収められたものも、当然その性質を異にしているはずである。ひとまずそのように考えることができる。しかし、そうであるにもかかわらず、「桃花源記」は、性質の異なる二種の書『陶淵明集』と『捜神後記』の双方に収められているということである。

そうだとすると、「桃花源記」は陶淵明の創作した作品なのであろうか、それとも陶淵明が作ったものではなく、民間説話を記録しただけのものなのであろうか。

創作か記録か。

これまで「桃花源記」について数多くの研究がなされてきたにもかかわらず、それらの研究は、「桃花源記」

は創作なのか記録なのか、そのことを十分には意識しないでなされていた。そのため、これまでになされてきた議論の多くがうまく噛みあわず、錯綜することとなっているのである。論者が本書全体で「桃花源記」を検討することとなった最初の契機はここにあった。

＊

冒頭に挙げたのは『陶淵明集』に収められたもので、『捜神後記』に収められたものとの間には字句の異同が少なくない。この両者の対照表は第二部の第一章に示してあるので、ご覧いただきたいが、論者はこの字句の異同には重要な意味があると考えている。そのことについては、第二部で論じている。

＊

「桃花源記」については、これまで多種多様な議論がなされてきた。このことの詳細は第三部、第四部をお読みいただきたい。ただ、それは陶淵明の文学がその表面的な平易さとは裏腹に、総体的にかなり込み入っていて複雑であること、そして予想外に深い内容が表現されていることなどにその原因があろう。しかし、より直接的な原因はいま述べたように、この物語「桃花源記」が陶淵明の個人の作品を集めたものである『陶淵明集』に収められているだけでなく、『捜神後記』といういわゆる「志怪」の書にも収められていること、そして、研究者がそのことを十分には理解しないままに論じていたことにある。

のちに述べるように『捜神後記』の作品群の中に「桃花源記」を置いたとき、この物語は、『陶淵明集』の作品群の中に置いたときとは異なった姿をあらわすのだが、このような観点から見て、日本において近年（といっても現在（二〇一六年）ではすでに二十六年も前のことであるが）注目された議論がある。一つは、一九九〇年の『新しい漢文教育』一〇号に記載された「（シンポジウム）『桃花源記』について」というシンポジウムの記録であり、いま一つは、一九九一年に『大東文化大学・漢学会誌』三〇号に掲載された内山知也氏の「「桃花源記」の構造と洞天思想」という論考である。

「（シンポジウム）『桃花源記』について」は全国漢文教育学会月例会での漢文教材についての「シンポジウム」の記録で、このシンポジウムは一九八九年十二月十六日に湯島聖堂で行われた。内山知也、石川忠久、堀江忠道の三氏がパネリストとなり、司会は田部井文雄氏が務めている。ただ、内山氏が提起した問題について論争を行っているのは、内山氏と石川氏の二人であって、堀江氏はこの論争にほとんど関わっていない。また、内山氏と石川氏の論争も、必ずしもうまく嚙み合っているとは言えない。その理由は後に述べる。

シンポジウムと論考において表明された内山氏の主張のなかで注目すべき点は、次の二点である。

(1)「桃花源記」に描かれた世界は「洞天」であると指摘したこと（「桃源郷＝洞天」説と呼んでおきたい）

(2)「桃花源記」は、「完全なフィクション」ではないが、「よるべき説話をいくつか持ってきて組み立てようという構成意欲」によって作られたものと述べたこと

内山氏がここで述べている「洞天」とは次のようなものである。

中国の道教で神仙の住むとされる名山勝境のこと。洞天は、壺中天と同じく、一つの限られた空間の中に全宇宙が存在するという考えから生まれたもののようであるが、同時に、それは地下の霊界とつながりをもっ

た聖なる場としての〈洞窟〉に対する原始的な信仰にも基づくものであろう。この考えが唐代になって整理され、十大洞天、三十六小洞天、七十二福地の名が定められた[6]。

陶淵明が生きた時代、洞窟や壺のような閉鎖された空間には別世界が存在し、そこには神仙、すなわち仙人が住んでいると考えられていたのである。『捜神後記』の冒頭に収められた洞窟探訪説話群の洞窟もそのような洞天であり、それらの作品群の中に含まれているゆえに、漁師が入っていた「桃花源記」の洞窟の中の世界[7]もそうだったということである。

内山氏は、その根拠として二種の資料を挙げている。一つは、いま述べた『捜神後記』冒頭の第二話から第七話までの六篇の洞窟探訪説話で、もう一つは、梁の陶弘景の『真誥』巻十一稽神枢の洞窟に関する多くの説話である。

なお『真誥』は陶淵明より後の時代のものであるが、氏はシンポジウムにおいて「陶弘景の『真誥』にはもっと古い晋の時代の説話もあるようですから、この思想（のちに取り上げる洞天思想のこと――門脇注）は東晋時代には成立していたと思われます」と推測している。

一方、シンポジウムのパネリストの一人であった石川忠久氏も、「桃花源記」は、陶淵明が「歴史の資料としては首をかしげるが、捨てがたいという話し（ママ）を集めた」ものの一つに過ぎないと考えている。陶淵明の創作とは考えていない。そして「歴史家たらんとした」陶淵明には「創作意図はなかった」から、「桃花源記」を「陶淵明の創作意図のもとに書かれたと思って、かってに理想社会にあこがれたとか、当時の社会はどうであったかと言うことはお門違いと思うのです」と述べている。石川氏の批判の対象はおそらく、後に取りあげる「桃花源記」を虚構だとする一海知義氏だと考えられるが、石川氏のこの主張は「桃花源記」を『捜神後記』に収められたものであることを前提にしなければ成り立たない。石川氏は、内山氏と同じく、「桃花源記」を『捜神後記』の中の一篇と見ているからである。

内山氏のもう一つの論考「「桃花源記」の構造と洞天思想」は、内山氏がシンポジウムで発言した内容をより詳細に論じたものである。

これらの議論でもっとも注目されたのは、「桃花源記」に描かれた世界はじつは「洞天」なのだという内山氏の指摘であった。シンポジウムの席で内山氏のこのような発言を聴いた石川氏は、「桃花源記」を『捜神後記』に収められたものであることを前提にして「歴史家たらんとした」陶淵明には「創作意図はなかった」と考えていたにもかかわらず、「桃花源記が壺中の天（洞天のこと――門脇注）であることは、ついぞ考えたこともなかったので、目から鱗の落ちるような思いであ」ったと発言し、率直にその驚きの気持ちを表している。

「桃花源記」に描かれた世界は洞天なのだという内山氏の指摘は、たしかに、日本におけるそれまでの「桃花源記」研究史においては、ほとんど論じられることのなかった盲点であった。しかし、「桃花源記」に描かれた桃源郷はじつは洞天なのだという指摘は、これより七年前の一九八三年にすでになされていた。この指摘を行ったのは三浦國雄氏で、「洞天福地小論」[8]「洞庭湖と洞庭山」[9]という二篇の論考においてそのことを述べている。[10]

ただ、三浦氏の論考は中国における洞天思想の成立と展開について論ずることを目的としたものであり、「桃花源記」そのものを論ずるものではなかった。それゆえ、「桃花源記」と洞天思想との関係について正面から専門的に論じたのは、やはり内山氏の論考が最初のものということになろう。ただ、内山氏は、「この物語（「桃花源記」…門脇注）は「洞天」探訪の説話群からモチーフを借りて構成し直した小説である」としており、その意味では、「「桃源郷」というこの美しき楽園は、陶淵明のアイデアではなく、当時の洞天説の伝承の上に構想されたものだと思う」という三浦氏の所説と大きく異なるところはない。

＊

「桃花源記」は、陶淵明の創作集である『陶淵明集』に収められている一方で、書としての性格がまったく異なる『捜神後記』すなわち民間説話を蒐集記録した書にも収められているという一見矛盾している特徴を有している。このような特徴を有する「桃花源記」をどのように考えれば良いのか、そしていったいどのように読むことができるのか、本書は全体としてそのことについて論ずるものである。記録か創作か。本書は、多くの紙数を費やして複雑に錯綜している従来の論考を整理しているが、それは「記録」としての側面と、それとは矛盾する「創作」としての側面を有する「桃花源記」を、どのように読むことが可能なのかという本書の最終目標の設定をより鮮明に提示するためである。

＊

本書は、四部からなっており、各部は二章に分けられている。

第一部で論ずることの最終目標は、『陶淵明集』の文脈において検討したとき、「桃花源記」はいったいどのような姿を見せるのか、そのことを解明することにある。ただ、「桃花源記」は『捜神後記』にも収められている以上、そのことについて論ずる前に、まず当時の民間において語られていた説話の中の洞窟探訪説話群の文脈に「桃花源記」を置いたとき、それはいったいどのような姿として立ち現れてくるのか、そのことを見ておかなければならない。

第一章では、「桃花源記」とその他の洞窟探訪説話群との間にどのような同一性と差異性が存在しているのか、その点に検討を加えている。

第二章では、第一章での検討を踏まえて、「桃花源記」を『陶淵明集』の文脈において検討したとき、「桃花源記」に描かれた桃源郷は世俗でもあり、また超俗でもあるという両義的な存在であり、一方で同時に世俗でも超俗でもなく、その中間に位置するものであることについて論ずる。

第二部では、『陶淵明集』の中の「桃花源記」と『捜神記』に収められた「桃花源記」の本文の差異に着目したとき、その差異から「桃花源記」はどのようなものとして捉えられるのかということについて論じている。

第一章では「桃花源記」に登場する人物と洞窟探訪説話に登場する人物の物語世界における作用の同一性と差異性について検討し、第二章では「桃花源記」という物語の展開における登場人物の作用からいったいどういうことを読み取ることができるのか、そのことを明らかにしている。

第三部では、「桃花源記」に対する解釈に関するこれまでの議論を整理し、そのうえで、それぞれの問題点を指摘した。第三部で述べることとは、第一部、第二部で述べることの前提となるものである。したがってそれは、第一部、第二部のような論考がなぜ書かれたのかという疑問に対する解答となるものでもある。

第一章「従来の「桃花源記」研究の概要」においては、「桃花源記」に対する最も本質的な問題である「桃花源記」は「記録」なのか、それとも「創作」なのかということを指標として、これまでの「桃花源記」研究史を概観し整理した。なお、「創作」説には、完全な創作と考えるものと、何かをもとにした創作とするという二つの説が含まれている。第二章「従来の「桃花源記」研究の問題点」においては、第一章で検討した六つの説それぞれの問題点について検討している。

第三部では、「桃花源記」に対する解釈に関するこれまでの論説を整理し、そのうえで、それぞれの問題点を指摘したが、そこで保留しておいたことの一つに、「桃花源記」に三度用いられている「外人」ということばの解釈の問題がある。「桃花源記」には「外人」ということばが三度出てくるが、最初の一つを「外国人」あるいは「外界の人」、その他の二つを「桃源郷の外の人」と解するのが良いのか、それとも三つとも「桃源郷の外の人」と解するのが妥当なのかという問題である。この問題は一九五九年に一海知義氏が提起して以来、現在においてもまだ決着がついていない。

第四部では、この「外人」ということばをどのように解釈すべきかという問題についての主張の歴史の概要を整理し、そこにおける問題点を指摘している。まず、第一章では「外人」ということばに対する考え方を整理し、その概要について述べ、第二章においてはそれらの解釈の問題点について検討し、最後に、三つとも「桃源郷の外の人」と解釈しなければならないことを明らかにしている。

なお、本書全体がほぼ完成したのちに川合康三氏の論考[11]と著書[12]が公表されたが、その内容は、本書と深く関わるものである。ただ、そこで述べられている内容はすべて本書で述べた範囲を超えるものではない。したがって、すでにほぼできあがっていた小論の中に組み込むまでにはいたらないものと考える。しかしながら、この二つの論考で述べられたことに対しては、やはり述べておかなければならないことがいくつかある。そこで特に「附論」として独立させて論ずることとした。

さらにその後に「附録」を設け、そこでは本論の第一部、第二部で述べたことの、ある重要な部分の前提となることについて検討している。附録は第一部と第二部の二つの部からなり、それぞれの部は二つの章からなっている。

陶淵明の全詩文中に自己の影法師を意味する「影」およびそれにまつわる表現は従来の詩文の「影」には認められない独自性を有している。それの検討は作品に表現された陶淵明の「こころ」の内実を解明する手がかりになるものと考える。

陶淵明の全作品を通読するとき、相互に矛盾する表現が頻出し、そのため統一がとれておらず、矛盾する内容を多く含んでいて複雑だとの印象を受ける。また、その一方で表現そのものは常に平静さの支配の下にある。それはなぜなのか。そのことを「影」およびそれにまつわる表現を検討することによって明らかにし、陶淵明の「こころ」のあり方の内実を求めようというのが、附録第一部の二篇の論考の目的である。

附録第二部では、陶淵明の「読山海経」第一首の中の「頗迴故人車」の「迴」の理解が日本と中国では異なっていることから、「迴」をどのような方向へ回転することを意味することばとして理解すべきか、そしてそのような表現は陶淵明のどのような「こころ」の有りようが表現されているのかについて検討を加えている。

附録第二部も二章からなり、第一章では、「読山海経」第一首「頗迴故人車」の従来の解釈とその問題点を主として中国での理解と日本での理解に分けて検討している。第二章では、第一章での検討を踏まえたうえで、「読山海経」第一首が表現している境地とはどのようなものであるのかについて述べている。

第一部　洞窟の中の田園

第一部で論ずるのは、『陶淵明集』の文脈において検討したとき、「桃花源記」はいったいどのような姿を見せるのか、そのことを解明することにある。ただ、そのことについて論ずる前に、まず当時の民間において語られていた説話の中の洞窟探訪説話群の文脈に「桃花源記」を置いたとき、それはいったいどのような姿として立ち現れてくるのか、そのことを見ておかなければならない。

第一章では、「桃花源記」とその他の洞窟探訪説話群との間にどのような同一性と差異性が存在しているのか、その点に検討を加える。

第二章では、第一章での検討を踏まえて、「桃花源記」を『陶淵明集』の文脈において検討したとき、「桃花源記」に描かれた桃源郷は世俗でもあり、また超俗でもあるという両義的な存在であり、一方で同時に世俗でも超俗でもなく、その中間に位置するものであることについて論ずる。

第一章　洞窟の中の世界

はじめに

陶淵明の作とされる「桃花源記」は、これまでさまざまに理解されてきたが、「桃花源記」という作品は、陳寅恪氏がいうように政治の混乱を避けて「隠れ里」にかくれるという歴史的事実とも関係していると思われるし、[13]また、高橋稔氏がいうように、[14]その当時民間において伝承されていた「民話」と関係する側面もある。さらには、「桃花源記」は「虚構」だとする一海知義氏の考え方にも説得力がある。[15]（以上のことについては第三部で述べる）

しかし、序文で述べたように、三浦國雄氏が一九八三年の二篇の論考「洞天福地小論」「洞庭湖と洞庭山」において指摘し、一九九一年に内山知也氏が「「桃花源記」の構造と洞天思想」で論じてからは、洞天思想や洞窟探訪説話との関係を抜きにしては、もはや、この物語を読むことはできなくなった。三浦・内山の両氏の論考は、「桃花源記」に「洞天」、あるいは洞窟という要素のあることを指摘し、そのような文脈で「桃花源記」を読むという道を切り拓いた。

三浦氏の論考は洞天思想そのものについて論ずることを目的としたもので、「桃花源記」に言及したところは氏の論考の中のほんのわずかな部分でしかない。しかし、「桃花源記」は「洞天説の換骨奪胎ではあるまいか」との指摘は氏によって初めてなされたものである。[16] たしかにそれへの言及はほんのわずかなものでしかないが、その功績は決してわずかなものではなかった。まずそのことを確認しておきたい。

その三浦氏の論考から八年後（一九九一年）に、本格的に「桃花源記」と洞天思想、あるいは洞窟探訪説話との関係について論じたのが内山氏である。[17] 内山氏の論考の、特に次に示す三つの点は、そのもっとも高く評価すべきところである。

(1) 桃源郷は洞窟のなかの世界であると指摘したこと
(2) その洞窟のなかの世界は、東晋時代の洞天思想を反映しかつ変形したものであると指摘したこと
(3) 「桃花源記」は洞窟探訪の説話群からモチーフを借りて構成し直した小説であると指摘したこと

ただ、(1)と(2)は、三浦氏がすでに指摘していることである。したがって、内山氏の論考のもっとも評価すべき点は、(3)の「桃花源記」は『捜神後記』冒頭の「洞窟探訪」の説話群からモチーフを借りて構成し直した小説だと指摘したことにある。（この指摘の詳細は第三部を参照のこと）内山氏はそのことについて次のように述べている。

①舟に乗って谷川を遡るプロットは第六話に、②道を忘れるプロットは第五話に、③洞口に入るプロットは第一、第二、第三、第六話に、④洞天内の田野の描写は第二、第三、第六話に、⑤洞中の人と約束したのに帰宅の後それを破棄したため再訪が不能になるプロットは第五話に見える。⑥その他六話を通じて洞穴の中は明るいのである。（番号は門脇が修正）[18]

これを整理すると次のようになる。

①　第六話…舟に乗って谷川を遡るプロット
②　第五話…道を忘れるプロット
③　第一話・第二話・第三話・第六話…洞口に入るプロット
④　第二話・第三話・第六話…洞天内の田野の描写
⑤　第五話…洞中の人と約束したのに帰宅の後それを破棄したため再訪が不能になるプロット
⑥　六話全体…洞穴の中は明るい

『捜神後記』冒頭の「洞窟探訪」の説話群[19]は八四～八六頁に示してあるので、そちらをご覧いただきたいが、それぞれの説話にあたって確認してみると、のちに述べるように疑問点がまったくないわけではないけれども、たしかに内山氏が指摘するように「桃花源記」は洞天探訪の説話群からモチーフを借りて構成し直した小説」だということは明らかである。

ただ、内山氏の論考にも問題がなかったわけではない。その問題点でもっとも大きいのは、

(1)　洞窟という一つの共通性で「桃花源記」と洞窟探訪説話群を一括りにするだけだったこと。すなわち「桃花源記」と洞窟探訪説話群との差異に対してほとんど注意を払っていないこと。

(2)　「桃花源記」は、『捜神後記』だけではなく、『陶淵明集』にも入っているというあたりまえのことに対する考察が不十分であったこと。たしかに『捜神後記』の冒頭の洞窟探訪説話群との比較検討はなされているが、『陶淵明集』の他の作品との比較検討がまったくなされていない。

(3)「桃花源記」という作品には、何が表現されているのかという問題について、内山氏自身の解答にくいちがいがあること。

という三点である。

＊

第二部全体の目的は、『陶淵明集』の文脈において検討したとき、「桃花源記」はいったいどのような姿を見せるのかを解明することにある。しかし、その前に、洞窟探訪説話群の文脈に置いたとき、「桃花源記」がいったいどのような姿として立ち現れてくるのか、まずはそのことを検討しておかなければならない。したがって、第一章では「桃花源記」とその他の洞窟探訪説話群との間にどのような「同一性」と「差異性」が存在しているのか、その点に対して検討を加えたい。なお、第三の問題点については、次章に譲り、本章では扱わない。

そこで、具体的に検討するための一つの手だてとして、ひとまず小川環樹氏が「中国の楽園表象」[20]で示した仙郷譚の特徴を規準に採り、その概要を見ておきたい。小川氏が示した規準とは次のようなものである。

(1) 山中または漂着。仙郷の所在は山おくに設定されるものを通例とする。ただし海中の島にあるとし、漂流した人が到達する話もある。
(2) 洞穴。仙郷に到達するまでの途中、洞穴を通りぬけるというすじをもつ話は大へん多い。
(3) 仙薬と食物。仙薬を与えられるか、またはそれ以外の食物をたべること。
(4) 美女および婚姻。仙郷で美女に出あい、婚姻を結ぶこと。

(5) 道術と贈り物。仙郷に行った人が何かの法術を授けられるか、または有形の贈り物を受け取ること。
(6) 勧帰と懐郷。
(7) 時間。仙郷における時間の経過速度を強調することは、かなり多い。
(8) 再帰と不成功。ひとたび人界へ帰りついた人が、仙郷へもう一度もどることができたかどうか。最も多いのは、後日仙郷を求めて目的を達しなかった場合である。

この中で「桃花源記」と共通しているのは、(1)と(2)、そして(8)だけである。その他の五つの点は共通していない。つまり、洞窟にいたるまでの過程、洞窟の入口から洞窟内部に入っていく情況、そして最後に洞窟から出てからのことが共通しているだけなのである。かんじんの洞窟の中のことがらについては、一つとして共通しているものがない。

ただ、厳密に言えば、小川氏が検討の対象としたのは仙郷譚であって洞窟探訪説話ではない。仙郷譚という範疇はより広い範囲を包括するものであり、洞窟探訪説話はその範疇内に含まれるものである。したがって、「桃花源記」の特性を明確にするには、他の洞窟探訪説話との同一性と差異性についてのより詳細な検討が必要であろう。これより以降、小川氏の八つの規準においては洞窟探訪説話と「桃花源記」の両者に共通していないと思われる五つの点について検討を加えたい。その際、「桃花源記」のプロットに従いつつ、さらに、

①異界での登場人物
②食べ物
③勧帰と懐郷

④贈り物
⑤時間的経過
⑥空間的位置
⑦内部空間
⑧異界にいる人物の服装

という八つの基準に分け直して、順次、検討を加えていきたい。

一　異界にいる人物

まずは「異界」に登場する人物についてである。「桃花源記」で、「漁人」が桃源郷に入って最初に出逢う人物については、「其の中に往来し種作する男女の衣著は、悉く外人の如し。黄髪垂髫、並びに怡然として自ら楽しむ（其中往来種作、男女衣著、悉如外人。黄髪垂髫、並怡然自楽）」と記されている。「桃花源記」には桃源郷の住人として、普通の農民とおぼしき「男女」の外に、老人と子どもが登場する。「黄髪」「垂髫」というのがそれである。「黄髪」は「しらがあたま」、「垂髫」は「おさげがみ」のことで、それぞれ老人と子どもを意味している。

一方、洞窟探訪説話にも、老人や子どもの登場するものがある。このことは、両者に共通しているところである。しかし、少し注意深く読んでみると、それぞれに登場する老人と子どもの様子にはかなり異なったところがある。「桃花源記」で「漁人」が見たのは、普通の農民の老人と子どもなのであろう。特にことわりがないからには、そのように判断すべきである。

ところが洞窟探訪説話に登場するのは、普通の老人や子どもではない。老人は「仙人」、子どもは「仙童（神童）」なのである。

(1) 老人

六朝宋の劉敬叔著『異苑』の巻五に次のような説話が収められている。

A　昔人有り。馬に乗りて山行し、遥に岫裏を望む。二老翁有りて、相ひ対して樗蒲す。遂に馬を下りて焉に造り、策を以て地に注ちて之を観る。自ら俄頃なりと謂ふも、其の馬鞭を視れば、摧然として已に爛れり。其の馬を顧り瞻れば、鞍も骸も枯れ朽ちたり。既に還りて家に至れば、復親属無し。一たび慟きて絶す。

昔有人。乗馬山行、遥望岫裏。有二老翁、相対樗蒲。遂下馬造焉、以策注地而観之。自謂俄頃、視其馬鞭、摧然已爛。顧瞻其馬、鞍骸枯朽。既還至家、無復親属。一慟而絶。

ここで「樗蒲」（サイコロばくち）をしているのは「二老翁」すなわち二人の老人である。しかし、普通の老人ではない。ここに「自ら俄頃なりと謂ふも、其の馬鞭を視れば、摧然として已に爛れり。其の馬を顧り瞻れば、鞍も骸も枯れ朽ちたり。既に還りて家に至れば、復親属無し（自謂俄頃、視其馬鞭、摧然已爛。顧瞻其馬、鞍骸枯朽。既還至家、無復親属）」とあるように、またのちに挙げる説話（B）でも分かるように、この「二老翁」はこの世界とは異なった時空に生きる存在、すなわち「仙人」なのである。

また、『捜神後記』巻一には「嵩高山」で始まる説話がある。（30頁の『捜神後記』第一巻の第二話）そこで、「対坐して囲棋」をしている「二人」の人物も「仙人」である。ただ、そこには「老人」とも「仙人」とも記されていない。しかし、最後の方に「仙館」とあることから、対坐して囲棋をしている二人の人物は仙人であることが分かる。その他にも、編纂された時代は唐代まで下るけれども、『酉陽雑俎』前集巻之二に収められた次のような説話がある。

B　衛国県の西南に瓜穴有り。冬夏常に水を出だし、之を望むに練の如し。時に瓜の葉の焉より出づる有り。相ひ伝ふるに、苻秦の時 李班なる者有りて、頗る道術を好む。穴中に入りて行くこと三百歩可りにして、朗然として宮宇有り。牀榻の上に経書有りて、二人の対坐するを見るに、鬚髪 皓白たり。班前みて牀下に拝す。一人顧みて曰く、卿還る可し、宜しく久しく住まること無れ。班 辞して出で、穴口に至るに、瓜数個有り。取らんと欲すれば乃ち化して石と為る。故の道を尋ねて還るを得たり。家に至るに、家人云へらく、班 去りてより来かた已に四十年を経たり、と。

衛国県西南有瓜穴。冬夏常出水、望之如練。時有瓜葉出焉。相伝苻秦時有李班者、頗好道術。入穴中行可三百歩、朗然有宮宇。牀榻上有経書、見二人対坐、鬚髪皓白。班前拝於牀下。一人顧曰、卿可還、無宜久住。班辞出、至穴口、有瓜数個。欲取乃化為石。尋故道得還。至家、家人云、班去来已経四十年矣。

ここに「二人の対坐するを見るに、鬚髪 皓白たり（見二人対坐、鬚髪皓白）」とあるように、「瓜穴」の中に住んでいる二人の人物はまっ白な髪の、おそらくは「仙人」である。しかし、桃源郷に登場する老人は、田園の中で「怡然として自ら楽し」んでいる何の変哲もない、農民の老人なのである。

(2) 子ども

また、桃源郷で老人とともに「怡然として自ら楽し」んでいた「垂髫」（おさげがみ）の人物は、やはり農民の子どもである。ところが、洞窟探訪説話に登場する子どもは農民の子どもではない。なにやら超能力を持った不思議な存在なのである。「石室山」として知られる次の説話を見ていただきたい。『述異記』巻上または『水経注』巻四十に見えるものである。

C　信安郡の石室山、晋の時 王質 木を伐りて至る。童子数人を見るに、棊して歌ふ。質 因りて之を聴く。童子 一物を以て質に与ふ。棗核の如し。質 之を含めば、饑ゑを覚えず。俄頃にして童子謂ひて曰く、何ぞ去らざる。質 起ちて斧を視るに、柯は爛り尽くせり。既に帰れば、復た時人無し。

信安郡石室山、晋時王質伐木至。見童子数人、棊而歌。質因聴之。童子以一物与質。如棗核。質含之、不覚饑。俄頃童子謂曰、何不去。質起視斧、柯爛尽。既帰、無復時人。

ここには「童子 一物を以て質に与ふ。棗核の如し。質 之を含めば、饑ゑを覚えず（童子以一物与質。如棗核。質含之、不覚饑）」とある。「童子」は「王質」に「棗核（なつめのたね）」のようなものを与える。するとお腹が空いたと感じることがなくなったのである。超能力を持っているのは、あるいは「童子」ではなく、「棗核」であるのかも知れない。しかし、そのような不思議な力（パワー）をもった食べ物を見つけて人に与えることなど、農民の子どもには到底できることではない。したがって、ここに出てくる「童子」は、やはり「仙童（神童）」だと考えなければならない。

洋の東西を問わず、老人や子どもが、ある特殊な存在、すなわち「神聖」なる存在だと認識されてきた。このことは、すでに常識であろう。このことについては大室幹雄氏[21]や鎌田東二氏[22]、中野美代子氏[23]が詳細に論じている。

(3) 仙　女（神女）

さらに、老人や子どもの他に、洞窟に住まうもう一種の住人として登場するのは、「仙女（神女）」である。「桃花源記」と同じく、『捜神後記』の冒頭の洞窟探訪説話群に「袁相・根碩」の説話として有名な説話——全文はのちにあげる（J）——がある。この説話には、「一小屋有りて、二女子住みて其の中に在り、年皆に十五六、容色甚だ美しく、青衣を著く。一の名は瑩珠、一の名は□□（有一小屋、二女子住在其中、年皆十五六、容色甚美、著青衣。一名瑩珠、一名□□）」とある。この二人の女性が農民の婦人でないことはあらためていうまでもなかろう。

また、『幽明録』に収められた「劉晨・阮肇」の物語として、これも有名な説話がある。

D　漢明帝、永平五年、剡県の劉晨・阮肇、共に天台山に入りて穀皮を取る。迷ひて返るを得ずして、十三日を経、糧乏しくして尽き、饑餒して殆ど死せんとす。遥に山上を望むに、一桃樹有り。大ひに子実有るも、而も絶巌邃澗にして、永へに登路無し。藤葛を攀縁し、乃ち上に至るを得たり。各々数枚を啖ふに、而して饑止まり体充つ。復た山を下り、杯を持ちて水を取る。盥漱せんと欲するに、蕪菁の葉の山腹従り流出するを見るに、甚だ鮮新なり。復た一杯流出するに、胡麻飯糁有り。相ひ謂ひて曰く、「此れ必ず人径を去ること遠からず」と。便ち共に水に没して、流に逆り行くこと二三里にして、山を度りて、一大渓の辺りに出づるを得たり。二女子有りて、姿質妙絶たり。二人の杯を持ちて出づるを見て、便ち笑ひて曰く、「劉・阮の二郎 向に失ひし所の流杯を捉へて来る」と。晨・肇之を識らざるも、二女便ち其の姓を呼ぶに縁りて、有旧に似たるが如く、乃ち相ひ見て忻喜して、問ふ、「来ること何ぞ晩き」と。因りて邀へて家に還る。其の家 銅瓦の屋にして、南壁及び東壁の下に、各々一大牀有り。皆に絳き羅帳を施し、帳角に鈴を懸く。金銀交錯し、牀頭に各々十侍婢有り。勅ありて云ふ、「劉・阮二郎 山岨を経渉し、向に瓊実を得と雖も、猶ほ尚ほ虚弊なれば、速かに食を作る可し」と。胡麻の飯・山羊の脯・牛肉を食ふに、甚だ甘美なり。食畢はり酒を行ふ。一群女の来たる有り。各々三五桃子を持ち、笑ひて言ふ、汝の壻の来たるを賀す、と。酒 酣にして楽を作す。劉・阮 忻怖 交々并ぶ。暮に至りて、各々をして一帳に就きて宿ら令め、女往きて之に就く。言声清婉にして、人をして憂を忘れ令む。十日の後に至りて、還り去さらんことを求めんと欲す。女云ふ、「君 已に是に来るは、宿福の牽く所なり。何ぞ復た還らんと欲するや」と。遂に停まること半年。気候艸木 是れ春の時、百鳥啼鳴し、更に懐ひて悲思し、帰らんことを求むること甚苦し。女曰く、「君を牽くを罪とす、当に如何す可し」と。遂に前に来る女子呼ぶに、三四十人有り、集会して楽を奏し、共に劉・阮を送り、還る路を指示す。既に出づれば、親旧零落し、邑屋 改異し、相ひ識る無し。問訊して七世の孫を得るに、上世 山に入りて、迷ひて帰るを得ずと伝へ聞く。晋の太元八年に至りて、忽ち復た去りて、何れの所かを知らず。

漢明帝、永平五年、剡県劉晨・阮肇、共入天台山取穀皮。迷不得返、経十三日、糧乏尽、饑餒殆死。遥望山上有一桃樹、大有子実、而絶巌邃澗、永無登路。攀縁藤葛、乃得至上。各啖数枚、而饑止体充。

復下山、持杯取水。欲盥嗽、見蕪菁葉従山腹流出。甚鮮新。復一杯流出、有胡麻飯糝。相謂曰、此必去人径不遠。便共没水、逆流行二三里、得度山、出一大渓辺。有二女子、姿質妙絶。見二人持杯出、便笑曰、劉・阮二郎捉向所失流杯来。晨・肇不識之、縁二女便呼其姓、如似有旧、乃相見忻喜。問来何晩。因邀還家。其家銅瓦屋、南壁及東壁下、各有一大牀。皆施絳羅帳、帳角懸鈴。金銀交錯、牀頭各有十侍婢。勅云、劉・阮二郎経渉山岨、向雖得瓊実、猶尚虚弊、可速作食。食胡麻飯・山羊脯・牛肉、甚甘美。食畢行酒。有一群女来。各持三五桃子、笑而言、賀汝壻来。酒酣作楽。劉・阮忻怖交并。至暮、令各就一帳宿、女往就之。言声清婉、令人忘憂。至十日後、欲求還去。女云、君已来是、宿福所牽。何復欲還耶。遂停半年。気候艸木是春時、百鳥啼鳴、更懐悲思、求帰甚苦。女曰、「罪牽君、当可如何。遂呼前来女子、有三四十人、集会奏楽、共送劉、阮、指示還路。既出、親旧零落、邑屋改異、無相識。問訊得七世孫、伝聞上世入山、迷不得帰。至晋太元八年、忽復去、不知何所。

ここに「二女子有り、姿質妙絶」とある。劉晨と阮肇は半年ほどこの二人の女性と過ごす。その住まいの様子については「其の家 銅瓦の屋にして、南壁及び東壁の下に、各々一大牀有り。皆に絳き羅帳を施し、帳角に鈴を懸けたり。金銀 交錯し、牀頭 各々十侍婢有り（其家銅瓦屋、南壁及東壁下、各有一大牀。皆施絳羅帳、帳角懸鈴。金銀交錯、牀頭各有十侍婢）」とあり、農民の婦人の住まいでないことはあらためて言うまでもない。中野美代子氏はこれは妓楼のことを比喩的に述べているとしている。[24] 論者も、基本的にはその考えに同意する。しかし、表面的には説話の形をとって仙女の館として記されているだけである。したがって、ここではそのまま仙女の館として理解しておきたい。

ただ、この説話は洞窟に入っていったと明確に記されているわけではない。「蕪菁の葉の山腹従(よ)り流出するを見る（見蕪菁葉従山腹流出）」とあり、「便(すなは)ち共に水に没して、流れを逆(さかのぼ)り行くこと二三里、山を度(わた)りて、一大渓の辺(あたり)りに出づるを得たり（便共没水、逆流行二三里、得度山、出一大渓辺）」とあるだけである。あるいは「山腹従(よ)り流出する（従山腹流出）」というのが、山の中腹にある洞窟から流れ出ていたということであり、「水に没して」、その洞窟のなかの「流れを逆(さかのぼ)り」、「行くこと二三里」にして「山」を通りぬけて、大きな渓谷に出た、ということであるかも知れない。最後に「既に出づれば」とあることから考えれば、そのようにも読みうるものと思う。ただ、それは明確ではない。しかし、たとえそうであっても洞窟探訪説話の変型(バージョン)の一つであるとは考えられる。このような変型として仙女の出てくる説話はこの他にも見ることができる。

一方、「桃花源記」には「男女」と表現された普通の農民が登場する。しかし、もちろん仙女（神女）は登場しない。そして、より重要だと思われるのは、洞窟探訪説話には洞窟内の住人として普通の農民が登場することはないということである。

これまで述べてきたことを「表」にすると次のようになる。

【洞窟内の住人】

【洞窟内の住人】	「洞窟探訪説話」	「桃花源記」
老子・子ども	○	○
仙女	○	×
農民の男女	×	○

「老人・子ども」の欄はともに「○」にはなっている。しかし、洞窟探訪説話の老人や子どもは、仙人や仙童（神童）であり、「聖」なる存在である。それに対して、

「桃花源記」の老人や子どもは普通の農民の老人や子どもであって、その内容はまったく異なっている、したがって、この「表」から、桃源郷に住む住人と、洞窟探訪説話の洞窟に住む住人の間に、ほとんど共通性のないことが理解できよう。というより相互に排他的なのではないかと思えるほどに共通性がないのだ。

二　食べ物

小川氏のあげる仙郷譚の特徴の三番目は「仙薬を与えられるか、またはそれ以外の食物をたべること」である。その特徴をもつものに、第一節で少し言及した「嵩高山」から始まる説話がある。

E　嵩高山の北に大穴有りて、其の深さを測る莫し。百姓歳時に游観す。晋の初め、嘗て一人有り。誤ちて穴中に堕つ。同輩其の儻しくは死せざらんことを冀ひ、食を穴中に投ず。墜つる者之を得て、為に穴を尋ねて行く。計ること十余日可りにして、忽然として明を見る。又た草屋有りて、中に二人有りて、対坐して囲棋す。局下に一杯の白き飲有り。墜つる者告ぐるに飢渇を以てするに、棋する者曰く、「此を飲む可し」と。遂に之を飲むに、気力十倍す。棋する者曰く、「汝此に停まらんと欲するや否や」と。墜つる者停まることを願はず。棋する者曰く、「此従り西のかたに行けば、天の井有り、其の中に蛟龍多し。但だ身を投じて井に入れば、自ら当に出づべし。若し餓うれば、井中の物を取りて食へよ」と。墜つる者言の如くし、半年許にして、乃ち蜀中に出づ。洛下に帰りて、張華に問ふに、華曰く、「此れ仙館なり。大夫の飲む所の者は、瓊漿なり。食する所の者は、龍穴の石髄なり」と。

> 嵩高山北有大穴、莫測其深。百姓歳時游観。晋初、嘗有一人。誤堕穴中。同輩冀其儻不死、投食于穴中。墜者得之、為尋穴而行。計可十余日、忽然見明。又有草屋、中有二人、対坐囲棋。局下有一杯白飲。墜者告以飢渇、棋者曰、「可飲此。」遂飲之、気力十倍。棋者曰、「汝欲停此否。」墜者不願停。棋者曰、「従此西行、有天井、其中多蛟龍。但投身入井、自当出。若餓、取井中物食。」墜者如言、半年許、乃出蜀中。帰洛下、問張華、華曰、「此仙館。大夫所飲者、瓊漿也。所食者、龍穴石髄也。」

『捜神後記』冒頭の洞窟探訪説話群の第一説話である。洞窟のなかに落ちた者がそのなかで、囲碁をしている二人の人物を見た。そうしているうちにお腹がすいて、そのことを囲碁をしている者に告げる。すると、ひとりが「白飲」（白い飲み物）をくれた。また、洞窟から脱出するとき、もしお腹がすいたら、井戸のなかの物を取って食べるよう（若餓、取井中物食）に言われ、そのとおりにする。ふるさとに帰って張華に訊いてみると[25]、彼が飲んだものは「瓊漿」（玉の水）、食べた物は「龍穴の石の髄」だったということである。

　また、第一節で引いた「石室山」の説話（C）では、王質が洞窟のなかの童子から与えられたのは「棗核（なつめのたね）」であった。説話によっては、食べる物が「桃の実」の場合（第一節に引いた「劉晨・阮肇」の物語（D）など）もあるし、「仙薬」である場合（同じく「顔含」の説話の「蚺蛇（ぜんだ）の胆」（F）など）もある。いずれにしろ、これらは「聖」なる性質をもったもので、普通の人が普通に食べるものではない。

　一方、「桃花源記」の方はどうか。「酒を設け、鶏を殺して食を作る（設酒、殺鶏作食）」とされている。「酒を設け」、「鶏を殺して食を作る」ことは、あるいは農民にとっては、人をもてなすときや、お祝いのときなど、特別なとき、すなわち「ハレ」のときの食べものであるかも知れない。しかし、特殊な力（パワー）をもった「聖」なる食べものではない。

三　勧帰と懐郷

さて、小川氏によれば、楽園への探訪説話の特徴の一つに「勧帰と懐郷」というのがあるとのことである。「懐郷」とは「故里が恋しくなること」、すなわちホーム・シックに罹ることである。また、楽園の住人に「そろそろお帰りになったら」と、故里に帰るように促されることがある。それが「勧帰」である。

先に見た「瓜穴」の説話（B）では、髪の毛が真っ白な仙人が、「瓜穴」に迷い込んだ李班に向かって「卿還る可し、宜しく久しく住まること無れ（卿可還、無宜久住）」と述べていた。また「石室山」の説話（C）では、石室山に入って囲碁を見ていた王質に対して「童子」が「何ぞ去らざる（何不去）」と言って、故里に帰るよう促していた。その他に、そこに留まりたいと述べるものの、運命としてそれはできないというものもある。そのようなものに、たとえば、『幽明録』の次のような話がある。「洛下」の「洞穴」に落ちる話である。

F　漢の時、洛下に一洞穴有り、其の深さ測らず。一婦人の夫を殺さんと欲する有り。夫に謂ひて曰く、「未だ嘗て此の穴を見ず」と。夫自ら逆へて之を視んとし、穴に至れば、婦遂に推して下すに、多時を経て底に至る。婦 後に於て飯物を擲ち、之を祭らんと欲するが如くす。此の人 当時 顚墜して恍惚たるも、良に久くして乃ち蘇り、飯を得て之を食ふに、気力小しく強し。周皇し路を覓め、仍ほ一穴を得、便ち匍匐して従ひて就く。崎嶇反側して、行くこと数十里にして、穴寛く、亦た微明有り。

遂に寛平にして広遠の地を得たり。歩行すること百余里にして、践む所塵の如きを覚え、而して糠米の香を聞く。之を啖ふに、芬美 饑ゑを充すに過ぐ。即ち裹みて以て糧と為し、穴に縁りて行き此の物を食ふ。既に尽き、復た泥の如き者を過ぎる。味はふに向の塵の似く、復た賚して以て去る。居る所幽遠にして、里数 詳にし難く、□就 明広なり。賚す所を食べ尽し、便ち一都に入る。乳郭 修整、宮館 壮麗にして、台樹房宇、悉く金魄を以て飾と為し、日月無しと雖も、而も明は三光を逾ゆ。人皆な長三丈にして、羽衣を被り、奇楽を奏し、世間の聞く所に非ず。便ち告げて哀を求む。長人 指して前み去か令むれば、命に従ひて前進す。凡そ此の如き者九処を過ぎる。最後に至る所、苦だ饑餒すれば、長人 中庭の一大柏樹を指さす。百囲に近く、下に一羊有り、跪きて羊の鬚を捋ら令む。初め一珠を得るに、長人 之を取り、次に捋るも亦た取る、後に捋るに啖は令むれば、即ち饑ゑを療すを得たり。請ひて九処の名を問ひ、停まりて去らざらんことを求む。答へて曰く、「君 命として停まるを得ず、還りて張華に問へば、当に此間を悉すべし」と。人 便ち穴に随ひて行き、遂に交郡に出づるを得たり。往還すること六七年の間にして、即ち洛に帰る。華に問ひて、得る所の二物を以て之に視す。華云へらく、「塵の如き者は是れ黄河の下の龍の涎なり、泥は是れ昆山の下の泥なり。九処の地は、仙名の九館の大夫なり。羊は痴龍為り、其の初めの一珠は、之を食へば天地と寿を等しうし、次なる者は年を延し。後の者は饑ゑを充すのみ」と。

漢時、洛下有一洞穴、其深不測。有一婦人欲殺夫。謂夫曰、未嘗見此穴。夫自逆視之、至穴、婦遂推下、経多時至底。婦於後擲飯物、如欲祭之。此人当時顛墜恍惚、良久乃蘇、得飯食之、気力小強。周皇覓路、仍得一穴、便匍匐従就。崎嶇反側、行数十里、穴寛、亦有微明。遂得寛平広遠之地。歩行百余里、覚所践如塵、而聞糠米香。啖之、芬美過於充饑。即裏以為糧、縁穴行而食此物。既尽、復過如泥者。味似向塵、復賫以去。所居幽遠、里数難詳、□就明広。食所賫尽、便入一都。乳郭修整、宮館壮麗、台樹房宇、悉以金魄為飾、雖無日月、而明逾三光。人皆長三丈、被羽衣、奏奇楽、非世間所聞。便告求哀。長人指令前去、従命前進。凡過如此者九処。最後所至、苦饑餒、長人指中庭一大柏樹、近百囲、下有一羊、令跪捋羊鬚。初得一珠、長人取之、次捋亦取、後捋令啖、即得療饑。請問九処之名、求停不去。答曰、君命不得停。還問張華、当悉此間。人便随穴而行、遂得出交郡。往還六七年間、即帰洛。問華、以所得二物視之。華云、如塵者是黄河下龍涎、泥是昆山下泥。九処地、仙名九館大夫。羊為痴龍、其初一珠、食之与天地等寿、次者延年。後者充饑而已。

ここには「請ひて九処の名を問ひ、停まりて去らざらんことを求む。答へて曰く、君命として停まるを得ず。還(かへ)りて張華に問へば、当に此間を悉(つく)すべしと（請問九処之名、求停不去。答曰、君命不得停。還問張華、当悉此間）」とある。そこに留まりたいと述べるものの、運命としてそれはできないと、故里に帰るように促されるものである。

また、次節で取りあげる『捜神後記』の「袁相・根碩」の説話（G）では「二人帰らんと思ひ、潜(ひそ)かに帰路を去(ゆ)く（二人思帰、潜去帰路）」と記されている。さらには、第一節で言及した「劉晨・阮肇」の説話（D）では「十日の後に至りて、還らんことを求めて去らんと欲す（至十日後、欲求還去）」とある。しかし、この時は仙女に留められて帰ることができなかった。その後そこで半年過ごしたのち、ふたたび帰りたいとの思いがつのり、「帰らんことを求むること甚苦(はなはだ)し（求帰甚苦）」くなったのである。こちらは「懐郷」である。

ところが、「桃花源記」では、「停まること数日にして、辞し去る（停数日、辞去）」とあるだけである。帰るよう促されることも、故里が恋しくなることも記されていない。そのことについて内山氏は、「なぜ漁人はこんなにも早く帰りたくなるのか。変化に乏しい洞天内の意外な退屈さに飽きたのか、置いて来た妻子を思いだしたのか」[26]と述べる。しかし、少なくともその点については「桃花源記」には何も書かれていない。

四　贈り物

小川氏のあげる「中国の楽園表象」の五番目は「仙郷に行った人が何かの法術を授けられるか、または有形の贈り物を受け取ること」である。そのような説話に、すでに挙げた『捜神後記』冒頭の洞窟探訪説話群の中に「袁相・根碩」の説話がある。

G　会稽の剡県の民、袁相・根碩の二人、猟して深山を経るに、重嶺甚だ多し。一群の山羊六七頭を見て、之を逐ふ。一石橋を経るに、甚だ狭く峻し。羊去り、根等も亦た随ひて渡り、絶崖に向ふ。崖正に赤くして壁立す。名づけて赤城と曰ふ。上に水ありて流れ下る。広狭匹布の如し。剡人之を瀑布と謂ふ。羊径に山穴の門の如きもの有りて、豁然として過ぐ。既に入れば、内は甚だ平敞にして、草木皆な香し。一小屋有りて、二女子其の中に住む。年皆に十五六、容色甚だ美しく、青衣を著たり。一は瑩珠と名づけ、一は□□と名づく。二人の至るを見て、欣然として云へらく、「早に汝の来るを望む」と。遂に室家と為る。忽ち二女出で行き、云へらく、「復た壻を得る者有り。往きて之を慶す」と。履を絶巌上に曳きて、行くこと琅琅然たり。二人帰らんことを思ひ、潜に帰路を去く。二女還るを追ふも、已に知りて乃ち謂ひて曰く、「自ら去る可し」と。乃ち一腕嚢を以て根等に与へ、語りて曰く、「慎んで開くこと勿れ」と。是に於て乃ち帰る。後出で行くに、家人開きて其の嚢を視たり。嚢は蓮の花の如く、一重去れば、復た一重ありて、五蓋に至る。中に小青鳥有りて飛び去る。根還りて此を知り、悵然たるのみ。後根田中に於て耕し、家常に依りて之に餉るに、田中に在りて動かざるを見る。就きて視るに、但だ殻有るのみ。乃ち蟬脱するなり。

会稽剡県民、袁相根碩二人、猟経深山、重嶺甚多、見一群山羊六七頭、逐之。経一石橋、甚狭而峻。羊去、根等亦随渡、向絶崖。崖正赤、壁立。名曰赤城。上有水流下。広狭如匹布。剡人謂之瀑布。羊径有山穴如門、豁然而過。既入、内甚平敞、草木皆香。有一小屋、二女子住其中。年皆十五六、容色甚美、著青衣。一名瑩珠、一名□□。見二人至、欣然云、「早望汝来。」遂為室家。忽二女出行、云、復有得壻者。往慶之。曳履於絶巌上、行琅琅然。二人思帰、潜去帰路。二女追還、已知乃謂曰、「自可去。」乃以一腕嚢与根等、語曰、「慎勿開也。」於是乃帰。後出行、家人開視其嚢。嚢如蓮花、一重去、復一重、至五蓋。中有小青鳥飛去。根還知此、悵然而已。後根於田中耕、家依常餉之、見在田中不動。就視、但有殻。乃蟬脱也。

そこでは、「乃ち一腕嚢を以て根等に与ふ（乃以一腕嚢与根等）」と記されている。この「腕嚢」は手さげ袋であろう。この贈り物は、「慎しんで開くこと勿かれ（慎勿開也）」と言われたにもかかわらず、根碩が外出しているうちに、奥さん（家人）に開けられてしまう。その中には「青い鳥」がおり、開けたとたんに飛び去ってしまう。一方、袁相と根碩が出逢った美しい女性が着ていたのは「青い衣」であったと記されている。このことから、この「青い鳥」は二人の女性の化身であったと分かるのであるが、それはともかくとして、袁相と根碩は贈り物をもらって故郷に帰ってくるのである。

しかし、「桃花源記」の「漁人」は法術を授けられることも贈り物を受け取ることもなかった。与えられたのは、「外人の為(ため)に道(い)ふに足らざるなり（不足為外人道也）」という、「禁止」の約束をやんわりと迫ることばだけだったのである。

五　時間的経過

洞窟探訪説話のもっとも大きな特徴の一つは、洞窟内部の時間の経過の速度が、洞窟の外の時間の経過速度にくらべて異常なほど速いことである。先に引いた「石室山（王質）」の説話（C）に「質 起(た)ちて斧を視るに、柯は爛(くさ)り尽くせり。既に帰れば、復た時人無し（質起視斧、柯爛尽。既帰、無復時人）」とある。王質は仙童がしている囲碁を眺めていた。しばらくすると（俄頃）仙童が王質に「そろそろ帰ったら」という。そこで王質が立ち上がって持ってきた斧を見てみるとその柄(え)が腐っていた。そして家に帰ってみると、王質と同じ時代の人は一人もいなかったというのである。斧の柄が腐っていたのは、洞窟外から持ち込んだ斧は洞窟外の時間の流れの中にあってどんどん朽ち果てていったことを表している。王質は「俄傾（ほんのしばらく）」だと思っていたが、洞窟外では斧の柄が朽ち果てるほど長い時間が過ぎ去っていた。だから、王質が家に戻ったときには、自分の生きていた時の人はすべて死に果て、だれもいなかったのである。

また、先に「(1) 老人」のところで検討した『異苑』巻五の「樗蒲仙人」の説話（A）に「自ら俄頃なりと謂(おも)

ふも、其の馬鞭を視れば、摧然として已に爛れり。其の馬を顧り瞻れば、鞍も骸も枯れ朽ちたり。既に還りて家に至れば、復親属無し（自謂俄頃、視其馬鞭、摧然已爛。顧瞻其馬、鞍骸枯朽。既還至家、無復親属）」とあるのも、同じである。こちらは馬に乗ってきたのだが、馬の鞭は腐ってしまい、馬の鞍も、もちろん馬そのものも朽ち果てていたのである。

また、葛洪の『神仙伝』巻六の「呂恭」の話では、洞窟内部の時間の経過の速度が「洞窟」の外の時間の経過速度にくらべて異常なほど速いことだけでなく、それがどの程度のものであるかが明確に記されている。

H　呂恭、字は文敬。少くして服食を好む。一奴一婢を将ゐて、大行山中に於て薬を採る。忽ち三人の谷中に在るを見る。恭に問うて曰く、「子は長生を好むか。乃ち勤苦艱険すること是の如きか」と。恭曰く、「実に長生を好むも、而れども良方に遇はず。故に採りて此の薬を服し、微益有らんことを冀ふのみ」と。一人曰、「我が姓は呂、字は分起なり」と。次の一人曰く、「我が姓は孫、字は文陽なり」と。次の一人曰く、「我が姓は王、字は文上なり。三人は皆な太清太和府の仙人なり。時に来りて薬を採り、当に以て新学なる者を成すべし。公は既に我と姓を同じうし、又た字は吾が半支を得たり。此れ是れ公の命当に應に長生たるべきなり。若能く我に随ひて薬を採らば、公に不死の方を語げん」と。恭即ち拝して曰く、「幸有りて仙人に遇ふを得たり。但だ暗塞にして辜多く、教授するに足らざるを恐るるのみ。若し采救せ見るれば、是れ更に生の願ひなり」と。即ち仙人に随ひて去くこと二日、乃ち恭に秘方一通を授け、因りて恭をして去ら遣めて、曰く、「郷里に帰省す可し」と。恭即ち拝辞するに、仙人恭に語げて曰く、「公の来たること二日なるも、人間已に二百年なり」と。恭帰りて家に到るも、但だ空野を見るのみにして、復た子孫無し。乃ち郷里の数世後の人趙輔なる者を見る。遂に呂恭の家は何にか在るかを問ふに、人転々之を怪しみて曰く、「君は何く自り来るか。乃ち此の久遠の人を問ふ。吾先世の呂恭なるもの有ると伝ふるを聞けり。一奴一婢を将ゐて山に入りて薬を采りて、復た帰還せず、以て虎狼の傷る所と為るのみ、今を経ること已に二百余年なり、君何をか問はん。呂恭に後世の孫の呂習なる者有りて、城の東北十里に在りて道士と作り、人多く之に奉事す。推し求むれば得易きのみ」と。恭んで輔の言を承け、往きて習の家に到り、門を叩きて之を呼ぶ。奴出でて問うて曰く、「公は何くより来たる」と。恭曰く、「此れ是れ吾が家なり。我は昔薬を采りて、仙人に随ひて去り、今に至るまで二百余年、今復た帰れり」と。習家を挙げて驚喜し、徒跣して出で、拝して曰く、「仙人来り帰る」と。涕を流して自ら勝ふ能はず。居ること之を久しうして、乃ち神方を以て習に授けて去る。時に習已に年八十、之を服すに、転転として少きに還る。二百歳にして、乃ち山に入りて去る。其の子孫世世此の薬を服し、復た老死すること無く、皆な仙を得たり。

呂恭、字文敬。少好服食。将一奴一婢、於大行山中採薬。忽見三人在谷中。問恭曰、子好長生乎。乃勤苦艱険如是耶。恭曰、実好長生、而不遇良方。故採服此薬、冀有微益耳。一人曰、我姓呂、字分起。次一人曰、我姓孫、字文陽。次一人曰、我姓王、字文上。三人皆太清太和府仙人也。時来採薬、当以成新学者。公既与我同姓、又字得吾半支。此是公命当應長生也。若能随我採薬、語公不死之方。恭即拝曰、有幸得遇仙人。但恐暗塞多辠、不足教授耳。若見采収、是更生之願也。即随仙人去二日、乃授恭秘方一首、因遣恭去、曰、可帰省郷里。恭即拝辞、三人語恭曰、公来二日、人間已二百年矣。恭帰到家、但見空野、無復子孫。乃見郷里数世後人趙輔者。遂問呂恭家何在、人転怪之曰、「君自何来。

乃問此久遠之人、吾聞先世伝有呂恭、将一奴一婢入山采薬、不復帰還、以為虎狼所傷耳、経今已二百余年、君何問乎。呂恭有後世孫呂習者、在城東北十里作道士、人多奉事之、推求易得耳。」恭承輔言、往到習家、叩門而呼之。奴出問曰、「公何来。」恭曰、「此是吾家也。我昔采薬、随仙人去、至今二百余年、今復帰矣。」習挙家驚喜、徒跣而出、拝曰、「仙人来帰。」流涕不能自勝。居久之、乃以神方授習而去。時習已年八十、服之、転転還少、至二百歳。乃入山去。其子孫世世服此薬、無復老死、皆得仙也。

傍点部に「公の来たること二日なるも、人間已に二百年なり（公来二日、人間已二百年矣）」とあるように、「仙界」での一日は「人間」での百年に相当していたのである。そのあとの記載は主人公が二百年後に故郷に戻ったあとの話である。また、唐代に採取されたものなので、あるいは参考としてあげうるに過ぎないものであるかも知れないが、『太平広記』巻二十五の「採薬民」[27]や、先に引いた「瓜穴」という説話（B）など説話においても同じように、その時間経過の速度はこの世界とは桁ちがいに速い。

桃源郷の場合は、もはやいうまでもなかろう。時間経過の速度において、我々の住むこの「人間」といささかのギャップもない。漁人は、桃源郷に入ったときと同じ時間のながれのなかにそのまま帰ってくる。桃源郷に流れる時間は、外部の時間とまったくおなじ速度で流れていたのである。

六　空間的位置

その他に、空間的位置についても普通では考えられないような移動をする説話がある。たとえば、第二節で引いた「嵩高山」の説話（E）では、嵩高山の北にあった「大穴」に落ちた男は、「墜つる者言の如くし、半年許にして、乃ち蜀中に出づ（墜者如言、半年許、乃出蜀中）」とあるように、「半年許りして」、やっと「蜀」の地に出てきたのである。また、第三節で引いた、「洛下」の「洞穴」に突き落とされた男の話（F）においても普通では考えられないような移動をしている。この説話には、「人便ち穴に随ひて行き、遂に交郡に出づるを得たり。往還すること六七年間にして、即ち洛に帰る（人便随穴而行、遂得出交郡。往還六七年間、即帰洛）」とあった。つまり、「交郡」――現在のベトナムのハノイあたりであろう――に出てきたのである。ということは洞窟は「嵩高山」から「蜀」まで、あるいは「洛下」から「交郡」までずっと続いていたということである。そのあたりの事情を、三浦氏は、「洞天福地小論」において次のように述べている。「地中には地脈が縦横に走り、各洞天はそれによってたがいに結びあわされ、さながら各々が独立した地下王国のように観念されていたのである」と。

では、桃源郷の場合はどうか。あらためていうまでもなく、空間的位置においてなんら特殊なことが起こっているわけではない。「漁人」は、桃源郷に入ったときとおなじ空間にそのまま出てくる。そして、そのまま「郡下に及」んで、郡の太守のところにでかけていき、事の仔細を話すのであった。

七　内部空間

ここでは、洞窟の内部空間の特性をとりあげたい。小川氏はあげていないが、これは「桃花源記」の本質にかかわるものである。したがって、「桃花源記」とその他の洞窟探訪説話との比較は欠かすわけにはいかない。

さて、桃源郷の内部の空間は、あらためていうまでもなく田園である。内山氏は、「桃花源記」は洞天探訪の説話群からモチーフを借りて構成しなおした小説であると指摘した。そのことを記した文章に「洞天内の田野の描写は第二、第三、第六話に見える」と述べた部分がある。第二話は、第四節で引いた「袁相・根碩」の説話(G)である。そこには「既に入れば、内は甚(はなは)だ平敞にして、草木皆な香(かんば)し(既入、内甚平敞、草木皆香)」とあり、また、第三話には「良田の数十頃有るを見る(見有良田数十頃)」とある。これらが、それぞれ、「桃花源記」の「土地平曠にして」、「良田美池有り」と共通しているということなのであろう。

しかし、第六話(28)にはそれらしい記述は見当たらない。「穴纔(わずか)に人を容(い)るのみ。行くこと数十歩にして、便ち開けて明朗然たりて、世間に異ならず(穴纔容人。行数十歩、便開明朗然、不異世間)」という表現のことであろうか。しかし、これは狭いトンネルを歩いていくと、ふっと目の前がひらけることを述べたもので、「洞天内の田野の描写」ではない。

そのことよりも重要なのは、第三話全体の内容であろう。ここにそれを示し、検討を加えておきたい。

I　滎陽(けいやう)の人、何を姓とするも、其の名は忘れらる、名聞有るの士なり。荊州辟(め)して別駕と為(な)さんとするも、就かず、隠遯して志を養ふ。常て田舎に至るに、人収穫して場上に在り。忽ち一人有り。長は丈余、蕭疏の単衣に、角巾し、来りて之に詣る。翩翩として其の両手を挙げ、並びに舞ひて来り、何に語げて云へらく、「君會て韶舞を見るや不や。此れ是れ韶舞なり」と。且つ舞ひ且つ去る。何尋ね逐ひ、径ちに一山に向ふ。山に穴有りて、纔に一人を容るのみ。其の人即ち穴に入り、何も亦た之に随ひて入る。初め甚だ急なるも、前めば輒ち間曠なり。便ち人を失ひ、良田数十頃有るを見る。何遂に懇(ママ)作し、以て世業と為す。子孫今に至るも之に頼る。

滎陽人姓何、忘其名、有名聞士也。荊州辟為別駕、不就、隠遯養志。常至田舎、人収穫在場上。忽有一人。長丈余、蕭疏単衣、角巾、来詣之。翩翩挙其両手、並舞而来、語何云、「君會見韶舞不。」「此是韶舞。」且舞且去。何尋逐、径向一山。山有穴、纔容一人。其人即入穴、何亦随之入、初甚急、前輒間曠。便失人、見有良田数十頃。何遂懇(ママ)作、以為世業。子孫至今頼之。

この説話では、洞窟の中に「良田」があり、何某の子々孫々それに頼って生きてきたことが記されている。洞窟内部に「数十頃」の「良田」があり、それを「懇(ママ)作して」、しかも子々孫々、現在に至るまでそれを伝え、それに頼って生活している。このような点で、たしかに桃源郷の内部世界によく似ている。

しかし、大きく異なっているところが二つある。一つは、「桃花源記」のような、契約の締結とその廃棄による再帰の不能という物語構成になっていないことである。いま一つは、内部空間に限定して「桃花源記」が「桃花源記」たるもっとも重要な点をあげるとすれば、それは外界と隔絶していることであろう。だが、はっきりとは記されてはいないけれども、この第三話では、「何」なる人物やその子孫はどうやら常に行き来していたように読み取れる。それは、「以て世業と為す」という表現や「子孫今に至るまで之に頼る（子孫至今頼之）」というところの「頼る」という言い方からそのように受け取られるのである。また、「桃花源記」では、はっきりと「復焉より出でず（不復出焉）」とか、「遂に外人と間隔す（遂与外人間隔）」と述べられているのに対して、この第三話にはそれに相当することがまったく記されていないからである。

とはいえ、この第三話では内部に「良田」があり、それを「墾作して」、子々孫々それを伝えている点で、たしかに桃源郷の内部空間によく似ている。しかし、多くの洞窟探訪説話群においてそのような内部空間を有するものはほとんどない。その意味ではこの第三説話は例外に属すと言ってよい。

その他の洞窟探訪説話における洞窟の内部空間はほとんど「仙界」、あるいは「仙界」に相当する空間である。桃源郷のように普通の農民が平和に暮らしている田園ではない。「桃花源記」に描かれた世界は、洞窟探訪説話群においては、やはり特殊な世界と言わなければならない。

八　異界にいる人物の服装

最初に、桃源郷に住む住人と洞窟探訪説話の洞窟に住む住人について検討し、その間にほとんど共通性のないことを述べた。桃源郷に住む農民と洞窟探訪説話の洞窟に住む住人との間で、もう一つ大いに異なっていることがある。それは、彼らの着ている衣服のことである。洞窟探訪説話の洞窟に住んでいる人物の衣服には特徴的なことがある。それは、そこに住んでいる人物は、きわめて特異な衣服を着ているということである。

さきに引いた「袁相・根碩」の説話（D）の「仙女」は「青い衣」を着ていた。また、次に引く任昉の『述異記』の洞窟探訪説話には、全身「黄色い衣」を着ている人物が出てくる。

J　南康樗都県の西に、江に沿ひて石室有り、夢口穴と名づく。嘗て船人有り、一人の通身黄衣なるに遇ふ。両つの籠の黄瓜を担ひて寄らんことを求む。載ち過ぎりて岸下に至る。此の人盤上に唾し、径に崕に下りて直に石穴の中に入る。船主初め甚だ之を忿る。其の人に石に入るを見、始めて異なるを知り、盤上の唾を視るに、悉く是れ金なり。

南康樗都県西、沿江有石室、名夢口穴。嘗有船人、遇一人通身黄衣。担両籠黄瓜求寄。載過至岸下。此人唾盤上、径下崕直入石穴中。船主初甚忿之。見其人入石、始知異、視盤上唾、悉是金矣。

ここに「嘗て船人有り、一人の通身黄衣なるに遇ふ（嘗有船人、遇一人通身黄衣）」とあるように、「船人」は、「通身黄衣」、すなわち全身黄色い衣の人物に出遭うのである。

また、これは洞窟探訪説話ではないが、『述異記』や『捜神記』に出てくる説話には、「青い鳥」や「蝉」に変身する「青い衣」の「童子」などが登場してくる。ここではその一つを示しておきたい。

K　顔含、字は宏都。次嫂の樊氏、疾に因りて明を失ふ。医人疏方して、蚺蛇の胆を須ふ、と。而して尋に求めて備に至るも、之を得るに由無し。含憂嘆して時を累ぬ。嘗て昼に独り坐すに、忽ち一青衣の童子有りて、年のころ十三四可にして、一青嚢を持して含に授く。含開きて視るに、乃ち蛇の胆なり。童子逡巡して戸を出で、化して青鳥と成り飛び去る。胆を得て薬成り、嫂の病即ち愈ゆ。

顔含、字宏都。次嫂樊氏、因疾失明。医人疏方、須蚺蛇胆、而尋求備至、無由得之。含憂嘆累時。嘗昼独坐、忽有一青衣童子、年可十三四、持一青嚢授含。含開視、乃蛇胆也。童子逡巡出戸、化成青鳥飛去。得胆薬成、嫂病即愈。（『述異記』ないし『捜神記』巻十一）

二番目の兄嫁（次嫂）の病いのために「蚺蛇の胆」を探し求めていた顔含の目の前に現われたのは、「青衣の童子」であった。さらにその人物が顔含に授けたのは「青嚢（青いふくろ）」で、その中に「蚺蛇の胆」が入っていたのである。

さらには、これも洞窟内の住人ではないが、「赭衣」、すなわち赤い衣の童子の登場する説話もある。

L　晋の義熙五年、彭城の劉澄常に鬼を見る。左衛司馬と為るに及び、将軍巣営の廨宇と相ひ接す。澄夜に相ひ就ひて坐語するに、一小児の赭衣なるを見る。手に赤幟を把ちて、団団として芙蓉の花の似し。数日にして、巣大ひに火に遭ふ。

晋義熙五年、彭城劉澄常見鬼。及為左衛司馬、与将軍巣営廨宇相接。澄夜相就坐語、見一小児赭衣、手把赤幟、団団似芙蓉花。数日、巣大遭火。（『幽明録』）

彭城の劉澄はよく「鬼」を見ることがあった。ある夜、将軍と一緒に話していると「赭衣（赤い服）」を着た子どもを見た。その手に「赤幟（赤い旗）」を持っていて、その旗は丸々としていてまるで「芙蓉の花」のようだった。それから数日経ったある日、将軍の家は大火に見舞われたのである。

劉澄が見た不思議な能力をもった子どもは「鬼」だったのであろうが、「赭衣（赤い服）」を着て、「赤幟（赤い旗）」を持っていた。

＊

では、桃源郷に住む住人の服装はどうであろうか。それについての記述は、先に引いた「其の中に往来し種作する、男女の衣著は、悉く外人の如し（其中往来種作、男女衣著、悉如外人。黄髪垂髫、並怡然自楽）」というわずかな記述だけである。この「男女の衣著」を比喩する「外人」ということばについては、周知のように論争のあるところである。しかし、ここの「外人」は、論争のきっかけを作った一海氏の論考や内山氏の論考にいうように、桃源郷の「外の人」と解釈しなければならないと論者は考える。そのことについては、本書の第四部において論じているので、そちらをご覧いただきたい。ここではこれ以上は言及しない。

さて、もし一海氏や内山氏の言うように「外人」が桃源郷の外の人を意味するとすれば、その服装は、たとえ秦の時代の衣服のままであったとしても漁人や農民とおなじような服装であったはずである。少なくとも異界の人物の表徴となっている青い服や黄色い服、あるいは赤い服のような特異な服装ではない。

むすびにかえて

これまで、「桃花源記」と仙郷譚としての洞窟探訪説話との間の共通しない点について、「桃花源記」のプロットの順番にしたがって八つに分け、検討を加えてきた。それをまとめると次に示すような「表」になる。この「表」を見れば、「桃花源記」が、洞窟探訪説話としてはいかに異質であるかが一目で理解できるはずである。

本章の最初に、内山氏の論考のとるべき点を三つあげた。そして、その中でも最も優れた点は「「桃花源記」

【「洞窟探訪説話」と〈桃花源記〉の特徴の比較】

	指標	「洞窟探訪説話」	〈桃花源記〉	
1	異世界の場所	山中（洞窟を通る）	山中（洞窟を通る）	○
2	登場人物	仙人・神童・仙女	普通の農民	×
3	勧帰と懐郷	有	無	×
4	食べ物の差異	特殊な食べ物	農民の普通の食べ物	×
5	贈り物の差異	有	無	×
6	空間的位置	遥か遠方（トンネルで繋がっている）	通常の距離（地続き空間）	×
7	時間的経過	異常の速度	通常の速度	×
8	内部空間	仙郷	田園	×
9	再帰の不成功	不成功	不成功	○

は『洞天』探訪の説話群からモチーフを借りて構成し直した小説であると指摘したこと」だと述べた。しかし、これまでの検討から明らかになったのは次のようなことである。

たしかに洞窟に到るまでの過程、洞窟の入口から洞窟内部に入っていく情況、そして最後に洞窟から出てからのことは共通している。しかし、それは「洞窟探訪」という枠組みにおいて共通しているにすぎず、「桃花源記」の内実に関わるものではない。その内実について言えば、むしろ、まったく共通するところがない。ということである。

内山氏の指摘したことは、実は、その枠組みについてのみ言えることなのである。その枠組みとは、

まず、洞窟のなかに入り、そこでしばらく過ごす。そのあと、ふたたび洞窟から出てく

る。そしてもういちどそこを訪ねようとしたが、他の人に言わないとの約束をやぶったため、二度とそこを訪れることはできなかった。

というものである。そのような枠組みだけがその他の説話と共通しているにすぎない。「桃花源記」の「桃花源記」たる部分すなわち桃源郷のなかにはゆたかな農村があり、そこでは世俗と交渉を絶った農民たちが平和に暮らしているというモチーフは、洞窟探訪説話群には認めることができない。反対に、洞窟探訪説話に共通して認められる洞窟探訪説話としての特徴は、「桃花源記」には認められないのである。

論者は、本章の冒頭において、内山氏の論考の三つの問題点を指摘した。その第一の問題点は、洞窟という一つの共通性で「桃花源記」と洞窟探訪説話群を一つに括るだけであったこと、すなわち「桃花源記」と洞窟探訪説話群との「差異」に対してほとんど注意を払っていないことである。この点については、論者のこれまでの論証によって明白になったものと思う。「桃花源記」に描かれた世界は、洞窟探訪説話群という文脈においてはいかにも特異な世界なのである。

問題点の二つめは、「桃花源記」は、『捜神後記』だけではなく、『陶淵明集』にも入っているというあたりまえのことに対する考察の不十分さであった。すなわち、『捜神後記』の冒頭の洞窟探訪説話群との比較検討はなされているのだが、『陶淵明集』の他の作品との比較検討がまったくなされていないのである。そして、三つめは、「桃花源記」という作品には何が表現されているのかという問題について、内山氏自身の二つの発言にくいちがいがあることである。

この次には、これらの問題について検討を加えなければならない。しかし、それは、次章で述べることとし、ここでは、「桃花源記」が洞窟探訪説話としては如何に異質であるか、そのことをあらためて確認しておきたい。

第二章　「世俗」と「超俗」[32]のあいだに

はじめに

前章で述べたように、内山知也氏が一九九一年に、本格的に「桃花源記」と洞天思想あるいは洞窟探訪説話との関係について論じてから、洞天思想や洞窟探訪説話との関係を抜きにしては、もはやこの物語「桃花源記」を読むことができなくなった。内山氏の論考のもっとも高く評価すべき点が三つあること、しかし、一方で、その論考には三つの問題点があることもすでに指摘した。

評価すべき点は、次の三点である。

(1)　桃源郷は洞窟のなかの世界であると指摘したこと

(2)　その洞窟のなかの世界は、東晋時代の洞天思想を反映しかつ変形したものであると指摘したこと

(3)　「桃花源記」は洞窟探訪の説話群からモチーフを借りて構成し直した小説であると指摘したこと

また、問題点は次の三点である。

(1)洞窟という一つの共通性で「桃花源記」と洞窟探訪説話群を一括りにするだけだったこと。すなわち「桃花源記」と洞窟探訪説話群との差異に対してほとんど注意を払っていないのである。
(2)「桃花源記」は、『捜神後記』だけではなく、『陶淵明集』にも入っているというあたりまえのことに対する考察が不十分であったこと。たしかに『捜神後記』の冒頭の洞窟探訪説話群との比較検討はなされているが、『陶淵明集』の他の作品との比較検討がまったくなされていない。
(3)「桃花源記」という作品には、何が表現されているのかという問題について、内山氏自身の解答にくいちがいがあることである。

(1)と(2)については前章において検討したが、(3)については前章では検討を保留し、検討を加えていない。では、(3)の「くいちがい」とはどういうことであろうか。内山氏は作者の意図について次のように述べている。

（A）作者の意図する所は、洞天の中に五八〇年も外界と隔絶した生活を送っていた避世集団を発見したことの驚異を物語ることにあったといえよう。

その一方で、同じ論考の最後で次のように述べるのである。

（B）結論として、この物語の作者は、俗世と俗欲を離れた隠棲生活にあこがれながらも、その実現は困難であることを語りたかったものと思われる。

この二つの文章に依れば、（A）の「作者の意図する所」は「避世集団を発見したことの驚異を物語ること」であるとし、（B）の「この物語の作者」が「語りたかったもの」は「俗世と俗欲を離れた隠棲生活にあこがれながらも、その実現は困難であること」であると言う。「作者の意図する所」と「語りたかったもの」はともにいわゆる「創作意図」のことであると考えられるが、この両者の創作意図なるものを読む限り、その内容はまったく別のものである。内山氏は、どちらが陶淵明の本当の作者の創作意図だというのであろうか。

作者の創作意図に対する内山氏のこのようなくいちがいは、理由なく生じたものではない。「桃花源記」という物語が置かれた位置の特殊性によるものである。その特殊性とは、「序文」ですでに述べたように、「桃花源記」は、その性質をまったく異にする『捜神後記』と『陶淵明集』の双方に収められているということである。『捜神後記』は、当時民間に流通していた民話を記録したとされる説話を蒐集し記録したものである。一方、『陶淵明集』は陶淵明が創作した作品を収めた作品集である。一方は、記録集であり、もう一方は創作集である。とすれば、この双方に収められている「桃花源記」は記録なのであろうか、それとも創作なのであろうか。もし作者の意図を問題にするとすれば、記録と創作とは相互に相容れない性質のものである。「桃花源記」を記録と捉えるのか、それとも創作と捉えるのか。その捉え方の相違によって、この物語について論ずる者の立場がまったく異なってくる。

作者の意図に対する内山氏のくいちがいは、「桃花源記」を、一方では『捜神後記』すなわち洞窟探訪説話群の文脈で論じていながら、もう一方では、それとは性質をまったく異にする『陶淵明集』の文脈において考えてたところから生じたものである。あらためて言うまでもなく、（A）は、『捜神後記』の文脈での記録者としての意図であり、（B）は『陶淵明集』の文脈での作者としてのそれである。内山氏のくいちがいは、おそらく、「桃花源記」をどの文脈で検討しているかについて、十分には自覚的ではなかったことから生じたものと考えられる。

一　他の洞窟説話との比較検討

内山氏の論考の問題点の第一は他の洞窟探訪説話と「桃花源記」との同一性と差異性についての問題であった。これについてはすでに前章で検討を加えた。ここでは、その結論を確認しておきたい。

前章の冒頭で述べたように、論者はまず、小川環樹氏が示した仙郷譚の八つの特徴を規準に採ったが、そのなかで、「桃花源記」と共通していたのは二つだけで、その他の五つは共通していない。前章では、その五つの点を、①異界での登場人物、②食べ物、③勧帰と懐郷、④贈り物、⑤時間的経過、⑥空間的位置、⑦内部空間、⑧異界にいる人物の服装という八つの部分に分け直して検討を加えた。その結論は前章の最後に示した「表」の通りである。

この「表」を見れば、「桃花源記」が、洞窟探訪説話としてはいかに異質な物語であるかが、すぐにも理解できるだろう。「洞窟探訪」という枠組みはたしかに共通しており、その内容は次のようなものである。

まず、洞窟のなかに入り、そこでしばらく過ごす。そのあと、ふたたび洞窟から出てくる。そしてもういちどそこを訪ねようとしたが、他の人に言わないとの約束をやぶったため、二度とそこを訪れることはできなかった。

そのような枠組みだけがその他の説話と共通しているにすぎないのだ。したがって、内山氏の検討はこの点で不十分であったと言わなければならない。

二　陶淵明の田園詩との比較検討――桃源郷と田園の相似性――

それでは、内山氏の論考における二つめの問題点、『陶淵明集』の他の作品との比較検討がまったくなされていないということについては、どうであろうか。「桃花源記」を『陶淵明集』の田園詩の文脈に置いたとき、桃花源の世界はどのような様相を見せるのであろうか。

桃源郷と陶淵明の描く田園の風景とがよく似ていることはあらためて指摘するまでもなかろう。ただ、「桃花源記」の「詩」の部分を除けば[33]、桃源郷内部の田園風景の描写は、「土地は平曠にして、屋舎 儼然たり。良田・美池、桑竹の属 有り。阡陌 交々通じ、鶏犬 相 聞ゆ（土地平曠、屋舎儼然。有良田美池、桑竹之属。阡陌交通、鶏犬相聞）」というほんのわずかな表現だけである。

それでも、この中のたとえば「土地は平曠」からは、「癸卯歳始春懐古田舎二首」其二の「平疇に遠風 交ひ、良苗も亦た新を懐く（平疇交遠風、良苗亦懐新）」を思い起こさせるし、「屋舎 儼然たり」からは、「読山海経十三首」其一の「孟夏 草木 長じ、屋を繞りて 樹 扶疏たり（孟夏草木長、繞屋樹扶疏）」を連想させる。

また、田園のなかに「桑竹の属」のあることは、「帰園田居五首」其二の「相ひ見て 雑言無く、但だ道ふ 桑麻 長びたりと。桑麻 日々に已に長び、我が土は 日に已に廣し（相見無雑言、但道桑麻長。桑麻日已長、我土日已廣）」や、「帰園田居五首」其四の「井竈 遺れる処有り、桑竹 朽ちたる株を残す（井竈有遺処、桑竹残朽株）」という表現からも読み取ることができる。「阡陌交々通ず」の「阡陌」は、「還旧居」の「阡陌 旧を移さざるに、邑屋 或ひは時に非なり（阡陌不移旧、邑屋或時非）」の「阡陌」と同じ田園の風景である。

さらに、「鶏犬相ひ聞ゆ」からは、「帰園田居五首」其一の「狗は吠ゆ深巷の中、鶏は鳴く桑樹の顚（狗吠深巷中、鶏鳴桑樹顚）」を思い起こさせる。そして、これらがともに『老子』のことばにもとづく表現であることはあらためて言うまでもない。

ともかくも、陶淵明の描く田園と、「桃花源記」に描かれた世界の中の田園とは、その景物においてほとんど異なるところはない。洞窟探訪説話にあるような特別な世界、すなわち仙人や神童、あるいは仙女の住むいわゆる「仙界」ではない。このことはあらためて確認しておいてよいであろう。

三　「世俗」と「超俗」のあいだに

もし、陶淵明の描く田園と桃源郷のそれとが、その景物においてほとんど異なるところがないとすれば、なぜ、わざわざ山中の洞窟の中という特殊な空間のなかに、いかにも日常的でありふれた田園を構想したのであろうか。当時の人々は山中の洞窟には仙人や神童、あるいは仙女の住むという共同幻想の中に生きていたはずなのに、なぜそのような洞窟の中に、我々の住むこの世界すなわち「人間」や「世間」と呼ばれるこの世界のものと変わりない田園を設けたのであろうか。ここに新たな問題が浮かび上がってくるのである。

（一）あらたな問題

なぜ、わざわざ洞窟のなかに田園を構想したのか。それは、普通、次のように考えられている。

実録のような記述の形態を装いながら、それを逆手にとって作者が虚構したフィクションである。…虚構の理想郷ではあるが、作者がこれを虚構した背景には、当時の混乱した動揺の時代を考えねばならない。…当時としてはしいたげられた農民たちが切実に思い描き、また現実に追い求めたユートピアだったのである。（傍点…門脇）

ここに引いたのは、一九九〇年の『新しい漢文教育』に掲載された「（シンポジウム）『桃花源記』について」に引かれた高校教科書の指導書の文章である。これは、言わば、「しいたげられた農民たち」がいる「悲惨な現実」と「理想としての桃花源」の対比という図式である。都留春雄・釜谷武両氏の著書『陶淵明』[34]でも同じように述べられている。

いうまでもなく、それ（桃源郷のこと―補足門脇）は、淵明の脳裏に描かれた理想世界でもある。『山海経』を読んでその中の非現実的世界に遊んだ淵明が、自ら創りあげた非現実の理想の世界が桃花源であり、自らの理想であるがゆえに、二度と発見されてほしくなかったのである。（傍点―門脇）

「悲惨な現実」と「理想としての桃花源」の対比という図式は、いかにも、我々の耳に入りやすい。しかし、なぞの多いこの物語に対しては、あまりにも単純すぎるのではないだろうか。一海知義氏は論考「陶淵明における「虚構」と現実」[35]で次のように述べている。

さて、「桃花源記」を読み了えて、気づくことの一つは、これがきわめて現実的なユートピア物語だ、ということである。「現実的なユートピア」という表現は、一種の形容矛盾である。ユートピア（理想郷）とは、現実的ではないからこそ、現実から超越しているからこそ、ユートピア（理想の世界）なのである。ところが桃源郷は、きわめて現実に密着した、いわば日常生活くさい、ミミッチイ「ユートピア」である。（傍点―門脇）

一海氏が指摘するように、「『桃花源』は、きわめて現実に密着した、いわば日常生活くさい」、なにやら「ミミッチイ『ユートピア』」なのである。「理想郷」や「理想の世界」とはほど遠い。もしそれが理想だとすれば、このような世界のどこが理想なのであろうか。桃源郷の田園の風景や生活が、そのものが彼らの理想でないことはたしかだと思われるのであるが、それでは桃源郷のどういうところが理想の世界なのであろうか。

一方、陶淵明は数多くの田園詩を書いている。しかし、そこに描かれた田園は本当に「悲惨な」ものなのであろうか。そうではない。それは、陶淵明が帰りたいと願い、そこで憩いを感じたところの田園だったはずである。田園詩では、おおむね一種の安らぎの場としての田園が描かれているのである。

「桃花源記」に描かれた世界は、そのような田園とほとんど異なるところはない。にもかかわらず、なぜ「桃花源記」に描かれた世界は「非現実の理想の世界」なのであろうか。さきにあげた「鶏犬相ひ聞ゆ」というのは、普通桃源郷が理想の世界であることを表わす表現だとされている。そのことについて一海氏は次のように述べている。

この「鶏犬相聞」ということばは、古代の哲学書『老子』（第八十章）にほとんどそのまま出てくる。すなわち老子が描く理想郷「小国寡民」（人口がすくない小さな国）は、文明の利器は用いず兵器を使わぬ自給自足の国だが、その末尾にいう、「隣国、相望（あいのぞ）み、鶏犬の声、相聞ゆ。民、老死に至るまで、相往来（あいおうらい）せず。（隣国相望、鶏犬之声相聞。民至老死、不相往来。」」かくて淵明の桃源郷は、老子の「小国寡民」の理想郷とオーバーラップする。[36]（傍点—門脇）

傍点部を見れば分かるように、「鶏犬相ひ聞ゆ」という表現が、桃源郷を理想の世界と解釈する重要な根拠とされているのである。これは一海氏の考え方であるが、その他の理解もおおむねこのようだと言ってよい。

しかし、先に見た「狗は吠ゆ 深巷の中、鶏は鳴く 桑樹の 顚（いただき）（狗吠深巷中、鶏鳴桑樹顚）」というのは、「園田の居に帰る」詩のなかの句である。この詩は、あらためて言うまでもなく田園詩を代表するものである。すなわち、桃源郷を理想の世界と解釈する重要な根拠となっているところの、「小国寡民」で有名な『老子』第八十章のことばにもとづいた「狗は吠ゆ 云々」という表現がいわゆる田園詩の中にあるということなのである。

一方では、「理想としての桃花源」と理解するための根拠となっている表現が「悲惨な現実」であるはずの田園の描写として用いられている。「悲惨な現実」と「理想としての桃花源」の対比という図式は、ここにおいて完全に破綻していると言わなければならない。

もし、「桃花源記」に描かれた世界が、すでに常識となってしまっているように「非現実の理想の世界」であるとすれば、それは、第一に、それが世俗と隔絶していること、第二に、世俗と隔絶していることによって平和な状態が保たれていること、この二つの点によると言うより他ない。

（二）　中間的存在としての漁人と桃源郷

さて、ここで少し別の角度から「桃花源記」を眺めてみたい。「桃花源記」に出てくる漁人、そして桃源郷そ

のもののあり
ようを検討し、「悲惨な現実」と「理想としての桃花源」の対比という図式とは異なった側面から光を当てたいということである。

(1) 中間的存在としての漁人

「桃花源記」の主人公は、言うまでもなく漁人である。その漁人は、世俗に生きる「郡の太守」のような存在でもないし、また、この物語の最後に登場する劉子驥のようないわゆる「高尚の士」でもない。漁人は、一度は桃源郷に入ることができた。しかし、桃源郷から帰って郡の太守に報告し、太守の部下と共にもういちど一緒に行こうとしたところ、二度と行き着くことができなかった。「便ち向の路に扶り、処処に之れを誌す（便扶向路、処処誌之）」とあるように、桃源郷から帰る途中にあちこちに目印を附けてきたにもかかわらず、である。それは、もちろんただ行き着けなかったということだけを意味しているのではない。明らかに桃源郷そのものに「拒否」されたことを意味している。

漁人は、桃源郷の人に「外人の為に道ふに足らざるなり（不足為外人道也）」と、桃源郷のことは桃源郷外の人には言わないようにとやんわりと禁止された（あるいはそのかされた）[37]にもかかわらず、それを守らず、すぐさま世俗の存在である「郡の太守」のところに駆け付けて事の成り行きを報告する。その結果、ふたたび桃源郷を訪れることができなかった。このような経緯から考えて桃源郷によって、あるいはそこの住人である村人たちによって「拒否」されたと判断されるのである。内山氏は「桃花源記」を「契約の締結とその破棄を主題とする小説」としているが、それは以上のようなことがあるからだ。

さらに、この物語の最後は、南陽の劉子驥のような高尚の士が行こうとしてもそれを果たすことができなかっ

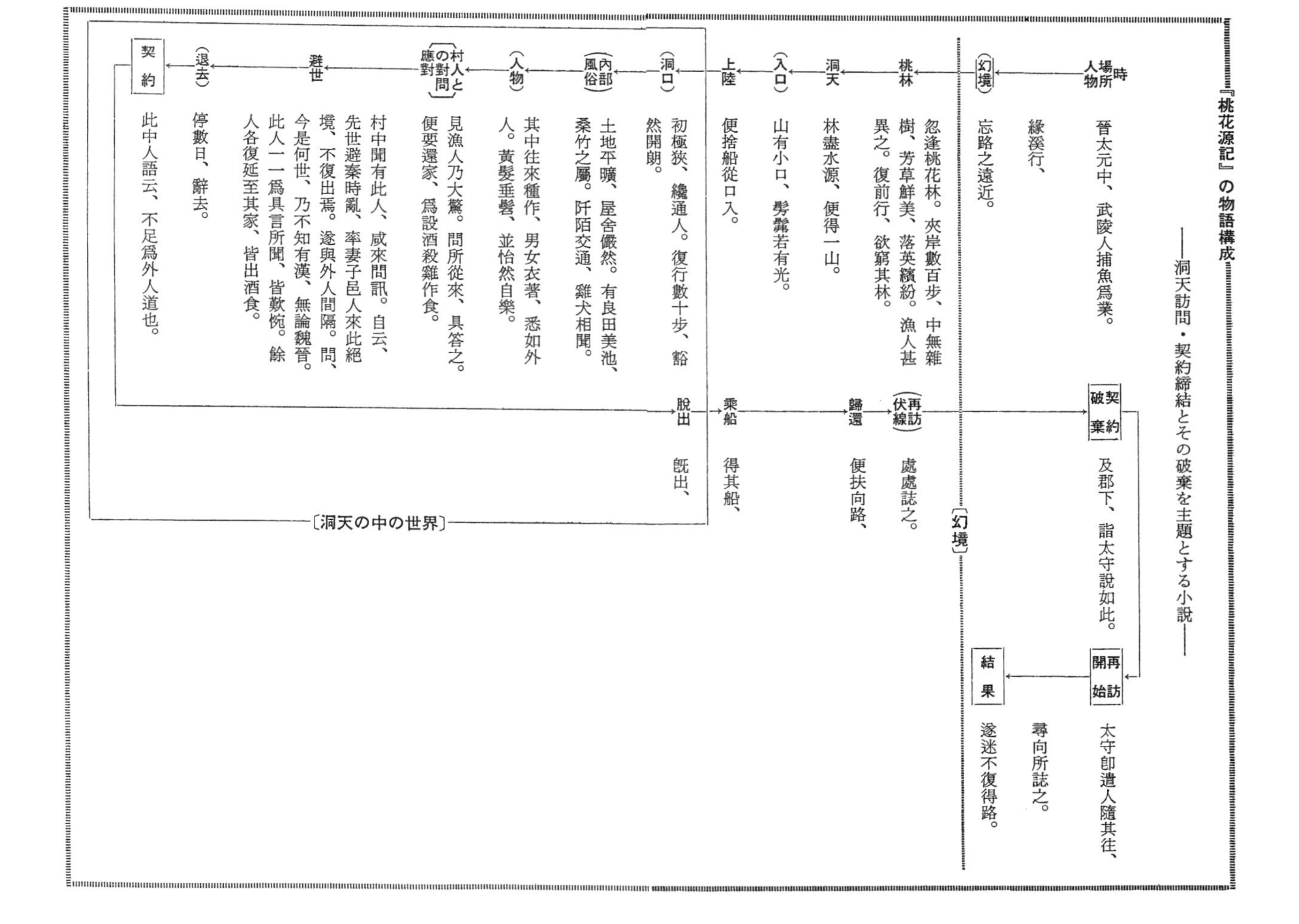
『桃花源記』の物語構成
——洞天訪問・契約締結とその破棄を主題とする小説——
時場所人物
晉太元中、武陵人捕魚爲業。
緣溪行、
（幻境）
忘路之遠近。
桃林
忽逢桃花林。夾岸數百步、中無雜樹、芳草鮮美、落英繽紛。漁人甚異之。復前行、欲窮其林。
洞天
林盡水源、便得一山。
（入口）
山有小口、髣髴若有光。
上陸
便捨船從口入。
（洞口）
初極狹、纔通人。復行數十步、豁然開朗。
（內部風俗）
土地平曠、屋舍儼然。有良田美池、桑竹之屬。阡陌交通、雞犬相聞。
（人物）
其中往來種作、男女衣著、悉如外人。黃髮垂髫、並怡然自樂。
（村人との對問應對）
見漁人乃大驚。問所從來、具答之。便要還家、爲設酒殺雞作食。
村中聞有此人、咸來問訊。自云、先世避秦時亂、率妻子邑人來此絕境、不復出焉。遂與外人間隔。問、今是何世、乃不知有漢、無論魏晉。此人一一爲具言所聞、皆歎惋。餘人各復延至其家、皆出酒食。
避世
（退去）
停數日、辭去。
契約
此中人語云、不足爲外人道也。
脫出
既出、
乘船
得其船、
歸還
便扶向路、
（再訪伏線）
處處誌之。
契約破棄
及郡下、詣太守說如此。
再訪開始
太守卽遣人隨其往、
尋向所誌之。
結果
遂迷不復得路。
〔洞天の中の世界〕
〔幻境〕

たとなっているが、劉子驥が桃源郷に行けなかったのは、ひとまずは「尋いで病みて終る（尋病終）」とあるように病気になったからということになっている。しかしこのことはそれだけのことを意味しているのではない。それだけでは物語を構成することにはならない。つまり、それでは劉子驥は病気にならなかったら桃源郷に入って行けたのかということである。もし入っていけたらその後の物語の展開はどうなっていたのであろうか。

それについては、もちろん何も書かれてはいない。我々の目の前にあるのは、「南陽の劉子驥は、高尚の士なり。之を聞き、欣然として往かんと規るも、未だ果さざるに、尋いで病み終りぬ。後遂に津を問ふ者無し（南陽劉子驥、高尚士也。聞之、欣然規往、未果、尋病終。後遂無問津者）」という簡単な記述だけなのである。しかし、この言わば何とも曖昧で呆気ない結末は、そのように意図された曖昧さ呆気なさではないか。なぜなら、このような結末は「桃花源記」という物語全体にとってあまりにも無意味であるからだ。劉子驥のエピソードがなぜ最後に附加されたのか、その意図が見えない。

おそらく、そのような理由から、内山氏は、「「桃花源記」の物語構成」という図[38]において、劉子驥のことを述べたこの一段を省略しているのである。そして、「現在の「桃花源記」の末尾に付記されている（中略）二十六字は『捜神後記』の例の第五話が誤って混入したものと思われる」と述べて、この一段は、後世の人があとから附け加えたと考えているのである。

たしかに、『捜神後記』における説話としての「桃花源記」の立場に立てば、この段落は、「桃花源記」の最後に添えられただけのものに過ぎない、そのように感じられる。しかし、論者の見解では、一見したところ無意味にしか見えない劉子驥のエピソード、そしてなんとも曖昧で呆気ないその結末は、陶淵明自身によって意識的に附けくわえられたものと考えなくてはならないと思う。いや、そのような態度で読まないかぎり、「桃花源記」

の全体が見えてこない。なぜなら「桃花源記」はこの部分も含めて「桃花源記」であり、そのような「桃花源記」が現に我々の目の前に厳然とあるからだ。

劉子驥の一段はこれまで不当に軽く見られていたのではないか。まるで有っても無くてもいい部分であるかのように。しかし、この部分が有るか無いかでは、後の述べるように、「桃花源記」という物語が我々に呈示してくるその姿に看過できない差異がある。

さてでは、この物語「桃花源記」の主人公である漁人とはどのような人物なのであろうか。漁人は太守あるいは太守の手下のような世俗にある俗人でもないし、劉子驥のような世俗から離れた高尚の士でもない。劉子驥は一種の隠者であるが、その人物像の詳細については第四部の第二章で論ずることとし、ここでは、高尚の士が隠者であることだけを確認しておきたい。

俗人である太守に対して隠者としての劉子驥という二項対立の図式を想定すれば、漁人はそのどちらでもない。言わば、その中間に位置する存在である。世俗の存在である太守と世俗を拒否して超俗なる存在となっている隠者との中間に位置しているのである。そのことを図式化すると次のようになる。

【図式A】

[太守]	――――	[漁人]	――――	[劉子驥]
[俗人]	――――	[半俗人・半隠者]	――――	[隠者]

先ほど、劉子驥について述べた一段は、意識的に附け加えられたものと考えなくてはならないと述べた。『捜

神後記』の桃源説話の文章と『陶淵明集』の「桃花源記」の文章とを比較したとき、この両者の最も大きい差異は、先に述べたように劉子驥についてのエピソードの部分が有るか無いかということである。もし、このエピソードがなければ、漁人という存在の中間性という特徴は生じない。なぜなら、「俗人（太守）」対「隠者（劉子驥）」という二項対立がなければ中間性ということ自体が生じないからである。

したがって、『陶淵明集』における「桃花源記」の立場から見れば、この部分は不可欠なものであり、有っても無くてもいいというようなものではない。その点から言っても、劉子驥についてのエピソードの部分を省略してしまった内山氏の「「桃花源記」の物語構成」という図は、やはり不備であると言わざるをえないし、そのように不備であることが、逆に内山氏の「桃花源記」理解の不十分さを表わしているのである。

いま一つ確認しておかなければならないのは、桃源郷に住んでいる農民の位置である。桃源郷の農民はもちろん世俗の存在ではない。山中の洞窟に住んでいるからには隠者と同じ存在であることになる。しかし、さきに述べた洞窟探訪説話との関係において見るなら、桃源郷の農民は隠者と同じ存在ではない。なぜなら洞窟探訪説話における洞窟の住人はすべて仙人、仙童、仙女であるからだ。この両者は、その住んでいる場所の次元が異なっているのである。桃源郷の農民はあくまで我々普通の人間が住む空間と時間の中に住んでおり、洞窟探訪説話の洞窟の住人のように仙界に住んでいるのではない。

すなわち、この農民も、その存在の本質において世俗の存在でも山中の仙界の存在でもないのである。言わばその中間に位置する存在なのだ。そのことを先の図式と同じく図式化すると次のようになる。

【図式B】

［太守］――［桃源郷の農民］――［仙人］

その意味で、桃源郷の農民は漁人と、いや正確に言えば、太守と通ずるまえの漁人と同じ存在、すなわち中間に位置する存在なのである。

(2)　中間的存在としての桃源郷

さて、このように見てくると、「桃花源記」の主人公である漁人や桃源郷の住人である農民と同じく、この物語の中心的な舞台である「桃花源記」に描かれた世界そのものも中間的な存在と言えそうである。桃源郷そのものは山水のなかの洞窟のなかに存在している。たしかに、その地理的な位置という外面的な側面において言うとすれば、山水の中にある隠者や仙人の住処と同じだと言うことができる。

すなわち、上に示す図【都市・田園・山水の模式図】の通り、まず、俗人が住む、世界の中心としての都市がある。そして、その周囲に広がり農民の住む田園がある。さらに、そのような中間地帯を経てその先に位置し、隠者の棲息する言わば世界の境界としての山水がある。桃源郷はそのような世界図の山水に位置している。

【都市・田園・山水の模式図】

都市

田園

山水

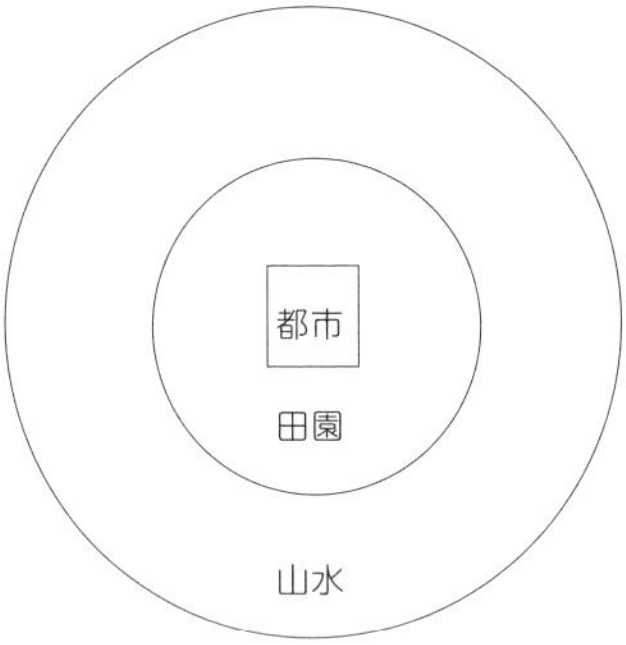

また、前の【図式A】【図式B】に倣って示すとすれば、次のようになる。

〔都市〕――――〔田園〕――――〔山水〕（桃源郷）

【図式C】（「桃花源記」における桃源郷の地理的位置）

そして、多くの洞窟探訪説話に出てくる囲碁や樗蒲をする仙人、あるいは神童の住処は仙界であり、この世界と地つづきの空間ではない。言わば、時空を超越した世界である。やはりそれを図式化すると次のようになる。

〔都市〕――――〔田園〕――――〔山水〕（仙界）

【図式D】（洞窟探訪説話における洞窟の地理的位置）

一方、桃源郷という洞窟の内部空間には何の変哲もない平和な田園が広がっているだけであった。そこに住んでいるのも普通の農民である。つまり、桃源郷の内部世界は田園と同じなのである。

〔田園〕＝〔桃源郷〕

【図式E】

地理的な関係からみれば「桃花源記」に描かれた世界は、多くの洞窟探訪説話に記されているように山水に存在している仙界と同じである。それゆえ、これまで「桃花源記」は仙郷譚の一つとして論ぜられることも多かった。

その意味では、洞天思想や洞窟探訪説話との関係で「桃花源記」を捉えた三浦氏や内山氏の論考も、数多くのそのような論述の一つであると言ってよいであろう。

しかし、桃源郷の内部世界という、その本質的な側面に焦点をあててみると、桃源郷は田園と同じ位相に存在していると言わなければならない。つまり、その本質的特徴として田園である「桃花源記」に描かれた世界は、その内部世界の本質としては実は都市と仙界の中間に位置しているということである。同じく図式化すると次の図のようになる。

[都市]――――[田園]――――[山水]（仙界）

＝

[都市]――――[桃源郷]――――[山水]（仙界）

【図式F】（内部世界の本質としての位置関係）

桃源郷は山水にある洞窟として想定されていた。しかし、その実態としては都市と山水の中間にある田園と同じなのである。そして、そこにこそ「桃花源記」に描かれた世界が理想郷としての桃源郷である理由があるのである。「桃花源記」に描かれた世界は多くの洞窟探訪説話に見える洞窟空間とは異なっているのである。

すでに述べたように、普通は自らが住まいとする田園を山中の洞窟に持っていき、そこに現実では達成されない理想の世界としての田園を創りあげたと考えられている。しかし、それが理想の世界であるのは、外界と隔絶していて外界の政治的な、あるいは軍事的な影響を被らないからであって、一海氏が言うように桃源郷内部の農村そのものが、その当時では考えられないような理想的な世界であったからではない。そこに描かれているのは、ごくあたりまえの普通の田園でしかないのである。

（三）閉鎖空間・開放空間としての桃源郷と田園

いま、桃源郷が理想の世界であるのは、外界と隔絶しているからだ、と述べた。しかし、桃源郷は本当に外界と隔絶しているのであろうか。もちろんそうではない。桃源郷の特徴は、まずは閉鎖された空間として存在している。それはたしかである。しかし、完全に閉ざされているわけではない。完全に閉ざされていれば、劉子驥だけでなく、漁人も入って行けなかったはずである。あらためて言うまでもなく、桃源郷は狭いトンネルによって外部と通じていたのである。一般的な洞窟あるいは洞天がそうであるように、桃源郷は閉ざされつつ同時に開いている、そのような空間なのである。両義的空間と言える。

それは、なにも桃源郷だけではない。実は、陶淵明がその作品の中で創りあげた象徴的空間として頻出するものなのである。松田伸子氏は論考「中隠の住まい―陶淵明の住環境をめぐる表現を中心に―」(39)において、陶淵明の住環境をめぐる表現を分析して次のように結論している。

> ともあれ、それほどまでに「暮らし」をいとおしんだ詩人陶淵明の描く住まいは、閉鎖性と解(ママ)放性のバランスのとれた――しかも様々な情況に応じて常に新たなバランスを見いだしてゆくだけの柔軟性を持ったしなやかな住空間である……（傍点―論者）

松田氏は、陶淵明の作品に見える「廬」や「家」「庭」などの様相を分析して、陶淵明の描く住まいについてこのような結論に達している。陶淵明の描く自身の住まいは閉鎖されつつ開放されているのである。

ここでは「山海経を読む 十三首」の第一首を例に取り、陶淵明の住空間に対して論者なりの検討を加えたい。「山海経を読む」の第一首の舞台となった世界はどのような住空間なのであろうか。

1　孟夏草木長　　孟夏　草木 長じ
2　繞屋樹扶疏　　屋を繞（めぐ）りて　樹々扶疏たり
3　衆鳥欣有托　　衆鳥は 托する有るを欣（よろこ）び
4　吾亦愛吾廬　　吾も亦た吾が廬を愛す

まず、中央に「吾が廬」がある。そして、そのまわりには庭があり、そこでは「草木」が「長じ」ている。さらには「屋を繞りて 樹 扶疏たり」とあるように、その周りをぐるりと「樹」、すなわち樹木が取りまき、その樹木はふさふさ（扶疏）と葉を生い茂らせているのである。そして、「衆鳥は托する有るを欣」んで、それらの葉を生い茂らせている木々のなかで鳴いている。その中心にいる人物も自分（吾）の「廬」をことのほか気に入って（愛して）おり、ゆったりと寛いでいる。

ここで「**吾**も亦 **吾**が廬を愛す」と「吾」という字が一句のなかに二度使われていることは、自らの「廬」に対する思いを表現しているものとして注意しておいてよい。

では、その中に住まう住人は、どのような生活を送っているのであろうか。

5　既耕亦已種　　既に耕し 亦た已（すで）に種（う）え

6　時還読我書　時に還りて 我が書を読む
7　窮巷隔深轍　窮巷　深轍を隔て
8　頗回故人車　頗る故人の車を回らしむ
9　歓言酌春酒　歓言して春酒を酌み
10　摘我園中蔬　我が園中の蔬を摘む

田畑を「耕」し、あるいは穀物の苗を「種」え、「時」あれば「吾が廬」に「還」って「我が書」を「読む」のである。そして「我が園中」に育った「蔬（野菜）」を「摘」み、「歓言して（よろこんで）」「春」に醸した「酒を酌み」、その中で自足しているのだ。そうしていると……、

11　微雨従東来　微雨 東従り来り
12　好風与之倶　好風 之と倶にす
13　泛覧周王伝　周王の伝を泛覧し
14　流観山海図　山海の図を流観す
15　俯仰終宇宙　俯仰に 宇宙を終くす
16　不楽復何如　楽しからずして 復た何如

「微雨（きりさめ）」が「東従り来り」、「好風（すずしいかぜ）」がそれとともに吹いてくる。そのような折りに、『穆天子伝』や『山海経図』、あるいは『山海経』そのものをザッと眺めるように読む。するとその意識は「俯仰

に（アッと言うまに）」「宇宙」を一巡りして、現実の時空を超えて行くのである。

ここに描かれているのは、次のような空間である。「吾」のいる「廬」を中心として、「庭」がその周りを取り巻いている。そして、葉を生い茂らせた「樹」が外部から遮断するように、さらにその周りを同心円に取り巻いている、そのような空間である。一種の閉鎖された空間として構成されていると言うことができる。

しかし、この空間は、完全に閉鎖されているわけではない。それは、開放されてもいるのである。なぜなら、狭いながらも路地を経由して大通りに通じているからだ。この詩で陶淵明が描いた住まいは閉鎖されつつ開放されている。それを図式化すると、上のようなものになる。

【「山海経を読む 十三首」の第一首に描かれた住空間の図式】

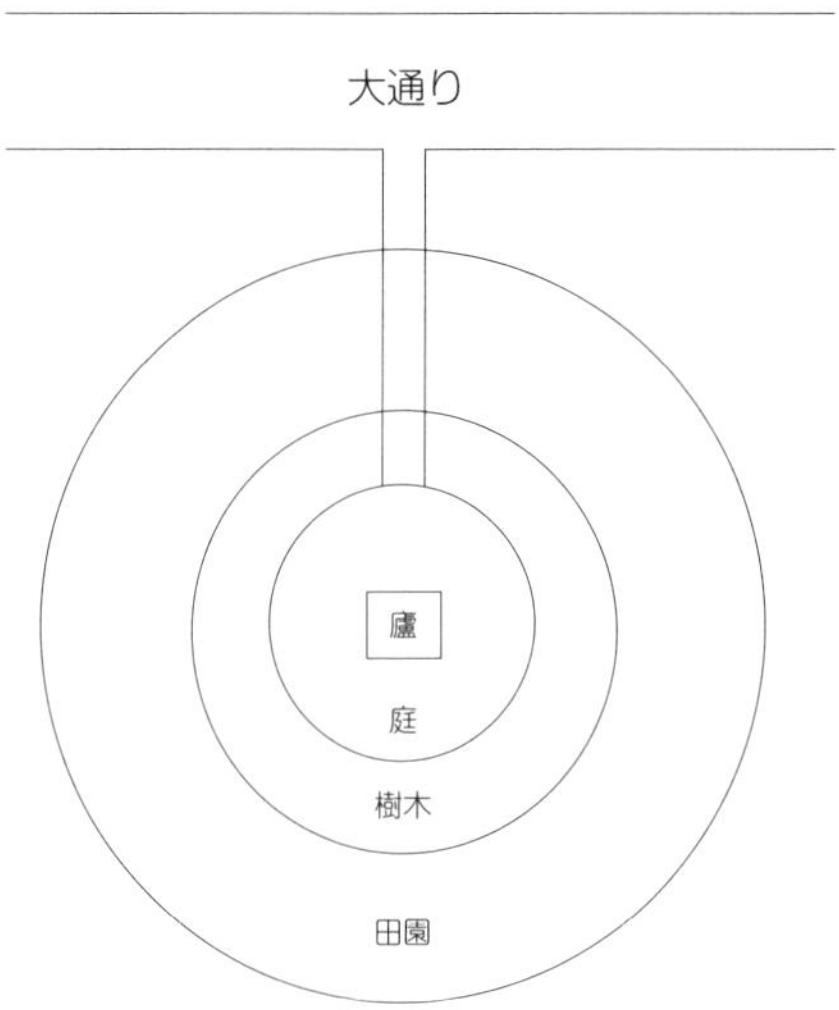

大通り
廬
庭
樹木
田園

これは、もちろん洞窟そのものではない。しかし、その形態は「桃花源記」に描かれた世界そのままではないだろうか。大通りから「窮巷」（狭い路地）へと入っていく。すると、その先に主人公の住まいがある。そしてそこは、「頗る故人の車を回らしむ（頗回故人車）」とあるように、外部からの侵入を拒否するものとして設けられているのである。大通りから住まいにいたるまでの、この「狭い路地（窮巷）」は、桃源郷の「桃花の林」や狭い入口から桃源郷までのトンネルと同じように、自己の世界に入り込んで来る者を峻別し濾過するためのフィルターとしての役割を果たしているものと考えられる。

なお、「頗る故人の車を回らしむ（頗回故人車）」の解釈については、日本では、釈清潭[40]以来、おおむね、「故人」がわざわざ車の向きをかえてやってきてくれると解釈されてきた[41]。しかし、中国では、普通、車の向きを変えて帰っていくと解釈されている。おそらく、その方が正しい。「回車」の解釈の詳細、および「山海経を読む」の第一首の詩的世界の内実については、附録二の二章をお読みいただきたい。

（四）「世俗」と「超俗」のあいだに

「桃花源記」は、洞窟探訪説話の枠組みを借りてなされた物語である。その枠組みとは、洞窟に入り、そこでしばらく過ごす。そのあと再び洞窟から出てくる。そしてもう一度そこを訪ねようとしたが、外の人に言わないとの約束を破ったため、二度とそこを訪れることはできなかった、というものである。

　しかし、洞窟探訪説話という新たな文脈のなかで見えてきたものは、むしろ他の多くの説話との異質性である。そしていわゆる田園詩という文脈に置いたとき、洞窟探訪説話の世界よりも、陶淵明が田園詩で描いた田園の景物、さらにはその住まいの構造と重なってくるのである。

　おそらく、陶淵明の構想した桃源郷は現実では実現できない理想の世界などではない。それは陶淵明の描いた田園そのものだった。洞窟探訪説話の枠組みを借りてなされているので、そうであるとは直ぐに悟ることができるようにはなってはいないけれども、陶淵明は自らの描く田園こそが桃源郷だと述べているのである。いや、すぐに悟ることができないようになっているからこそ、さまざまに解釈されてきたのである。また、もし陶淵明に創作意図といったものがあったとするなら、そのように悟りにくくしているところにこそ、陶淵明の思いが込められていると言いうるのではあるまいか。

陶淵明の思いについてはひとまずおくとして、「桃花源記」に描かれた桃源郷は、そのなかに住まう農民はもちろんであるが、世俗と通ずる前の漁人のような存在を拒否することはない。しかし、いったん世俗と通じた者に対しては、その侵入を拒否する。もともと世俗の人間である者、たとえば太守やその手下の役人に対しては言うまでもない。それだけでなく、その当時の高尚の士すなわち隠者たちに対しても、一種の拒否の姿勢を示しているのである。

　陶淵明の描いた田園あるいはそこでの住まいは、先に述べたように中間的で両義的な世界であった。桃源郷もそれと同じく中間的で両義的な世界である。すなわち、「桃花源記」に描かれた世界は陶淵明が隠棲した田園を陶淵明自身がそのまま説話の形で表現したものなのではないか。そして、そこで表現されているのは、世俗を拒否する姿勢はもちろんであるが、おそらくそれだけではない。それと同時に示されているのは、超俗をも潔しとはしない姿勢ではないか。それはそのまま、世俗でもなく超俗でもないところ、すなわち世俗と超俗の間において自足せんとする陶淵明の心の姿勢を表わしているのではないだろうか。これまでの論証の結果、論者はそのように考える。

　別の言い方をすれば、仕官と隠遁という二項対立の図式そのものを無化してしまう次元に位置せんとしているということではないかということである。隠遁とは、仕官を拒否し世俗から「隠」れ、それから「遁」れることを意味している。たしかにそうではあるのだが、その位置するところは仕官するか仕官しないかというレベルにおけるものでしかない。すなわち隠遁は反仕官でしかないのである。そのような意味では、仕官と隠遁は同じレベルにおける二つ項の対立関係でしかない。しかし、「桃花源記」に示されているのは、そのような二項対立そのものから遁れて、非仕官かつ非隠遁の立場に立たんとする陶淵明の精神のありようそのものではなかったか。

論者が言う世俗と超俗のあいだにおいて自足せんとする陶淵明の心の姿勢というのはそのようなことである。そして、「桃花源記」は、そのような二項対立から逃れてこそ人は真の精神の自由を獲得することができるのだということを表現しているのではないだろうか。

そんなことはあり得ない。その当時の現実は農村を圧迫し、農村は悲劇的な状況であった。決して桃源郷のような平和な農村ではなかった。読者の中にはそのような批判もあるものと思う。たしかに「桃花源記」には、桃源郷の住人のことばとして「先世 秦時の乱を避け、妻子邑人を率ゐて此の絶境に来る（先世避秦時乱、率妻子邑人、来此絶境）」と述べられている。陶淵明が生きた現実の農村は、やはり政治や戦争の嵐にさらされていたのであろう。

しかし、陶淵明は次のように詠んだ詩人でもあるのだ。

結廬在人境　　廬を結びて人境に在り
而無車馬喧　　而も車馬の喧しき無し
問君何能爾　　君に問ふ 何ぞ能く爾るや、と
心遠地自偏　　心 遠ければ 地 自ら偏なり

そのことを思い起こしたい。「心 遠ければ 地 自ら偏なり（心遠地自偏）」なのである。

むすびにかえて

これまで、「桃花源記」の世界について、その様相の分析を通して検討を加え、論者なりの結論を導き出した。しかし、まだいくつかの問題が残されている。その中でもっとも大きいものは次の二つであろう。

第一は、「桃花源記」と「桃花源詩」との関係である。内山氏は、「物語と詩の内容は必ずしも一致していない」ので、「詩の立場から物語を解釈することは、物語を歪曲してしまう」と述べている。しかし、本当にそうであろうか。やはり、これは両者の同質性と差異性の両面から検討する必要があるのではないか。論者は、川合康三氏が「「詩」（「桃花源詩」のこと―補足門脇）はほとんど「記」（「桃花源記」のこと―補足門脇）をなぞって書かれ、大きく齟齬する所はない」[42]といっているが、同じように考えている。この点については、第四部の第二章において検討したので、そちらをご覧いただきたい。

第二は、『陶淵明集』と『捜神後記』との関係である。「桃花源記」は、『陶淵明集』と『捜神後記』の双方に同時に組み入れられたのではない。どちらかに先に組み入れられ、そののちにもう一つの方に編入されたはずである。

論者は、まず第一に、「桃花源記」は当時の洞窟探訪説話をもとにして作られたと考えている。第二に、論者は、陶淵明が「桃花源記」を書いたとした方が他の作品との関係において整合性があると捉えている。第三に、本章で検討したように、陶淵明はこの物語で「世俗」を拒否する自己と同時に「超俗」をも否定する自己を表現していると考えている。

「桃源郷」は普通「世俗」から隔絶された「超俗」の世界であると捉えられている。しかし、論者は、世俗でも超俗でもない中間的な世界、またある意味では世俗でもあり超俗でもありうる両義的な空間であるということである。そして、おそらくこの中間性および両義性がこの物語をさまざまに理解させた原因の一つなのである。また、第四に、まったくの虚構としてではなく、いかにも事実の「記録」であるかのように書いたこと、当時の志怪書の物語と同じような書き方で書いたこと、そのことが『捜神後記』の冒頭の洞窟探訪説話群の中にこの物語を組み入れさせることになったのだと考えている。これらのことについては、第二部をご覧いただきたい。

第二部　物語としての「桃花源記」

第二部では、『陶淵明集』の中の「桃花源記」と『捜神記』に収められた「桃花源記」の本文の差異に着目して「桃花源記」を物語として読むとき、その差異から「桃花源記」はどのような物語として読むことができるのかについて論ずる。

第一章では、洞窟探訪説話に登場する人物、すなわち洞窟に行く人、住む人と、「桃花源記」に登場する人物との作用の同一性と差異性について論じ、第二章では、「桃花源記」を物語として読んだとき、その展開において登場人物はどのような作用をしているのか、そしてそれから何が読み取れるのかについて論ずる。

第一章　洞窟に行く人、住む人

はじめに

陶淵明の作とされる「桃花源記」には二つあることは、序文において述べたが、「桃花源記」を物語として読むとき、『陶淵明集』の中の「桃花源記」と『捜神記』に収められた「桃花源記」の本文の差異に着目して読むとすれば、その差異から「桃花源記」をどのような物語として読むことができるのか、本章と次章で検討するのは、この二つの「桃花源記」の差異、特にそこに登場する人物の物語における作用の違いから読み取れるものについてである。

一　二つの「桃花源記」

いま、二つの「桃花源記」の差異と述べたが、『陶淵明集』に収められた「桃花源記」と『捜神後記』のそれとを比べてみると、異なるところはほとんどない。しかし、わずかではあるが異なっているところがないわけではない。本章と次章で問題とするのは、そのわずかな差異の部分である。では、この両者はどのように異なっているのか。まずは、それを見ておきたい。

（一）二つの「桃花源記」

『陶淵明集』の「桃花源記」と『捜神後記』の桃源郷の「対照表」をご覧いただきたい。上が『陶淵明集』の「桃花源記」であり、下が『捜神後記』のものである。我々が普通に見る「桃花源記」は、『陶淵明集』のそれである。わずか二八〇字ほどの短い物語で、その内容についてはあらためて述べるまでもないであろう。

【『陶淵明集』「桃花源記」と『捜神後記』桃源郷の対照表】

『陶淵明集』①	『捜神後記』②
晋太元中、武陵人捕魚為業③。	晋太元中、武陵人捕魚為業。
縁渓行、忘路之遠近。	縁渓行、忘路遠近。
忽逢桃花林、夾岸数百歩、中無雑樹、	逢桃花、夾岸数百歩、中無雑樹。
芳草④鮮美、落英繽紛。	芳華鮮美、落英繽紛。
漁人甚異之。復前行、欲窮其林。	漁人甚異之。漁人姓黄名道真。復前行、欲窮其林。
林尽水源、便得一山。山有小口、髣髴若有光。	林尽水源、便得一山。山有小口、彷彿若有光。
便捨船従口入、初極狭、纔通人。	便捨舟従口入、初極狭、纔通人。

復行数十歩、豁然開朗。
土地平曠、屋舎儼然、
有良田美池、桑竹之属。
阡陌交通、鶏犬相聞。
其中往来種作、男女衣著、悉如外人。
黄髪垂髫、並怡然自楽。
見漁人、乃大驚、問所従来。具答之。
便要還家、設酒殺鶏作食。
村中聞有此人、咸来問訊。
自云先世避秦時乱、率妻子邑人、来此絶境、
不復出焉、遂与外人間隔。
問今是何世。
乃不知有漢、無論魏晋。
此人一一為具言所聞、皆嘆惋。
余人各復延至其家、皆出酒食。
停数日、辞去。
此中人語云、不足為外人道也。
既出、得其船、便扶向路、処処誌之。

復行数十歩、豁然開朗。
土地曠空、屋舎儼然、
有良田美池、桑竹之属。
阡陌交通、鶏犬相聞。
男女衣著、悉如外人。
黄髪垂髫、並怡然自楽。
見漁人、大驚、問所従来。具答之。
便要還家、為設酒殺鶏作食⑤。
村中人聞有此人、咸来問訊。
自云先世避秦難、率妻子邑人、至此絶境、
不復出焉、遂与外隔⑥。
問今是何世。
乃不知有漢、無論魏晋。
此人一一具言所聞、皆為歎惋。
余人各復延至其家、皆出酒食。
停数日、辞去。
此中人語云、不足為外人道也。
既出、得其船、便扶向路、処処誌之。

及郡下、詣太守説如此⑦。
太守即遣人随其往、尋向所誌、遂迷不復得路。
南陽劉子驥、高尚士也。
聞之、欣然規往、未果、尋病終。
後遂無問津者。

及郡、乃詣太守説如此。
太守劉歆即遣人随之往、尋向所誌。不復得焉⑧。

① 袁行霈撰『陶淵明集箋注』中華書局、二〇〇三年
② 汪紹楹校注『捜神後記』十巻、中華書局、一九八一年
③ 『箋注陶淵明集』（宋）李公煥撰〔四部叢刊本〕には「捕魚為業」の下に「漁人姓黄名道」の注記がある。
④ ②の校記に「「草」、陶本原校「一作『華』、非。」曾本、蘇写本作「華」。按、若作「華」、与下句「落英繽紛」詞義重、当作「草」是。」とある。
⑤ ②の校記に「陶本無「為」字。李本同。今拠曾本、蘇写本、咸豊本補。」とある。
⑥ ②の校記に「陶本及各本皆作「間隔」、芸文類聚作「隔絶」。按、「隔絶」為魏晋常語。『三国志』魏書、閻温伝「河右擾乱、隔絶不通。」王徽之書「湖水泛漲不可渡、遂復隔絶。」作「隔絶」是。」とある。
⑦ 『箋注陶淵明集』（宋）李公煥撰〔四部叢刊本〕には、「如此」の下に「太守劉歆」の注記がある。
⑧ 『捜神後記』には、この後に次のような「南陽劉子驥」の話がある。
南陽劉驎之、字子驥、好遊山水。嘗採薬至衡山、深入忘反。見有一澗水。水南有二石囷。一閉一開。水深広不得渡。欲還失道、遇伐薪人問径、僅得還家。或説、囷中皆仙方霊薬、及諸雑物。驎之欲更尋索、

不復知処矣。

傍線を引いたところが、両者に異同がある箇所である。細かいところでいろいろ異なっているが、それぞれに検討すべき点がないわけではない。しかし、この第二部全体で検討することにおいては、それらの差異は無視しても大きな問題とはならないと考える。それらは一種のヴァリエーションの範囲内にあると考えても良い。

ただ、『陶淵明集』の最後の三行「南陽の劉子驥は高尚の士なり」から始まる部分が『陶淵明集』のものにはあるが、『捜神後記』のものにはないことは明らかにその範囲にあるものではない。

この部分は後日譚であり、たしかにこの物語の主要な部分だとは言えなくはない。あるいは無くてもよい部分だと言っても良いかも知れない。しかし、この部分が有るか無いかによって、この物語から読み取りうるものが大きく異なってくる、論者はそのように考えている。

その点について論ずる前に確認しておきたいことが一つある。それはいわゆる洞窟探訪説話に登場する人物の作用についてである。なぜなら、「桃花源記」が一種の洞窟探訪説話であることはたしかであり、洞窟探訪説話の登場人物が物語においてどのように作用しているかを確認することは、「桃花源記」のそれについて検討することの前提となるからである。

（二）　二つの劉子驥の逸話の比較——共通性と差異性

『捜神後記』巻一には次のような十一の話が記載されている。第二話から第九話までが洞窟あるいは洞窟を探訪する話である。その第五話、洞窟の話で言えば第四番目の話が桃源郷の話である。その直後の第六話に「劉驎之」すなわち劉子驥の話がある。

第一話　丁令威、本遼東人、学道于霊虚山。後化鶴帰遼、集城門華表柱。時有少年、挙弓欲射之。鶴乃飛、徘徊空中而言曰、「有鳥有鳥丁令威、去家千年今始帰。城郭如故人民非、何不学仙冢纍纍。」遂高上冲天。今遼東諸丁。云其先世有升仙者、但不知名字耳。

第二話　嵩高山北有大穴、莫測其深。百姓歳時游観。晋初、嘗有一人誤堕穴中。同輩冀其儻不死、投食于穴中。墜者得之、為尋穴而行。計可十余日、忽然見明。又有草屋、中有二人対坐囲棋。局下有一杯白飲。墜者告以飢渇、棋者曰、「可飲此。」遂飲之、気力十倍。棋者曰、「汝欲停此否。」墜者不願停。棋者曰、「従此西行、有天井、其中多蛟龍。但投身入井自当出。若餓、取井中物食。」墜者如言、半年許、乃出蜀中。帰洛下、問張華、華曰、「此仙館大夫。所飲者瓊漿也、所食者、龍穴石髄也。」

第三話　会稽剡県民袁相・根碩二人猟、経深山重嶺甚多、見一群山羊六七頭、逐之。経一石橋、甚狭而峻。羊去、根等亦随渡、向絶崖。崖正赤壁立、名曰赤城。上有水流。下広狭如匹布。剡人謂之瀑布。路径有山穴如門、豁然而過。既入内、甚平敞、草木皆香。有一小屋、二女子住在其中、年皆十五六、容色甚美、著青衣。一名瑩珠、一名□□。見二人至、欣然云、「早望汝来」。遂為室家。忽二女出行云、「復有得壻者往慶之」。曳履於絶巌上、行琅琅然。二人思帰。潜去帰路。二女追還已知、乃謂曰、「自可去。」乃以一腕嚢与根等、語曰、「慎勿開也。」於是乃帰。後出行、家人開視其嚢、嚢如蓮花、一重去、一重復、至五、蓋中有小青鳥飛去。根還知此、悵然而已。後根於田中耕、家依常餉之、見在田中不動、就視、但有殻、乃蟬脱也。

第四話　滎陽人姓何、忘其名、有名聞士也。荊州辟為別駕、不就、隠遁養志。常至田舍、人收獲在場上。忽有一人、長丈余、蕭疏単衣、角巾、来詣之、翩翩挙其両手、並舞而来、語何云「君曾見『韶舞』不。此是『韶舞』。」且舞且去。何尋逐、径向一山。山有穴、纔容一人。其人命入穴、何亦随之入。初甚急、前輒閒曠、便失人、見有良田数十頃。何遂墾作、以為世業。子孫至今頼之。

第五話　晋太元中、武陵人捕魚為業。縁渓行、忘路遠近。逢桃花、夾岸数百歩、中無雑樹。芳華鮮美、落英繽紛。漁人甚異之、漁人姓黄名道真、復前行、欲窮其林。林尽水源、便得一山。山有小口、彷彿若有光。便捨舟従口入、初極狭、纔通人。復行数十歩、豁然開朗。土地曠空、屋舎儼然、有良田美池、桑竹之属。阡陌交通、鶏犬相聞。男女衣著、悉如外人。黄髪垂髫、並怡然自楽。見漁人、大驚、問所従来。具答之。便要還家、為設酒殺鶏作食。村中人聞有此人、咸来問訊。自云先世避秦難、率妻子邑人、至此絶境、不復出焉、遂与外隔。問今是何世。乃不知有漢、無論魏晋。此人一一具言所聞、皆為歎惋。余人各復延至其家、皆出酒食。停数日、辞去。此中人語云、不足為外人道也。既出、得其船、便扶向路、処処誌之。及郡、乃詣太守説如此。太守劉歆即遣人随之。往尋向所誌。不復得焉。

第六話　南陽劉驎之、字子驥、好遊山水。嘗採薬至衡山、深入忘反。見有一澗水、水南有二石囷、一閉一開。水深広、不得渡。欲還失道、遇伐薪人問径、僅得還家。或説、囷中皆仙方霊薬、及諸雑物。驎之欲更尋索、不復知処矣。

第七話　長沙醴陵県有小水、有二人乗船取樵、見岸下土穴中水逐流出、有新斫木片、逐流下、深山中有人迹、異之。乃相謂曰、「可試如水中看何由爾。」一人便以笠自障、入穴。穴纔容人。行数十歩、便開明朗然、不異世間。

第八話　平楽県有山臨水。巌間有両目、如人眼、極大、瞳子白黒分明、名為「目巌」。
第九話　始興機山東有両巌、相向如鴟尾。石室数十所。経過皆聞有糸竹之響。
第十話　中宿県有貞女峡。峡西岸水際有石、如人形、状似女子。是曰「貞女」。父老相伝。秦世有女数人、取螺于此、遇風雨書昏、而一女化為此石。
第十一話　臨城県南四十裡有蓋山、百許歩有姑舒泉。昔有舒女、与父析薪於此泉。女因坐、牽挽不動乃還告家。比還、唯見清泉湛然。女母曰「吾女好音楽。」乃作弦歌、泉涌洄流、有朱鯉一双、今人作楽嬉戯、泉故涌出。

この第六話と、先の「対照表」の『陶淵明集』の「桃花源記」の最後の劉子驥の逸話の部分を見比べてみていただきたい。

『陶淵明集』の「桃花源記」の方は、

南陽の劉子驥が、桃源郷のことを耳にして、そこに行こうとした。しかし、果たすことができず、そのまま病気なって死んでしまった。そのあとは、その地を訪ねる者はいなかった。

南陽劉子驥、高尚士也。聞之、欣然規往、未果、尋病終。後遂無問津者。

というもので、一方、『捜神後記』の方は、

南陽の劉子驥が、薬草を採るために衡山に入っていったが、帰り道が分からなくなってしまった。そこで洞窟があるのを見かけたが、間に広くて深い河があって、渡ることが出来ず、たまたま出会った木樵に帰り道

を聞いて、なんとか家に帰ってきた。そのあと、その洞窟の中には仙薬などがあるのだと言う人がいたので、もう一度、行きたいと思ったけれども、その場所は分からなかった。

南陽劉驎之、字子驥、好遊山水。嘗採薬至衡山、深入忘反。見有一澗水、水南有二石囷、一閉一開。水深広、不得渡。欲還失道、遇伐薪人問径、僅得還家。或説、囷中皆仙方霊薬、及諸雑物。驎之欲更尋索、不復知処矣。

というものである。この両者の共通点と相違点についてまとめると次のようになる。

まず、両者の共通点であるが、それは次の二点である。

(1) 洞窟に行こうとしたこと
(2) それを果すことができなかったということ

しかし、この二つの話自体は、全体として見た場合、まったく別の話であることは明白である。なぜ、この二つの話を比較したのかと言えば、次の二点を確認したかったからである。

第一、『捜神後記』の方の劉子驥の話は、その直前にある桃源郷の話とは直接的には何の関わりもないこと

第二、それに対して『陶淵明集』の方の劉子驥の後日譚は、「桃花源記」の物語の主要な部分、それは内山知也氏が「「桃花源記」の物語構成」という図[43]としてまとめた部分でもあるが、そこに影響を及ぼすであろうということ

このことを言いかえれば、劉子驥の後日譚と「桃花源記」の物語の主要な部分とはともに一つの物語の一部分であるゆえに相互に深く関係していると考えられるということである。

二　洞窟に行く人、住む人

『陶淵明集』の「桃花源記」の最後には劉子驥が登場する。論者は、劉子驥という人物が最後に登場することによって、劉子驥が登場するまでの話は興味深い意味合いを持つようになる、そのように考えている。その詳細については次章で論ずることとするが、「桃花源記」が洞窟探訪説話の一種であることは、これまでに論じてきたようにまちがいない。そこで、ここでは洞窟探訪説話の登場人物の様相を確認し、そのうえで「桃花源記」のそれについて見ていきたい。

（一）登場人物の種類について

まず、洞窟探訪説話の登場人物の種類について、その立場によって、(1)探訪者、(2)洞窟内の人物、(3)洞窟外の人物という三つに分けて見ておきたい。なお、これから例として挙げる説話は主として『捜神後記』巻一に採録された十一の説話から採ったものであるが、そこには収められていないいくつかの例は他の書から補足した。

(1)　探訪者について

洞窟を探訪する者には二種類の人物がいる。一つは庶民であり、農民や漁人、木樵がそれにあたる。もう一つは隠者、すなわち現在は世俗に身を置いていない知識人である。

①　農民や漁人、木樵などの庶民

②　隠者すなわち現在は世俗に身を置いていない知識人

前者は、おおむね偶然に洞窟を探訪することとなった者であり、後者は、それと意識して、洞窟を探訪する者である。

①　農民や漁人、木樵などの庶民

農民や漁人、木樵が偶然に洞窟を探訪する話の例としては次のようなものがある。第一に、『捜神後記』巻一冒頭の第三話である。会稽の剡県の庶民である袁相と根碩の二人が狩猟に出かけていき、深山深く分け入って行く。そこで六七頭の山羊を見つけ、それを追いかけていくうちに洞窟に入り込む。その中で仙女に出会い、しばらく一緒に過ごしたのちに自宅に帰ってくる。そのような話である。

その冒頭に「会稽剡県の民袁相・根碩二人猟し、深山重嶺を経ること甚だ多し（会稽剡県民袁相・根碩二人猟、経深山重嶺甚多）」とあるように、袁相と根碩は「民」すなわち庶民である。

実は、この話の結末は次のような哀しいものとなっている。仙女からもらってきた「腕嚢（小さな袋）」を、「慎みて開くこと勿れ（慎勿開也）」という仙女の禁止のことばがあったにもかかわらず「家人」が開けてしまう。その時は箱から小さな青い鳥が飛んでいっただけであった。しかし、それが結局はとんでもない結果をもたらす。この物語の最後は次のような話で終わっている。

後に根は田中に於て耕す、家は常に依りて之に餉り、田中に在りて動かざるを見る、就きて視るに、但だ殼有るのみ、乃ち蟬脱するなり。

後根於田中耕、家依常餉之、見在田中不動、就視、但有殼、乃蟬脱也。

家人がお昼の弁当を持っていくと、田んぼで耕作していた根碩は外形はそのままだが、もぬけの殻となってしまっていたのである。仙女との約束を破った報いであろう。蟬脱して昇天することとなってしまったのである。これは、一種の契約の締結と、その破棄による報復という説話のパターンである。

ここの部分で明らかなように袁相・根碩の二人は農民である。この話と同じように、農民が木樵に出かけるという話がある。第七話がそれである。その冒頭に「長沙の醴陵県に小水有り、二人の船に乗りて樵を取る有り（長沙醴陵県有小水、有二人乗船取樵）」とある。

さらに、明確に庶民であると理解される話がある。第二話である。ある人が嵩高山（洛陽の南にある山）の北の大きな穴に落ち、その中を十日ほど彷徨った末に囲碁をしている仙人に会い、その半年後に蜀の地に出てくるという話である。その冒頭に、「嵩高山の北に大穴有り、其の深さを測る莫し。百姓歳時に游観す。晋の初め、嘗て一人の誤ちて穴中に堕つる有り（嵩高山北有大穴、莫測其深。百姓歳時游観。晋初、嘗有一人誤堕穴中）」とある。ここでの「百姓」はあらためて言うまでもなく庶民である。そしてそのすぐ後に「晋の初め、嘗て一人の誤ちて穴中に堕つる有り（晋初、嘗有一人誤堕穴中）」と書かれている。そうである以上、ここで誤って穴の中に落ちた人物は「歳時に游観に来た」「百姓」の一人すなわち庶民以外ではありえない。

さらに、念のために言い添えれば、第五話の「桃花源記」の探訪者は漁人すなわち漁師であり、当然庶民ということになる。

②　隠者すなわち現在は世俗に身を置いていない知識人

次に隠者（知識人）である場合を見てみたい。それには第四話と第六話がある。第四話は「滎陽人、何を姓とするも、其の名は忘れらる、名聞有るの士なり。荊州辟して別駕と為さんとするも、就かず、隠遯して志を養ふ（滎陽人姓何、忘其名、有名聞士也。荊州辟為別駕、不就、隠遯養志）」と書き出されている。また、第六話は「南陽の劉驎之、字は子驥、好んで山水に遊ぶ（南陽劉驎之、字子驥、好遊山水）」と書き出されいる。いずれも隠者すなわち現在は世俗に身を置いていない知識人である。

「何を姓とする」者のついては、「其の名は忘れらる」とあるように良く分からない。しかし、それに続けて「名聞有るの士なり」とあり、さらに「荊州辟して別駕と為さん」とあるように召されて「別駕」になるような知識人である。そのうえ「隠遯して志を養ふ」とあるように、現在は隠遁して世俗に身を置いていない知識人である。

一方、劉驎之の方は、『晋書』巻九十四・隠逸伝(44)に陶淵明とともに載っている人物である。ただ、この記述は、『捜神後記』の記載と大差なく、『晋書』は『捜神後記』にもとづいてなされた可能性が高い。そうであるにしても、『晋書』の執筆者が劉驎之を隠逸者であると捉えていたことに相違はなく、実際にも劉驎之はそのような人物であったとするのが妥当だと考えられる。

(2) 洞窟内の人物について

二番目に、洞窟の中に住んでいる人物について見ておきたい。それには次の五種がある。第一に洞窟には誰もいないか、そこの住人については何も書かれていない場合、第二に老人すなわち仙人が住んでいる場合、第三に子どもすなわち仙童（神童）、第四に若い女性すなわち仙女、そして最後に農民である。

① 洞窟には誰もいないか、そこの住人については何も書かれていない場合
② 老人すなわち仙人が住んでいる場合
③ 子どもすなわち仙童（神童）が住んでいる場合
④ 若い女性すなわち仙女が住んでいる場合
⑤ 農民が住んでいる場合

この最後の農民が住んでいる話は「桃花源記」に限られている。この話以外に洞窟の中に農民が住んでいることはない。それでは、それぞれがどういうものか見ていきたい。

① 洞窟には誰もいないか、そこの住人については何も書かれていない場合

最初の洞窟には誰もいないか、そこの住人については何も書かれていない場合である。それには第六話、第七話、第八話、第九話という四つの話がある。このうち第八話と第九話は、探訪者も出てこないし、洞窟の中に住んでいる人物も出てこない。

第八話　平楽県山有りて水に臨む。巌の間に両目有り、人の眼の如し。極めて大きく、瞳子の白黒は分明なり。名づけて「目巌」と為す。
平楽県有山臨水。巌間有両目、如人眼。極大、瞳子白黒分明。名為「目巌」。

第九話　始興の機山の東に両巌有り、相ひ向ひて鵄尾の如し。石室数十所あり。経過するに皆な糸竹の響き有るを聞く。
始興機山東有両巌、相向如鵄尾。石室数十所。経過皆聞有糸竹之響。

ただ「巌間」の人の眼のような穴（第八話）と、数十個の「石室」（洞窟）があること（第九話）が記されているだけである。ただし、第九話の、そこを通り過ぎるひとはみんな「糸竹の響き有るを聞く（聞有糸竹之響）」とあるので、もしかすると、石室の中に人がいることを暗示しているのかもしれない。そうであるにしても、少なくともこの話には洞窟の中に住む住人についての記述はなく、この話において何の作用もなしていない。

第六話は、先ほどの南陽の劉驎之の話である。劉驎之は薬草を採るために衡山の奥深くに入って行く。そこで川に行き当たる。その向こう岸に二つの「石囷」（洞窟）が見える。一つの「石囷」（洞窟）は閉じており、もう一つは開いている。そこへ行こうと思ったが、川が深くて渡っていくことができなかった。しかたなく帰ろうと思ったが帰り道が分からない。あちこち彷徨っているうちに、たまたま木樵にであう。その木樵に帰り道を教えてもらって、やっと家に帰り着くことができた。ある人の話によると、二つの「石囷」（洞窟）の中には仙薬などがあるということだった。そこで劉驎之はもう一度そこを尋ねようと思った。しかし、それがどこにあるのか、二度と知ることはできなかった。

この話には、「石囷」すなわち洞窟のある場所、洞窟の中に有るであろうものについては書かれているが、洞窟の中に住む住人については何も触れられていない。次に見る第七話も同様である。人のいるような気配は有るが、そこにいるかも知れない住人については何も書かれていない。

長沙の醴陵県に小さな川があった。二人の男が薪を採るために船に乗って出かけていった。しばらく行くと岸の下の方にある穴の中から水が流れ出ているのが見えた。そこにはいま切ったばかりの木の欠片(かけら)があり、そのまま流れていった。山奥に人のいる気配がする。変だなと思った。そこで「これはどういうことか、川に入っていって見てみよう」ということで、一人が笠で流れをさえぎり穴の中に入っていった。穴は一人の人間がやっと通れるくらいのものだった。数十歩ほど進んでいくと、突然、カラリと開けたが、そこは洞窟の外の世界とまったく同じだった。こういう話である。

これらの話には、洞窟の中に住んでいる人物については何も書かれていない。特に第七話は人の住んでいる気配が濃厚に漂っている。いま切ったばかりの木の欠片、洞窟外の世界と変わらない洞窟内の空間。いまにも誰かがひょっこり現れて来るようなそんなことを感じさせる話である。そして、この話と「桃花源記」の距離はほんのわずかのように思える。しかし、洞窟の中にいるかも知れない人物はこの話においても何の作用も果たしていない。

②　老人すなわち仙人が住んでいる場合

次には、第二の老人すなわち仙人が住んでいる場合である。それには第二話と第四話がある。ともにすでに見たものである。第二話は、洞窟に落ちた者が十日ばかり洞窟の中を彷徨った後、突然、明るいところに出てくる。

そこには粗末な小屋があった。そしてその中では二人の者が囲碁を打っていた。ここでは「中に二人の対坐して囲棋する有り（中有二人対坐囲棋）」とあるだけで、それが老人（仙人）であるとは書かれていない。しかし、洞窟に落ちた者が家に帰ってから博物学者の張華に尋ねたところ、張華は「それは仙館」だと答える。すなわち、洞窟に落ちた者が出会った二人は仙人に他ならなかったのである。

第四話は、次のような話である。滎陽の人の「何某」は、役人になるように招聘されたものの、それには就かず隠遁する。それからはいつも田んぼに出かけていた。ある日、収穫した物を集める場所で、ふとある人物が目に入る。何某は、その人物の舞う「韶舞」（舜が作ったとされる舞楽）の舞に誘われて洞窟の中に入っていくのであるが、その人物の出で立ちは「長（たけ）は丈余、蕭疏の単衣に、角巾す（長丈余、蕭疏単衣、角巾）」というものであった。背丈は一丈あまりで、さっぱりとした単衣（ひとえ）の服を着て角巾（角のある頭巾）をかぶっている。この人物がかぶっている角巾は、隠者のかぶる帽子であり、それはまた仙人のかぶるものでもあった。すなわち、何某がその踊りに誘われて洞窟に入っていった人物は、かぶり物だけでは何某と同じ隠者であったとも考えられるが、そのまま何某を洞窟に導いていったところからすると単なる隠者ではなく、異界の住人である仙人だったということになる。

③　子どもすなわち仙童（神童）が住んでいる場合

三番目は、子どもすなわち仙童（神童）が住んでいる場合である。『捜神後記』第一巻の十一の話の中には、洞窟の中に子どもが住んでいる話はないので、『述異記』巻上の次のような良く知られた話をもって補足したい。

信安郡の石室山、晋の時 王質 木を伐りて至る。童子数人を見るに、棊して歌ふ。質 因りて之を聴く。童子一物を以て質に与ふ。棗核の如し。質 之を含めば、饑ゑを覚えず。俄頃にして童子謂ひて曰く、何ぞ去らざる。質 起ちて斧を視るに、柯は爛り尽くせり。既に帰れば、復た時人無し。

信安郡石室山、晋時王質伐木至。見童子数人、棊而歌。質因聴之。童子以一物与質。如棗核。質含之、不覚饑。俄頃童子謂曰、何不去。質起視斧、柯爛尽。既帰、無復時人。

信安郡に石室山という山がある。晋の時代に王質という人が薪を伐るために山に入って行き石室山にまでやって来た。そこで数人の童子が囲碁をしながら歌っているのを見かける。原文には直接には書かれていないが、王質が童子を見かけたのは洞窟の中だったはずである。なぜなら「石室山」は石室すなわち洞窟の山ということであるから、洞窟で有名な山だったということであり、その特徴にもとづいてそのように名付けられたことはまちがいない。そうだとすれば、「王質木を伐りて至る（王質伐木至）」すなわち「王質という人が薪を伐るために山に入って行き石室山にまでやって来た」という表現は、石室山の洞窟に入っていったと読み取るべきであろう。

さて、王質は数人の童子が囲碁をし、歌っているのを聴いていた。すると童子が何やら食べ物をもってきてくれた。それは棗の種のようなものであった。王質がこれを口に含むとお腹が空いたと感じることはなかった。しばらくすると、「もう帰ったら」と童子が言う。そこで王質は立ち上がって、持ってきた斧を見てみる。すると、斧の柄がぼろぼろになっていた。そして家に帰ってみると、自分と同じ時代の人は一人もいなくなっていた。

このような話である。囲碁のことをしゃれて「爛柯」と言うが、そのもととなった話として良く知られているものである。これは、洞窟内の時間と外の時間の進行速度の違いがもたらした悲劇でもあるが、いずれにしろ石室山の洞窟に住んでいたのは、先ほどの話のような老人ではなく童子すわち仙童（神童）であった。

④　若い女性すなわち仙女が住んでいる場合

第四に若い女性すなわち仙女の住んでいる場合であるが、それには第三話がある。先に挙げた会稽剡県の庶民である袁相と根碩の二人の話である。

袁相と根碩の二人は狩りに出かける。山深く分け入っていく。すると山羊が六、七頭いるのが目に入った。二人はそれを追いかけていく。しばらく行くと谷川に石の橋が架かっている。非常に狭くて険しい坂になっていた。山羊たちはそれを渡って行ってしまった。袁相と根碩の二人も続いて橋を渡って行った。するとその先は絶壁になっており、赤い壁が立っているようであった。そこでその崖を赤城と名付けた。崖の上には川が流れており、崖を流れ落ちていた。その流れは一匹の布ほどの幅になっていたので、剡県の人々はこれを瀑布と呼んでいた。そこからの道は門のようにからりと開けて洞窟につながっていた。洞窟の中に入ってみると、そこは非常に平坦で、生えている草木はみな香しかった。そこには小屋があり、二人の女が住んでいた。二人とも年のころ十五六で、姿形はとても綺麗で、青い服を着ていた。一人は瑩珠と言い、もう一人は□□と言った。(45)この二人は袁相と根碩の二人がやって来たのを見て喜び、「あなた方の来ることをずっと前から待ち望んでいましたよ」と言った。そして袁相と根碩はそのまま彼女たちの夫（室家）となった。ある時二人の女はふらっと出かけていった。そして、出がけに次のように言った。「またお婿さんを手に入れた人がいるのでお祝いに行ってきます」と。靴をカランコロンと響かせながら絶壁の上を歩いていった。二人が出かけて行ってしまうと、袁相と根碩は家が恋しくなり、こっそりと帰ろうとした。二人の女はまもなく帰って来た。そこで、袁相と根碩が帰ろうとしていたことを知る。すると意外なことに「帰って行っても構いませんよ」と言い、二人に小さな手提げ袋をくれた。そして、「絶対に開けちゃだめよ」と告げた。そんなことがあって、袁相と根碩の二人は、やっと家までたどり着く。その後、根碩が野良仕事に出かけていっているすきに、奥さん（家人）がその袋を開けてみると、袋は蓮の花のように幾重にもなっていた。一つ開け、二つ開け、三つ開け、そして五回開けると、中に箱があり、その箱の中から青い鳥が飛んでいってしまった。根碩は帰ってきてそのことを知り、非常にがっかりした。それからしばらく経ったある日、根碩が田んぼを耕していたので、奥さんがいつものようにお昼の弁当を届けに田んぼに行ってみると根碩は田んぼの中でじっとしていて動かない。近寄って見てみるとそれは根碩の抜け殻であった。根碩は蟬の抜け殻のようになって昇天していたのである。

このような話である。この話では洞窟の中に二人の女が、そして二人と同じような、おそらくは複数の女たちが住んでいる。二人は年のころ十五六、姿形はとても綺麗で、青い服を着ており、一人の名前は欠けていて分からないが、もう一人は瑩珠と言った。この二人および他にいるであろう女は、あらためて言うまでもなく仙女である。

この話と同じような話に第三部の第一章で示した有名な話がある。『幽明録』に記載された漢明帝の永平五年の剡縣の劉晨と阮肇の話[46]である。そこでも「姿質妙絶（すがたかたちが非常に美しい）」な女性が二人登場する。劉晨と阮肇はこの二人と結婚するのだが、そのほかにも多くの女性が二組の結婚を祝福に来る。最後は、例によって異世界の内外の時間の速度のちがいによって悲劇で終わることとなる。劉晨と阮肇の二人が異世界から帰ってみると知っている人は誰もいない。七世あとの孫がいたので訊ねたところ、七世前の先祖が山に入ったきり帰ってこなかったと答えたとのことである。二人はその後どこかにでかけ、そのままどこへ行ったのか分からなくなってしまった。そのような話である。ただ、この話には、明確に洞窟の中に入って行ったとは書かれていない。山の奥に分け行き、山の渓谷で二人の女性と出会ったとあるだけである。しかし、洞窟探訪の話に類する話であることに違いはない。

⑤　農民が住んでいる場合

最後に、農民が住んでいる場合である。それは第五話の桃源郷だけである。ただ、先ほど見た第四話の洞窟の中には「良田数十頃」がある。何某は、「背丈は一丈あまりで、さっぱりとした単衣(ひとえ)の服を着て角巾をかぶっている（長丈余、蕭疏単衣、角巾）」という出で立ちの者、おそらくは仙人の舞う韶舞の舞に誘われて洞窟の中に入っていく。洞窟の入り口は例によってわずかに人ひとりが通れるほどの広さであった。最初は非常に窮屈であったが、だんだんと広くなっていった。するとそこには「良田数十頃」があった。何某はそこで耕作することとなり、それを生業とした。そしてその子孫も洞窟の中の「良田数十頃」によって生きたとのことである。

第四話にはたしかに洞窟の中に「良田数十頃」があったとある。しかし、本来はそこで耕作していたであろう人物は出てこない。もしかすると、何某を洞窟に誘い込んだ仙人とおぼしき人物が耕作していたのかも知れない。しかし、洞窟に入り込んだ何某は洞窟の外部から入って来た者であり、もし、仙人とおぼしき人物が耕作していたとしても、それは普通の農民がその中に住んでいたわけではない。したがって、純粋に洞窟の中に農民が住んでいた話は第五話の桃源郷だけということになる。

(3) 洞窟外の人物について

さて、洞窟を探訪した人物が洞窟から出て来たあと、ほとんどの場合、ほかの人物が出てくることはない。ただ、いくつかの話にはほかの人物が登場する。そして、そこで登場する人物の種類には二つある。一つは洞窟を探訪した人物の家族であり、それはもちろん農民である。もう一つは知識人である。

① 洞窟を探訪した人物の家族（農民）
② 知識人

①の洞窟を探訪した人物の家族であるのは第三話が挙げられ、②の知識人には第二話がある。

① 洞窟を探訪した人物の家族（農民）

まず、農民の家族である場合だが、それは先に紹介した会稽剡県の庶民である袁相と根碩の二人の話である。袁相と根碩の二人が仙女から「腕嚢（小さな袋）」をもらって家に戻ってくる。その「腕嚢」（小さな袋）を「家人」すなわち奥さんが開けてしまうことによって根碩は、そしておそらくは袁相も同様に「蟬の抜け殻のようになって」昇天してしまう。ここでは、家人がこの話の重要な役割を果たしているが、いずれにしろ、袁相と根碩の二人が洞窟から戻ったのちに農民が、正確に言えば農民の家族が登場する。

② 知識人

また、第二話の崇高山の大穴の話では、洞窟に落ちて無事に帰還した者が博物学者の張華に訊ねることによって初めて彷徨った世界が「仙館」であったと分かることとなっている。ここでも張華はこの話において一定の役割をはたしている。さらに、洞窟を探訪した人物が、洞窟から帰還したあとに会った人物で、物語の展開に大きな影響を及ぼしている者として挙げられるのは、あらためて言うまでもなく「桃花源記」の「太守」である。この太守の作用については、次章において論ずる。

いずれにしろ、洞窟を探訪した人物が洞窟から出て来たのちには、二種類の人物が登場する。一つは洞窟を探訪した人物の家族すなわち農民である。もう一つは、知識人であり、博物学者の張華、あるいはお役人（太守）である。

（二）登場人物の種類の数について

次に、一つの話において、登場人物の種類の「数」がどのようになっているのか、それを確認しておきたい。何故そのようなことを確認しておきたいのかと言えば、それはもちろん、二つの「桃花源記」の差異の意味するものを明確にするための前提としてである。

さて、一つの話に登場する人物の種類の数であるが、それには次の五つの場合がある。第一は、登場人物がまったくいない場合である。第二は一種類の場合、第三は二種類の場合、第四は三種類の場合、第五は四種類の場合である。

(1) 登場人物がいないの場合
(2) 登場人物が一種類の場合
(3) 登場人物が二種類の場合
(4) 登場人物が三種類の場合
(5) 登場人物が四種類の場合

(1)の登場人物がいないの場合には、第八話と第九話があり、(2)の一種類の場合には、第六話と第七話が、(3)の二種類の場合には、第三話が、(4)三種類の場合には、第五話すなわち『捜神後記』所収の「桃花源記」が、そして(5)四種類の場合には、『陶淵明集』所収の「桃花源記」があげられる。

(1) 登場人物がいないの場合

まず、第一の登場人物がまったくいないの場合であるが、それには第八話と第九話が挙げられる。第八話は、平楽県の川に臨む崖のなかに非常に大きな人の眼のような穴があり、その眼は人の眼のように瞳の白い部分と黒い部分がはっきりしていて「目巌」(目の崖)と名付けられているという話である。第九話は、興機山に向かい合った絶壁があり、ちょうど鴟尾のように向かい合って聳えている。そこには「石室」(洞窟)が数十ケ所もあり、そこを通り過ぎるものはみんな糸竹の声を耳にするということである。この二つの話には、この話を物語る語り手はいるものの、話の中には人物は出てこない。

(2)　登場人物が一種類の場合

次に、登場人物が一種類の場合であるが、それには、第六話と第七話がある。第六話は南陽の劉驎之の話であり、第七話は長沙の醴陵県に小さな川があり、二人の男が薪を採るために船に乗って出かけていったという話である。この二つの話の詳細はすでに紹介してあるので、そちらをご覧いただきたい。いずれにしろ、第六話は劉驎之という隠者が一人登場するだけであり、第七話は二人の男が登場するが、二人とも農民であり、種類としては一つということになる。

(3)　登場人物が二種類の場合

三番目は、登場人物が二種類の場合であるが、それには第三話がそれに当たる。ここでは、袁相・根碩という農民、洞窟内の仙女、そして袁相・根碩の家族が登場する。しかし、袁相・根碩の家族はもちろん農民であるので、種類としては二つになる。

(4)　登場人物が三種類の場合

四番目は、三種類の人物が登場する場合であるが、第二話、第四話、そして第五話の桃源郷がそれに当たる。第二話では、穴に落ちた洛陽近辺の住人。これはおそらく農民である。それに洞窟内の仙人。そして博物学者の張華。以上の三種の人物が登場する。第四話は、まず隠者の「何某」、次に「背丈は一丈あまりで、さっぱりとした単衣(ひとえ)の服を着て角巾をかぶっている（長丈余、蕭疏単衣、角巾）」仙人、そして何某の子孫。何某の子孫は洞窟内の田んぼによって生活したと言うことであろうから農民ということになる。したがって、登場人物の種類としては隠者、仙人、そして農民の三種である。

第五話の「桃花源記」には、漁人、洞窟内の農民、そして太守である。太守の手下も登場するが、それは太守とともに役人として括ることができよう。

(5) 登場人物が四種類の場合

最後に、四種類の人物が登場するものであるが、それは『陶淵明集』所収の「桃花源記」である。この話には『捜神後記』の桃源郷に登場する人物の他に最後に南陽の高尚の士劉子驥が登場する。この人物の登場が二つの「桃花源記」という二種物語の物語としての差異に大きく関わってくることはすでに述べた。その詳細は次章で論ずるが、ここでは『陶淵明集』の「桃花源記」には四種類の人物が登場することだけを確認しておきたい。

(三) 二つの「桃花源記」と洞窟探訪説話の登場人物の共通性と差異性

最後に、洞窟探訪説話に登場する人物と、次章で検討する二つの「桃花源記」のそれとの共通性と差異性について確認しておきたい。

(1) 共通性

まず、共通性についてであるが、それには次の二点を指摘することができる。第一に洞窟を探訪する者の身分であり、第二に登場人物の種類である。

共通性の第一は洞窟を探訪する者の身分である。「桃花源記」で洞窟を探訪することとなった人物は漁人であるが、それはもちろん、役人や隠者のような知識人ではない。さらに言えば、仙人や仙女あるいは仙童といった異世界に住む人物でもない。普通の庶民である。一方、洞窟探訪説話においても、第四話と第六話を除いて、多くの場合が農民である。狩猟に出かけたり、薪を伐りに出かけて洞窟に迷い込むということに着目すれば、猟師、木樵ということでもあるのだが、基本は農民であり、庶民である。

第二に、登場人物の種類であるが、「桃花源記」の登場人物は、漁人と農民、そして「高尚の士」と称される知識人である。これも洞窟探訪説話に登場する人物と変わるところは何もない。

(2) 差異性

それに対して、この両者の差異であるが、それについては次の四つのことを挙げることができる。

① 農民のいる場所——洞窟の中
② 再訪の意志
③ 役人（郡太守）の登場
④ 別の知識人の登場とその探訪の試みとその不成就

まず、農民のいる場所であるが、「桃花源記」の農民は、洞窟の中に住んでいる。他の洞窟探訪説話では、農民が洞窟の中に住んでいることはない。農民が住んでいることを暗示する話がないことはないが、少なくとも話の表に登場することはなく、したがってこの話において何らかの作用をなすこともない。

第二に、「桃花源記」の漁人には、再訪の意志、すなわちもう一度「桃源郷」に行こうという意志がある。しかし、意外なことであるが、他の洞窟探訪説話にそのような話はない。

第三に、「桃花源記」には役人、すなわち郡の太守が登場するが、他の洞窟探訪説話では役人が登場することはない。

最後に、別の知識人の登場とその探訪の試み、そしてそれが叶わない、ということを挙げることができる。『陶淵明集』の「桃花源記」の最後に南陽の劉子驥なる人物が出てくることは、すでに何度も述べた通りである。ただ、これは、『陶淵明集』の「桃花源記」に限ったことで、『捜神後記』の第五話にはその部分はない。このことも、これまでに何度か述べた。

それはともかく、ほかの洞窟探訪説話には、このように、別の知識人が登場し、洞窟探訪のことを耳にして、そこを探ねようとする、しかし何らかの理由でそれが叶わない。そのような話はない。

洞窟探訪説話の登場人物と、「桃花源記」の登場人物の共通性と差異性については、ひとまずこのように整理することができる。

(四)　洞窟探訪説話の登場人物の作用

以上のことを踏まえて、最後に作用という面に着目して、「桃花源記」と洞窟探訪説話の登場人物について見ておきたい。

まず、洞窟探訪説話における登場人物の作用について見てみたい。「図1」をご覧いただきたい。

まず、①の「登場人物がいない場合」であるが、これは当然のことであるが、登場人物がいない以上、その作

【図1　洞窟探訪説話】

場合		構造
①登場人物がいない場合 洞窟	⇒	零項目
②探訪者はいるが、洞窟内に人物がいない場合 隠者 ――→ 洞窟 農民 ←―― （無人）	⇒	単一項の設定
③探訪者がいて、洞窟内に人物がいる場合 隠者 ――→ 洞窟 農民 ←―― （老人・童子・仙女）	⇒	対立する 二項の関係

用はない。②は「探訪者はいるが、洞窟内に人物がいない場合」である。登場人物は単独の一つの項目を設ける作用をしていると言うことができる。③は「探訪者がいて、洞窟内に人物がいる場合」である。探訪者と洞窟内の住人は、洞窟内と洞窟外、訪問する者と訪問される者、そのような対立する二項を相互に構成し合うという関係にある。

　これはこれで、どうと言うこともないことであるが、次の点だけは確認しておきたい。それは、対立する二項だけでは、物語の展開は極めてシンプルなものにしかならないということである。すなわち、洞窟外の者が洞窟に入っていき、洞窟の中の人物と何らかの接触をもち、そして洞窟の外に出て帰ってくる、そのような探訪と帰還というシンプルな展開にしかならないのである。

むすびにかえて

対立する二項だけでは、物語の展開は、きわめてシンプルなものにしかならない。洞窟の外に住んでいる者が洞窟の中に入っていき、洞窟の中の人物と何らかの接触をもち、そして洞窟の外に出て帰って来るだけである。しかし、『捜神後記』の桃源郷には、先に述べたように、これらの他に、郡の太守が登場する。このような役人の登場は他の洞窟探訪説話の洞窟とは異なった何かを桃源郷にもたらしている。さらには『陶淵明集』の「桃花源記」には、有っても無くても良いようなエピソードが添えられ、そこには劉子驥なる人物が登場する。では、このような余計とも思えるエピソードがなぜ添えられているのか。いや、そのような問い方は止した方が良い。むしろこう問うべきであろう。この余計とも思えるエピソードが添えられていることから、我々はいったい何を読み取ることができるのか、と。

本章で確認したことを踏まえて、次章では、二つの「桃花源記」の登場人物の作用について見ていき、そして劉子驥のエピソードのない『捜神後記』の桃源郷と、劉子驥のエピソードが付け加えられている『陶淵明集』の「桃花源記」の差異から何を読み取ることができるのか、それらについて論じたい。

第二章　物語としての「桃花源記」

はじめに

第二部の二つの章で検討しようとしているのは、この二つの「桃花源記」の差異と、そこから読み取れるものについてである。

いま、「二つの「桃花源記」の差異」と述べたが、『陶淵明集』に収められた「桃花源記」と『捜神後記』のそれとを比べてみると、当然のことながら異なるところはほとんどない。しかし、わずかではあるが大きく異なっているところがある。第二部で問題としているのは、その差異の部分である。

では、この両者はどのように異なっているのか。すでに前章で【『陶淵明集』「桃花源記」と『捜神後記』桃源郷の対照表】を示したので、それをご参照いただきたい。細かいところでいろいろ異なっている。しかし、最も大きく異なっているのは、『陶淵明集』の「桃花源記」の最後の「南陽の劉子驥は高尚の士なり」から始まる部分である。その部分が『陶淵明集』のものにはあるが、『捜神後記』のものにはない。

ここでもう一度確認しておきたいのは、第四の三種類の場合というのが『捜神後記』に収められた「桃花源記」であり、第五の四種類の場合というのが『陶淵明集』の「桃花源記」だということである。第四の場合よりも第五の場合が一種類増えるのは、この話の最後に劉子驥なる人物が登場することによることはあらためて言うまでもない。

それでは三種類ないしは四種類の人物が登場する二つの「桃花源記」それぞれに登場する人物の、それぞれの物語に対する作用はどのようなもので、どのような差異があるのであろうか。そしてその差異から読み取れるのは、どのようなことであろうか。これより以降、以上のことについて論じたい。

一　『捜神後記』の「桃花源記」の物語の展開と登場人物の作用

ここでは、まず『捜神後記』の「桃花源記」の物語を取りあげ、その物語の展開と、その展開においてそれぞれの登場人物がどのように作用しているのかについて検討したい。

（一）『捜神後記』の「桃花源記」の物語の展開と登場人物の作用

「図2」をご覧いただきたい。まず、①の物語のはじまりのところである。漁人が登場し、川を遡って行き、洞窟の入り口までやってくる。登場人物は漁人しか出てこない。単一の項が設定されるだけである。次に、②であるが、漁人がトンネルを通り抜けて桃源郷に入っていき、そこの住人と交流を持つ。そこでは、漁人と桃源郷の村人という二種の人物が登場し、対立する二項の関係を構成することとなる。ここまでは、ほかの多くの洞窟探訪説話と変わるところはない。しかし、「桃花源記」では、その後の展開がある。

【図２「捜神後記」第石話の「桃花源記」】

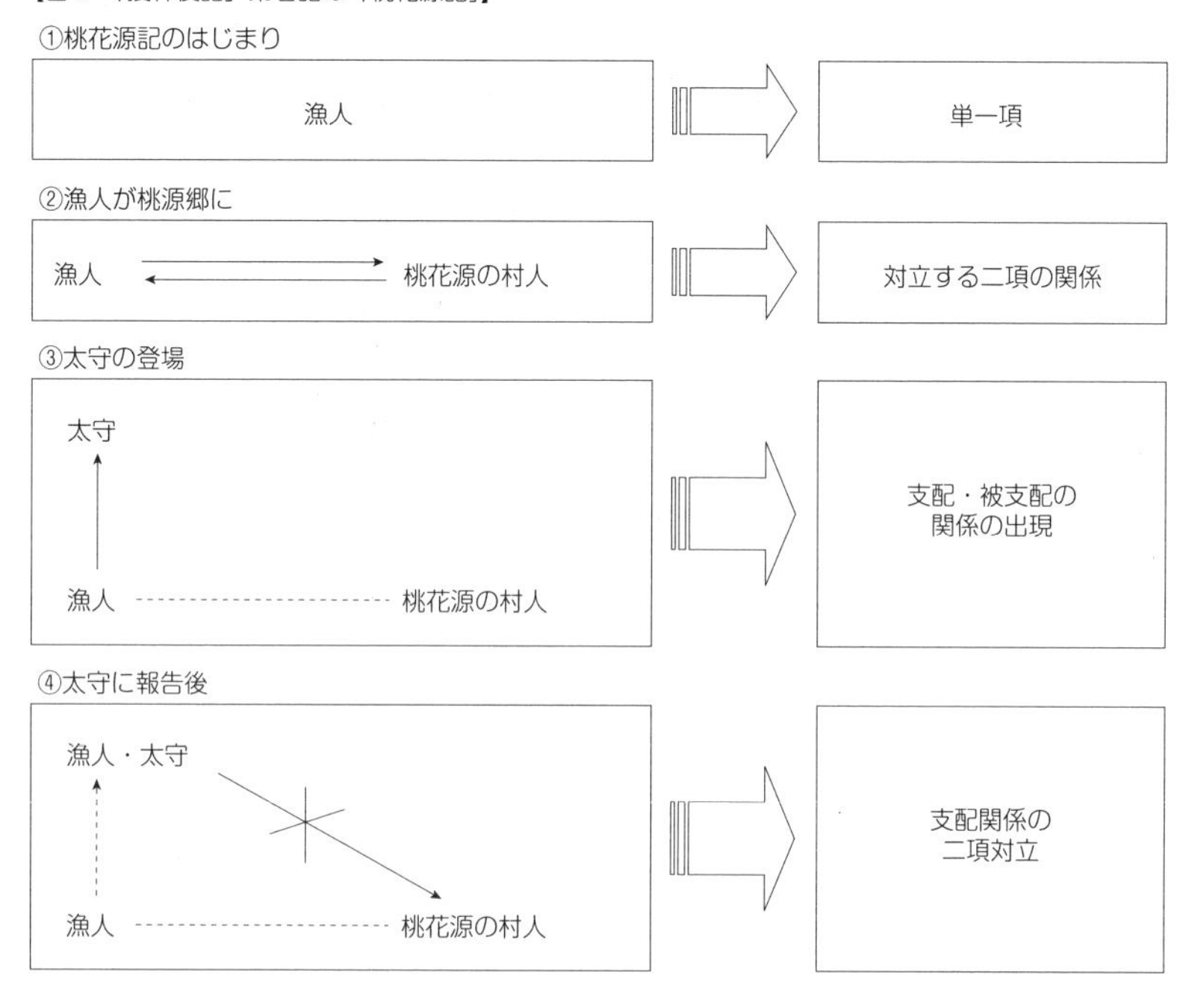

漁人は、「外人の為(ため)に道(い)ふに足らざるなり（不足為外人道也）」という、桃源郷の村人の禁止のことばがあったにもかかわらず、洞窟から出ると目印を付けながら帰って行き、そのまま郡の太守のところに駆けつけ、ことのしだいを話す。これが第③の展開である。

漁人は郡の太守のところに駆けつけ、ことのしだいを話すのだが、ここでは話す相手が袁相・根碩の話のように自分の家族ではない。また、崇高山の大穴に落ちた庶民の話に出てくる博物学者の張華のような人物でもない。このことには注意しなければならない。漁人が話しに行ったのは、郡の太守すなわち役人だったのである。

ここで、新たな登場人物、役人がこの物語に登場する。そして、それは単に新たな登場人物が登場するというだけに止まらない。ここで浮かび上がって来るのは、これまでの話にはなかった新たな関係である。それは、支配する者と支配される者という関係である。支配ということばは、あるいは適切ではないかも知れない。治める者と治められる者と言った方が良いかも知れない。しかし、これもやや違和感がある。そこで、小論では、ひとまず、支配する者と支配される者の関係としておきたい。

話をもとに戻そう。このような関係は、ほかの洞窟探訪説話には認められない。それは「桃花源記」の独自性と言って良い。独自性と言うのが言い過ぎだとすれば、異質さと言い変えても良い。ともかく、このことは、ほかの洞窟探訪説話と異なっているところである。そして、郡の太守（役人）の登場がこの物語に欠かすことのできない重要な要素であることは、あらためて言うまでもないだろう。

もし、この部分が次のようになっていたらどうであろうか。

　漁人が自分の村に帰って、しばらくしてから、帰ってくるときに付けてきた印をたどって、もういちど桃源郷に行こうとした、しかし、道に迷って行けなかった。

あるいは「漁人の話を聞いた村人が行こうとしたが、たどり着けなかった」。そのような話もあり得よう。そのような話であったとしたら、どうであろうか。そのような話であるなら、他の洞窟探訪説話と大きく異なるところはない。

そのように考えれば、太守の登場がこの物語にとっていかに重要な要素であるか、つまり、この物語には欠かすことのできない重要な要素であるかということが容易に理解できよう。そしてこのことが、通り一遍の説話ではない何かをこの物語にもたらしていると考えられる。このことを確認して次に進みたい。

次は第④の展開である。太守は手下の者を遣わして桃源郷を訪ねさせる。しかし、手下の者はそこに行き着くことができなかった。桃源郷の村人と接触できなかったのである。もし太守自らが行ったのなら桃源郷に入って行くことができたのであろうか。もちろんそんなことはない。つまり、太守であろうとその手下であろうと、世俗の役人は桃源郷には行けないということを表しているのである。ここに「太守およびその手下」対「桃源郷の村人」、すなわち「役人」対「桃源郷の村人」という関係が生じていることにまちがいない。

もういちど言おう。ここで浮かび上がって来るのは、これまでの話にはなかった支配する者と支配される者という関係である。そしてこの関係を構成している二つの要素は対立する関係にある。訪問する者と訪問される者、あるいは支配する者と支配される者、さらに言えば、何らかの意図を持って探し出そうとする者と、なぜかそれを拒否する者、そのように言うことができる。

これまで述べてきたことからすれば、「桃花源記」を一つの物語として見てみると、他の洞窟探訪説話も比べて、ここまでで十分に面白く、またほかの洞窟探訪説話に比べて、より深いものとなっている。ほかの洞窟探訪説話には登場しない太守すなわち支配者の出現が、この物語に深さを与えていると言える。そして、この太守の出現と桃源郷の探訪の失敗を、あなたならどのように読み取るのか、この物語はそのことを読者に求めている。そこにこの物語の深さがあるということではないだろうか。

さらに、一つの物語としてみれば、すでに述べたように、ここまでの部分で、すなわち、『捜神後記』の「桃花源記」の部分だけでこの物語はひとまずは完結していると言える。前章で述べたように、内山知也氏は『陶淵明集』の「桃花源記」にもとづいて「「桃花源記」の物語構成」という図を作っているが、その「図」もここまでしかない。それももっともなことである。と言うより、ここまでで十分に一つの物語として捉えうるからこそ内山氏はここまでこの「「桃花源記」の物語構成」の図をひとまず完成したとしたのであろう。

それでは『陶淵明集』の「桃花源記」の最後の部分すなわち劉子驥の登場する逸話の部分は余計な部分に過ぎないということなのであろうか。『陶淵明集』の「桃花源記」の最後の劉子驥の登場する部分は有っても無くても良い部分なのであろうか。

あるいはそうであるのかも知れない。いや、すでに述べたように、そのような問題の設定の仕方自体が意味をなさないのであって、重要なことは『陶淵明集』の「桃花源記」にはその部分が含まれているということである。そして、現に「之を聞きて、欣然として往かんことを規る（聞之、欣然規往）」とあるように、明確にこれまでの話を踏まえた上での記述となっていることである。そうである以上、『陶淵明集』の「桃花源記」においては、劉子驥の登場する逸話の部分は欠かすことのできない要素であると考えなければならない。そして、この部分をどのように読み取るのか、それが、この物語を読む者に求められているということである。

別の面からもう一度確認しよう。劉子驥の逸話の部分は、一見、有っても無くてもいいもののように思える。なぜなら、それまでの話で一つ物語としてはひとまず完結しているからである。しかし、そうであるにもかかわらず『陶淵明集』の「桃花源記」にはその部分が含まれている。それは逆に言えばこの部分がいかに重要な役割を果たすものであるか、そのことを物語っていると考えなければならない。にもかかわらず、これまでの論考のほとんどは、劉子驥の逸話の部分に言及していない。

この物語はこの逸話から何かを読み取るように我々読者に迫っているのだ。それではこの逸話は我々に何を読み取らせようとしているのであろうか。

（二）『陶淵明集』の「桃花源記」の物語の展開と登場人物の作用

「図3」の④の「太守に報告後」部分まではすでに述べた。問題なのは劉子驥が登場するところである。

南陽の劉子驥は、高尚の士なり。之を聞きて、欣然として往かんことを規るも、未だ果さずして、尋いで病みて終わる。後遂に津を問ふ者無し。

南陽劉子驥、高尚士也。聞之、欣然規往、未果、尋病終。後遂無問津者。

ここに突如登場する劉子驥とはいったいどういう人物なのであろうか。桃源郷に行くことができなかった以上、まずは桃源郷の村人と同じ立場にある人物でないことはあらためて言うまでもないだろう。また、漁人は「魚を捕えることを業としている（捕魚為業）」のであるが、そのような立場にある人物であろうか。もちろんそうではない。なぜなら、漁人の名前は記されていないが、劉子驥には「劉子驥」という名前が記されているからである。劉子驥という固有名詞には、この固有名詞が固有にもつ意味が共示的に含まれているが、漁人にはそのようなものは含まれていない。

このことに関して一つ確認しておかなくてはならないのは、『捜神後記』の「桃花源記」のことである。たしかに『捜神後記』には「漁人姓黄名道真」なる文章が入っていて漁人には最初から「黄道真」という名前が与えられているように思える。しかし、この文章は「漁人甚異之」という文章と「復前行、欲窮其林」という文章のあいだという非常に不自然なところにあるのである。

谷川にそって舟をこいで川をさかのぼっているうちにどれほど来たのか分からなくなった漁人は、とつぜん両

【図3「陶淵明集」の「桃花源記」】

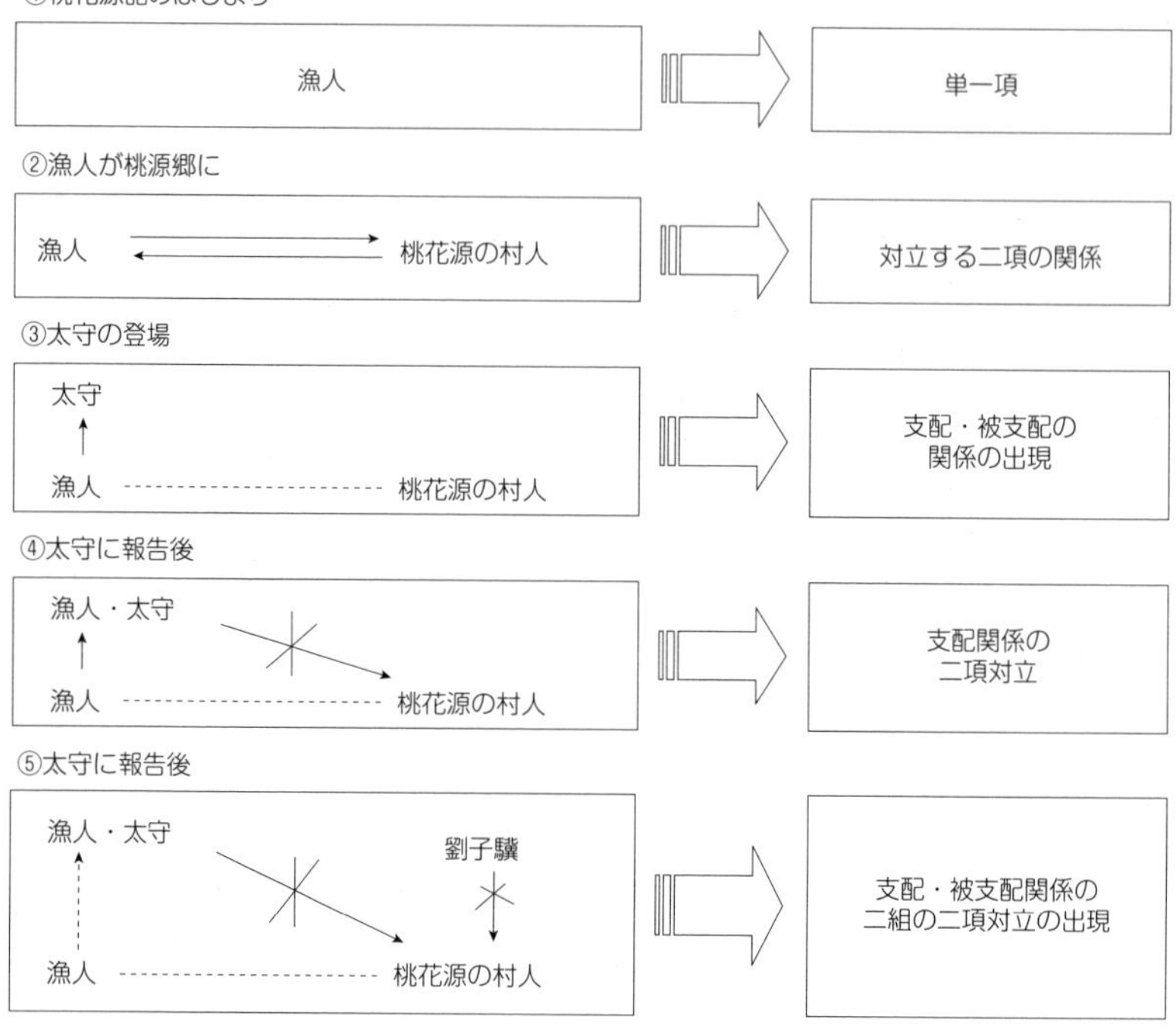

岸にずっと花が満開に咲いている桃の林のあるところにやってきた。林には他の木は一本もなくすべて桃の木だった。林の下には香しい草が生い茂り、そこへひらひらと桃の花びらが舞い落ちている。なんとも言えないほど美しいこのような景色をみて、漁人は「甚だ之を異しむ（非常に不思議におもった）」のである。ここまでは話の展開として不自然なところは一つもない。

『陶淵明集』の「桃花源記」では、そのあとにすぐ「復前行、欲窮其林（復た前み行きて、其の林を窮めんと欲す）」と続く。目の前に広がる得も言われぬ美しい景色をみてその先はどうなっているのだろうと、さらに川をさかのぼって林の尽きるところを突き止めようとしたのである。しかし、どういうわけか、『捜神後記』の「桃花源記」には、この「漁人は非常に不思議におもった」ということと「さらに川をさかのぼって林の尽きるところを突き止めようとした」という行為のあいだに「漁人姓黄名道真」という記述が入っている。不自然と言わざるをえない。

したがって、この部分は普通は「注」だと考えられるであろう。ただ、漁人が誰なのかについて注をほどこすなら、最初に漁人が登場する冒頭の場面である「晋太元中、武陵人捕魚為業」のところであるべきである。事実、宋の李公煥撰『箋注陶淵明集』〔四部叢刊本〕には「捕魚為業」の下に「漁人姓黄名道」の注記がある。『捜神後記』の「桃花源記」ではなぜこのような不自然なところに「漁人姓黄名道真」なる文章がまぎれ込んだのか、依然不明だと言わざるをえない。いずれにせよ、『陶淵明集』の「桃花源記」には「漁人姓黄名道真」という文章が入っておらず、劉子驥には劉子驥という固有名詞が記されているのとは対照的に漁人の名前は記されていないのである。

ただ、漁人という単語にはただ普通名詞としての意味しか含まれていないのかと言うと、おそらくはそうではなく、そこには太公望の逸話や「漁父の辞」を出すまでもなく別の意味がやはり共示的に含まれていると考えられる。それについてはここでは述べない。ここでは、劉子驥という固有名詞が共示的に示す意味は、漁人という普通名詞が共示的に示す意味とは質を異にすることのみを述べておきたい。いずれにしろ劉子驥は漁人と同じ立場にある人物ではない。

それでは太守のように支配者の立場にある者であろうか。たしかに「劉子驥は高尚の士なり」とあるように知識人であることに相違はない(47)。しかし、この高尚の士は隠遁している人物であって、現在は役人という支配者の立場にないことを意味している。

ただ注意しなければならないのは、知識人である以上、いまはその立場になくとも権力者に喚ばれて役人になる可能性を持っている。そういう立場にある人物だということである。

『捜神後記』第一巻の洞窟探訪説話第四話の冒頭に、

　滎陽人、何を姓とするも、其の名は忘れらる、名聞有るの士なり。荊州辟して別駕と為さんとするも、就かず、隠遯して志を養ふ。

　滎陽人姓何、忘其名、有名聞士也。荊州辟為別駕、不就、隠遯養志。

とある。何某は荊州の別駕にと招聘されたがその職に就かなかったが、何某はそのように役人として召される可能性のある人物だったのである。そして、何某と同様に、劉子驥も役人として召される可能性のある人物だったということである。

つまり劉子驥は、一つは知識人であるという面、もう一つは現在のところ支配者の立場にはないという面、このような二つの側面を同時に持っている人物だということである。

なお、劉子驥が『捜神後記』の第一巻の第六話に登場する劉驎之と同一人物であるとすれば、『晋書』巻九十四の隠逸伝(48)に陶淵明とともに載っていて「好んで山沢に游び、志は遁逸に存す（好游山沢、志存遁逸）」とされている人物、あるいは『世説新語』棲逸第十八(49)に、陽岐に隠棲したと記載されている人物である。

それでは「桃花源記」に登場するほかの人物について見てみると、どのように整理することができるのであろうか。次に進みたい。

二　二組の対立関係と登場人物の関係

「桃花源記」に登場する人物は、どのように整理することができるのであろうか。これまでの洞窟探訪説話の検討と同じように「桃花源記」に登場するほかの人物について見てみると次のように整理することができる。「図4」をご覧いただきたい。

（一）二組の対立関係

まず、「図4」の下の［A］にあるように、知識人か、そうでないかという対立関係がある。知識人とは、現に役人であるか、いつか役人になりうる人物のことである。「桃花源記」では、知識人の立場に太守と劉子驥がいる。非知識人、すなわち知識人でない立場には、漁人と桃源郷の村人がいる。

次に［B］に示したように、現在権力の支配の圏内にいるか、それともその圏内にいないかとい

【図4　二組の対立関係】

		[B] +	[B] −
[A]	+	＋＋	＋−
[A]	−	−＋	−−

［A］知識人と非知識人（庶民）の対立関係
知識人（+）：太守（太守に通じた漁人）・劉子驥
非知識人（−）：漁人と桃花源の村人

［B］現在、権力の圏内にいる者といない者という対立関係
権力圏内（+）太守と漁人
権力圏外（−）：劉子驥と桃花源の村人

う対立関係である。太守が権力の支配の圏内にいることと、劉子驥がその圏外にいることはあらためて言うまでもない。一方、漁人であるが、これは「支配される方の立場」ではあるが現在の権力の支配の及ぶ圏内にいる人物である。だからこそ漁人は桃源郷から脱出してのち、すぐさま太守のところに駆けつけたのである。

それに対して桃源郷の村人は、太守の手下が行くことができなかった桃源郷に住んでいるのであるから、現在の権力の支配から遁れていると言うことができる。その点では劉子驥と同じ立場にある。このことを分かり易く図式化すると「図5」のようになる。

【図5　二組の対立関係と「桃花源記」登場人物の関係】

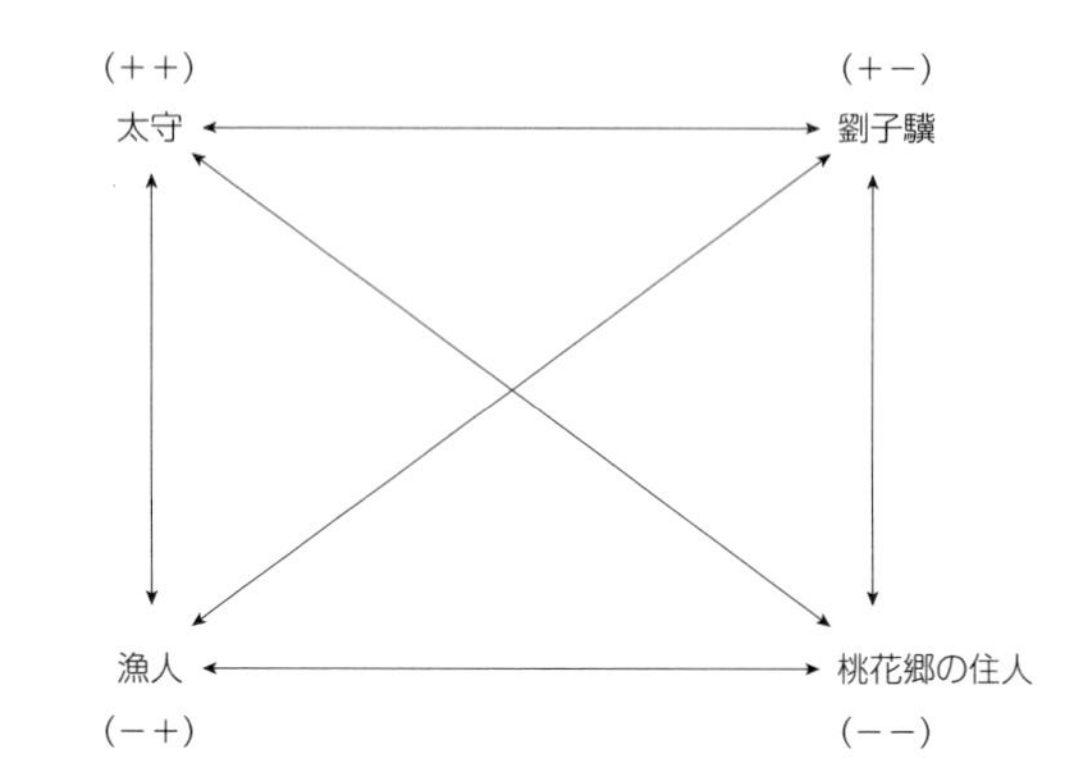

［「桃花源記」の登場人物の属性］

①太守＝知識人であり（＋）、また現在権力の支配の圏内にいる（＋）

②劉子驥＝知識人であるが（＋）、現在権力の支配の圏外にいる（－）

③漁人＝知識人ではないが（－）、権力の支配の圏内にいる（＋）

④桃花郷の住人＝知識人ではなく（－）、権力の支配の圏外にいる（－）

（二）二組の対立関係と登場人物の関係

［「桃花源記」の登場人物の属性］のところをご覧いただきたい。太守は、知識人であり（＋）また現在の権力の支配の圏内に在る（＋）、そういう人物である。それに対して劉子驥は知識人である（＋）が現在の権力の支配の圏外に在る（－）人物ということになる。一方、漁人は知識人ではない（－）が現在の権力の圏内に在る（＋）人物である。最後に桃源郷の村人であるが、それは次のように言うことができる。まず桃源郷の村人は知識人ではないし（－）現在の権力の圏内にもいない。そこから遁れている（－）と。

さてそれでは、このような図式から見たとき、『陶淵明集』の「桃花源記」の最後に添えられた、一見したところ有っても無くても良いように見える劉子驥の逸話は、「桃花源記」においてどのような作用を果たしているのであろうか。劉子驥の逸話が加わることでこの「桃花源記」はどのような物語として立ち現れてくるのであろうか。

それは次のようなことである。第一に、知識人ではないが、現在の権力の圏内に在る人物すなわち支配される存在である漁人は偶然ではあるが桃源郷に入ることができた。しかし、知識人でありまた現在の権力の圏内に在る人物すなわち支配者の立場にある太守に通じたが最後、漁人は二度と桃源郷に入ることでできなくなってしまったのである。もちろん、太守およびその手下の者は絶対に入ることができない。だからこそ「桃源郷の村人」は「先世」が「秦時の乱を避」けて、「妻子邑人を率いて、此の絶境に来」て以来、二度とそこから出ないまま洞窟の外の人と交わりを絶つことができたのである。

ただ、ここまでの話では権力者と権力から遁れた桃源郷の村人という二項の対立でしかない。つまり桃源郷には権力者は入れないのである。別の言い方をすれば、桃源郷は権力を拒否する意志や姿勢を表わしている、そのように言うことができる。そして「桃花源記」の物語はそれで十分におもしろく、そして意味のある話として成り立つ。

しかし『陶淵明集』の「桃花源記」はそれだけでは終わらない。一見収束したかに見える物語に何の前触れもなくとつぜん劉子驥が登場する。しかし、登場はするものの、大方の予想に反して、最終的には桃源郷には行き着くことはできなかったのである。太守やその手下の者と同じように、また太守に通じた漁人と同じように…。

それでは、漁人と同じように支配者の立場にはない劉子驥、権力の支配の圏外にいる劉子驥、普通に言えば隠者と呼ばれる劉子驥が、なぜ桃源郷に行くことができないのであろうか。それは、漁人が太守に通じたように、いやそれ以上に容易に太守の立場になりうる者だからではなかったかと考えられる。

隠者は普通は反権力の立場にあり、その点で権力の立場にある者、たとえば太守のような者と対立する立場にある人物のように思われる。しかし太守になるか隠者になるかはただ単に「ON」と「OFF」との関係でしかなく、太守と隠者はいつでも容易に入れ替わるものなのである。

『陶淵明集』の「桃花源記」の桃源郷は太守のような現実に権力の立場にある人間だけでなく、現在は権力から離れているものの、いつでも容易にその立場に変りうる劉子驥のような者、そのような者の来訪も、やんわりと、あるいは婉曲に拒否している。そのように読むことができる。

むすびにかえて——陶淵明の生涯と登場人物の関係

最後に、陶淵明の生涯という文脈にこの「桃花源記」の物語を置いて考えてみるとどうなるであろうか。そのことを述べて本章を閉じたい。

「図6」は陶淵明の時代の世俗と隠遁の関係についての一般的な考え方である。上の段の「役人」は現在支配者の立場にある人物であり、「一時的隠者」とは自らの意志によって隠遁しているのか、あるいは権力の意向によってそうさせられているかに関わらず、一時的に権力の圏外に身を引いている人物である。もちろん一時的隠者は時機が来ればいつでも役人になる意志を持っている。役人と一時的隠者は容易に入れ替わりうる。下の段の「恒久的隠者」は二度と役人にならないと決意し、そして実際にそうしている人物である。

【図６　二組の対立関係と通常の世俗と隠遁の関係】

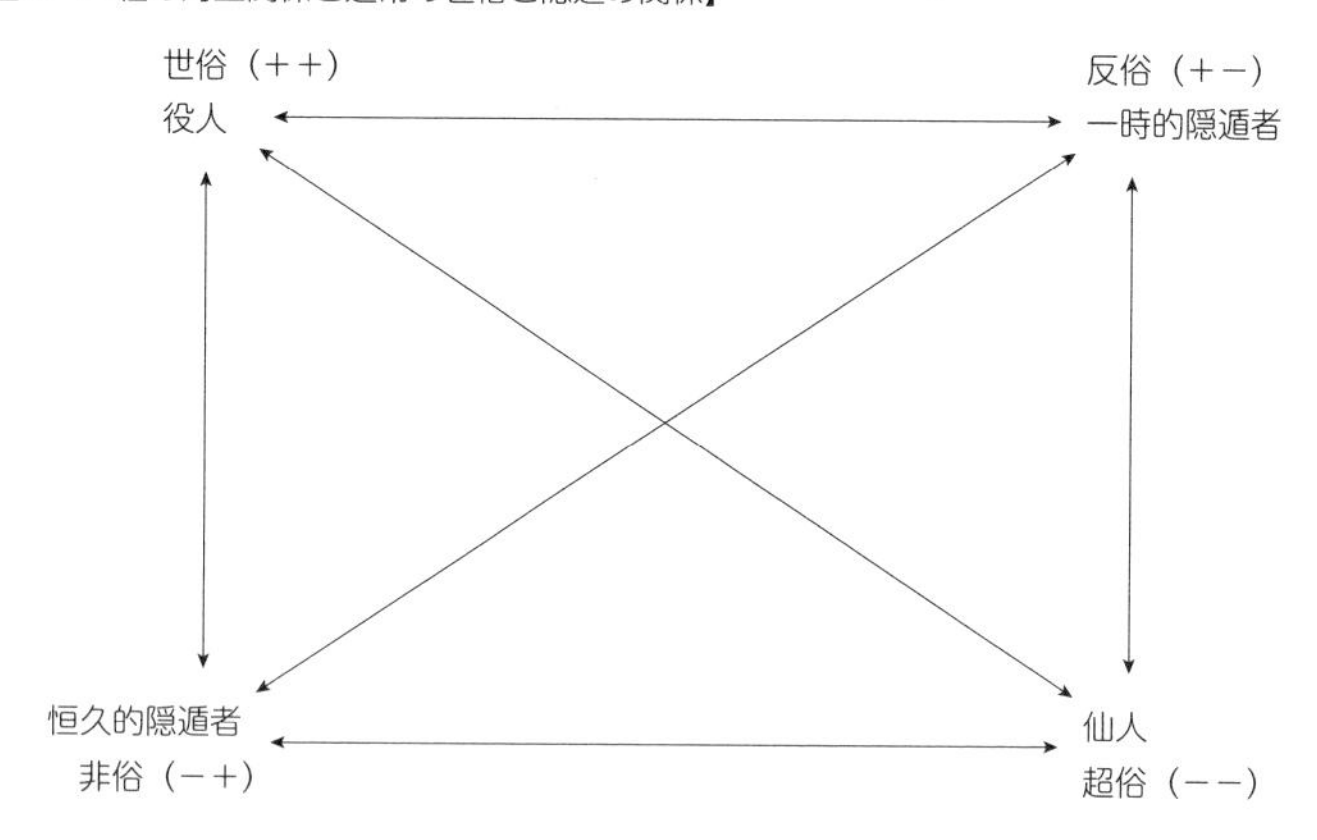

［「桃花源記」の登場人物の属性］

①太守＝知識人であり（＋）、また現在権力の支配の圏内にいる（＋）
②劉子驥＝知識人であるが（＋）、現在権力の支配の圏外にいる（－）
③漁人＝知識人ではないが（－）、権力の支配の圏内にいる（＋）
④桃花郷の住人＝知識人ではなく（－）、権力の支配の圏外にいる（－）

それを世俗性という点から見るとどうなるのであろうか。「役人」はあらためて言うまでもなく「世俗」にある人物である。それに対して「一時的隠者」は「anti世俗」の存在、すなわち「反世俗」の存在である。この両者は時代が変ればいつでも入れ替わることができる一方、「恒久的隠者」は世俗には戻らない。すなわち世俗に非ざる立場すなわち非世俗、「非俗」ということになる。「non世俗」ということである。最後に「仙人」であるが、これも言うまでもない。世俗性を超えた存在すなわち「超俗」ということである。

第一部の第二章では「超俗」を「世俗」に対立することばとして用いた。それがこれまでの普通の用いられ方であった。したがって一時的に世俗から離れて山に隠遁した者に対しても、仙人のような超越的な存在に対しても同様に「超俗」を用いて形容している。しかし、一時的には隠遁しているが、時が来れば役人になる、あるいは復帰する者に対しても、

【図7　二組の対立関係と陶淵明の生涯の関係】

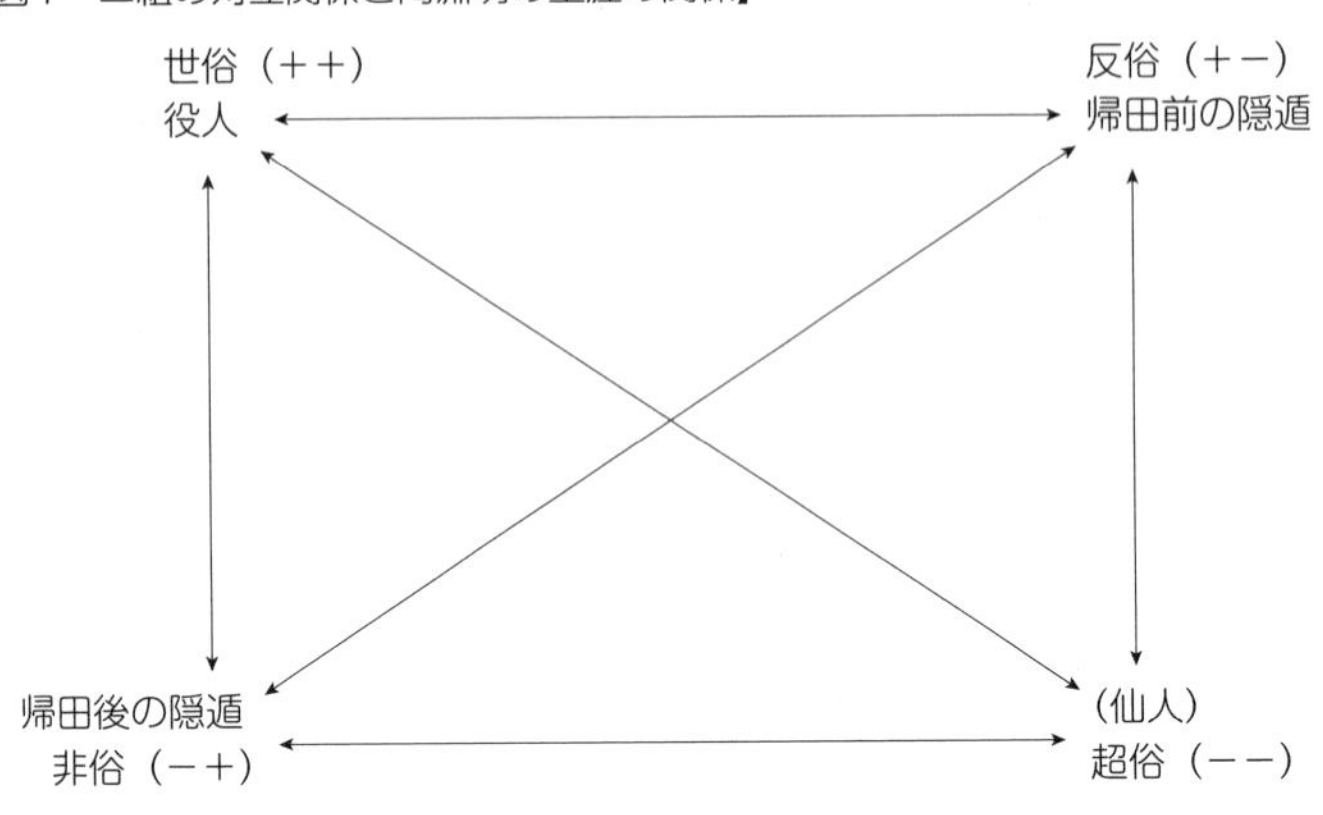

役人になることなどすでに眼中になく異界に住んでいる仙人のような存在に対しても、同じ「超俗」ということばで形容して良いものであろうか。これまでの隠者に対する考え方もこれと同様に、一時的に役人の世界から離れた山に住む者も、二度と役人にはならないと決意しそこから離れた者もすべて「隠者」と呼んで、その内実を追求することはなかった。このような曖昧性、あるいは両義性をもつものとして「隠者」ということばを用いたことこそが、当時の人々の認識をあらわしているのであろうが、陶淵明は山に隠れることも超越的な存在になることも拒否し、田園という中間的な場所、両義的な位置に隠棲することで、逆に山に隠遁する隠者の欺瞞性、異界に住むという仙人の虚偽性を浮かび上がらせたと言えるのではないか。

このような陶淵明の時代の世俗と隠遁の関係についての一般的な考え方と陶淵明の生涯を合わせて見るとどのようになるであろうか。「図7」をご覧いただきたい。

陶淵明は、初めて役人になってから最後に田園に帰るまで、上の段の役人と一時的隠遁を何度も繰り返した。しかし、帰田以降は恒久的隠者となる。それからあとは二度と役人になることはなかったのである。

ただ、陶淵明は仙人になった訳でもないし、おそらく仙人という存在を認めていなかったものと思われる。したがって、陶淵明が目指したのは仙人になることではなかった。むしろ仙人になることを拒否した。陶淵明が目指したのは田園の住人であった。この点がこの時代の通常の「世俗」対「隠遁」という関係と、「世俗」対「隠遁」という関係に対する陶淵明の考え方、あるいは陶淵明の生涯のあり方との違いである。

このような陶淵明の生涯のあり方を「桃花源記」の物語と合わせて考えて見たい。「図5」と「図7」とを合わせてご覧いただきたい。陶淵明の生涯と合わせてみてみると「桃花源記」からは次の三つのことを読み取ることができる。

一つは、恒久的隠遁を決心し田園に帰った陶淵明であるが、もしも「桃花源記」の漁人のように再び太守のような役人に通ずることがあれば二度と田園の村人の中に入っていくことはできない。ここには自戒が含まれているのかも知れない。また、そこに二度と役人にはならないとの決意を読み取ることもできよう。

二つめは、陶淵明はかつては劉子驥のように一時的隠者であったのであるが、そのような立場であるかぎり絶対に田園に入っていくことはできない。それは逆に言えば田園はそのような人物の侵入を拒否しているということである。

三つめは、桃源郷はこの世界の何処かにあるかもしれない架空の場所などではなく陶淵明自身が現実に最終的に身を落ち着けた田園そのものである。このことについてはすでに第一部で論じた。第一部とこの第二部を合わせて読んでいただければ幸いである。

第三部　従来の「桃花源記」研究の概要とその問題点

第三部では、「桃花源記」に対する解釈に関するこれまでの議論を整理し、そのうえで、それぞれの問題点を指摘したい。

これから第三部、第四部で述べることとは、第一部、第二部で述べたことの前提となったことの検討である。したがってそれは、第一部、第二部のような論考がなぜ書かれたのかという疑問に対する解答となるものだとも言えよう。

第一章「従来の「桃花源記」研究の概要」においては、「桃花源記」に対する最も本質的な問題である「桃花源記」は「記録」なのか、それとも「創作」なのかということを指標として、これまでの「桃花源記」研究史を概観し整理した。なお、「創作」説には、完全な創作と考えるものと、何かをもとにした創作とするという二つの説が含まれている。

第二章「従来の「桃花源記」研究の問題点」においては、第一章で検討した六つの説それぞれの問題点について検討する。なお、六つの説とは次の通りである。

（1）収集した民話、あるいは伝説の一つに過ぎないとする説（A説）
（2）歴史的事実（避世）をそのまま描いたとする説（B説）
（3）完全な創作だとする考え方（C説）
（4）もとにしたものは現実の出来事だとする考え方（D説）
（5）もとにしたものは武陵についての民間説話だとする考え方（E説）
（6）もとにしたものは洞窟探訪説話だとする考え方（F説）

第一章　従来の「桃花源記」研究の概要

はじめに

一九九一年に内山氏の「「桃花源記」の構造と洞天思想」が公表されて以来、「桃花源記」に関する論考は、現在（二〇一四年）に至るまでさらに数編が発表されている。それらはおおむね内山氏の桃源郷は洞天であるという考え（これより以降この考えを「桃源郷＝洞天」説と呼ぶ）を前提としてなされたものである。しかし、「桃源郷＝洞天」説そのものを検討対象にしたものは見えない。また内山氏自身の論考も「桃源郷＝洞天」説を論ずることの方に重点があり、従来の論考についての検討は必ずしも十分であったとは言えない。

そこで本章では、「桃花源記」をどのようにとらえてきたのかについて再検討し、主として日本における「桃花源記」研究史の整理を行いたい。

さて、「桃花源記」に対する従来のとらえ方について、内山氏は先の論考において中国での従来の読まれ方について述べ、それは次の四つに分類されるとしている。

（1）仙境説　桃源郷は仙境であるとする考え方
（2）避世説　世を避けた人達が集まった所であるとする考え方
（3）寓言説　全体的に寓言だとする考え方
（4）考証実在説　実際に桃源郷があったとし、考証してその場所を決定しようとする考え方

なお、内山氏の論考のちょうど十年前、一九八一年にすでに「陶淵明における虚構のあり方（二）――「桃花源記并詩」を中心にして――」[50]において、上里賢一氏は従来の諸説の整理を行っていた。その結果は内山氏とほぼ同じである。

（1）神仙境を描いた、いわゆる神仙譚
（2）実在する桃源郷について、実際に語り伝えられている話を記録したもの
（3）作者が、桃源物語にかこつけて、現実社会についての思いをほのめかした、いわゆる寓意である
（4）実際の話を記録したもの（紀実）であると同時に寓意である

あるいは内山氏が上里氏の論考を参考にして上記のような分類にしたのかも知れない。いずれにしろ、このような分類の仕方がこれまでの分類だったと言うことはできよう。しかし、のちに述べるように、このような分類は、その分類基準が論理的ではないうえ、一貫してもいない。そのためかえって混乱をもたらしている。何かを分類するにはその基準を論理的に検討し、明確にしておかなければならない。範疇や論理のレベルの異なるものを基準として分類してしまうといたずらに混乱を招くこととなってしまう。

論者も、両氏にならって、主として日本人の研究者のものを論者なりに整理してみた。その結果、大きく次の六つに分けるのが適切だと考える。(51)

（A）収集した民話、あるいは伝説の一つに過ぎないとするもの
（B）歴史的事実（避世）をそのまま描いたとするもの
（C）完全なフィクションだと捉えるもの
（D）現実の出来事（避世）をもとにした創作だと捉えるもの
（E）民話説話をもとにして改作したものだと考えるもの
（F）洞窟探訪説話をもとに再構成したものだと考えるもの(52)

論者の分類で言えば、内山氏の分類における（1）の「仙境説」は論者の分類では（A）説の「収集した民話、あるいは伝説の一つに過ぎないとするもの」に相当し、（3）の「寓言説」は（C）説の「完全なフィクションだと捉えるもの」に、（2）の「避世説」と（4）の「考証実在説」は（D）説の「現実の出来事（避世）をもとにした創作であると捉えるもの」に当たる。なお、（E）説の「民話説話をもとにして改作したと考えるもの」と（F）説の「洞窟探訪説話をもとに再構成したと考えるもの」は内山氏の分類ではどこにも入らない。

また、内山氏の言う③の「寓言説」という概念は作者の意図がそこに作用していると言うことであろうが、そうだとすれば、（1）の「仙境説」のなかにも、（2）の「避世説」にも、また（4）の「考証実在説」にもそのような説があり、先に述べたように分類の仕方が論理的ではないから、このようになってしまうのである。内山氏の分類の（1）「仙境説」と（2）「避世説」は「桃花源記」がどのような世界を描いているのか、言わば「な

に」を描いているのかによる分類であり、(3)「寓言説」と(4)「考証実在説」は、作者は「桃花源記」を自己の考えを表すものとして描いたのか、それとも現実の出来事を単に記録しようとして書いたのかということによる分類である。別に言い方をすれば「どうして」を基準にした分類である。すなわち、これも先に述べたように分類の仕方そのものが妥当でない。上里氏や内山氏の分類はたしかに「桃花源記」の研究史の検討にそれなりの有効性を持っているが、分類の基準が一定でなく、一貫していないため、かえって混乱をもたらしていると言わなければならない。

上里・内山の両氏の四分類法に対し、上田武氏は、廖仲安著『陶淵明』の翻訳に付けた「補説——中国における陶淵明像の形成の過程——[53]」において「まさに無数といってよい文人たちが、それぞれの思いをこめて桃源郷を語ってきた。しかし前近代においては、イメージとして再構成された桃源は窮極的には二つの類型に尽きている」として、次の二つに分類している。

(1)　現実をまったく隔絶した仙境としての桃源郷
(2)　この世と同じ次元の、実在する絶境としての桃源郷

非現実的な「仙境」か、現実に存在する「絶境」か。上田氏のこのシンプルな二分法の方が、分類基準の一貫性ということから言えばより適切であろう。ただ、これはあまりにもおおざっぱな分け方で、これまでになされてきた様々な理解の仕方を整理するという点ではほとんど有効性を持たない。

論者の分類の仕方の基準についてはのちに述べるが、論者は、従来の諸説が複雑にからみあっていて一見混乱を極めているように見えるのは、レベルの異なった議論が同一地平上に並んで行われているからだと考える。論

者が先に述べた六つの分類も実は同一レベルでの分類ではない。四ないし五つのレベルからなっている。

さて、「桃花源記」そのもの、あるいはそれに関わることがらには、それぞれそのように理解することを可能にするような根拠がたしかにある。しかし、そこに問題点がないわけではない。たとえば（C）説の「完全なフィクションだと捉えるもの」（一海知義氏の理解がこれに当たる）について言えば次のような問題点が指摘される。当時、民間に数多くあった洞天探訪の説話の影響を無視して良いのかということである。『捜神後記』は当時の説話を集めたもので、冒頭に数篇の洞窟探訪説話が収められている。その五番目にこの物語「桃花源記」がある。三浦・内山両氏がその論考ですでに「桃花源記」と洞天思想との関係に言及している以上、このことはとうてい看過して良いというものではない。

そこで本章では、まず「桃花源記」のこれまでの理解の仕方の問題点を論者による六つの分類にしたがって順次指摘し、最後に論者の見解を示したい。なお、論者は（F）説すなわち「洞窟探訪説話をもとに再構成したものだと考えるもの」が最も整合性があって説得力がある主張だと考えているが、この説にも問題点がないわけではない。第三部・第四部では、（F）説を踏まえつつ別の理解の可能性を示したい。

一　記録か創作か

すでに述べたように、上田武氏は、廖仲安の『陶淵明』の翻訳に付けた「補説——中国における陶淵明像の形成の過程——」において、「前近代においては、イメージとして再構成された桃源は窮極的には二つの類型に尽きている」として、次の二つに分類している。

(1) 現実をまったく隔絶した仙境としての桃源郷
(2) この世と同じ次元の、実在する絶境としての桃源郷

上田氏は、(1)の立場にたって桃源郷を描いたものとして、王維の「桃源行」、李白の「山中問答」[54]、劉禹錫の「桃源行」などを挙げている。たとえば、王維の「桃源行」は七言三十二句よりなるが、第19句・20句および第31句・32句は次のように表現されている。

……

19　初因避地去人間　初め地を避け人間(じんかん)を去るに因りて
20　更聞成仙遂不還　更に聞く仙と成りて遂に還へらざるを

……

31　春来偏是桃花水　春来偏(あまね)く是れ桃花水
32　不辨仙源何処尋　辨ぜず仙源何れの処に尋ぬるを

ここに「成仙」「仙源」ということばがあることから分かるように王維は明らかに桃源郷を「仙境」と理解している。

　これらの作品は「桃花源記」に対する一つの解釈だと言うこともできる。そうだとすれば上田氏の言うように、これらの作者は桃源郷を「仙境」だと理解していることは明らかである。ただ、このような解釈が実在する「仙境」を「記録」したものと考えているのか、あるいは現実には存在しない世界を作者が「創作」したものと考え

ているのか、また実在しているかどうかについてはあやしいが、民間に伝承されている説話としてはたしかに存在しており、それを「記録」したものだと理解しているのかについては、少なくとも王維の「桃源行」、李白の「山中問答」、劉禹錫の「桃源行」を読む限りでは良く分からない。

以上の問題についてはひとまずは次のように考えておきたい。今日の人々が信じていないように、当時にあっても「仙境」が実在しているとは信じられていなかった。しかし、「仙境」の実在を前提としたような「説話」は存在しており、そのような「説話」を非現実なことだとして排除するようなことはせず、そのようなものとしての「説話」の存在は認めていた——と。そこで一応次のような前提に立って論を進めていきたい。

(1)の「現実をまったく隔絶した仙境としての桃源郷」というのを、論者の分類による（A）説「収集した民話、あるいは伝説の一つに過ぎないとするもの」とする

(2)の「この世と同じ次元の、実在する絶境としての桃源郷」というのを論者の分類による（B）説「歴史的事実（避世）をそのまま描いたとするもの」とする

この二つの解釈は一見対立したもののように見える。しかし、実は共通したところがある。それは「民話・伝説」であるか、あるいは「歴史的事実」であるかに関わりなく、ともに「桃花源記」を一種の「記録」として捉えていることである。本章の「はじめに」においてすでに述べたように、これと対立する立場に立つものに「桃花源記」を「創作」だと考えるものがある。もし「創作」だとすれば、作者陶淵明のいわゆる「創作意図」なるものを読み取ることがこの作品を理解するための一つの大きなポイントとなる。しかし、もし単なる「記録」だとすれば、記録者である陶淵明の「創作意図」をそこに読み取ることは深読みに過ぎないものになってしまう。

ここではまず「桃花源記」を「記録」だと理解する以上の二つの考え方について検討することとしたい。

（一）「収集した民話、あるいは伝説の一つに過ぎない」とする考え方について

まず①の「収集した民話、あるいは伝説の一つに過ぎない」とする考え方について検討したい。これは石川忠久氏が「歴史資料としては首をかしげるが、捨てがたいと言う話を集めた」ものと言うところの民話・伝説の資料の、その一つとして「桃花源記」もあったという考え方である。

すでに述べたように「シンポジウム」のパネリストの一人であった石川忠久氏は「歴史家たらんとした」陶淵明には「創作意図はなかった」から、「桃花源記」を「陶淵明の創作意図のもとに書かれたと思って、かってに理想社会にあこがれたとか、当時の社会はどうであったかと言うことはお門違いと思うのです」と述べている。また、シンポジウムが行われたのとほぼ同じ時期の一九八九年度（一九八九年十月〜一九九〇年三月）のＮＨＫラジオ講座のテキスト(55)においても次のように記されている。

これ（「桃花源記」のこと——門脇注）はもともと、淵明の篇に成る（ママ）『捜神後記』に載せられている物語で、後述するように、このころこうした不思議な物語が多く語られていたものを記録したのである。淵明が理想社会に憧れて創作したものではない。この時代は物語を創作するということはなかったのである。（傍点——門脇）

石川氏は「桃花源記」を陶淵明が編纂した『捜神後記』に収められた「歴史資料」としての民話、伝説の一つに過ぎないと考えていた。

石川氏は、シンポジウムではその例として「陶淵明の六、七十年先輩」の干宝とその『捜神記』を挙げてそのことを説明している。たしかに『捜神記』の序には、次のようにある。

　まして千年も昔のことを、今日から見て記そうとすれば、珍しい習俗を記録し、部分的に残存している書物から片言隻句を拾って綴り合わせ、いろいろな行事を古老に尋ねて、事実に誤りの無いようにし、記録に食い違いの無いようにせねばならない。しかるのちに、信頼のおける記録となるのであるが、昔から歴史を記す場合には、この点に苦労したにちがいない。記録というものは、このようにすべてが信頼できるものではないのに、国家においては歴史編纂の役人を絶やさず、また学者は書物を読む勉強を綿々と続けてきたのはなぜであろうか。それは、伝えられる記録は、なにはともあれ、失われた部分は少なく、真実を留めている部分が多いと判断されるからなのである。(56)

また、高橋稔氏が「『捜神記』序——伝承の記録と創作の起こりとの関係——(57)」で言うように「その史料編纂にかかわる説明は、すべてが資料を客観的に操作しながら真実を追究しようとする歴史家の態度で貫かれている」とすれば、『捜神記』の「まねをした作品が続々と出てきたうちの一つ」である『捜神後記』にも、干宝と同じ「編纂意図」(「創作意図」ではない)が作用していても不思議ではない。石川氏も「陶淵明は明らかに干宝を、そして彼の編纂した『捜神記』を意識して、この『捜神後記』を編纂したに違いないわけですね（傍点—門脇）」と述べている。

（二）「歴史的事実（避世）をそのまま描いたとする」考え方について

次に、（B）説の「歴史的事実（避世）をそのまま描いたとする」考え方について見てみたい。これは上田氏の言う「この世と同じ次元の、実在する絶境としての桃源郷」という考え方でもある。王安石をはじめとする宋代の人々の理解がこの説に当たる。まず王安石を初めとする宋代の人々の理解を見てみたい。
王安石に七言十六句よりなる「桃源行」という詩がある。その前半八句は次のようである。

望夷宮中鹿為馬　　望夷宮中 鹿を馬と為し
秦人半死長城下　　秦人半ば死す長城の下
避時不独商山翁　　時を避くるは独り商山の翁のみならず
亦有桃源種桃者　　亦た桃源に桃を種うる者有り
此来種桃経幾春　　此に来たり桃を種ゑてより幾春を経ふ
採花食実枝為薪　　花を採り実を食ひ枝を薪と為す
児孫生長与世隔　　児孫生長して世と隔たり
雖有父子無君臣　　父子有りと雖も君臣無し

望夷宮のなかでは鹿を馬だといいなしていた。
そのとき秦の人民の半分は長城の下で死んでいた。
時代の戦乱を避けたものは商山にかくれた老人たちばかりではない、

桃さく水源に桃をうえたひとたちもいた。
ここへやって来て桃をうえてから幾たびの春を経たろうか。
花をつみ実を食べ枝だをまきにした。
子孫が生まれ育って行き世間と隔絶してしまった、
父と子という関係はあるが君主と臣下の区別はない。(58)

これは明らかに、秦の時代の混乱を避けていわゆる「隠れ里」に住みつき、「児孫生長して世と隔たり（児孫生長与世隔）」とあるように、その後何代も経て今日に至ったという設定のもとになされた表現である。これは「仙境」ではない。「隠れ里」として「実在する絶境」である。たしかに合理的な解釈と言うことができる。

さらに、「桃花源記」を「仙境」としてではなく、このように読むべきだと明確に主張した者がいる。王安石と同時代に生きた蘇軾である。蘇軾は「和陶桃花源（陶の桃花源に和す）」という詩の「序」で次のように述べている。

世々桃源の事を伝ふ、多く其の実を過ぐ。淵明の記す所を考ふるに、止だ、先世秦の乱を避けて此に来たると言ふのみ。則ち漁人の見る所は、是れ其の子孫の似くして、秦人の死せざる者に非ざるなり。又た云ふ、鶏を殺して食を作ると。豈に仙にして殺す者有らんや。
世伝桃源事、多過其実。考淵明所記、止言先世避秦乱来此。則漁人所見、似是其子孫、非秦人不死者也。
又云殺鶏作食、豈有仙而殺者乎。

たしかに「桃花源記」の本文には「仙境」や「神仙」を直接表すようなことばはまったく見られない。ただ、漁人が「路の遠近を忘れ」たところ、「忽」と目の前に表れたのが仙界を思い起こさせる「桃花の林」であったこと、また、桃源郷から帰還した後、二度とそこに行くことができなかったこと——などといった状況設定が「仙境」を彷彿させるに過ぎない。だが、蘇軾の次のような記述を読む限り、このように設定された状況も必ずしも「仙境」を指し示す目印ではないようだ。

旧説、南陽に菊花水有り、甘にして芳、民居三十余家、其の水を飲んで皆な壽く、或は百二三十歳に至る。蜀の青城山の老人村、五世の孫を見る者有り。道極めて険しく遠く、生れて塩醯を識らず。而して渓中に枸杞多く、根は龍蛇のごとし。其の水を飲む、故に壽し。近歳道稍ゝ通じ、漸く能く五味を致す。而して壽も亦た益々衰ふ。桃源は蓋し此の比なるか。武陵太守、得て焉に至らば、則ち已に化して争奪の場と為ること久しからん。嘗て意へらく天壌の間、此の若き者甚だ衆し、独り桃源のみならず、と。

旧説、南陽有菊花水、甘而芳、民居三十余家、飲其水皆壽、或至百二三十歳、蜀青城山老人村、有見五世孫者、道極険遠、生不識塩醯、而渓中多枸杞、根如龍蛇、飲其水、故壽、近歳道稍通、漸能致五味、而壽亦益衰、桃源蓋此比也歟。武陵太守得而至焉、則已化為争奪之場久矣。嘗意天壌間、若此者甚衆、不独桃源。

ここに見える「甘にして芳」なる「菊花水」、「極めて険しく遠」い「道」、「渓中」の「枸杞」[59]などの「仙境」を彷彿させる舞台装置も、蘇軾によれば「仙境」を指し示す標識ではない。これらの場所はこの世に実在する言わば「秘境」、あるいは「絶境」ではあっても、「仙境」ではないのだ。

また、そのような「秘境」で「菊花水」の水を飲んでいた人々は長「壽」で、「百二三十歳」になる者もおり、「蜀の青城山の老人村」では「五世の孫を見る者」もいるという。これも一見「仙境」の住人を思い起こさせるものではあるが、蘇軾はそうではないと言う。この世界にはこのような場所はたくさんあり、桃源郷だけが特殊だったわけではない――ということなのだ。

このような合理的な解釈もこれで十分に理のある理解となっていると言えよう。とりわけ「仙境」の実在など端から信じていない我々近代人には受け入れやすいものである。あらためて言うまでもなく、このような理解は、唐代の王維の「桃源行」、李白の「山中問答」、劉禹錫の「桃源行」などが「桃源郷」を「仙界」として捉えているのと大いに異なっている。内山・上田の両氏の指摘する通りである(60)。

二　完全な創作か、何かをもとにした創作か

そこで次には「桃花源記」を、程度の差はあれ陶淵明の「創作意図」がはたらいた「創作」だと捉える考え方について検討したい。

（一）「創作」と考える諸説の分類について

これまで検討してきた二種の見解は、「仙境」と捉えるか、それとも「実在の絶境」と考えるかという点においては相違があるものの、どちらも陶淵明の「創作」ではなく、「記録」と考えている点では共通している。しかし、「桃花源記」に対する見方には、この両者とは対立する見解もある。言うまでもなく「桃花源記」を陶淵

明の「創作」だと捉える見方である。この立場に立つ者は、陶淵明が何らかの「創作意図」なるものを働かせてこの物語を作りあげたと捉えている。

ただ、このような立場に立つ者もその考え方は必ずしも一様ではない。完全なる創作と捉えるか、もとになったものがあったと捉えるかによって、まずは大きく二つに分けられる。

（1）陶淵明の完全なる創作だというもの

（2）何かもとにしたものがあり、それを改作・改編して作りあげたものだと考えるもの

（2）は、完全な創作ではないと言う意味では「半創作」と言っていいかも知れない。そして「半創作」と考えるものは、もとにしたものを、「歴史的事実」であるとするのか、「民間説話」であるとするのかによって、次の二つに分けられる。

（1）歴史的事実にもとづいて作りあげたと考えるもの

（2）民間説話をもとにして創作したと考えるもの

分類はこれで終わりではない。（2）は、もとにした民話の内容によって、再度、次の二つに細分される。

（a）もとづいた民話が「武陵」に関するものと考えているもの

（b）洞窟探訪説話だとしているもの

先に述べたように、「桃花源記」についての従来の諸説が十分に整理されていないのは、それらをすべて同一の

レベルにある差異と考えているからである。階層を異にする議論を同一レベルにあるものと見ているからなのだ。
ここで、これらの関係を整理すると次のようになる。

［Ⅰ］記録

（1）収集した民話、あるいは伝説の一つに過ぎないとする考え方……………A説

（2）歴史的事実（避世）をそのまま描いたとする考え方……………B説

［Ⅱ］創作

（1）完全な創作だとする考え方……………………………………C説

（2）何かをもとにした創作だとする考え方

（a）もとにしたものは現実の出来事だとする考え方……………D説

（b）もとにしたものは民間説話だとする考え方

①もとにしたものは武陵についての民間説話だとする考え方……………E説

①もとにしたものは洞窟探訪説話だとする考え方……………F説

次には、これらの所説の内容がそれぞれどのようなものであるかについて、順次論じていきたい。

（二）「完全なる創作だ」という考え方について

さて、（1）「完全な創作だ」とする考え方は、「桃花源記」を陶淵明が独自に創作したものだと捉える考え方である。まずは「桃花源記」を「記録」だとする考え方とまっこうから対立している。先の「シンポジウム」の

堀江忠道氏の発言に、次のように述べている箇所がある。

この教材（「桃花源記」のこと――門脇注）を指導書ではどう位置付けているかといいますと、「実録のような記述の形態を装いながら、それを逆手にとって作者が虚構したフィクションである。……虚構の理想郷ではあるが、作者がこれを虚構した背景には、当時の混乱した動揺の時代を考えねばならない。……当時としてはしいたげられた農民たちが切実に思い描き、また現実に追い求めたユートピアだったのである」とあり、陶淵明の思想が強く表れた虚構の作品であるとしています。（傍点―門脇）

この発言からすると高校の教科書の指導書では「作者が虚構したフィクション」としているようだ。また、論者の手許にある指導書でも、たしかに「虚構」ということばが使われている。[61]高校の教壇ではこのように教えられているのであろう。

一海知義氏の理解もほぼこれと同じ立場に立っている。一海氏は「桃花源記」を「フィクション」と考えている。氏は、一九五八年出版の岩波書店の中国詩人選集第四巻の『陶淵明』の解説において次のように述べている。

ところで、過去に求めた支柱によって淵明の孤独感はいやされたか。生身の人間にとって、それはむつかしい。彼の孤独感をいやすものの一つとして、酒があった。しかしその解消のために、淵明の頭脳はもっと知的な作業を発見した。それは虚構の世界を組み立てることであった。フィクションに対する興味、それは淵明の文学を考える上で、注意されてよいことである。「桃花源記」の作者であり、かつて志怪小説集『捜神後記』の作者に擬せられたことなどが、その興味を示すだけではない。……（傍点―門脇）

一海氏はあきらかに「桃花源記」を「フィクション」と考えている。この考えはのちに発表された著書や論文においても一貫している。一九六八年に発表された「陶淵明における「虚構」と現実」[62]は、文字通りその「虚構」に焦点を当て、右の論を敷衍したものであり、一九九七年に出版された『陶淵明―虚構の詩人―』[63]は、その題名にあるように陶淵明を「虚構の詩人」と捉えて全面的に論じたものである。そして、その冒頭の「はじめに」の中の「淵明と「虚構」」と題された段落では「架空の物語やフィクションの世界に強い興味を示した」証拠を五つ挙げている。その五つの証拠はそのままこの書全体の構成でもあるのだが、その第一に挙げられているのが「桃花源記」である。一海氏はここで「陶淵明がユートピア物語「桃花源記」を書いたのは、彼がフィクションの構築に興味を寄せた第一の証拠である」と述べている。

このような見解は、先に述べたように、［Ｉ］記録の①の「収集した民話、あるいは伝説の一つに過ぎないとする」考え方（Ａ説）と真っ向から対立しているが、その対立のもっとも根本的な問題は、『捜神後記』の作者（あるいは編纂者）に対する考え方の相違であろう。

おそらく［Ｉ］記録の（1）「収集した民話、あるいは伝説の一つに過ぎない」とする考え方（Ａ説）の立場に立っている石川忠久氏は『捜神後記』の編纂者が陶淵明であることをまったく疑っていない。なぜなら、石川氏は「桃花源記」を「収集した民話、あるいは伝説」を陶淵明が記録した『捜神後記』の中に一つの作品として論じているからである。そこに疑いを持てば、「桃花源記」を陶淵明の作品として論ずること自体ができない。それゆえ、石川氏が『捜神後記』の編纂者が陶淵明であることをまったく疑っていないのは、論理的に言って当然のことなのだ。

一方、一海氏は『捜神後記』の作者（あるいは編纂者）は陶淵明ではないと考えている。先に引用した一九五八年の文章（『陶淵明』岩波書店［中国詩人選集 第四巻］の解説）に「『桃花源記』の作者であり、かつて志怪小説集『捜神後記』の作者に擬せられた」とあるのがそのことを物語っている。このことは現在まで変わっていない。最も新しい一九九七年の著書（『陶淵明―虚構の詩人―』）には、次のようにある。

魯迅のこの断定（『捜神後記』は陶淵明の作ではないという断定――門脇注）は、おそらく正しいであろう。しかし一定の期間、陶淵明がこの怪異小説集の著者あるいは編者に擬せられていたことも、たしかである。……淵明の死後すくなくとも二百年ほどの間、『捜神後記』の撰者は陶淵明だと一般に信じられていた、といってよい。／このことは、特異な虚構の書である『捜神後記』と詩人陶淵明の名が直接結びつけられても、人々はあまり違和感を抱かなかったことを示している。

『捜神後記』を「虚構の書」と言い切ってしまってもいいものかどうか、(一)の(1)「収集した民話、あるいは伝説の一つに過ぎないとする」立場（A説）にある者でなくとも疑問に思う点ではある。しかし、たしかに一海氏の言うように『捜神後記』の作者を陶淵明に偽託した可能性がないわけではない。そして、もし陶淵明に偽託したのだとすれば、一海氏の言うように「『捜神後記』と詩人陶淵明の名が直接結びつけられても、人々はあまり違和感を抱かなかった」のであろう。

「桃花源記」を陶淵明の「創作」だと捉える見方には、完全なる創作と捉えるか、何かもとにしたものがあり、それを改作・改編して作りあげたと考えるかによって、大きく二つに分けられた。後者は、完全な創作ではないという意味で、「半創作」と言うことができる。別の言い方をすれば「半創作」とは、「記録」と「創作」の双方の要素があり、このような主張は言わば記録説と創作説の中間的主張であると言える。次には、この「半創作」

と考えるものについて検討していきたい。

（三）「何かをもとにした創作」とする考え方について

さて、「桃花源記」を「何かもとにしたものがあり、それを改作・改編して作りあげた」と考えるものは、「もとにしたもの」が（a）「現実の出来事だ」と考えるのか、（b）「民間説話だ」と考えるのかによって二つに分けられる。

（a）「現実の出来事だ」と考えるもの
（b）「民間説話だ」と考えるもの

この「（a）「現実の出来事だ」と考えるもの」とは、具体的に言えば、戦乱を避けて「隠れ里」に隠れ住んだということである。そこで、これを「歴史上の現実の出来事（避世）をもとにした創作だと捉える説」としておきたい。また、「（b）「民間説話だ」と考えるもの」は、もとにした民話が「武陵」についての民間説話か（E説）、洞窟探訪説話か（F説）によって、さらに二つに分けられる。

（a）もとにしたものは「現実の出来事」か「民間説話」か

「現実の出来事（避世）をもとにした創作だ」と捉えるのは、現代の歴史学者陳寅恪氏（一八九〇～一九六九）の説で、「桃花源記旁證」(64)でそのことが述べられている。陳氏はまず「陶淵明の「桃花源記」は「寓意」の文章であるが、「紀実（事実を記録した）」の文章でもある。寓意の文章であるという側面については古来良く知られているので、ここで詳しく論ずるまでもない。「紀実」の文章であるという側面については、先賢にも、また近人にもいろいろ論ずる者はいるけれども、彼らの言っていることはたいがい間違っている。そこで論者の新しい考えを述べ、一篇の文章としたい(65)」と述べている。冒頭のこのような文章から分かるように、「桃花源記旁證」は、もっぱら歴史上実際に起こった出来事について論証することにその大半を割いている。そしてその最後にみずからこの論文を総括して、五つの要点(66)を記している。

甲…本当の桃源郷は、北方の弘農か、あるいは上洛にあったのであり、南方の武陵にあったのではない。

乙…本当の桃源郷に住んでいた人が避けてきた「秦」というのは、苻氏の秦（前秦・紀元三五一～三九四）であって始皇帝の建てた嬴氏の秦（紀元前二二一～二〇六）ではない。

丙…「桃花源記」の「紀実（事実を記録）」の部分は、義熙十三年（四一七）の春から夏にかけてのころ、劉裕が軍を率いて中原に入ったときに、戴祚（字は延之）たちが見聞きしてきたことにもとづいて作ったものである。

丁…「桃花源記」の「寓意」の部分は、劉驎之が衡山に入って薬草を採取した故事を結びつけ、「漢有るを知らず、無論魏晋をや」などのことばをつづり合わせて、作られたものである。

戊…陶淵明の「擬古」詩の第二首と「桃花源記」とはお互いに双方の裏付けとすることができる(67)。

陳氏のこのような捉え方は、「桃花源記」を単に事実の「記録」として捉えているのでもなく、またもとづくものが何もない完全な「創作」と考えているのでもない。背後に歴史的事実が厳然と存在し、それにもとづき、さらに自己の考えをそれに託して作りあげたものだということである。「記録」でもなく完全な「創作」でもない。

その意味で言えば「半創作」と言って良い。
もし、「記録」であれば客観的であることが第一の要件であり、記録者の主観は極力排除されなければならない。しかし、「半」であっても「創作」であればそこに作者の主観は当然入り込むものである。というより何らかの「創作意図」に依ることのない「創作」はその定義からしてありえない。それゆえ、作者でもありうるし記録者でもありうる存在「執筆者」というものを指標とするなら、このような「半創作」は「記録」とは本質的に異なったものとして区別されなければならない。

ところで、陳氏のこのような説について、歴史学者の方面からの批判がなかったわけではない。唐長孺氏の論考がそれである。唐氏は「続桃花源記旁證質疑」(68)を書いて、陳氏の説を批判した。陳氏は「桃花源記」の桃源郷は、当時の北方中国の「檀山」や「桃原皇天原」(69)に実際に存在した「塢」(70)という「囲い込み空間」であるとした。しかし、唐氏の陳氏批判の論点の中心は「塢」についての陳氏の認識の仕方に対するものであった。唐氏は、陳氏は「塢」を誤って捉えていると言うのである。そして、「桃花源記」は武陵に住んでいた異民族の伝説によったものだと論じている。

このような陳氏および陳氏を批判した唐氏の説について内山氏は次のように述べている。

陳氏と唐氏の研究は東晋から南朝宋にかけての逃亡山住民の存在と、その社会状況を明らかにしたものであるが、彼らが居住する「塢」の実態が明らかになればなるほど「桃花源記」に描写された洞穴内の世界との異質性が明瞭になってきて、かえって「桃花源記」がそのような「塢」への探訪を描いた物語ではないということが明らかになってくる。

内山氏の言うように、たしかに、実際にあった「塢」の実態と「桃花源記」に描かれた世界とは、その様相をまったく異にしている。そのため内山氏の批判は正当なものであるように思える。ただ、文学作品は歴史書ではない。文学は現実そのものの単なる反映としてだけ書かれるものではない。現実を踏まえつつ、ありうべき世界を描くことも文学の任務の一つである。そのような文学作品の性質を鑑みれば、桃源郷の様子が当時実際にあった「塢」の実態といかに異なっていようとも、まったく無視してしまっても良いとは言えない。まして、「桃花源記」の本文に「先世避秦時乱（先世 秦時の乱を避く）」と記されているのだから、なおのことである。「塢」のような「避世」の地の存在の影響を百パーセント無視することは出来ない。このことについては次章で詳細に論ずる予定である。

（b）もとにしたものは「武陵」についての民間説話か洞窟探訪説話か

現在、もっとも有力な説は、「民話をもとにして構成されたと考える」ものだと論者は考えている。そのような考えにあるのは、「序文」ですでに挙げたように三浦氏・内山氏である。だが、この両者より早くこのような考えを表明した研究者がいる。高橋稔氏である。高橋氏が最初にこのような考えを述べたのは、一九七三年の「桃源考」（『駒沢大学外国語部・論集』二）においてであった。さらに九年後の一九八二年の『六朝唐小説集』（学習研究社）での「解説 六朝志怪について」、および三浦氏の二篇の論考と同じく一九八三年に発表された「桃源伝説と桃花源記」（『学習院女子短期大学紀要』二一）などにおいて、氏は再三そのことについて論じている。さらに、高橋氏は一九八七年の「『捜神記』序――伝承の記録と創作の起こりとの関係――」（『中国の文学論』汲古書院）、および一九八八年の『中国説話文学の誕生』（東方書店）の第九章「創作説話の起こりについて」においても一貫して前の三篇と同じ主旨のことを述べている。

①「武陵」についての民間説話（E説）

高橋・三浦・内山の三氏に共通しているのは、次の二点である。

①「桃花源記」は陶淵明の独創ではなく、また、ただ単に民間説話をそのまま記録したものでもない、と考えていること

②「桃花源記」には何らかのもとになったものがあり、それを「書き替え」たり、「構想」したり、「構成し直し」たりすることによって作りあげたものであると考えていること

高橋氏は、完全なる創作だとする説に対して次のように批判している。

「桃花源記」が陶淵明の創作であることは、陳寅恪氏を始め、すでに多くの人々の認めるところなのだが、わたしがここで強調しておきたいのは、「桃花源記」は初めから陶淵明の独創によって作り出されたものではなく、非現実的な民間伝承を焼き直して現実的な主張を盛りこんだ作品なのだということである。

「「桃花源記」が陶淵明の創作であることは、陳寅恪氏を始め」と述べているところは、すでに述べたように正確ではないが、そのことはここでは述べない。それはさておき、高橋氏は「桃花源記」は「非現実的な民間説話を焼き直して現実的な主張を盛りこんだ作品」だと言うのである。ただ、この三者はまったく同じ見解を持っていたわけではない。三浦・内山の両氏はともに、もとになったものを「洞天観念」あるいは洞窟探訪説話だとし

ているのだが、高橋氏はそのことについてはまったく触れていない。

高橋氏は、もとになったものを「武陵」という土地に関する説話だと考えている。高橋氏は、さきに引いたように「陶淵明の独創によって作り出されたものではなく、非現実的な民間伝承を焼き直して現実的な主張を盛りこんだ作品なのだ」と述べている。氏がこのように判断した根拠は、『太平御覧』巻四十九に見える「黄聞山」「武陵山」の項の次のような二条の逸文であった。

①『武陵記』に曰く、昔臨沅の黄道真なるもの有り、黄聞山の側に在りて魚を釣り、因りて桃花源に入る。陶潜に桃花源記有り。今山下に潭有り、立に黄聞と名づく。此れ蓋し道真の説く所を聞き、遂に其の名と為すなり。

『武陵記』曰、昔有臨沅黄道真、在黄聞山側釣魚、因入桃花源。陶潜有桃花源記。今山下有潭、立名黄聞。此蓋聞道真所説、遂為其名也。

②『武陵記』に曰く、武陵の山中に秦の世を避くるの人有り之に居る。水を尋ねて號して桃花源と曰ふ。故に陶潜に桃花源記有り。

『武陵記』曰、武陵山中有秦避世人居之。尋水號曰桃花源。故陶潜有桃花源記。

この二条にはたしかに桃源郷ということばが出てきており、陶淵明の「桃花源記」のもとになったと思われる「武陵山中有秦避世人居之」という表現も見られる。

では、洞窟あるいは「洞窟探訪」という共通項から見たとき、「桃花源記」はどのような物語として立ち現れてくるのか。次には、その面から論じた論考について検討を加えてみたい。

②洞窟探訪説話再構成説

現在、論者がもっとも有力だと判断しているのは、すでに述べたように（F）説の「洞窟探訪説話をもとに再構成したと考えるもの」である。それは、

①「桃花源記」に描かれた世界は洞窟（トンネル）を通り抜けた向こうにひらけているのではなく、洞窟の内部にあり、

②そして、「桃花源記」という物語は、その当時に数多くあった洞窟探訪説話をもとにして作られたものだというものである。いわゆる「桃源郷＝洞天」説である。

1

「桃源郷＝洞天」説を主張しているのは、本章の冒頭ですでに述べたように、内山知也氏である。そして、論者も基本的にはこの立場に立っている。もっとも、「桃花源記」は「洞天観念」という当時の時代思想の文脈の中で作られたものだと最初に指摘したのは内山氏ではない。すでに「序文」で述べたように三浦國雄氏である。三浦氏は一九八三年の「洞天福地小論」で「かの桃花源も洞天観念のコンテキストの中でとらえうるのではあるまいか」と述べ、また、同じく一九八三年の「洞庭湖と洞庭山」では、やや詳しく次のように論じている。

かの五柳先生陶淵明（三六五～四二七）が描くところの桃花源は、この洞天説の換骨奪胎ではあるまいか。あれは、両岸の桃林が尽きた源で舟を捨て、狭い山の洞窟（トンネル）を潜り抜けて向こうへ出たらそこにのどかな村が

あった、というのではなく、私見によれば、その洞窟それ自体が「豁然と開朗し」――つまり外部世界へ反転したのである。「反転」という言い方に語弊があるなら、その洞窟の内部に一個の小宇宙が蔵せられていた、と言い換えてもよい。いずれにせよ、「桃源郷」というこの美しき楽園は、陶淵明のアイデアではなく、当時の洞天説の伝承の上に構想されたものだと思うのである。（傍点―門脇）

以上の論述から明らかなように、三浦氏は一九八三年の時点で「桃花源記」を当時の洞天説、あるいは洞天説話にもとづいたものだと指摘している。内山氏が、大東文化大学漢学会の大会、および全国漢文教育学会の月例会の「シンポジウム」でその考えを述べたのが一九八九年の十一月と十二月であり、氏自身が「この問題について」「最初に言及し」たと言う千葉県高等学校国語研究会の講演というのが一九八八年十一月である。三浦氏の指摘はそれに比べて五年以上も早い。

ただ、三浦氏の指摘することも、中国においては指摘するまでもないほど当たり前のことだったと推測される。なぜなら、三浦氏自身が「洞庭湖と洞庭山」で「司馬承禎（六四七〜七三五）の「天地宮府図」では、「桃源山洞」は三十六小洞天の第三十五番目に位置づけられている」と言うように、唐代のはじめにはすでに明確に「洞天」の体系の中に位置づけられていたからである。

しかし、日本における「桃花源記」の解釈史を見渡したとき、三浦氏の指摘はきわめて画期的な指摘だったと言うことができる。だが、この指摘は当時においてはほとんど注意されなかった。

ただ、中野美代子氏は、つとにそのことに着目していた。当時、氏は「壺中の天」などの中国人独特の世界観にいち早く注目して、一九八九年に出版された『仙界とポルノグラフィー』[71]に収められた「龍と博山炉」をはじ

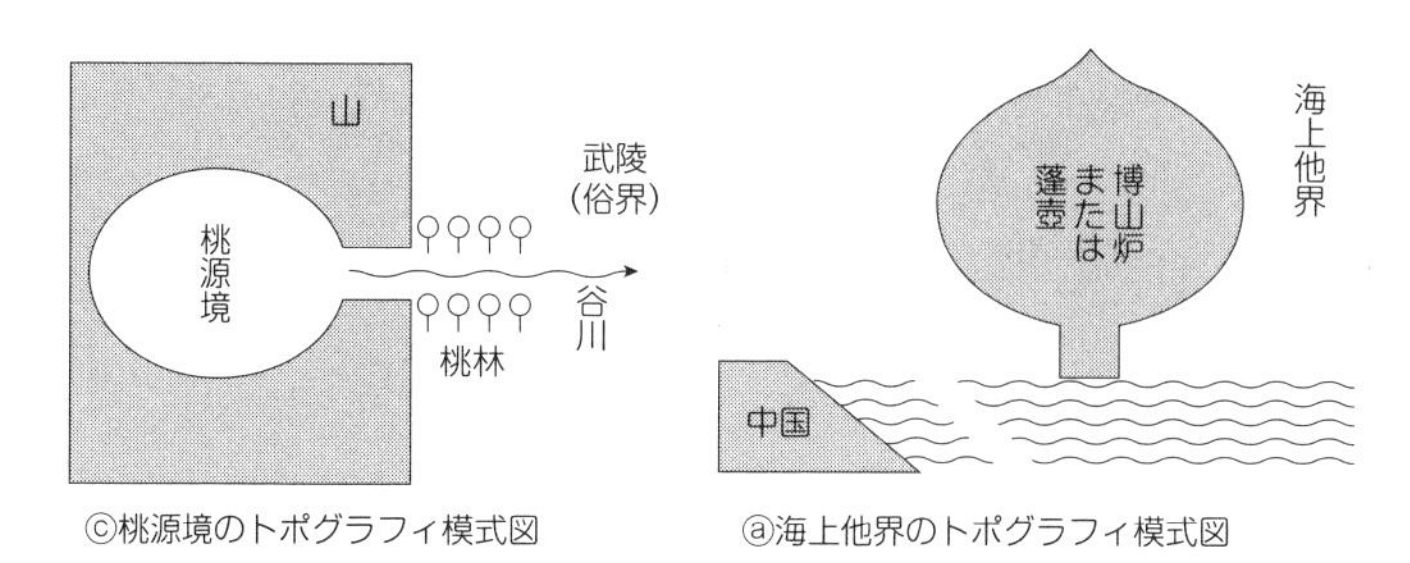

ⓒ桃源境のトポグラフィ模式図　ⓐ海上他界のトポグラフィ模式図

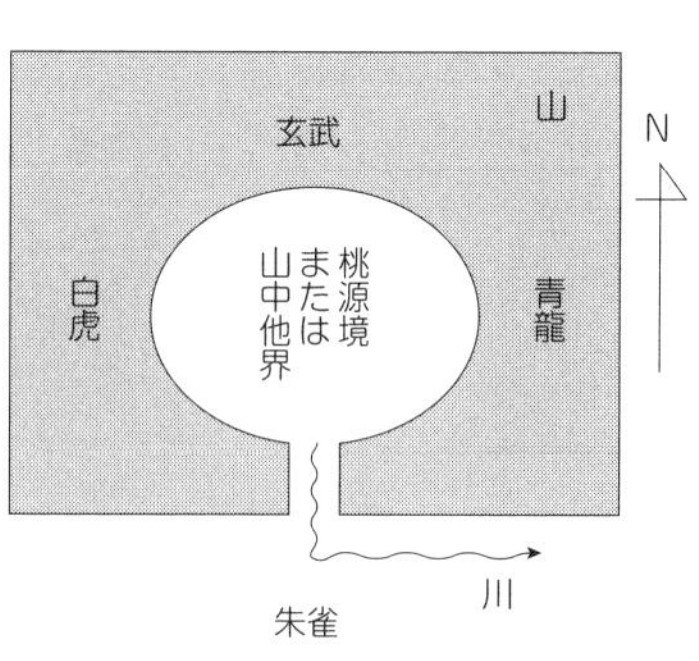

ⓓ黄河源流のトポグラフィ模式図　ⓑ山中他界のトポグラフィ模式図

めとする刺激的ですぐれた論考をつぎつぎに発表していたが、その参考文献に三浦氏の論考を挙げているのである。また、「龍と博山炉」の中で中野氏は桃源郷が洞窟の中の世界であることを次のように述べている。

> 瓢箪または壺の内部は、すなわち洞窟である。ここまでくれば、費長房（ひちょうぼう）が仙人壺公に随って跳びこんだ壺の中に壮麗な仙宮があったという、有名な壺中天の話や、洞窟をもぐっていったらその奥にのどかな別世界がひらけていたという桃源郷の話が、ただちに思い出されるであろう。

さらに、中野氏は「トポグラフィ模式図」なるものを示して、次のように説明している。

> 山中他界としての桃源郷が、それじたい壺の内側のかたちをなしていること、その桃

源郷に至るためには、壺のせまい入り口すなわち洞窟という隘路をもぐらなければならないことなどを、この図（「トポグラフィ模式図」のこと——門脇注）のbcは示している。

このような中野氏は特に「桃花源記」に関心があったのではなく中国人独特の世界観に注目していたので、例外的に三浦氏の指摘がそのアンテナに捉えられたのであろうが、陶淵明の研究者、あるいは「桃花源記」の研究者のそれには捉えられなかったのである。たしかに、三浦氏の論考は洞天思想そのものを考察の対象としたものであって、直接「桃花源記」を扱ったものではないし、それへの言及もこの数行にとどまっているので、それも致し方ないことだったのかも知れない。

これに対して内山氏の論考は「桃花源記」そのものについて論じたものである。「洞天観念」を前提にして「桃花源記」を最初に本格的に論じたことの功績はやはり内山氏に帰さなければならないだろう。

2

では、「桃源郷＝洞天」説とはどのようなものなのであろうか。内山知也氏は「「桃花源記」の構造と洞天思想」で次のように言う。

（「桃花源記」は「さまざまにくいちがった」理解のされ方をしてきたが、——補足門脇）このような多くの解釈上の相違が出現しつづけた理由は、読者に重要な一つの観点が欠落していたからである。その観点というのは、この物語のクライマックスにある洞穴の中にある世界が、東晋時代の「洞天」思想を反映しかつ変形したものであるということである。もしこの一点に理解が届いていたら、この物語は「洞天」探訪の説話群からモチーフを借りて構成し直した小説であるという理解に容易に到着し、小説の理解が容易になっただろうと思われる。

ここで内山氏が指摘しているのは次の三点である。

(1)桃源郷は洞窟の中の世界であると述べたこと
(2)その洞窟の中の世界は、東晋時代の「洞天」思想を反映しかつ変形したものだと論じたこと
(3)「桃花源記」は洞天探訪の説話群からモチーフを借りて構成し直した小説であるとの考えを示したこと

この三点のうち（1）についてはさきに引用した三浦氏の論考を読めばそれで十分であろう。また、（2）についても三浦氏の二篇の論考、および内山氏の「「桃花源記」の構造と洞天思想」に詳細に論じられている。すでに述べたように、論者も基本的にはこの立場に立っているので、ここであらためてこのこと自体について述べることはなにもない。ここで採りあげたいのは、（3）の「「桃花源記」という物語は「洞天」探訪の説話群からモチーフを借りて構成し直した小説であるということ」についてである。

内山氏の理解の仕方がそれまでのものと異なってすぐれていた理由は、『捜神後記』冒頭の説話群の文脈の中に「桃花源記」を置いて考察したことに拠っていると言って大きな過ちはない。そして氏の理解すなわち「桃源郷＝洞天」説が説得力を持つのも、やはり同様の理由によるものと思われる。『捜神後記』の物語は単に歴史的事実や民間説話の「記録集」に過ぎないというような単純な捉え方からは、「桃花源記」にこのような側面のあることは見えてこない。このことは『陶淵明集』に収められた作品群の中だけで「桃花源記」をとらえようとす

る「完全創作説」についても同じように言うことができる。

内山氏の「桃源郷＝洞天」説がすぐれているのは、さらに「桃花源記」はそれらの説話のプロットを組み合わせて構成されたものだと指摘したことにある。

以上の六話（『捜神後記』の冒頭の六つの説話のこと――門脇注）の中から第四話[72]の「桃花源記」を除外した五話を見ると、「桃花源記」を構成するプロットの重（ママ）なるものは[73]、大体これらの中から発見できる。①舟に乗って谷川を遡るプロットは第六話に、②道を忘れるプロットは第五話に、③洞口に入るプロットは第一、第二、第三、第六話に、④洞天内の田野の描写は第二、第三、第六話に、⑤洞中の人と約束したのに帰宅の後それを破棄したため再訪が不能になるプロットは第五話に見える。⑥その他六話を通じて洞穴の中は明るいのである[74]。

たしかに内山氏の言うように「桃花源記」のプロットの主要な部分はほとんどこの五つの話のプロットから出来上がっている。

だが、「桃花源記」をそれらの作品群においたとき、そこにまったく違和感が無いわけではない。たとえば、その物語の長さである。第二話の「袁相・根碩の物語」はやや短いものの、ほぼ同じ長さであるが、これを除くと、「桃花源記」はほかの説話の二倍〜三倍の長さがある。また、「桃花源記」のプロットのほとんどがその前後にある物語から構成されている――と内山氏の指摘するその「総合性」自体が違和感をもたらすのである。つまり、ほかの説話は、「部分」でしかないのに「桃花源記」はそのような「部分」を総合したある意味での「全体」となっているのである。そうであるからこそ、内山氏は「桃花源記」は単なるこまぎれの説話の「記録」などではなく、「「洞天」探訪の説話群からモチーフを借りて構成し直した小説である」としたのだ。

ところで、内山氏の言うところを敷衍して言えば次のようになる。『捜神後記』に収められたほかの説話は「記録」であるかも知れない。しかし、「桃花源記」は「構成し直した」「半創作」ともいうべきものではあるが、あくまで作者の何らかの意図によっていくつかの説話のプロットを総合した一種の「創作」であって、けっして「記録」ではない——と。そうであるからには、すでに述べたように「創作」した人、あるいは「構成し直した」人がいるはずで、それは普通陶淵明ということになっている。しかし、内山氏は必ずしもこのことを無条件に受け入れているわけではない。これはきわめて興味深い問題提起である。このことについて引き続き検討することとしたい。

3

三浦・内山の両氏は「洞天観念」を前提にして「桃花源記」を読むという共通の立場に立っている。しかし、そこに差異がないわけではない。それは「作者」の問題についての見解である。三浦氏は、「桃花源記」の作者が陶淵明であることを前提にして論じている。それに対して、内山氏はそこに疑問を抱いている。というより明確には述べていないが、「桃花源記」は陶淵明以後のだれかが作ったもので、陶淵明の作ではないと考えている。

一九八九年の「シンポジウム」の発言を見る限りでは、多少疑念を持っているようなニュアンスの読み取れる箇所がないわけではない。だが、このときはまだ陶淵明の作であることを前提にして発言しているようである。一方、一九九一年の「論文」においては、それとは異なっている。たしかに陶淵明の作ではないと断定してはいない。しかし、陶淵明の作であることに対してはっきりと疑念を表明している。

「桃花源記」を陶淵明の寓意の作だという見方からすれば前の三者（梁啓超・古直・頼義輝の三人を指す――注門脇）のように、太元末か、それとも宋に入ってからのことになる。しかし、民間説話の側から攻めてゆくと淵明没後の元嘉年間の可能性も出てくる。それが「武陵」という地名の限定性である。

内山氏の言う元嘉年間は、西暦四二四年から四五三年までの三十年の期間で、陶淵明の没年は、諸説あるものの、ほぼ元嘉年間の初めごろである。内山氏がこのように考えるのは、氏自身も述べているように、「桃花源記」を『捜神後記』、あるいは『捜神後記』を含む志怪小説群の文脈の中に置いているからである。そのためであろう、氏は次のように「桃花源記」と「桃花源詩」を切りはなして論じるべきだという主旨のことも述べている。

物語と詩の内容は必ずしも一致していない。詩は明らかに物語の一つの解釈として詠ぜられている点、王維以降の詩と共通点を持っており、詩の立場から物語を解釈することは、物語を歪曲してしまうので、…。(75)

さらに言えば、「桃花源記」は陶淵明の没後に作られ、「桃花源詩」は「明らかに物語の一つの解釈として詠ぜられている」とも述べている。氏の言うことからすれば、そのようには明言してはいないものの、氏は「桃花源詩」も陶淵明の作ではないと考えているようだ。つまり、氏の理解にしたがって整理すれば、「桃花源記」は陶淵明の没後に作られ、「桃花源詩」は、「王維以降の詩と共通点を持って」いて、「桃花源記」という物語の解釈として作られた。そして、後世のだれかが、この両者を結びつけ、そこに「陶淵明の思想らしきもの」があったので、『陶淵明集』にまぎれこませたということになる。

もし、内山氏が提起したように「桃花源記」が陶淵明の作品ではなく、後世のだれかの作品であるとしたら、陶淵明という人物とともに論じられてきたこれまでの論考は、内山氏自身のシンポジウムでの発言も含めて、すべてまちがった前提の上になされてきたということになる。しかし、「桃花源記」が陶淵明の作品ではないということも、氏自身が「「桃花源記」と詩の作者の問題については、いささかの疑問を呈するに止める」と述べているように、確たる証拠があってのことではない。

内山氏の提示した疑問に関連して考えなければならないことがらは次の二点であろう。

（1）『捜神後記』と『陶淵明集』の双方にこの作品「桃花源記」が入っていること

（2）『陶淵明集』では「桃花源詩」と合わせて「桃花源記幷詩」[76]として二作で一体の作品とされていること

この二つのことがらをどのように考えるかによって、理解の仕方はまったく異なってくる。すでに述べたように、内山氏はおそらく、「桃花源記」はまず『捜神後記』に収められ、のちに『陶淵明集』に組み入れられたと考えている。そのため、『陶淵明集』では「桃花源記幷詩」として一体になっている「桃花源詩」をもとは別々の作品だったとしなければならないのだ。なぜなら、『捜神後記』には「桃花源記」だけしか収められていないからである。しかし、もし反対に「桃花源記」が陶淵明の作品であり、『陶淵明集』に「桃花源記幷詩」とあるように「桃花源詩」と一体の作品であるとしたらどうであろう。まったく別の議論が可能になるはずである。

いずれにしろ、おそらく「桃花源記」は、『捜神後記』と『陶淵明集』に同時に組み入れられたのではない。つまり、第一に、もとは『捜神後記』に収められていたものを、のちに『陶淵明集』に組み入れたのか、それとも、第二に、もとは『陶淵明集』に収められていたものを、のちに『捜神後記』に組み入れたのか、このうちのいずれかである。内山氏は、明確には述べていないが、どうやら前者の立場に立っているようだ。では、後者の可能性はないのか。高橋稔氏はこの点について「桃源考」（『駒沢大学外国語部・論集』二一・一九七三年）において次のように述べている。

> 北宋の『太平御覧』ではまだ『続捜神記』に収められている志怪とはっきり区別され、独立していた「桃花源記」が、やがて『続捜神記』の中に入れられてしまうなどの現象も、云々。（傍点―門脇）

また、「桃源伝説と桃花源記」（『学習院女子短期大学紀要』二一・一九八三年）において同様のことを述べている。

> 「桃花源記」は志怪ではない。それが『捜神後記』中に収められているのは、後人がこの文章を詩から切り離して、勝手に他の類似する筋を持つ志怪と並べて同書中に収めてしまったのである。この文章はもともと「桃花源詩」に添えられた文であって、志怪中に収められる性質のものではなかったのである。今日見られる『捜神後記』の成立年代はさだかでないが、『太平御覧』では、『捜神後記』に収められる説話を「続捜神記曰」として引用しているのに対し、「桃花源記」を引く場合は「陶潜桃花源記曰」として区別しているから、北宋朝においては、まだこんにち見る『捜神後記』は成立しておらず、「桃花源記」が『続捜神記』と混同されることもなかったと考えてよいであろう。

論者は、高橋氏が「やがて『続捜神記』の中に入れられてしまう」と述べているように、後者の可能性は十分に検討にあたいするものと考えている。そのことは、次章で検討する予定である。ここでは、もう少し、内山氏の論考について見ておきたい。

むすびにかえて

さて、「桃花源記」についての理解が一様ではなく、さまざまであることの最も基本的な原因は、これまで論じてきたことからも分かるように、それが陶淵明の創作集である『陶淵明集』に収められているだけでなく、民間説話を蒐集記録した書である『捜神後記』にも収められていることにある。『陶淵明集』に収められた作品と見ていただけでは、また、『捜神後記』の方面から見ていただけでは、「桃花源記」の持っているさまざまな側面が見えてこない。

ではどうすればいいのか。当たり前のことではあるが、「桃花源記」を一方で『捜神後記』の説話群の文脈に置き直し、またもう一方で『陶淵明集』の作品群の文脈に置いて、再度、検討し直すことよりほかない。いままでの論考はどちらか一方に偏っていたものと思う。

論者は、何度も述べているように三浦氏の考え方、すなわち「五柳先生陶淵明が描くところの桃花源は、この洞天説の換骨奪胎で」「「桃源郷」というこの美しき楽園は、陶淵明のアイデアではなく、当時の洞天説の伝承の上に構想されたものだ」という考え方や、内山氏の言う「桃花源記」は「「洞天」探訪の説話群からモチーフを借りて構成し直した小説である」という捉え方は基本的に正しいと考えている。それゆえまずは『捜神後記』だけでなく、当時の同類の書に収められた「洞窟説話」群との共通性を再確認する必要があると考える。しかし、それだけにとどまっていては、三浦・内山両氏の論考をなぞるだけのことである。いまそれより大事なのは、むしろそれらの「洞窟説話」群とのあいだにどのような「差異」があり、それが何を意味しているのかということの方であろう。

一方、『陶淵明集』の作品群の文脈における検討はほとんど行われていない。三浦氏の論考は「桃花源記」そのものの分析を目的としたものではないので仕方がないが、内山氏の論考は「桃花源記」そのものを検討の対象とした論考であるにもかかわらず、その点が欠けている。ことに「田園詩」と言われる作品群との関係についての検討は、すでに述べたように、不可欠だと考える。その際、作品の表面に表れた一つ一つのことばの比較検討はもちろんなされなければならないが、さらには作品に表現された世界の様相、あるいは構造の分析が何より必要である。

以上のことについては、次章で述べることとし、ここでは「桃花源記」に対する論者の考え方を述べて、ひとまずこの本章を閉じたいと思う。

論者は、まず第一に、「桃花源記」は当時の洞窟探訪説話をもとにして陶淵明によって作られたと考えている。このことについてはすでに何度も述べた。第二に、内山氏は陶淵明以降の誰かが書いたのではないかと考えているようだが、論者は、陶淵明が「桃花源記」を書いたとした方が他の作品との関係において整合性があると捉えている。第三に、第一部の第二章で述べたように陶淵明はこの物語で「世俗」を拒否する自己と同時に「超俗」をも否定する自己を表現しているのである。桃源郷は普通世俗から隔絶された超俗の世界であると捉えられている。しかし、論者は、世俗でも超俗でもない中間的な世界、またある意味では世俗でもあり超俗でもありうる両義的な空間であり、この中間性、および両義性がこの物語をさまざまに理解させた一つの原因ではないか、そのように考えている。

また、第四に、まったくの虚構としてではなく、いかにも事実の「記録」であるかのように書いたこと、当時の志怪書の物語と同じような書き方で書いたこと、そのことが『捜神後記』の冒頭の洞窟探訪説話群の中にこの物語を組み入れさせることになったのではないかと考えている。「桃花源記」が単なる記録だと思った人、すなわち、まず『捜神後記』に「桃花源記」を組み入れた人、次に、そこに入れられているので「記録」だと考えた後世の人、たとえば宋というリアリスティックな時代に生きた王安石や蘇軾、あるいは歴史家の陳寅恪氏、さらには「陶淵明に創作意図はなかった」と述べた石川氏などは、まんまと陶淵明の仕掛けた罠に掛かってしまったのではないか。当時の「世俗」の人々（権力の座につながっていた人々）(77)がそうであったように…。これらのことについては、次章で論ずるつもりである。

さて、これまで、「桃花源記」に対する従来の理解について論じてきた。検討の対象に取り上げたのは、いずれも典型的な論を展開しているものである。そのほかにこれらを折衷したようなものや、いずれの立場なのか明確でないものなど、まだまださまざまな見解がある。しかし、つきつめれば結局は以上の検討の中のどれかに収まるものである。

第二章　従来の「桃花源記」研究の問題点

はじめに

陶淵明の作とされる「桃花源記」は、きわめて平易な文章によって書かれているため、一読しただけでその内容はおおむね理解できる。にもかかわらず、それに対する研究者のこれまでの理解は必ずしも一様であったわけではない。いやむしろ、あまりにも多種多様の理解がなされていて、混乱を招いているとさえ言える状況である。論者の見解では、前章で述べたように「桃花源記」に対する従来のとらえ方は大きく次の六つに分けられる。

（A）収集した民話、あるいは伝説の一つに過ぎないとするもの
（B）歴史的事実（避世）をそのまま描いたとするもの
（C）完全なフィクションだと捉えるもの
（D）現実の出来事（避世）をもとにした創作だと捉えるもの
（E）民話説話をもとにして改作したものだと考えるもの

（F）洞窟探訪説話をもとに再構成したものだと考えるもの

これら六種の理解の仕方には、それぞれ、そのように理解しうる根拠がたしかにある。しかし、同時にそれぞれに問題点がないわけではない。前章でもそのことについて簡単に論じたが、本章では前章の要点を記しつつ、それぞれの問題点について検討したい。

一　収集した民話、あるいは伝説の一つに過ぎないとする説（A説）の問題点

「収集した民話、あるいは伝説の一つに過ぎないとするもの」という（A）の説をとなえているのは石川忠久氏である。この説については、次のようなことを指摘することができる。これは、「桃花源記」を『捜神後記』の中の一つ物語として理解すればたしかに成り立つ。なぜなら、この時代に著された「志怪」の書が、基本的に、この時代に民間で語られていた説話や伝説を収集して記録したものであり、『捜神後記』はその「志怪」の書の一つであるからだ。

なお、『捜神後記』では、第一巻の冒頭の説話の五つ目にこの話が収められている。ただ、そこには、他の志怪の書と同様に、説話だけが記されていて、題名は記されていない。したがって、石川氏が当該民話を「桃花源記」と呼ぶのは、『陶淵明集』に収められた作品「桃花源記」に依ってそのように呼んでいるということである。また、『陶淵明集』の「桃花源記」と『捜神後記』の当該民話とのあいだには、無視し得ない字句の異同があるが、そのことが意味することについては、第四部で論ずる予定なのでここでは言及しない。

さて、すでに述べたように（A）説は、『捜神後記』の中の一つ物語として理解すれば、たしかに成り立つ。しかし、この物語はいま述べたように「桃花源記」と題されて『陶淵明集』にも収められているのである。そのことを考慮に入れれば、それほど単純に済ますわけにはいかない。

『陶淵明集』にも収められた作品としてとらえた場合、単に「収集した民話、あるいは伝説の一つに過ぎないとするもの」と捉えただけでは済まされない問題が生じてくる。それは、まず、『捜神後記』の編纂者はほんとうに陶淵明なのであろうか、という疑問である。石川忠久氏は、『捜神後記』は陶淵明の著わしたものであることを前提として論じている。しかし、『捜神後記』の編著者は本当に陶淵明なのであろうか。

魯迅（一八八一～一九三六）は『中国小説史略』において「干宝の書物（『捜神記』のこと——門脇注）に続くものに、『捜神後記』十巻がある。陶潜の撰と題している。その書物は現存し、やはり前者と同じく精霊の奇蹟や妖怪変化のことを記録している。陶潜は、物事に達観した人で、鬼や神々を信じこむ筈がない。多分、その名に託した偽作であろう(78)」と述べている。

魯迅の説はたしかな根拠にもとづいてなされたものではないし、『捜神後記』はやはり陶淵明の手になるものだと唱える研究者もたしかにいる。しかし、もし『捜神後記』が陶淵明の編纂したものでないとしたら、「桃花源記」は陶淵明が「収集した民話、あるいは伝説の一つに過ぎない」——とする考え方は、根底から成り立たなくなってしまう。そうだとすれば、『捜神後記』は陶淵明に偽託したものだという説が実際にある以上、なんらかの説明をしておく必要があろう。

また、たとえ仮に『捜神後記』が陶淵明の手になったものだったとしても、次には以下のような疑問が生じる。民間の説話をただ単に収集したに過ぎないもの、それを陶淵明個人の作品集に収めることがあるだろうかという疑問である。しかも、『捜神後記』にはもちろん「桃花源記」だけが収められていたわけではない。他に数多くの説話が載せられている。にもかかわらず、なぜこの一篇だけを選び出して、個人の作品集に収めたのであろうか。

内山氏の言うように「『捜神後記』にはまだ沢山の作品があるのにこれ（「桃花源記」のこと――門脇注）しか入らないというのは、この中に陶淵明の思想らしきものがあるからだ[79]」ということであるのかもしれない。しかし、そうだとすればさらに次のような疑問が生じる。すなわち、「桃花源記」は『陶淵明集』では、「桃花源記幷詩」、あるいは「桃花源詩幷序」と題されて[80]「桃花源詩」と合わせて一篇の作品とされている。それは何故なのか。「桃花源詩」は陶淵明自身が作った作品で、この作品とこの作品の基となったと思われる「桃花源記」、すなわち陶淵明の編纂した『捜神後記』に収められている「桃花源説話」としての「桃花源記」を後世の人が勝手に結びつけて、一つの作品にしてしまった――ということなのだろうか。それとも内山氏の言うように「「桃花源詩」は「桃花源記」の一つの解釈」であるから、陶淵明以降の誰かの作品で、さらに後の誰かが、陶淵明の編纂した『捜神後記』に収められた「桃花源説話」（これ自体は陶淵明が歴史資料として収集したものであって、陶淵明の創作した作品ではないとされる）と、後世の誰かの作った「桃花源詩」を恣意的に結びつけ、さらに陶淵明の作品集である『陶淵明集』に組み入れた――ということなのだろうか。

さらに、問題としなければならないのは、陶淵明の他の作品との関係である。「桃花源記」は、『陶淵明集』におさめられた他の作品とはまったく関係ないということになるのであろうか。あるいは、『陶淵明集』におさめられた他の作品の中には、「桃花源記」となんらかの共通性が認められる作品もあるのであろうか。

以上のことをまとめると、「収集した民話、あるいは伝説の一つに過ぎない」という説には、次のような四つの疑問を提示することができるのである。

(1) ただ単に収集しただけの民話や伝説を個人の作品集に収めることがあるだろうか。
(2) 他に多くの説話があるにもかかわらず、なぜこの一篇だけを収めたのか。
(3) 「桃花源記」は、『陶淵明集』では「桃花源記幷詩」、あるいは「桃花源詩幷序」と題されて(81)、「桃花源詩」と合わせて一篇の作品とされている。それはどういうことなのか。
(4) 「桃花源記」は、『陶淵明集』に収められた他の作品とはまったく無関係なのか。

「桃花源記」を「収集した民話、あるいは伝説の一つに過ぎないとするもの」とするなら、これらの問題に何らかの答えを出しておかなくてはならない。そのあたりの検討は不可欠である。しかし、この立場に立つ研究者はこの点について、現在（二〇一四年九月）に至るまで何も答えていない。

二　歴史的事実（避世）をそのまま描いたとする説（B説）の問題点

（B）の「歴史的事実（避世）をそのまま描いたとするもの」とする捉え方は、主として王安石や蘇軾といった宋代の士大夫に認められる考え方である。このような考え方、すなわち桃源郷を「この世と同じ次元の、実在する絶境として」捉える考え方のどこに問題があるのだろうか。このことについて論者は次のように考えている。「収集した民話、あるいは伝説の一つに過ぎないとする」考え方に対する疑問と同様の疑問を提示することができる、と。

すなわち、「桃花源記」を『捜神後記』に収められた数多くの話の一つと捉えれば、「歴史的事実（避世）をそのまま描いたとする」考え方もあるいは成り立つかも知れない。この場合、たしかに『捜神後記』の中に収められたさまざまな話は、多くの場合実際にあった出来事ではない。だが、その中には現実に起こった出来事も含まれていた。このような仮定的条件が不可欠ではあるのだけれども…。

しかしながら、このような条件をそのまま認めるとしても、次のような事実に目を向けないではいられない。それは、やはりこの話は『陶淵明集』にも載せられているという事実である。そうだとすれば、先の「収集した民話、あるいは伝説の一つに過ぎないとする」考え方に対する疑問と同じ疑問を持たざるを得ない。すなわち、第一に、『捜神後記』の編纂者はほんとうに陶淵明なのかという疑問である。第二に、かりに『捜神後記』が陶淵明の手になったものだとしても、民間に実際に起こった出来事をただ単に収集したに過ぎないものを陶淵明個人の作品集に収めることがあるだろうかという問題である。さらに、第三の問題は、『陶淵明集』では、「桃花源記」は「桃花源記幷詩」あるいは「桃花源詩幷序」と題されて、「桃花源詩」と合わせて一篇の作品とされているが、それは一体なぜなのか、そしてそのことは何を意味し、どのように理解すればいいのか。第四に、「桃花源記」は、『陶淵明集』に収められた他の作品とは関係がまったくないということなのかということである。

（A）説と（B）説の見解は、一見したところ、真っ向から対立しているように見える。一方は単に民間で語られた説話や伝説を収集し記録したものにすぎないとし、一方は、歴史的に実在した場所や出来事を記録したものであるとする。たしかにこの点ではまったく相容れない考え方であるようだ。しかし、どちらも陶淵明の「創作」とは考えていない。「記録」だと考えている。この一点では意見が全面的に対立しているかのように見える両者の考え方も、不思議に一致しているのである。

ともに陶淵明の「創作意図」などといったものはまったく作用していないと見ている。その意味では、あとで検討する四つのとらえ方と大きく異なっている。（C）（D）（E）（F）の四つの説は、それぞれの見解に相違があるとは言え、すべて、「桃花源記」を一種の「創作」であると捉えている。何らかの意味で陶淵明の「創作意図」によって創作された部分を含むとするのである。したがって、後者の四つの見解については、（A）（B）の両説に対して持たれた疑問は、当然起こってこない。

　また、これら（C）（D）（E）（F）の四つの見解は、（A）説と（B）説とは異なって、「桃花源記」を『陶淵明集』の中の作品として扱っているはずである。なぜなら、もし『捜神後記』の中の一つの説話として捉えているなら、それは、どのような意味でも本来の「創作」ではないからである。

　いや、『捜神後記』自体が、何らかの意味で「創作」であるという考え方もありうるかも知れない。このような考え方は、現代の我々には受けいれやすい。このことは、『捜神後記』をふくむ六朝のこの種の著作を我々が「六朝志怪小説」と呼んでいることからも容易に理解できるだろう。我々にとって、「志怪」は「記録」ではない。唐代の「伝奇」とおなじく「小説」なのである。しかし、『捜神記』の干宝の序文を出すまでもなく、この時代に編纂された（著された？）たくさんの「志怪書」と比べてみれば、『捜神後記』が陶淵明の創作集であるという考え方は常識として成り立たない。

　また、さらに百歩ゆずって、陶淵明の編纂した（著した？）とされる『捜神後記』だけは、例外的に陶淵明の創作である、あるいは創作した部分を含むとしたとしよう。もしかりにそうだとしても、次のような疑問には答えておかなければならない。それは、なぜ多くの物語の中で「桃花源記」だけを『陶淵明集』に組み入れたのか、なぜ「桃花源詩」とあわせて「桃花源記幷詩」、あるいは「桃花源詩幷序」としているのかということである。

このような疑問に対して何らかの説明がない以上、いまはやはり、現在の常識にしたがって、『捜神後記』は、民間で語られた説話や伝説を収集し記録したものであるとしておくのが、学問的に正当な手続きというものであろう。

なお、念のために言い添えれば、論者は、一つ一つの説話を記録する際に、記録者による何らかの「潤色」のあることを否定しているわけではない。というより、『捜神後記』に限らず、この時代のいわゆる「志怪」の書はすべて何らかの「潤色」がほどこされているとしなければならない。なぜなら、記録されたものは、すでに民間に伝わっている「話」をそのまま記録したものではなく、民間では語りことば（後世で言うところの「白話」）で伝わっていたはずであるが、記録されたものは、今日、我々が見ることができるような書きことば（文言）で記載されており、この書きことば（文言）という文体で記載されていること自体がすでにある種の「潤色」と言えるからである。

しかし、文章に「潤色」をほどこすことと、文章を「創作」することとは、あらためて言うまでもなく、けっして同じレベルのことではない。そこには書き手の「創作意図」なるものが、有るか、無いか、という決定的な差異がある。

三　従来のとらえ方の概要

ここで、従来のとらえ方をもう一度整理すると、すでに前章で示したように次のようになる。

［Ⅰ］記録
（1）収集した民話、あるいは伝説の一つに過ぎないとする考え方　…………A説
（2）歴史的事実（避世）をそのまま描いたとする考え方　…………B説
［Ⅱ］創作
（1）完全な創作だとする考え方　……………………………………C説
（2）何かをもとにした創作だとする考え方
（a）もとにしたものは現実の出来事だとする考え方　…………………D説
（b）もとにしたものは民間説話だとする考え方
①もとにしたものは武陵についての民間説話だとする考え方………E説
②もとにしたものは洞窟探訪説話だとする考え方……………………F説

さらに右に整理したものを「図」として示せば次の【「桃花源記」に対するこれまでの理解の分類関係図】のようになる。

さて、「桃花源記」には何らかの意味で陶淵明の創作意図が作用した「創作性」を含むと捉えるものも、大きく二つに分けることができる。一つは、「完全なる創作」と考えるもので、いま一つは、「何かをもとにした創作」と捉えるものである。

（1）陶淵明の完全なる創作だというもの（C説）
（2）何かもとにしたものがあり、それを改作・改編して作りあげたと捉えるもの（D・E・F説）

【「桃花源記」に対するこれまでの理解の分類関係図】

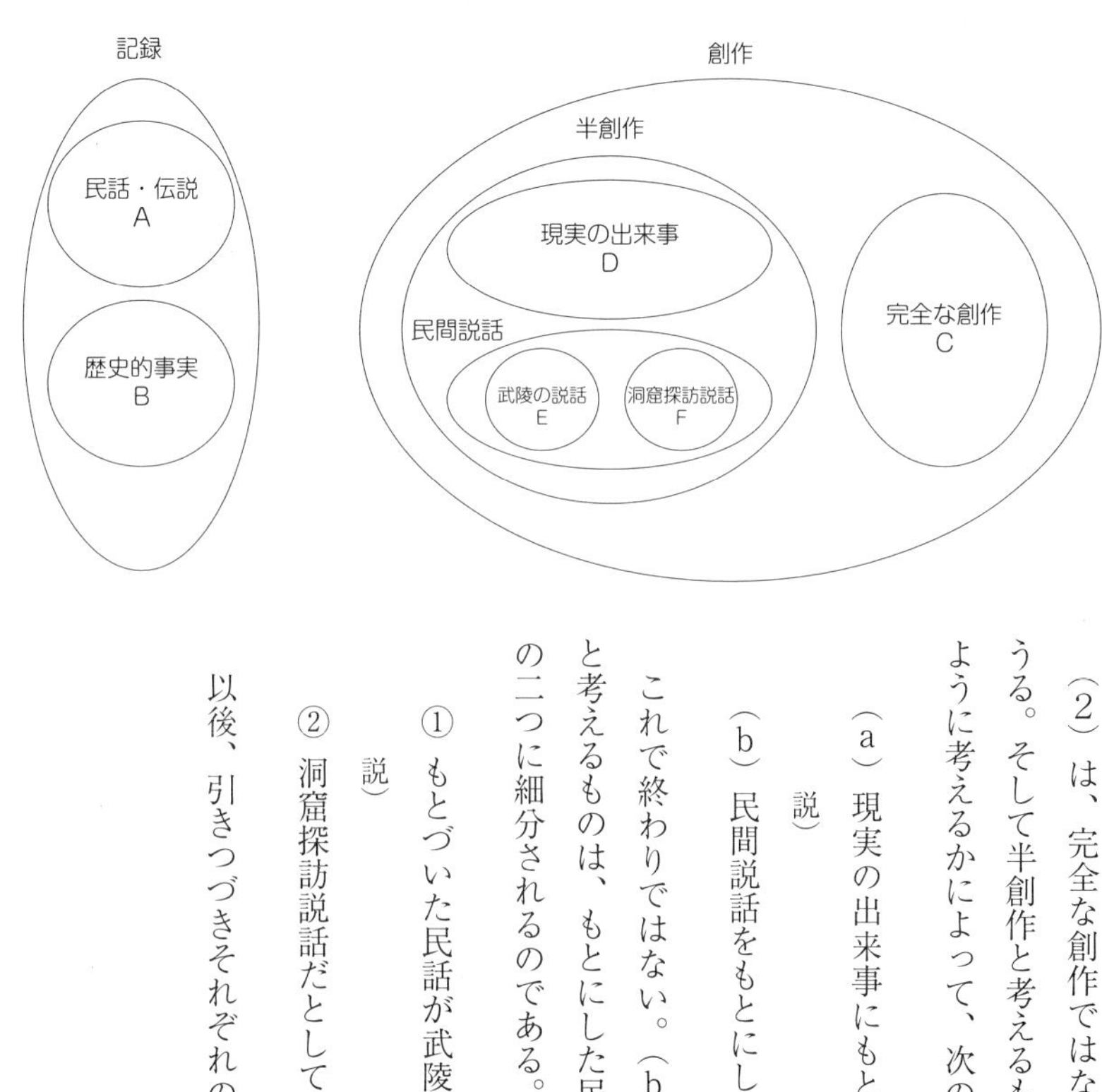

（2）は、完全な創作ではないという意味では「半創作」と言いうる。そして半創作と考えるものは、さらにもとづいたものをどのように考えるかによって、次の二つに分けられる。

（a）現実の出来事にもとづいて作りあげたと考えるもの（D説）

（b）民間説話をもとにして創作したと考えるもの（E・F説）

これで終わりではない。（b）の民間説話をもとにして創作したと考えるものは、もとにした民間説話の内容によって、再度、つぎの二つに細分されるのである。

①もとづいた民話が武陵に関するものだと考えているもの（E説）

②洞窟探訪説話だとしているもの（F説）

以後、引きつづきそれぞれの説の問題点について述べたい。

四　完全な創作だとする考え方（C説）の問題点

（C）の「完全な創作」と考えているのは、一海知義氏である。一海氏は、一九五八年の訳注書以来[82]、一九九七年の著書[83]にいたるまで、一貫して、陶淵明を「虚構の詩人」として捉えている。一海氏の論は「桃花源記」だけを対象にしたものではない。陶淵明の詩文全体を対象としている。

一九九七年に出された『陶淵明―虚構の詩人―』[84]は、その題名にあるように陶淵明を「虚構の詩人」と捉えて、そのことを全面的に論じたものである。そして、その冒頭の「はじめに」の中の「淵明と「虚構」」と題されたところでは「架空の物語やフィクションの世界に強い興味を示した」証拠を五つ挙げている。その五つの証拠はそのままこの書全体の構成でもある。そして、その第一に挙げられているのが「桃花源記」なのである。したがって、「桃花源記」を、陶淵明は「虚構の詩人」であるという自己の考え方を主張する最も重要な根拠の一つと考えていることが読み取れる。つまり、一海氏は、たしかに「桃花源記」を「虚構」と考えているのである。しかも、のちに述べる「半創作」説を主張するものとは異なって、「桃花源記」を、何か基づくところのある「虚構」だとは述べていない。ただ、「虚構」と言うだけである。

このような考え方に対しては、次のような問題点を指摘することができる。すなわち、当時、民間に数多く伝えられていた「民間説話」の影響をまったく無視してしまっていいのかということである。この物語が当時の民間説話を集めた『捜神後記』にも収められていることを考えれば、そういう訳にはいかないはずである。ましてや、『捜神後記』の冒頭の数編の洞窟探訪説話の四番目に収められていることを考慮に入れれば、そしてこれらの洞窟探訪説話と「桃花源記」には、三浦國雄・内山知也の両氏の指摘するように、見過ごすことの出来ない共通性があるのだとすれば、洞窟探訪説話の影響はとうてい無視して良いとは言えない。

『捜神後記』に「桃花源記」が収められているのは、あるいは後世の誰かが陶淵明の作品集からこの物語を抜き出して『捜神後記』に組み入れたのかも知れない。しかし、たとえそうだったとしても、『捜神後記』の別の場所ではなく洞窟探訪説話の中に、しかも複数ある洞窟探訪説話の、最初でもなく最後でもない四番目という中途半端な位置にこの物語を組み入れたということは、後世のその誰かも洞窟という共通項を基にしてそこに組み入れたということであろう。念のために言い添えれば、これら数篇の説話は、「桃花源記」にはあるいは読みとられるであろう「ユートピア」という概念を共通項として並べられたものではない。「桃花源記」だけを読んでいれば、一海氏が「ユートピア物語」と捉えているように、この「桃花源記」という物語にはそのような要素がたしかにある。しかし、その他の説話にはそのような要素はまったくない。たとえば二番目の説話は次のようである。

嵩高山の北に、深さの知れぬ大きな穴がある。春秋には人々が見物に出かける場所であった。／晋の初めごろ、一人の男が足を踏みはずして穴の中に落ちたことがあった。仲間の連中はもしや助かることもあろうかと、食物を穴の中へ投げ入れた。落ちた男はそれを拾い、手さぐりで穴の中を進んで行った。／十日あまりも歩いたと思われるころ、急にあかりがさしてきた。それから、あばら家が見えた。家の中では二人が向きあって、碁を打っている。碁盤のわきには、一つの杯に白色の飲みものが入れてあった。／落ちた男が飢えと渇きを訴えると、碁を打っていた人が「これを飲むがよい」と言った。言われるままに杯の中のものを飲むと、気力が十倍にも増した感じになった。すると、碁を打っていた人が言った。「お前はここに住みたいと思うか」男がそれを希望しないと答えると、碁を打っていた人は、「これから西へと進めば、天の井戸がある。中には蛟龍が多く棲んでおるが、その井戸に身を投げさえすれば、自然と俗界に出られよう。腹がへったときは、井戸の中のものを取って食べるがよい」と教えてくれた。男は言われたとおりにして、半年ほどののち、蜀（四川省）に出ることができた。／洛陽に帰ってから、男は自分が見たものについて、張華にたずねた。すると張華が言うには、「それは仙人の住む館のお役人で、お前が飲んだのは玉をしぼった汁じゃ。また食べたものは、竜穴の中の石の髄じゃ」とのことであった。（前野直彬訳[85]）

一読して分かるように、この話にはいわゆる「ユートピア」と言える要素はまったくない。あくまで洞窟探訪の説話である。そうだとすれば洞窟としての桃源郷、すなわち洞窟探訪説話としての「桃花源記」という視点を抜いて考えることはできないのではなかろうか。

また、あるいは次のようなことであるのかも知れない。ある物語が何かの説話にもとづいて作られたものであったとしても、その説話をそのまま記録したものではなく、そこに何らかの改変が加えてあれば、それも一種の「虚構」である、と。

もしそうだとすれば、たしかにそのように言うことができるかもしれない。だが、もしそういうことであるのなら、やはりそのことは述べておかなければならないだろう。しかし、一海氏の論文や著書にはそのことに触れた箇所が一つもない。とすれば、一海氏はやはり「桃花源記」をまったくの虚構であると考えていたと判断するより他ない。

さらに、一海氏が洞窟探訪説話との関係を考慮に入れていないことは、別の面からも読み取ることができる。一九九七年の著作には「「桃源郷」そのものは、ほら穴の向こうにある「別天地」であり云々」という文章が見える。「ほら穴の向こう」ということはトンネル状の「ほら穴」を通り抜けた「向こう」側に桃源郷があるということを意味しているはずだ。つまり、この表現からは一海氏が桃源郷を「洞天」とは考えていないことが読み取れるのである。

一海氏は洞窟探訪説話群という文脈の中に置いて「桃源郷」を捉えてはいない。これは『捜神後記』と陶淵明とを切り離して考えている一海氏の立場からすれば一見当然のことのように見える。しかし、同じ書で「彼は、他の多くの文人たちとはちがって、「異書」を好み（宋・顔延之「陶徴士の誄」[86]――一海氏自注）架空の物語やフィクションの世界に強い興味を示した」と言っている。陶淵明にはたしかに「異書」を好んで読むということがあったようだ。たとえば陶淵明には人々に良く知られた「読山海経」十三首という作品がある。その題名からも分かるように、この連作詩は『山海経』を読んで作られたものである。またその第一首の最後の方に「周王の伝を汎覧し、山海の図を流観す（汎覧周王伝、流観山海図）」とあるように、「周王の伝」すなわち『穆天子伝』を読み、『山海経図』を眺めていたようだ。『穆天子伝』は「中国古代の小説的旅行談[87]」と言われるもので、当時にあってはまちがいなく「異書」の部類に属していた。そして、このような「異書」の中には『捜神記』やそれに類する書が含まれていたと考えるのが穏当であろう。もしそうであれば、陶淵明も多くの洞窟探訪の説話を読んでいたはずであり、また、実際に周りの人々から同様の話を耳にしていたと想像される。そのときもし、陶淵明が、現在我々が目にする「桃花源記」のような物語を構想したとすれば、民間に伝えられていたであろう洞窟探訪の説話を参考にしたと考えるのが普通ではないだろうか。

「記録」であれば、それが本当にできるかどうかは別にしても、記録者の主観を排してあくまで客観的であることが最も重要な執筆態度ということになるだろう。先に引いた『捜神記』の干宝の序に「千年も昔のことを、今日から見て記そうとすれば、珍しい習俗を記録し、部分的に残存している書物から片言隻句を拾って綴り合わせ、いろいろな行事を古老に尋ねて、事実に誤りの無いようにし、記録に食い違いの無いようにせねばならない。しかるのちに、信頼のおける記録となる」[88]（竹田晃訳）とあることこそが、そのことを端的に物語っている。

それとは反対に、記録ではなく「創作」であると考えるとすれば、そこの陶淵明の「創作意図」なるものを想定するのは当然のことであろう。一海氏は、一九九七年の著作『陶淵明―虚構の詩人―』[89]において、「さて陶淵明は、この現実的で庶民的、平凡でミミッチイ「ユートピア」を描くことによって、何を言おうとしているのか。淵明の意図は、どこにあったのか」と問題提起し、自らそれに答えている。一海氏は、陶淵明の「意図」を「鋭く見抜いたのは、淵明より六百年ほど後、宋の時代の革新的政治家といわれた詩人王安石（一〇二一～一〇八六）である」と言う。そして、前に引いた王安石の「桃源行」詩の「父子有りと雖も君臣無し（雖有父子無君臣）」という句に示された「父子すなわち長幼の序はあるけれども、君臣の区別、支配するものと支配されるものの差別」のない世界が、「王安石が見抜いたユートピア「桃源郷」のポイントである」と説明している。「階級のない社会」を描くことが陶淵明の「意図」だったと言うのである。

一海氏は、王安石がこのように断定したのは理由のないことではなく、陶淵明の「桃花源詩」の「秋の熟りに王税靡し（秋熟靡王税）」という句を「淵明のユートピアのポイントだ、と考えた」からだとしている。そして、「この世界が権力の探索を拒絶したのは、「王の税」を拒否するためだった」と言う。ただ、王安石が「淵明のユートピアのポイントだ、と考えた」と一海氏がしているのは「桃花源詩」の一句であって、「桃花源記」そのものの記述ではない。

そのことはひとまず措くとして、ではなぜ「虚構」という形でこのようなことを表現しなければならなかったのであろうか。一海氏は自ら設定したこのような問題にさらに次のように答えている。

淵明が描いたユートピアは一見平凡だが、この一点（「階級」が無く、「王の税」を拒否していたことか――門脇）で非凡であった。淵明はフィクションの形を借りて、この「非凡」な主張を訴えようとした。（中略）そしてそれは、表だって主張できない、主張しても実現性のない、けれども人々が渇望しつづけている「危険思想」であった。この「危険思想」は、フィクションという仮託の形をとってしか、主張できなかったのである。

一海氏によれば、第一に、人々は「階級の無い社会」を渇望していた。第二に、それは権力者にとっては「危険思想」だった。第三に、そのような人々の渇望は「表だっては主張できない」し、「主張しても実現性」はなかったが、陶淵明はそれをあえて主張しようとした。第四に、そこで用いた手段が「フィクション」だった。「フィクション」ならば「表だった主張」ではないので、「危険思想」と思われる主張であってもそのように思われることはなかったということのようだ。

しかし、「秋の熟り（みの）に王税靡し（な）（秋熟靡王税）」というのは「階級のない社会」を表しているというよりも、桃源郷は「王税」がかけられるような「王」の支配のおよぶ範囲にあるのではなく、そのような世俗から隔絶したところにあることを述べているだけではないのか。また、王安石の理解も、世俗（＝官僚社会）においては当然のこととして存在している君主と臣下という関係も、世俗から隔絶している世界では本来ありえないことだったということではないだろうか。つまり、王安石は現実に存在している「隠れ里」として桃源郷を捉えているのであって、桃源郷を「ユートピア」として見ていたのではなかったのではないか。王安石の「桃源行」の最後に「重華一たび去って寧ぞ復た得ん、天下紛紛として幾つの秦を経たる（理想の皇帝であった）舜帝がいなくなったいま（あの黄金時代を）もう一度われらのものにすることはできない。この天下ではめまぐるしくいくつの秦の国が興亡していったことか）[90]」という句がある。これは、「ユートピア」はもはやこの世には二度と現れることはないという醒めた認識の表明だと捉えるべきであろう。

あるいは、一海氏の言う「虚構」は、基づくところは何もない、陶淵明の完全な虚構を意味しているのではないのかも知れない。つまり、何か基づくところはあったかも知れないが、その基づくところをそのまま記したものではなく、それに基づきつつ何らかの「創作意図」によって「虚構の世界[91]」として「組み立てた[92]」もの、つまり、論者の分類では「半創作」であるということであるのかも知れない。

しかし、もしそうであるなら、そのようにはっきりと述べておかなければならない。それが、研究者の責任というものであろう。そうでなければ、おそらくは一海氏の見解にもとづいていると思われる高校の教科書の指導書に「実録のような記述の形態を装いながら、それを逆手にとって作者が虚構したフィクションである。……虚構の理想郷ではあるが、作者がこれを虚構した背景には、当時の混乱した動揺の時代を考えねばならない。……当時としてはしいたげられた農民たちが切実に思い描き、また現実に追い求めたユートピアだったのである[93]」と記されることにはならなかったものと推測される。

そして、このような解説を読めば、普通は、「桃花源記」は陶淵明による「完全な虚構」であると読み取るのではなかろうか。そこに何か基づくものがあるかも知れないと考えることは、まずない。そのためであろう、石川氏が「歴史家たらんとした」陶淵明には「創作意図はなかった」と発言し、さらに「桃花源記」を「陶淵明の創作意図のもとに書かれたと思って、かってに理想社会にあこがれたとか、当時の社会はどうであったかと言うことはお門違いと思うのです[94]」と述べたとき、その発言を聴いたある高校の先生は「非常にびっくり」することとなったのである。

石川氏の発言は、陶淵明による「完全な虚構」だと思っていた者にとっては、まったく対極にあるものだからである。もし、一海氏が、「桃花源記」は陶淵明の虚構であるかも知れないが、それには、民話であるか、歴史的事実であるか、あるいはもっと他のものであるかは別として、何か基づくものがあるのだと示唆していれば、高校の教科書の指導書にもそのことが記され、また、それを読んで授業を行っている高校の先生も、石川氏の発言にそんなにも驚くことはなかったのではないだろうか。

一海氏の一連の発言の意図するところは、おそらく、虚構というものをあまり重視しない傾向にある中国古代の知識人の文学の伝統において、陶淵明は、そのような一般的な傾向とは異なって、虚構に興味を示し、そこにいわば詩人としての独自性を示したのだと、主張することにあったものと思われる。したがって、あえてその基づくところを言わなかったということであるかもしれない。

一海氏の一連の論考を読む限り、その主張には説得力がある。陶淵明には、たしかに虚構に対する興味があり、そこに陶淵明独自の世界が形成されているように思う。論者は、一海氏のこのような考え方に基本的には同意するものである。

しかしながら、この「桃花源記」に関する限り、虚構であることを強調せんとするあまり、いささか学問上の正確性を欠いてしまったのではないか。そして、その正確性の欠如は、高校教育の現場に無視し得ない誤解を与えてしまっているのではないかと思う。ただ、このような批判も、もしも、高校の教科書の指導書が、一海氏の見解にもとづいて書かれているならばという前提の上に立ってのものではあるのだが……。

話をもとにもどそう。一海氏の真意がどこにあろうと、「桃花源記」に関する議論の中で、「桃花源記」は「完全なる創作」であるとの考え方が、一つの考え方としてありうることは否定できない。つまり、一海氏の真意が、先に述べたようなことであったとしても、一方の極に、石川氏の主張する、言わば「完全記録説」のような考え方があるとすれば、その対極に「完全創作説」とも呼ぶべき考え方は、論理的に想定することは可能である。

そもそも、従来の文学の伝統や現実の出来事など、何ものにも基づかず、ただ自己の想像のみによって文章を作成することなどあり得ない。つまり、ある形をもった文化の中に生まれ、その文化のことばを用いて文章を作成し、その文化やことばそのものは一人の人間が生を享けたときに社会的な規範として「すでに」我々に与えられているものである以上、純粋に自己の内面にあるものだけによって文章を書くなどは、当初よりあり得ないことである。したがって、何ものにも基づくことのない創作など、観念として想定することはできても、現実にはあり得ようもないことなのである。

それゆえ、ここでの議論の前提として想定されている「完全なる創作」とは、その基づくものをいちいちそれと指し示すことのできない創作のことでなければならない。別の言い方をすれば、作者の中にすでにそれとは形を残さないほど消化されてしまい、ほとんど作者と一体となったもの、それに、あえて言えば「もとづいて」なされた創作ということである。一海氏の真意も実はこのあたりにあったのではないかと推測している。そして、論者は、そのような創作をこそ「完全なる創作」と呼んでいるのであって、観念としてしか想定されないようなものを指して「完全なる創作」と呼んでいるわけではない。

以上のような「完全なる創作説」と比較して、いわゆる「半創作説」を主張する者には、歴史的事実であるか、民間説話であるかに関わりなく、これと指し示すことのできる具体的資料が存在している。「完全なる創作説」なるものには、それがない。論者が、「完全なる創作説」と「半創作説」を分けるのは、そこのところを指標としているのである。

したがって、一海氏の言う「虚構」というものが、作者の中にすでにそれとは形を残さないほど消化されてしまい、ほとんど作者と一体となったものにもとづいてなされた虚構であったとしても、それこそが論者の言う「完全なる創作」なのである。一海氏の真意がどこにあろうとも、一方ではきわめて具体的にその基づくところをはっきりと示して論じている論考があり、しかもそれが一定程度の根拠を持っているからには、論理的な展開として「完全なる創作説」の問題点として、先に述べたいくつかのことがらを指摘しないわけには行かない。

一海氏の所説に関してもう一点指摘しておきたいことがある。それは『捜神後記』の編者についてのことである。「収集した民話、あるいは伝説の一つに過ぎないとするもの」という（A）説をとなえている石川忠久氏は『捜神後記』の編纂者が陶淵明であることに対してまったく疑問を抱いていない。それは当然のことで、そうでなければ石川氏の説は成り立たないからである。それに対して一海氏は『捜神後記』の作者（あるいは編纂者）はおそらく陶淵明ではないと考えている。これも「桃花源記」を陶淵明の他の作品、たとえば「五柳先生伝」「形影神」「読山海経」「閑情賦」「挽歌詩」「自祭文」などの作品との関係の中で論じているので、そう考えるのももっともなことだと納得できる。

ただ、厳密に言えば、そうではない。石川氏の説であれば、もし『捜神後記』が陶淵明の編したものでなければ、その説そのものが成り立たないが、それに比べ、一海氏の説の場合は、『捜神後記』の編者が陶淵明であっても一向にかまわないはずである。しかし、一海氏は魯迅の説をそのまま受けとって、『捜神後記』は陶淵明の編した（著した？）ものではないとしているのである。ただ、すでに述べたように魯迅も何か確たる証拠があってそのように言っているわけではない。そのことに対しては、もう少し厳格に対処すべきであると考える。

五　もとにしたものは現実の出来事だとする考え方（D説）の問題点

（D）の「もとにしたものは現実の出来事だとする考え方」は、陳寅恪氏の論がこの説に当たる。前章ですでに述べたように陳氏は、「桃花源記旁証」でもっぱら歴史上実際に起こった出来事について論証し、その最後にみずからこの論文を総括して、つぎの五つの要点を記している。

甲…本当の桃源郷は北方の弘農か、あるいは上洛にあったのであり、南方の武陵にあったのではない。

乙…　本当の桃源郷に住んでいた人が避けてきた「秦」というのは、苻氏の秦（前秦・西暦三五一～三九四）であって始皇帝の建てた嬴氏の秦（紀元前二二一～二〇六）ではない。

丙…「桃花源記」の「紀実（事実を記録）」の部分は、義熙十三年（四一七）の春から夏にかけてのころ、劉裕が軍を率いて中原に入ったときに、戴祚（字は延之）たちが見聞きしてきたことにもとづいて作成したものである。

丁…「桃花源記」の「寓意」の部分は、劉驎之が衡山に入って薬草を採取した故事を結びつけ、「漢有るを知らず、無論魏晋をや」などのことばをつづり合わせて、作られたものである。

戊…陶淵明の「擬古」詩の第二首と「桃花源記」とはお互いに双方の裏付けとすることができる。

この陳寅恪氏の説に対して、唐長孺氏はおなじく歴史的事実の面から批判を加えている。歴史的事実からして桃源郷は陳寅恪氏の言うようなものではない、と。

内山氏は、陳氏および陳氏を批判した唐氏の説について「彼らが居住する『塢』の実態が明らかになればなるほど「桃花源記」に描写された洞穴内の世界との異質性が明瞭になってきて、かえって「桃花源記」がそのような『塢』への探訪を描いた物語ではないということが明らかになってくる」と述べて、両者を共に批判している。

内山氏の言うように、たしかに実際にあった「塢」の実態と「桃花源記」に描かれた世界の様子とはまったく異なっているようだ。ただ、文学作品は歴史書ではない。また、文学は現実そのものの単なる反映でもない。それゆえ「塢」のような「避世」の地の存在の影響を無視することは出来ないだろう。なぜなら「桃花源記」の本文に「自ら云ふに、先世　秦時の乱を避け、妻子・邑人を率（ひき）ゐ、此の絶境に来たり、復た焉（ここ）より出でず、遂に外人と間隔す、と。（自云先世避秦時乱、率妻子邑人、来此絶境、不復出焉、遂与外人間隔）」という表現があるからである。

では、（D）の「もとにしたものは現実の出来事だとする考え方」の問題点はどこにあるのだろうか。それはやはり唐長孺氏がすでにあるていど指摘しているように、当時の民間説話、特に、洞窟探訪説話との関係に対して十分な考察がなされていないということではないだろうか。「桃花源記」は『捜神後記』の洞窟探訪説話群の中にも含まれているのである。三浦國雄氏が「洞天福地小論」「洞庭湖と洞庭山」（ともに一九八三）の二篇の論考で詳細に論じているように、当時「洞天」に関する観念が存在していたこと、そしておそらく当時の人々はそのような観念の中に生きていたことは事実である。『捜神後記』の洞窟探訪説話群は、そのような「洞窟観念」の民間レベルにおける現れと言うことができよう。

陳寅恪氏が指摘するように、「塢」が現実に存在していたことはあらためて言うまでもなく歴史的事実である。それに対して、「洞天」は現在の目から見ればたしかに歴史的事実ではない。しかし、「洞天」という観念が存在していたことも、そしてその観念の中に人々が生きていたことも「歴史的事実」である。現実とは何かという根本的な問題は残るとしても、現実に起こった歴史的事実という方向からしか文学作品を見ようとしない者には、このような「洞天」という観念の中に人々が生きていたという「歴史的事実」を見ることができないのかも知れない。

六　もとにしたものは武陵についての民間説話だとする考え方（E説）の問題点

（E）の「もとにしたものは武陵についての民間説話だとする考え方」については、どうであろうか。このような考えを表明したのは、高橋稔氏である。高橋氏は十五年間にわたって書かれた五篇の文章[95]において一貫してそのことを主張している。

高橋氏や三浦・内山の両氏に共通しているのは次の二点である。

①「桃花源記」は陶淵明の独創ではなく、また民間説話をそのまま記録したものでもないと考えていること

そして、

②「桃花源記」には何らかの基になったものがあり、それを「書き替え」たり、「構想」したり、「構成し直し」たりすることによって作り上げたものであると考えていること、

この点については、論者もその立場にある。高橋氏は、「完全創作説」を批判して、次のように述べている。

「桃花源記」が陶淵明の創作であることは、陳寅恪氏を始め、すでに多くの人々の認めるところなのだが、わたしがここで強調しておきたいのは、「桃花源記」は初めから陶淵明の独創によって作り出されたものではなく、非現実的な民間伝承を焼き直して現実的な主張を盛りこんだ作品なのだということである。

高橋氏の考え方は、「桃花源記」は「非現実的な民間説話を焼き直して現実的な主張を盛りこんだ作品」だということである。そして、もとになった「非現実的な民間伝承」を「武陵」という土地に関する説話だとしているのである。

高橋氏のそのような主張の根拠は、前章ですでに示したように『太平御覧』に見える『武陵記』の「黄聞山」「武陵山」についての次の二条の逸文である。

(1)『武陵記』に曰く、昔臨沅の黄道真なるもの有り、黄聞山の側に在りて魚を釣り、因りて桃花源に入る。陶潜に桃花源記有り。今山下に潭有り、立に黄聞と名づく。此れ蓋し道真の説く所を聞き、遂に其の名と為すなり。

(2)『武陵記』に曰く、武陵の山中に秦の世を避くるの人有り之に居る。水を尋ねて号して桃花源と曰ふ。故に陶潜に桃花源記有り。

たしかに、この二つの文章のうちの(2)には「桃花源記」に共通した記述が含まれている。しかし、まず思い付くのは次のような疑問であろう。この二条にはすでに「陶潜有桃花源記」とあり、この二条をもとにして陶淵明が「桃花源記」を作ったというのはおかしいのではないかということである。内山氏も「『武陵記』には明らかに陶淵明「桃花源記」のことが記されているから、むしろ五世紀末の南朝斉のころには「桃花源記」は陶淵明の作として知られ、武陵の地の名所として『武陵記』の撰者に認識されていたことになる」と述べている。この点について高橋氏は「(1)(2)とも、文中に「陶潜有桃花源記」という文が見えるが、これは後からの注記であって、その前の部分が言い伝えであったと思われる」と言う。しかし、高橋氏がこのように言うのもたしかな証拠があってのことではない。

また、『武陵記』の撰者が南朝斉の黄閔[96]であるとすれば、陶淵明よりも、恐らくは半世紀以上も後の人であり、内山氏の言うように「五世紀末の南朝斉のころには「桃花源記」は陶淵明の作として知られ」ており、「武陵」という地名と一緒になって流布していたと考える方が普通ではないだろうか。

それよりも、もし武陵の桃源郷ということでこの二条を採りあげるとするなら、なぜ、『太平広記』に収められた『武陵記』の二つの説話に限定しなければならないのであろうか。そのことに、根拠がないのである。大室幹雄氏が『囲碁の民話学』第七章「桃と棗の時間論」において「桃花源記」との関係で挙げているように[97]、梁の任昉の撰とされる[98]『述異記』に収められたもう一つの有名な説話を採りあげるべきではないのか。

武陵源は呉中に在り。山に他木無く、尽く桃李を生ず、俗に呼びて桃李源と為す。源上に石洞有り、洞中に乳水有り。世に伝う、秦末の喪乱に、呉中の人此に難を避け、桃李の実を食う者、皆仙を得、と。

武陵源在呉中。山無他木、尽生桃李、俗呼為桃李源。源上有石洞、洞中有乳水。世伝秦末喪乱、呉中人於此避難、食桃李実者、皆得仙。

この話の方がはるかに「桃花源記」との類似性を有しているし、「桃花源記」の基となった話と言うとすれば、さきの『武陵記』よりもはるかに説得力があるのではないだろうか。たしかに高橋氏も「桃源考」においてこの説話を採りあげている。しかし、原文に「武陵源は呉中に在り（武陵源在呉中）」とあり、「呉中」が現在の「江蘇省呉県」であるところから、「湖南省常徳県のあたりを中心に語り伝えられていた話」が「その土地を離れて語り伝えられていった」ものとして捉えている。しかし、「桃花源記」の本文には「武陵」とのみあって、「湖南省常徳県」の「武陵」か「江蘇省呉県」のそれかは、にわかには定めがたい。氏も「桃源境（ママ）の話は、陶潜が「桃花源記」を著わした頃には、恐らくもう相当広い地域にわたって伝承されて」いたと言うように、民間にはこの話と同様の話が広く伝承されていたと考えるべきである。そうだとすれば、「桃花源記」の基となったものとしては、『武陵記』の話よりも『述異記』のこちらの話を挙げる方がはるかに説得力があろう。

ただ、『述異記』は梁の任昉の撰であるとされ、『太平御覧』巻五十四・地部十九・穴に収められた『武陵記』には「昔宋元嘉初」という文章があり、後に挙げる『異苑』も宋の劉敬叔の編とされている。すべて、陶淵明の死後のことである。したがって、それらを「焼き直して」陶淵明が「桃花源記」を作り上げたというのは、たしかにおかしい。

しかし、高橋氏がもとづいたという『太平御覧』の『武陵記』の二条の文には「陶潜有桃花源記」「故陶潜有桃花源記」とはっきりと記されているのである。高橋氏はそれは後世の人の「注」が紛れ込んだのだというが、それに確たる証拠があるわけではない。

さらに、『武陵記』と言えば、同じく『太平御覧』巻五十四・地部十九・穴に次のような話がある。

> 『武陵記』に云ふ、鹿山に穴有り。昔 宋の元嘉の初め、武陵の渓蛮 入りて鹿を射、逐ひて一石穴に入る。穴 方に人を容るべきのみ。蛮人 穴に入りて、梯有りて其の傍に在るを見る。因りて梯を上るに、豁然として開朗なり。桑果 靄然、行人 翱翔として、戎境に似ず。此蛮 乃ち批樹に之を記し、其の後 之を尋ぬるも、処る所を知る莫し。
>
> 『武陵記』云う、鹿山有穴、昔宋元嘉初、武陵渓蛮入射鹿、逐入一石穴、穴才可容人、蛮人入穴、見有梯在其傍、因上梯、豁然開朗、桑果靄然、行人翱翔、不似戎境。此蛮乃批樹記之、其後尋之、莫知其所処。

本文に「宋の元嘉の初め」とあり、元嘉年間は西暦四二四年から四五三年までであるから、「桃花源記」に見える太元年間、すなわち西暦三七六年から三九六年よりも三十年ないし五十年ほど後のこととなっている。しかし、『武陵記』そのものが南朝斉のものだとすれば、また採集されているのが民間説話であることを鑑みれば、その年号に必要以上にこだわる必要はないと思う。武陵蛮のこのような話は民間において口頭で語り伝えられてきており、それを記録する段階で事実らしく見せるためにそれらしい年号を入れたというのが実際のところではなかったろうか。

ただ、「豁然として開朗なり」と言うところなどは、「桃花源記」とまったく同じなので、かえって「桃花源記」からこのことばを取ってきたのではないかと思われる。しかし、もしそうだとしても、「桃花源記」をもとにしてこの武陵蛮の話を作りあげたというわけではあるまい。「鹿山」に洞窟があり、武陵蛮が鹿を逐っているうちにその洞窟に入りこんだ。そしてそこから戻ってくるときに木にしるしをつけてきたが二度とそこには行くことはできなかったという話は、洞窟に入りこみ、しるしを付けてきたが二度と行くことはできなかったという点では、たしかに「桃花源記」と同じである。しかし、「桃花源記」の最も重要だと思われる部分、すなわち洞窟の内部が平和な農村であったことなどはまったく記されておらず、またその文章の字数から見ても、「桃花源記」よりも前にこのような話が広く民間に語り継がれていたと考えた方が自然である。

とにもかくにも、『武陵記』（南朝斉の黄閔の撰とされる）にしろ『述異記』（梁の任昉の撰であるとされる）にしろ、陶淵明の死後に編纂されたものである。それゆえ、陶淵明が「桃花源記」を書くときに確実に基にしたものだと言うには、たしかに、やはりいくらかの躊躇いを伴わざるを得ない。しかしながら、これらの書が民間で行われていた説話を採集して出来上がったものであるということを考えれば、陶淵明が実際に耳にしたときと、その話が採集されて記録されるまでの間に多少のタイム・ラグがあることもありうる。そのことを前提にしているからこそ、唐長孺氏も李剣国氏も[99]、陶淵明より後の時代の人である宋の劉敬叔の『異苑』の次のような話を「桃花源記」のもとづいた話としているのであろう。

宋の元嘉の初め、武渓の蛮人鹿を射て、逐ひて石穴に入る。纔（わずか）に人を容（い）るるのみ。蛮人穴に入りて見るに、其の旁に梯有り。因りて梯を上るに、豁然として開朗なり。桑果蔚然、行人翱翔として、亦た以て此の蛮を怪まず。路に於て樹を斫りて記と為す。其の後茫然として、復た彷彿する無し。

宋元嘉初、武渓蛮人射鹿、逐入石穴。纔容人。蛮人入穴見、其旁有梯。因上梯、豁然開朗。桑果蔚然、行人翱翔、亦不以怪此蛮。於路斫樹為記。其後茫然無復彷彿。

この話は一読して明らかなように先に挙げた『太平御覧』巻五十四・地部十九・穴に『武陵記』の話として引かれた「武陵蛮」の話とほとんど同じである。つまり、陶淵明が耳にしたときと、その話が記録されるまでにはタイム・ラグのあることもあり、それゆえ編纂されたのが陶淵明より多少後のものであっても、「桃花源記」のもとづいた話として措定して検討することもできると、唐氏・李氏は考えていたということであろう。

すなわち、実際は、次のように考えるべきではないだろうか。説話が民間に伝承されているときと、それが収集され記録にとどめられるときのあいだには、当然いくらかのタイム・ラグがある。したがって、これらの文献の記載に見える時間的な前後関係、あるいはその記載内容のズレは、そのようなタイム・ラグがもたらしたものである。そのように考えるのが、実状に近いのではあるまいか。

そうだとすれば、話の内容の類似性からいけば、高橋氏の挙げた『武陵記』の二条の説話よりも、比べものにならないほど、『述異記』や『異苑』の話の方がはるかに「桃花源記」に近いと言えよう。

ただ、高橋氏の所説のうち「「桃花源記」が陶淵明の創作であることは、陳寅恪氏の所説に対する認識は別にしても、陳寅恪氏を始め、すでに多くの人々の認めるところなのだ」というのは、陳寅恪氏の所説に対する認識は別にしても、「記録説」を否定しているものであり、また、「「桃花源記」は初めから陶淵明の独創によって作り出されたものではなく、非現実的な民間伝承を焼き直して現実的な主張を盛りこんだ作品なのだ」と述べているところは、「完全創作」説を批判している。これに対して高橋氏の所説で評価すべき点は、やはり「民間伝承」の具体的な証拠を指し示してそれを主張したところにある。

また、高橋氏の一連の論考でもう一つ欠如していたのは、「桃花源記」がなぜ『捜神後記』にも収められているのかについての考察であろう。この点について高橋氏は次のように切り捨てる。

それ（「桃花源記」のこと――門脇注）が『捜神後記』中に収められているのは、後人がこの文章を詩から切り離して、勝手に他の類似する筋を持つ志怪と並べて同書中に収めてしまったのである。この文章は、もともと「桃花源詩」に添えられた文であって、志怪中に収められる性質のものではなかったのである。

高橋氏は「桃源伝説」と「桃花源記」を区別し、「桃源伝説」には非現実的な要素があるが、「桃花源記」はそのような「桃源伝説」から、非現実的要素を取り除き、「現実的な主張」を盛り込んで作りあげた作品だとしている。そしてここでは、「桃花源記」はもともと『陶淵明集』にあり、「桃花源詩」と合わせて一篇の作品になっていたが、後人がその「桃花源記」だけを取り出して、よく似た話が並んでいる『捜神後記』に組み込んだと言うのである。(100)

つまり、「他の類似する筋を持つ志怪と並べて同書中に収めてしまった」と述べているように、高橋氏は、この発言のなかであきらかに『捜神後記』のなかの「桃花源記」の前後にある説話と、「桃花源記」との類似性を見ているのである。つまり、高橋氏は「桃花源記」に別の二つのタイプの民間説話との類似性を見ているのである。一つは、「桃花源記」が書かれる基になった説話、すなわち高橋氏の言うところの「桃源伝説」であり、もう一つは、「桃花源記」が後人の手によって組み入れられたところにある説話、すなわち『捜神後記』の冒頭の数篇の説話である。

(1)「桃花源記」が書かれるもとになった説話
(2)「桃花源記」が後人の手によって組み入れられたところにある説話

では、後人の手によって組み入れられたところにある説話とはどのような説話だったのであろうか。それはもうすでに何度も言及しているように『捜神後記』の冒頭の「洞窟探訪」の説話群であった。そうだとすれば、『捜神後記』の「桃花源記」の前後にある説話を見てみれば、それがただ「武陵」に関する説話を改作しただけのものではないこと、すなわち、洞窟探訪説話というもう一つ別の側面を持っていることは容易に理解できたはずである。しかし、高橋氏はなぜかこの側面について一言も言及していない。高橋氏は、(1)の方の説話（「桃花源記」が書かれる基になった説話）との類似性しか見ていないのである。「桃花源記」は「「桃花源詩」に添えられた文であって、志怪中に収められる性質のものではなかった」と切り捨てて、『捜神後記』の冒頭の数篇の説話、すなわち洞窟探訪説話との関係を考察しようとしていないのである。たしかに高橋氏が「桃花源記」の基となったという『武陵記』の二条の逸文には洞窟あるいは「洞天」を示す記述はない。それゆえ、「桃花源記」に描かれた世界が洞窟であったとは思い至らなかったのかも知れない。もし、氏が「「桃花源記」が後人の手によって組み入れられたところにある説話」すなわち『捜神後記』の「桃花源記」の前後にある説話群に注目していれば、そこに洞窟、あるいは「洞窟探訪」という共通項のあることはすぐに見て取ることができるはずである。もし、このことに気づいていれば高橋氏の論考はまったく違ったものとなっていたと推測される。

七　もとにしたものは洞窟探訪説話だとする考え方（F説）の問題点

次には三浦國雄氏と内山知也氏の持っている「もとにしたものは洞窟探訪説話だとする考え方」（F説）の問題点について検討したい。両氏ともに「桃花源記」が当時の「洞窟観念」をもとに作られたものだと言うが、すでに述べたようにこの点について本格的に論じたのは内山氏であったので、内山氏の論説を中心に検討したい。内山氏の論で注目すべき点は次の三つである。

(1)桃源郷は洞窟の中の世界であると述べたこと
(2)その洞窟の中の世界は、東晋時代の「洞天」思想を反映しかつ変形したものだと論じたこと
(3)「桃花源記」は洞天探訪の説話群からモチーフを借りて構成し直した小説であるとの考えを示したこと

内山氏がそのように主張する根拠としての史料は、次の二つである。

① 梁の陶弘景の『真誥』巻十一稽神枢の洞窟に関する多くの説話
② 『捜神後記』冒頭の第二話から第七話までの六篇の洞窟探訪説話

内山氏の所説のなかで、(1)の「『桃花源』は洞窟の中の世界であると述べたこと」や、(2)の「その洞窟の中の世界は、東晋時代の『洞天』思想を反映しかつ変形したものだと論じたこと」は、三浦氏の方が八年も早く、内山氏の真の功績は「(1)」や「(2)」の指摘にあるのではない。それは、「(3)」の「桃花源記」を『捜神後記』の冒頭の最初の物語を除いた六篇の洞窟探訪説話群のなかにおいて検討し、「桃花源記」は、「よるべき説話をいくつか持ってきて組み立てようという構成意欲」によって作られたと述べたところにある。この指摘によって初めて洞窟探訪説話群という文脈のなかに「桃花源記」という作品を置いて検討するという道が開かれたと言って良い。やや大げさかも知れないが、そのように言うことができる。

『捜神後記』第一巻は、第二部の第一章（八四～八六頁）に示したようになっている。内山氏は、この第二話か

ら第七話までを洞窟探訪説話と考えている。したがって、内山氏の言う説話の番号と『捜神後記』の番号とは一つずつずれている。内山氏は、次のように指摘する。

①舟に乗って谷川を遡るプロットは第六話（右の『捜神後記』の第七話）に、②道を忘れるプロットは第五話（右の第六話）に、③洞口に入るプロットは第一、第二、第三、第六話（右の第二、第三、第四、第七話）に、④洞天内の田野の描写は第二、第三、第六話（右の第三、第四、第五、第八話）に、⑤洞中の人と約束したのに帰宅の後それを破棄したため再訪が不能になるプロットは第五話（右の第六話）に見える。⑥その他六話を通じて洞穴の中は明るいのである。（①〜⑥の番号は門脇が修正）[101]

これを右の『捜神後記』の説話の番号にしたがって再整理すると次のようになる。

①第七話→舟に乗って谷川を遡るプロット
②第六話→道を忘れるプロット
③第二話・第三話・第四話・第七話→洞口に入るプロット
④第三話・第四話・第七話→洞天内の田野の描写
⑤第六話→洞中の人と約束したのに帰宅の後それを破棄したため再訪が不能になるプロット
⑥六話全体→洞穴の中は明るい

たしかに内山氏の言うように「桃花源記」を「構成するプロットの重（ママ）なるものは」、『捜神後記』の冒頭の六話から「桃花源記」を除いた五話の洞窟探訪説話群のプロットの中から「発見できる」のである。

内山氏の指摘はおおむね正しい。また、この論証によって「桃花源記」を単に「記録」でしかないと述べる二つの説、すなわち「収集した民話、あるいは伝説の一つに過ぎない」（A説）とする説と「歴史的事実（避世）をそのまま描いた」（B説）とする説は、ともに論破されている。内山氏の言うところを論者なりに敷衍すれば、『捜神後記』に収められた他の説話は「記録」であるかも知れない。しかし、「桃花源記」は「構成し直した」「半創作」ともいうべきものではあるが、あくまで作者の何らかの「意図」によって総合された一種の「創作」であって、「記録」ではないということになろうか。

ただ、内山氏の論考にも問題がないわけではない。まず問題となるのは、「桃花源記」の作者についての見解である。内山氏は明白には述べていないが、氏の発言や論考を注意深く読めば、氏がそこに疑問を抱いていることが分かる。というよりむしろ「桃花源記」は陶淵明以後の誰かが作ったもので、陶淵明の作ではないと考えていることは明らかである。内山氏がそのように考えるのは、おそらく氏が「桃花源記」を『捜神後記』あるいは『捜神後記』を含む志怪小説群の文脈の中においていること無関係ではない。そのためであろう、氏は「桃花源記」と「桃花源詩」を切りはなして論ずべきだとを述べている。

さらに内山氏は「桃花源詩」も陶淵明の作ではないと考えている。つまり、氏の理解は「桃花源記」は陶淵明の没後に作られ、「桃花源詩」は「桃花源記」という物語の解釈として作られた。そして、後世の誰かが、この両者を結びつけ、そこに「陶淵明の思想らしきもの」があったので、『陶淵明集』にまぎれこませたということになる。

内山氏の言うところを整理すれば、次のようなことになろう。

(1) 陶淵明が原『捜神後記』を編纂した。（ここにはまだ「桃花源記」は含まれていない）
(2) 陶淵明が没した。
(3) 誰かが、『陶淵明集』を編纂した。（ここには、「桃花源記」も「桃花源詩」も含まれていない）
(4) 誰かが、原『捜神後記』の冒頭の洞窟探訪説話を基にして組み立て直して「桃花源記」を作った。
(5) 誰かが、原『捜神後記』に「桃花源記」を組み入れた。→現在の『捜神後記』の体裁になった。
(6) 誰かが、『捜神後記』の「桃花源記」を読み、この物語の一種の解釈として「桃花源詩」を作った。
(7) 誰かが、この両者（「桃花源記」と「桃花源詩」）を結びつけ、「桃花源記幷詩」あるいは「桃花源詩幷序」とした。
(8) 誰かが、そこに「陶淵明の思想らしきもの」があったので、「桃花源記幷詩」あるいは「桃花源詩幷序」なるものを『陶淵明集』にまぎれこませた。（唐代以降）

しかし、「桃花源記」が陶淵明の作品ではないということも、確たる証拠があってのことではない。内山氏の提示した疑問に関してあらためて検討しなければならないのは、これまで何度も指摘してきた次の二点であろう。

① 『捜神後記』と『陶淵明集』の双方にこの作品「桃花源記」が入っていること。
② 『陶淵明集』では「桃花源詩」と合わせて「桃花源記幷詩」として二作で一体の作品とされていること。

この二つのことがらをどのように考えるかによって、理解の仕方はまったく異なってくる。

もし「桃花源記」が陶淵明の作品であり、『陶淵明集』に「桃花源記幷詩」とあるように「桃花源詩」と一体の作品であるとしたら、内山氏の仮説は根底から覆ることになる。その反対に内山氏の言うようであれば、これまで「桃花源記」や「桃花源詩」を陶淵明の作品として論じてきた論考はすべて誤りだったということとなる。『捜神後記』と『陶淵明集』という二つの書が全くその性格を異にするものであるということを考えれば、「桃花源記」がこの二つの書に同時に組み入れられたとは考えにくい。とすれば、次の二つの可能性が考えられる。

①もとは『捜神後記』に収められていたものを、のちに『陶淵明集』に組み入れたのか。
②もとは『陶淵明集』に収められていたものを、のちに『捜神後記』に組み入れたのか。

従来の見解の問題点は、結局、この二つのどちらかに立脚点を置いていながら、自らの立脚点を相対化できなかったところに生じたものである。①の「もとは『捜神後記』に収められていた」という立場に立てば、陶淵明の「創作意図」などというものを考えること自体が間違った前提となる。なぜなら、『捜神後記』のような書には記録編纂しようという「編纂意図」はあったとしても、創作しようという意図など最初からないからである。石川忠久氏の考え方は、その意味で正しいと言わなければならない。そうでなければ、内山氏のように、なんとも複雑な経緯を想定しなければならないのである。

しかし、すでに指摘したように「桃花源記」は『陶淵明集』にも収められているのである。そのことについての説明をしておかなければならないのではないだろうか。石川忠久氏によれば『捜神後記』に記載された説話はすべて記録である。そればかりではない、当時作られたおびただしい数のいわゆる「志怪」の書、そしてそこに記載されたすべての説話は記録だということである。そうだとすれば、『捜神後記』に含まれた一篇である「桃花源記」も、当然記録だということであろう。

では、なぜ、記録された多くの説話の中の一篇である「桃花源記」だけが、陶淵明の創作集である『陶淵明集』に収められたのであろうか。石川忠久氏は『捜神後記』も陶淵明の編纂したものであると考えているようだが、そうだとすればこの点について説明しておくことは不可欠である。

それでは、もとにしたものは洞窟探訪説話だとする考え方（F説）には問題点がないのであろうか。内山氏の論考の最も大きな問題点の一つは、「桃花源記」は『陶淵明集』にも入っているという至極あたりまえのことに対する考察の不十分さである。たとえば「桃花源記」を完全なる創作と捉える考え方に立つ者が、その「桃花源記」は『捜神記』にも採録されていることの意味を十分に検討していないのとちょうど裏返しに……。

同時に、『捜神後記』の冒頭の数篇の洞窟探訪説話の文脈における「桃花源記」の様相の分析も必ずしも十分になされていないように見受けられることである。と言うより、「洞窟（洞天）」という一点だけの共通性で一つに括るだけで、「桃花源記」と『捜神後記』の洞窟探訪説話群との、さらには同時代の他の書に収められた多くの洞窟探訪説話群との差異に対してほとんど注意を払っていないのである。

少し注意して読んでみればすぐにも分かるように、「桃花源記」は他の洞窟探訪説話と比べていくつかの顕著な特徴を持っている。たとえば、桃源郷の洞窟の中は平和な農村となっており、それがこの物語の最大の特徴であろうことは誰も異論を差し挟む余地はないだろう。そして、これは他の説話にはまったくと言っていいほど、見られないものなのである。もちろんこれだけではない。細かいものまで含めれば、さまざまな差異が認められるのである。これらの差異の分析を詳しく行う必要があるのではないだろうか。

すなわち、内山氏の論考の最も大きな問題点は、次の二点であると言うことができる。

①『捜神後記』の冒頭の数篇の洞窟探訪説話の文脈における「桃花源記」の様相の分析の不十分さ
②「桃花源記」は『陶淵明集』にも入っているという至極あたりまえのことに対する考察の不足

『捜神後記』の冒頭の数篇の洞窟探訪説話の文脈における「桃花源記」の分析については、「洞窟（洞天）」という一点の共通性だけで一つに括っているに過ぎず、「桃花源記」と洞窟探訪説話群との差異に対してほとんど注意をはらっていない。たしかに、「桃花源記」には洞窟探訪説話群のすべてに見られるプロットが含まれている。しかし、「桃花源記」にしかないものも存在しているのである。また、「桃花源記」は『陶淵明集』にも入っているということに対する考察では、「桃花源記」という作品には、「何が表現されているのか」という問題について、再度、『陶淵明集』に収められた他の作品との文脈のなかで検討し直されなければならない。

もう一つの問題点は『陶淵明集』の作品群という文脈の中での分析がまったくなされていないということである。内山氏の論考が「桃花源記」と「洞天観念」との関係について論じることを目的にした論考である以上、それは当然のことではある。しかし、氏の論考で明確になったのは、「桃花源記」は『捜神後記』の冒頭の洞窟探訪説話のプロットを構成し直して作りあげたというところまでである。そこから先の問題、すなわち「桃花源記」という作品には、では、いったい何が表現されているのか、このような問題については必ずしも十分に考察されているわけではない。

なるほど、内山氏はこの論考で陶淵明の創作意図について、①「作者の意図する所は、洞天の中に五八〇年も外界と隔絶した生活を送っていた避世集団を発見したことの驚異を物語ることにあったといえよう」と言うものの、十分な根拠があってのことではない。また、同じ論考の最後には、②「結論として、この物語の作者は、俗世と俗欲を離れた隠棲生活にあこがれながらも、その実現は困難であることを語りたかったものと思われる」と述べている。これも確たる論拠があっての推測ではない。さらに言えば、①の「作者の意図する所」と、②の「この物語の作者」が「語りたかったもの」の内容はまったく別のもののように論者には読み取れるが、そうではないだろうか。どちらが創作意図だと言うのであろうか。

いずれにしろ、内山氏は「桃花源記」の作者は陶淵明ではない可能性があると考えており、そのために「桃花源記」を『陶淵明集』の作品群の文脈の中に置いて考察することを敢えてしなかったのかも知れない。しかし、「桃花源記」の作者は陶淵明ではないとの考え方に確たる証拠がない以上、やはり『陶淵明集』の作品群との関係について検討する必要がある。ことにその中の「田園詩」との関係については、「桃花源記」に描かれた世界が農村であるだけに、きめ細やかな検討が必要であろう。さらには、「桃花源記并詩」として『陶淵明集』に収められているからには、たとえ「物語の一つの解釈として詠ぜられている」という結論になろうとも、「桃花源詩」との関係についての分析は欠かすわけにはいかない。

内山氏のように、「桃花源記」を『捜神後記』の説話をもとにして作られた「創作」（半創作）と捉えるにしても、石川氏のように『捜神後記』の他の説話と同様に「記録」であると捉えるにしても、そこから派生して出てくる問題として次の二点を指摘しておかなければならない。

①『捜神後記』の「桃花源記」と、『陶淵明集』のそれとのテキストとしての共通性と差異性という問題
②「桃花源記」の内容と「桃花源詩」の内容の関係（共通性と差異性）という問題

しかし、本章ではこの問題には立ち入らない。「桃花源記」について言えば、最後の南陽の劉子驥に関する記載

を含む（『陶淵明集』）か含まない（『捜神後記』）かということが大きな相違である他は、内容全体に関わる差異ではない。また、「桃花源記」と「桃花源詩」の内容の共通性と差異性、特に差異性については、現在そのような形になっているように、ひとまず、「桃花源記」と「桃花源詩」とが一体となって一つの作品を構成しているものとして考えておくこととしたい。

むすびにかえて

これまでの検討から言えることは、これから「桃花源記」についてさらに検討を行うには、次の二点おいてなされなければならないということである。

①『捜神後記』およびその他の洞窟探訪説話群の文脈に置いて検討し直すこと
②『陶淵明集』の作品群の文脈に置いて検討し直すこと

『捜神後記』およびその他の洞窟探訪説話群の文脈に置いて検討し直すことについては、その共通性については、内山氏がすでにあるていど指摘している。しかし、その差異性についてはまったく述べていない。共通性を見ることによって洞天思想や洞窟探訪説話との関係を指摘したことは、すでに何度も述べているように、高く評価すべき内山氏の功績である。しかし、『捜神後記』と『陶淵明集』という二つの文脈を同時に視野においたとき、より重要なのは差異性の分析ではなかったか。なぜなら桃源郷の内部に田園があり、そこに「避世」の農民たちが住んでいたというのが「桃花源記」を「桃花源記」たらしめている最も重要な特徴であり、『捜神後記』

の冒頭の洞窟探訪説話にはそのような特徴を有する説話は一つもないからである。

また、『陶淵明集』の作品群の文脈に置いて検討し直すことについては、「田園詩」と言われる作品群との関係についての検討も欠かすことのできないことである。なぜなら、先に述べたように桃源郷の内部に田園があり、そこに「避世」の農民たちが住んでいたというのが「桃花源記」を「桃花源記」たらしめている最も重要な特徴だからである。その際、作品の表面に表れた一つ一つのことばの比較検討はもちろんなされなければならないが、そのこと以上に、作品に表現された世界の様相あるいは構造の分析が必要であると考える。

以上のことについては、第二部において論じているので、そちらをお読みいただきたい。

最後に念のために次のことを言い添えて、ひとまず本章を閉じることとしたい。

本章は、A・B・C・D・E・Fの六つの説のどれが本当の説か、というように、ただ一つの説に限定することを目的としたものではない。もちろん、陶淵明は洞窟探訪説話のみにもとづいて「桃花源記」を作りあげたと言おうとしているのでもない。論者は本章の最初に「これら六種の理解の仕方には、それぞれ、そのように理解しうる根拠が、たしかにある」と述べた。それが、論者の基本的な認識である。

「桃花源記」という作品には、民話あるいは伝説と関係を有する側面もたしかにあるし、避世という歴史的事実とも大いに関係していると推測される。その根拠もたしかに存在している。そして、一海氏の言うように、「五柳先生伝」「形影神」「読山海経」「閑情賦」「挽歌詩」「自祭文」などの作品との関係のなかで「桃花源記」を見てみると、たしかに虚構あるいは完全な創作とする考え方には説得力がある。

しかし、現在は、洞天思想あるいは洞窟探訪説話との関係を無視しては、もはやこの物語を読むことはできない。本章で最も主張したいのは、そのことである。なぜなら、『捜神後記』の冒頭の洞窟探訪説話群の中に収められているように、「桃花源記」には洞窟探訪説話という側面をたしかに有しているからである。

日本においてそのことについて本格的に論じた内山氏の論考が公表されたのは一九九一年である。それ以前に公表されたものは、もちろんそれをもって批判することはできない[102]。しかし、それ以降の論考は、内山氏の論考を否定するにせよ、それを肯定するにせよ、洞天思想あるいは洞窟探訪説話との関係を無視することは許されない。もし、無視するなら、それを無視する根拠さえ示さなければならない。

内山氏の論考は「桃花源記」に「洞天」あるいは洞窟という要素のあることを指摘し、そのような文脈で「桃花源記」を読むという道を切り拓いた。「桃花源記」の漁人はトンネルを通り抜けなければ「桃源郷」にたどりつくことはできなかったが、「桃花源記」について論ずる者は、「桃花源記」の漁人のように、かならず洞天思想あるいは洞窟探訪説話を通らなければならない。そうしなければ、ほんとうの「桃花源記」に到ることができない。内山氏の論考は、それ以後の検討にそのような義務を課したという意味で画期的なものであった。さてでは洞窟探訪説話というトンネルの向こうにはいったい何があるのだろうか。この第三部の二章で検討したことを踏まえて、あらためて第一部、第二部をお読みいただければ幸いである。

第四部　「外人」の解釈とその問題点

第四部では、「桃花源記」に対するこれまでの論説を整理し、そのうえで、それぞれの問題点を指摘した。そこで保留しておいたことの一つに、「桃花源記」に三度用いられている「外人」ということばの解釈の問題がある。この問題とは、田部井文雄氏が一九八九年のシンポジウム[103]において述べた次のようなことがらのことである。

（この「男女の衣著」を比喩する「外人」ということばは）昭和三十四年（一九五九年――門脇）十一月の一海知義さんの「外人考」という論文以来、現場（高等学校の教育での現場――補足門脇）の教師を悩ませている問題であります。

のちに詳しく述べるが、一海知義氏が「外人考」[104]という論文で提示した理解とは次のようなものであった。一海氏の論考より前の二種の訳注書（狩野直喜「桃花源記序」[105]、鈴木虎雄『陶淵明詩解』[106]）においては、「桃花源記」に三度用いられた「外人」の内の最初の一つを「外国人」と理解し、その他の二つを「桃源郷の住民にとって外部の人」と解していた。しかし、一海氏は「外人」を「外国人」と解することは中国語としてはできず、三つとも「桃源の人々からいっての『外の人』でなければならぬ」としたのである。この二つの解釈の内のどちらの方が正しいのか、それが高等学校の「現場の教師を悩ませて」きたということである。

第四部では、この「外人」の解釈の問題についての概要を整理し、そこにおける問題点を指摘しようとするものである。まず、第一章では「外人」ということばに対する研究史の概要について述べたい。第一章の検討の前提となるものである。第二章においてはそれらの解釈の問題点について述べる。

第一章　「外人」解釈史の概要

はじめに

この章では「外人」ということばの解釈史の概要を述べたい。第二章の検討の前提となるものである。従来の論考はさまざまな観点から「外人」ということばの解釈の問題について検討を加えてきた。しかし、それぞれの論考の観点は有機的に繫がっていないし、一貫した論理のもとにもない。それぞれが自らの主張にとって都合の良いところを、あえて言えば恣意的に切り取って自説を立てていると言える。論者は従来の論考を整理し、それらの観点を論者なりに総合的に組み立て直した。これより以降、以上のことについて述べていきたい。

一　「外人」解釈の概要とその整理

「外人」の問題については、一九五九年の一海氏の論考以来、新たな展開のないまま三十年という年月が過ぎ去った。その間に「外人」の問題についてまとまった文章が書かれることはなかった。そのちょうど三十年後、一九八九年になって「『桃花源記』について」というシンポジウム[107]が開かれ、新たな展開が始まった。第一部でも述べたように、このシンポジウムにおいて内山知也氏がこの問題について自ら見解を示したのである。そしてその記録が一九九〇年に公表され、「外人」の解釈についての問題はようやく新たな段階に入った。

なお、シンポジウムは、一九八九年十二月十六日に全国漢文教育学会月例会として行われた。会場は湯島聖堂であった。また、このシンポジウムのあと、内山氏は一九九一年に論考「「桃花源記」の構造と洞天思想」[108]を公表し、そこにおいてもシンポジウムの時と同じ内容のことを述べている。

それでは、一九五九年から一九八九年までの三十年間に出版された注釈書や解説書は、この「外人」をどのように解釈してきたのであろうか。さらに、一九八九年以降、現在（二〇一四年）までの二十五年の間においてはどうであろうか。たとえば、現在のところもっとも新しい注釈書は田部井文雄＋上田武の両氏による『陶淵明集全釈』（明治書院・二〇〇一年）であるが、その「通釈」では「そこかしこを行き来し、耕している男女の着物は、まったく外の世間の人たちと変わりがない（傍点—門脇）」としている。そして「語釈」では「男女衣著、悉如外人」について次のように説明している。

> 男女の服装はすべて桃花源の外の世間一般の人と変わりない。「記」の本文中には「外人」の語が三か所見え、他の二例がともに問題なく「桃花源の外の世界の人」と解釈されるのに対し、ここだけは「漁師が見たこともない、（中華世界とはまったく異質な）別世界の人」とする有力な説がある。

田部井＋上田両氏は「男女の服装はすべて桃花源の外の世間一般の人と変わりない」と理解している。そして同時に別の解釈として「漁師が見たこともない、（中華世界とはまったく異質な）別世界の人」という「有力な説」があるとも述べている。すなわち、田部井＋上田両氏は「外人」の解釈として、①「桃花源の外の世界の人」と解するものと、②「漁師が見たこともない、（中華世界とはまったく異質な）別世界の人」と解するものの二つの説があると考えているのである。

両氏は「別世界の人」のまえに、（　）に入れて「中華世界とはまったく異質な」という限定語を加えている。（　）を附けていることが何を意味しているのか必ずしも明確ではないが、「中華世界とはまったく異質な」という限定語に「中華」ということばが入っているところからすると、田部井＋上田両氏は「別世界」を、今日のことばで言う中国ではない別の国、すなわち「外国」と理解しているという意味で用いていることが読み取れる。そして、もし田部井＋上田両氏の言う「別世界の人」が一海氏の言う「外国人」と同じであるとすれば、たしかに田部井＋上田両氏の言うように「別世界の人」とするのは「有力な説」だと言える。

ただ、もしこのようであれば、一海氏が一九五九年に問題を提起して以来、一九八九年に内山氏の発言があるまでの三十年間だけでなく、その後の十年あまりの年月においても、この二つの説だけがずっと行われていたような印象をあたえる。しかし、より正確に言うとすれば、従来の解釈は、「外国人」と解するものと、「桃花源の外の世界の人」と解するものの二つだけではなかった。後に述べるように、もう一つ田部井＋上田両氏の言うのとは異なった意味で「別世界の人」と解するものがある。この「別世界の人」は「外国人」を意味するものではない。それは当時の人々にとって自分たちの世界とは異なった世界の人、すなわち「異界の人」のことである。

いずれにしろ、これまでの解釈には全部で次の三種類のものが存在している。

(1)「外国人」
(2)「桃源郷の外の人」
(3)「別世界の人」（＝「異界の人」）

(1)の「外国人」というのは現在の日本語で「外人」というのと同じく「異国の人」を意味している。(2)の「桃源郷の外の人」は説明するまでもなかろう。(3)「別世界の人」というのは、たしかに(1)の「外国人」とまぎらわしい。しかし、それとは明確に異なっている。「異界」とは、例えば仙人の住む「仙界」や死者の住む「冥界」あるいは夢の中で行く異空間などの世界のことである。

田部井＋上田両氏は、(1)の「外国人」と(3)の「別世界の人」との間には差があること、すなわち「外国人」と「別世界の人」との間には明確な違いのあることに気付いていなかったのではないか。そのように推測される。

一九五九年から一九八九年までの三十年間の解釈はすべてこの三種の解釈の中に含まれると言って良い。ただ、これを漁人の服装との関係を基準にして分類するなら、次のように大きく二つにまとめることができる。まず、漁人と同じ服装あるいは同じような服装であるとするもの（甲）、もう一つは、それとは異なっているとするものの（乙）である。

甲…漁人と同じような服装であるとするもの（桃源郷の外の人）
乙…漁人とは異なった服装であるとするもの（外国人・別世界の人）

これらの二つの説は、実は、それぞれさらにいくつかに分けることができる。まず、「甲」の「漁人と同じような服装である」とするものであるが、それは一海説と内山説に分けることができる。ともに「外人」を「桃源郷の外の人」と解釈している。しかし、一海氏が単に「桃花源の外の人」というのに対して、内山氏は桃花源の世界は「洞天」であることを前提にした上での解釈であり、「外の人」とは「洞天の外の人」ということである。その点で両氏は異なっている。この差異は微妙ではあるが質的にまったく異なった解釈である。なぜならその前提となっているものがまったく異なっているからである。この差異は注意すべき差異である。

次に、「乙」の「漁人とは異なった服装であるとするもの」には、先ほどの分類における（1）の「外国人」と解釈するものと、（2）の「別世界の人（異界の人）」と解釈するものに分けることができる。そして、（2）の「別世界の人（異界の人）」には、「甲」の「漁人と同じような服装であるとするもの」において見た差異と同じ差異を認めることができる。一つは、「桃花源記」に描かれた世界が「洞天」であることを前提としないで単に「別世界の人」と解釈する説（a）であり、もう一つは「洞天」であることを前提とする説（b）である。以上のことを整理すると次のようになる。

甲…漁人と同じような服装であるとするもの
（1）「桃花源の外の人」とする説（一海説）……………………A
（2）「洞天外の人」とする説（内山説）……………………B
乙…漁人とは異なった服装であるとするもの
（1）「外国人」と解釈する説（狩野説・鈴木説）……………………C
（2）「別世界の人（異界の人）」と解釈する説

a 「洞天」を前提としない説（南・都留＋釜谷・石川・小出説）…………D
b 「洞天」であることを前提とする説（坂口説）…………………E

以上のように、すべてあわせて「A」「B」「C」「D」「E」の五つの説となる。これらを学界での論争の順序に従って並べるとすれば、まず「C」の「外国人」という解釈があり、それを批判する一海氏の「桃源郷の外の人」という説「A」が唱えられた。そのあとに「桃花源記」に描かれた世界は「洞天」であることを前提とした「漁人と同じような服装である」という内山氏による解釈「B」が提唱されたと言うことになろう。そのあとに、「A」説を批判する形で「D」の「「洞天」を前提としないで「別世界の人（異界の人）」と解釈する説」が、さらに「B」説を批判する形で「E」の「「洞天」であることを前提に「別世界の人（異界の人）」と解釈する説」が唱えられたということである。

二 「外人」解釈の諸説の内容

これより以降、これらの説の概要をおおむね学界に提起された年代の順（C説→A説→B説→D説→E説）に沿って見ていくこととしたい。

（一）「外国人」と解釈するもの（C説）

「桃花源記」に三度用いられた「外人」ということばの最初の「外人」を「外国人」と解釈しているもので、

一海知義氏の論考以前（一九五九年以前）のものでは、釈清潭、狩野直喜氏、鈴木虎雄氏、斯波六郎氏のものがある。また一海氏の論考以後（一九五九年以後）のものでは、松枝茂夫＋和田武司両氏のものがある。ここでは、まず一海氏の論考以前（一九五九年以前）のものについて述べ、次に一海氏の論考以後（一九五九年以後）の松枝茂夫＋和田武司両氏のものという順序で検討していきたい。

(1)一海氏の論考以前（一九五九年以前）

最初の「外人」を「外国人」と解釈しているもので、一海氏の論考以前（一九五九年以前）のものには釈清潭、狩野、鈴木、斯波の四氏のものがあるが、まず、一海氏が取りあげた狩野、鈴木両氏の解釈を紹介し、続いて一海氏が取りあげていない釈清潭、斯波両氏のものについて述べたい。

1　狩野直喜氏と鈴木虎雄氏の解釈

まず、一海氏の論考以前（一九五九年以前）に求めるとすれば、まず、一海氏が採り上げた次の二書がある。

・一九四八年　狩野直喜「桃花源記序」『東光』五、弘文堂［狩野直喜先生永逝記念］
・一九四八年　鈴木虎雄『陶淵明詩解』弘文堂

狩野氏は「桃花源記序」において最初の「外人」について次のように訳している。

男女の身にまとふ衣を見るに、世のものと異なりて、外国人（とつくにびと）かと怪しまる計り也。

そのあとの二つの「外人」については、次のようである。

遂には外人と相隔たりぬ（傍点―門脇）
御身ここへ来たり給ひしこと他の人々に語るにも及ばぬことに候ぞや。（傍点…門脇）

狩野氏は最初「外人」を「外国人」と訳し「とつくにびと」とルビを振っている。二つ目、三つ目の「外人」はそれぞれ「外人」「他の人々」と訳しており、三者の差異が必ずしも明確ではないものの、最初の「外人」を今日の我々が言う「外国人」と同様に理解していることは明らかである。

また、鈴木氏は『陶淵明詩解』において同様に次のように訳している。

最初の「外人」…男女の衣服など、すっかりどこか知らぬ外国人の様なありさまである。（傍点…門脇）
二つ目の「外人」…とうとう境外の人とはへだたってしまったのである、（傍点―門脇）
二つ目の「外人」…我々がこんな処にこんな生活をしてをることはお話にもなりませんよ。

鈴木氏は最初の「外人」を「どこか知らぬ外国人」と訳しているが、これも明らかに今日の我々が言う「外国人」と同様に理解している。最後の「外人」は訳していないが文章の流れとして二つ目の「外人」と同じように「境外の人」と理解していたことが読み取れる。

2　釈清潭と斯波六郎氏の解釈

その他に、一海氏の論考以前（一九五九年以前）のもので、一海氏が採り上げていないものを挙げれば次の二つのものがある。

・一九二二年　釈清潭『陶淵明集・王右丞詩集』国民文庫刊行会

・一九五一年　斯波六郎『陶淵明詩訳注』東門書店

この二書も「外国人」と解釈しているものに含まれる。釈清潭は、「外人」に注を付け「漁人より見れば其風俗が本土人と異なる」としている。「本土人」というのが何を意味しているのか必ずしも明確ではない。しかし、「本土」に対することばはおそらく「異土」であろうから、「本土人と異なる」風俗とは異国の風俗ということになると判断される。少なくとも「別世界の人」というのではないことはたしかである。

斯波六郎氏は「其の中に（人人）往来（ゆきき）し種作（たがや）せるが、男女ともその衣著悉（よそほひすべ）て外人（とつくにびと）の如く」とあり、狩野氏と同様に「外人」に「とつくにびと」とルビを振っている。こちらは明らかに「外国人」を意味している。また、先に引用したシンポジウムにおける田部井氏の発言から判断すれば、高校の教科書の多くはこのように解釈していたということである。

(2)一海氏の論考以後（一九五九年以後）

一海氏の論考以後（一九五九年以後）で「外人」を「外国人」と解釈しているものには、一九九〇年の松枝茂夫＋和田武司両氏のものがある。

・一九九〇年　松枝茂夫＋和田武司『陶淵明全集』（下）岩波書店[109]

一海氏が「外人」は「外の人」すなわち「桃源郷の外の人」であると論じてからほぼ三十年、「外人」を「外国人」と解するものは出ていない。にもかかわらず、高等学校の教育の現場で教師を悩ませてきたのである。

1 松枝+和田両氏の解釈

松枝+和田両氏は「其の中に往来し種作する、男女の衣著は、悉く外人の如し（其中往来種作、男女衣著、悉如外人）」を「そのなかを行きかい、畑仕事をしている男女の服装は、どれもみな外国の人のようであるが（傍点…門脇）」と訳している。ただ、松枝+和田両氏はなぜそのように訳すのかについては、何も書いていない。ただ、後に述べるように、共同翻訳者の一人である和田武司氏はこの後の二〇〇〇年に出版された『陶淵明伝論—田園詩人の憂鬱—』(110)では、次のように訳している。

その中を行きかい、畑仕事をしている男女の服装は、どれもみな外界の人と同様であるが、……

ここでの「外界」が何を意味するのかこれだけでも十分に理解できるが、二回目、三回目の「外人」の訳を見れば、その意味するところがより正確に理解できよう。

二回目の「外人」…「わたしどもの先祖が秦の時の戦乱を避けるために妻子や村人を引き連れてこの人里離れた山奥に来て、もはや決してここを出ず、そのまま外界の人々と縁が切れてしまったのです」。（傍点—門脇）

三回目の「外人」…「外界の人に話すほどのことではありませんよ」。

二回目、三回目の「外人」を「外界の人々」あるいは「外界の人」と訳していること、そして一回目の「外人」も「外界の人」と訳していることからすれば、和田氏は一回目の「外人」も「桃源郷の外の人」という意味で理解していることが見て取れる。

「外国人」と「外界の人」、その表現の差は本のわずかであるが、意味するところは大きく異なってくる。それは、桃源郷に住んでいる人々の服装が、漁師の目に自分たちとは変わらない普通の服装と映ったのが、それとも自分たちとはまったく異なった異様なものに見えたのかという違いだからである。

いずれにしろ和田氏は、この十年間のあいだに、その解釈を百八十度変えている。一九九〇年は松枝氏との共著であったため自説を曲げていたのであろうか。それとも一九九〇年にシンポジウムの記録が公表され、一九九一年に内山知也氏の論考「「桃花源記」の構造と洞天思想」が発表されたのを承けて改めたのであろうか。その間の事情については何も書かれていない。

（二）「桃花源の外の人」とする説（A説）

次に「A」の「桃源郷の外の人」と解釈するものである。そのように解釈しているものとして、一海知義氏、星川清孝氏、高橋徹氏、興膳宏氏、田部井文雄＋上田武の両氏、そして先に検討した和田武司氏などが挙げられる。

1　一海知義氏の解釈

次に挙げる一海知義氏自身の二つの著作は当然この説に属する。

・一九五八年『陶淵明』岩波書店［中国詩人選集 第四巻］

・一九六八年『陶淵明　文心雕龍』筑摩書房［世界古典文学全集 第二五巻］(三)

一海氏は一九五九年に「外人考―桃花源記瑣記―」という論考を公表する前年の一九五八年に、岩波書店の「中国詩人選集」の一冊として訳注書『陶淵明』を公刊していた。そこにおいてすでに次のように訳している。

　ここを往き来しつつ畑に働く男女の服装は、みな漁師などよその土地のものと同じようであり、……

「よその土地のもの」の意味が必ずしも明確ではないが、その上に「漁師など」とあること、注で次のように述べていることからすれば、明らかに「桃源郷の外の人」を意味している。

　外人――外人ということばは三度出てくる。従来ここの場合だけは外国人と解し、異様な服装をしていると説くが、ここも他の二例と同じく桃源郷の住民にとって外部の人の意であり、漁人と同じようなごく普通の服装と解すべきである。

また、一九六八年の『陶淵明　文心雕龍』では、次のように訳している。

　そこここにゆききし畑にはたらく男女のきものは、まったく外部の人のそれとかわりなく、しらがの老人もおさげの幼児も、みなよろこばしげにそれぞれたのしんでいる。（傍点―門脇）

そしてその注では次のように述べている。

〔外人〕外人ということばは三度出てくる。従来ここの場合だけ外国人と訳し、異様な服装をしていると説くが、ここも他の二例と同じくごく普通の服装と解すべきである。

さらに一海氏は、一九九七年の著作『陶淵明―虚構の詩人―』[112]においても、

ところで、「外人」の「衣著」については、外国人のような見なれぬ服装とするのが、通説である。しかし私には、そうは思えぬ。「外人」とはここ桃源郷から見て外の人、すなわち外から来た漁師のような、普通の中国人をさすのだろう。したがって、「外人の如」き「衣著」とは、一般の中国人とあまり変わらぬ服装をいうのだろう。

と述べ、自説を守り続けている。

2　星川清孝氏、高橋徹氏の解釈

一海氏の他に「桃源郷の外の人」と解釈するもので、一九九〇年の内山論文以前に出版されたものには星川清孝氏と高橋徹氏の次の書が挙げられる。

・一九六七年　星川清孝『陶淵明』集英社
・一九八一年　高橋徹『陶淵明ノート』国文社

星川氏は「外人　桃源以外の所の人。外界の人」と注し、「そのなかを往ったり来たり、種をまいたり耕作したりしている男女の衣服は、ことごとく外界の人と同様であった」と訳している。

高橋徹氏は「7「桃花源記」の構造――「桃」のシンボリズムを考える」の節においては、「住民の状態――男女のよそおいはよその土地の人の如く…」としている。この「よその土地の人」ということばが意味しているものが何であるのか、ここでは必ずしも明確ではない。しかし、冒頭の訳の部分では「この中を行き来し、畑にはたらく人々は、男女の衣服も外の世界の人間と変わらない（傍点―門脇）」としている。したがって、「A」の「桃源郷の外の人」と同じであることが分かる。つまり、「よその土地」というのは桃源郷からしての「よその土地」ということである。星川氏、高橋氏が一海氏の論考を承けてそのように理解することとなったのか、あるいは独自にそのような解釈にたどりついたのか、そのことはこれらの記述からはよく分からない。

3　興膳宏氏、和田武司氏、田部井文雄＋上田武の両氏の解釈

また、一九九〇年の内山論文以降に出版された著作で「桃源郷の外の人」と解釈しているものに次の三種がある。

・一九九八年　興膳宏　『風呂で読む　陶淵明』　世界思想社
・二〇〇〇年　和田武司　『陶淵明 伝論―田園詩人の憂鬱―』　朝日新聞社(113)
・二〇〇一年　田部井文雄＋上田武　『陶淵明集全釈』　明治書院

興膳氏は「そこに行きかい畑仕事をする男女の衣服は、すべて外の世界の人と同じで…」と訳し、和田氏は「そ

の中を行きかい、畑仕事をしている男女の衣服は、どれもみな外界の人と同様であるが…（ルビ原著）」としている。これら三書の中で、興膳・和田の両氏の書は一海氏の所説について一言も言及していない。

しかし、田部井＋上田両氏は「（この点の詳細は一海知義『陶淵明―虚構の詩人』岩波新書、一九九七、第一章参照）」と記しており、一海氏の所説に従うことを表明している。田部井＋上田両氏の言う一海氏の所説は、一海氏の一九五九年の論考や、一九五八年、一九六八年の訳注書ではなく、最も新しい一九九七年の著作ではあるけれども……。

ただ、和田氏は、すでに述べたように、松枝茂夫氏との共著である一九九〇年の『陶淵明全集』（岩波書店〔岩波文庫・赤8―2〕）では「外国の人」と訳しており、二〇〇〇年の著では「外界の人」としている。なお、「そと」というルビは和田氏自身が附けたものである。この「外界」ということばの意味するところは必ずしも明白ではないが、「そと」とルビを附しているところから判断すると「桃源郷の外」ということではないかと考えられる。ただ、この部分だけでは曖昧な解釈も、すでに述べたように、その他の二つの「外人」も「外界の人（人々）」と訳しているところからすれば、最初の「外人」も「桃源郷の外の人」という意味で「外界の人」と訳していることは、明白である。

（三）「別世界の人（異界の人）」と解釈する説（D説）

次に「別世界の人（異界の人）」と解釈するものである。漁人と同じ、あるいは同じような服装をしている「桃源郷の外の人」を言うのでないことはもちろんである。明らかに漁人とは異なった服装をしていると解釈している。しかし、我々が今日思い浮かべるような「外国人」でもない。

1　一九九〇年の内山論文以前に出版されたもの

一九九〇年の内山論文以前に出版されたものでそのように解釈する著作に次のようなものがある。

・一九八四年　南史一『詩伝 陶淵明――帰りなんいざ――』創元社
・一九八八年　都留春雄＋釜谷武志『陶淵明』角川書店［鑑賞 中国の古典⑬］
・一九八九年　石川忠久『陶淵明』日本放送出版協会［NHK漢詩を読む］

南氏は「外（よそ）の人」と訳し、都留＋釜谷両氏は「よその人」と、石川氏は「まったく違う世界の人」と訳している。ここでいう「外（よそ）の人」「よその人」「まったく違う世界の人」と言うのがどのような世界の人を想定しているのか必ずしも明確ではない。我々は無意識のうちに「外人」即「外国人」と思いうかべる。しかし、「外国人」と訳していないところを見れば、これらの三者の理解が無意識のうちに「外人」即「外国人」と思いうかべることに対して反省的であり、自覚的であったことはたしかだと思われる。

2　一九九〇年の内山論文以降に出版されたもの

一九九〇年以後に出版されたもので「別世界の人（異界の人）」と解釈するものには次の書がある。

・二〇〇一年　沼口勝『桃花源記の謎を解く―寓意の詩人・陶淵明―』日本放送出版協会(114)

沼口氏は「そこに行き来し、耕作する男女の服装は、みな漁人とはちがうよその世界の人のようで」と訳している。この「よその世界」の意味するところもやはり明確ではない。しかし、「漁人とはちがう」ということばが添えられているように、少なくとも一海氏のような解釈でないことだけはたしかである。

（四）内山氏の新たな見解（B説）――「洞天」としての桃花源観とそれに基づく「外人」の解釈――

すでに述べたように、一海知義氏の論考「外人考―桃花源記瑣記―」が公表された一九五九年のちょうど三十年後の一九八九年にあらたな展開が始まった。「『桃花源記』について」というシンポジウムが行なわれ、その席でパネラーの一人である内山知也氏が次のように発言したのである。

> それから「外人」の問題ですが、「外の人」と読めばいいのではないですか。「外人」ということばにするから現在の日本語にまぎらわしくなって誤解するのです。「此の中の人」ということばがあるから「外の人」と読めばいいので、なにも難しいことばでも何でもない。あたり前のことばじゃないですか。要するに洞天の中にいることに気づかないことから起こる疑問です。(115)

内山氏の発言のなかの「外の人」は、「ほかのひと」と発音されたのではなく、おそらく「そとのひと」と発音されたのであろう。内山氏は「桃源郷」の世界を「洞天」であるとし、「外人」を「洞天」の「外の人」と解釈したのである。桃源郷の田園のなかで「往来し種作する、男女の衣著は、悉く」桃源郷という「洞天」の「外の人」のようであって、漁人のものと同じであるということである。

この解釈の結果そのものは、一海氏のものと変わらない。しかし、内山氏がそのような結論を出すに至った理由に着目すれば、それは一海氏とは大いに異なったところがある。内山氏は「桃花源記」を「洞天思想」あるいは洞窟探訪説話群という文脈に置くことによって、そのような結論に達したのである。論者の言う内山氏による「新たな展開」とはそのような意味である。「洞天」という壺型の空間の構造から考えて導き出した解釈であり、説得力を持っている。

さらに内山氏はその次の次の年一九九一年に「「桃花源記」の構造と洞天思想」[116]を公表し、自説を正式に学界における論争の舞台に乗せた。内山氏のこの論考は、「桃源郷」の世界は「洞天」であることを論証するために書かれたものであり、「外人」の解釈についての問題を主にして論じたものではない。しかし、そこにおいて「外人」についても言及し、次のように述べているのである。

後の『此中人』という洞天内部の人を指す語と対照すれば、明らかに洞天外に住む人の意味に用いられているのであって、『洞天』思想を理解すれば特に問題はない。

内山氏のこの論考を読んだとき、論者はこれで「外人」についての議論は決着がついたと考えた。

（五）内山論文以後の「外人」の解釈（D説・E説）

論者は「外人」についての議論は決着がついたものと思っていた。しかし、内山氏の論考以後にも「外人」の解釈について次のような三篇の論考が発表されたのである。しかもその内の二篇は内山氏の結論に反対するものであった。

・一九九二年、小出貫暎「「桃花源記」中の「外人」の解釈について[117]」

・一九九三年、村山敬三「「桃花源記」雑感—洞天思想・藍沢南城・授業実践——」(118)

・一九九五年には坂口三樹「桃花源記「外人」贅説」(119)

これら三篇の論考のうち、村山氏の結論は内山氏に同意することを表明している。しかし、小出氏および坂口氏の結論は「別世界の人（異界の人）」と解釈するもので、「外人」の服装は漁人とは異なったものとしている。その意味で小出氏の結論と坂口氏の結論は同じであると言うことができる。ただ、先に述べたようにこの両者には大きな相違がある。小出氏の論考は内山論文の後に出たにもかかわらず、その本質は内山以前のものである。小出氏は桃源郷と「洞天」との関係をまったく考えていない。それに対して坂口氏の論考は内山以後のものであると言うことができる。これより以降これら三篇の論考についてその概要を簡単に記しておきたい。

1　小出氏の論考について

小出氏の論考は三十数年前に出された一海氏の説に反対するもので、内山氏の論考を対象とするものではない。「外人」を「桃源郷から見ての外人ではなく、やはり漁師から見ての『外人』、すなわち漁師にとって『よその人』『境外の人』『別の世界の人』と見るのが自然であり、妥当な解釈だと考えるのである」と結論づけている。ただ、小出氏は、みずからの論考（一九九二年）の前に公表されていた「シンポジウム」の記録（一九八九年に行なわれ、一九九〇年に公表された）も、内山氏の論考（一九九一年に公表された）も見ていないようで、この二つの文章についてまったく言及していない。もっぱら一海氏の論考を批判の対象とするものであり、内山氏によってもたらされた新たな展開については一言も述べていない。

このように言うと、小出氏の論考はあるいは価値のないもののように誤解されるかも知れない。しかしそうではない。一海説に対する小出氏の批判は一定程度の道理を有するものだと判断される。その詳細については第二章で検討する。

2　村山氏の論考について

村山氏の論考は小出氏の論考に対してなされたものである。村山氏は内山氏の論考を承け、次のように述べている。

そもそも洞天思想に基づいて、この村が穴の中の世界だと考えるならば、漁人からみての「外人」か、村人からみての「外人」かという議論自体がむなしいものになってくる。

村山氏のこの文章は、その言わんとするところが必ずしも明確ではない。しかし、この文章が、内山氏の解釈に同意するものであることはたしかである。なぜなら、この文章の前に「『外人』の問題にしても、次の内山先生のことばは、正に目から鱗が落ちるという類のものであった」と述べられているからである。ただ、村山氏の論考は論証と称するに足るほどの中身を有しているわけではなく、内山氏の論考に附け加えるものもほんのわずかしかない。このことについても同じく第二章において述べる。

3　坂口氏の論考について

坂口氏の論考は小出・村山の両氏の論考を承けてなされたもので、次に挙げるように内山説に反対する結論に達している。そして、内山氏の説に反対するということは、当然のことながら、そのまま一海氏の説に反対することにもなる。

以上のように考えてくると、「桃花源記」の問題の「外人」は、やはり漁師から見ての「外人」——よその人・別世界の人——と考えるのが至当なのではあるまいか。

坂口氏のこの論考はたしかな証拠を挙げ十分に論理的に論証されている。したがってその結論への論証の過程は人を納得させるものとなっている。

ただ論者は坂口氏の論証に完全に納得しているわけではない。論者は坂口氏の論証は氏の挙げた証拠に対する氏自身の捉え方に問題があると考えている。特に洞窟探訪説話との関係における文脈の把握の仕方がまったく逆である。そのため氏の結論は誤った方向を向いている。論者はそのように考えている。このことの詳細も第二章で論ずる。

(六) 以上のまとめ

以上述べてきたように、「外人」の解釈についてはいまなお賛否両論の議論がなされおり、まだ決着を見ていない。いや、内山説が出て以降は、むしろ、内山説（一海説をふくむ）に反対する論考の方が優勢であるようにさえ感じられる。そのように感じられるのは次のようなことがあるからである。

一海氏の説に対する小出の論考や内山氏の説に対する坂口氏の論考は論証と称するに足るに十分な証拠が挙げられたしかな論理展開がなされている。しかし、内山説に同意する村山氏の論考であげられている証拠は藍沢南城の「桃源の図」という詩だけで「論証」と称するに足るほどの論の展開がされていないからである。

村山氏の論考は全部で六〇〇〇字（四〇〇字×十五枚）に満たないものである。そしてさらにそれが独立した三つの部分からできている。一つは内山氏の説に賛同すると述べる部分である。特に証拠が挙げられているわけではない。二つめは藍沢南城の「桃源の図」という詩を例に出して「（藍沢南城のような…門脇補）「桃花源記」の理解は南條独自のものではなく、江戸期の力ある儒者に共通のものであったろう」と述べる部分である。藍沢南城のような「「桃花源記」の理解」とは、「桃花源記」に描かれた世界を「洞天」と見なすものである。三つめは「桃花源記」を高等学校の授業で行なった「実践記録」を記す部分である。

そして残念なことに、この三つの部分が有機的に繋がっていない。したがって村山氏の論考は「論証」と称するに足るほどの論の展開がされていないのである。いずれにしろ村山氏の論考は「外人論争」とも称すべきものに決着をつけるには十分なものではなかった。と言うよりも、村山氏にとっては「外人」の問題は実は藍沢たちの江戸時代の理解を思いおこせば十分でありあらためて論ずるに足るほどのものではないということのようである。「桃花源記」に描かれた世界が「洞天」であることを忘れてしまったことから生じたものにすぎない、そのような意味合いを籠めてであろう。第二の部分の最後は次のようなことばで締め括られている。「一体、いつからこのような解釈（「桃花源記」に描かれた世界は「洞天」であるという解釈——門脇）が忘れられてしまったのであろうか」と。

さて、先に述べたように論者は「外人」の問題はもはや決着がついたものと思っていた。その意味で村山氏が示した「江戸時代の理解」は「やはりそうであったか」と思わせるものであった。しかし、内山氏の論考ののちに発表された小出・坂口の両氏の論考（この二篇の論考はそれぞれ一海説・内山説に反対するものである）にも一定の妥当性を有するところがあり、「外人」の問題についてより深くかつより広い議論を提供しているものと判断される。

なおすでに述べたように論者は「外人」ということばそのものは一海氏や内山氏が理解するように「外の人」「外の人」あるいは「外の人」と解釈しなければならないと考える。そして「外人」ということばの「外」とは一海氏が言うように「桃源郷の住民にとって外部」であることは当然のことだとしても、それだけではなく内山氏が理解するように「洞天の外」でなければならないと考えている。なぜそのように考えるのか。そのことは第三部、第四部を読めばご理解いただけると思う。

（七）現代中国の学者の理解について

最後に現代中国の学者が「外人」をどのように理解しているのかを見ておきたい。坂口三樹氏の調査（「桃花源記「外人」贅説」）によれば現代中国の学者の理解は一海氏と同じだとのことである。坂口氏は次のように述べる。氏が例として出したのは江藍生（一九八八年[120]）・徐巍（一九八八年[121]）・魏正申（一九九四[122]）の三氏の解釈である。

「外人」を桃源境の外の人と解する説がほぼ定着しているように見受けられる。つまり、現在の中国では、桃源境の村人の服装は、漁師などの外界の人と何ら変わるところはなかったとする理解が支配的なのである。

しかし、本当に坂口氏の言うように「現在の中国では、桃源境の村人の服装は、漁師などの外界の人と何ら変わるところはなかったとする理解が支配的」なのだろうか。

三枝秀子氏の「陶淵明関係研究文献目録（稿）―中国編― 一九七八～二〇〇三[123]」から「外人」に関するものを

拾うと十四篇の論考をあげることができる。これらの論考のほとんどが一九八〇年と一九八一年に集中している。この時期に一種の論争がくり広げられたことが見て取れる。これらの論考を見てみるとさまざまな考え方があり、それぞれにそれなりの根拠をもっている。したがって現代の中国の論考の結論は必ずしも坂口氏の言うようではない。

一九九五年の坂口三樹氏の論考以後に出版された代表的で有力な注釈書においても二つの説がいまもなお行われている。それは次の二書である。

・一九九六年 龔斌『陶淵明集校箋』(上海古籍出版社)
・二〇〇三年 袁行霈『陶淵明集箋注』(中華書局)

次に、この二書の主張について検討してみたい。

1 龔斌氏の論考について

龔斌氏の『陶淵明集校箋』が出版されたのは坂口氏の論考が出た次の年のことである。そこで龔斌氏は「外人」に注を附けて次のように述べている。

「外人」は「方外」あるいは「塵外」の人を言う。調べてみると、「男女衣著」の二句は「男女衣服はすべて外の人と同じである」と解釈されることが多い。しかしそれは全然正しくない。

外人：謂方外或塵外。案、「男女衣著」二句多釈為「男女衣服、都和外辺的人一様。」実不妥。

そしてそのように理解する理由として次のように述べる。

桃源郷のなかに住んでいる人は秦の時代の乱を避けてここに移り住んですでに五百年余りになる。しかし、「桃花源詩」に「俎豆は猶ほ古法にして、衣裳は新製無し（祭礼の時の肉をのせるまな板や肴饌を盛る高つきなどは今なお古代のしきたりを守っているし、衣装も新しい型のものは作らない）[124]」とあるように、その「衣著」は五百年前のものと異っていない。桃源郷の外の人々の服飾はすでに何度も変わっている。特に晋代の士大夫は変わった服装を好んだのである。したがって、桃源郷の中に住む住人の「衣著」が、五百年後の晋代の人の「衣著」が「新しく製った」ものとまったく同じであるはずがない。「桃花源詩」に「借問す方に游ぶ士よ、焉んぞ塵囂の外を測らん（ちと伺いますが、世俗のしがらみの中で生活している諸君には、騒音ごうごうたる塵世の外なる別天地を窺い知ることはとてもできますまいな）[125]」とある。つまり、「男女衣著」の二句における「外人」は、「方外」あるいは「塵外」と解さなければならない。

桃源中人雖避秦時乱已歴五百余年、然「俎豆猶古法、衣裳無新製。」衣著与五百年前不異。桃源外的世人、服飾早経数変、尤其是晋代士大夫、更喜奇装異服。故桃源中人衣著、不可能与五百年後晋人衣著之「新製」悉同。詩云「借問游方士、焉測塵囂外」、則此二句中之「外人」、応作方外或塵外解。

このように述べて、桃源郷の村人の服装は、漁師などの外界の人と何ら変わるところはなかったとの理解は誤りであるとしている。そして「方外の人」あるいは「塵外の人」と解すべきだとしているのである。

「方外」は『漢語大詞典』[126]によれば、「世外」、すなわち「仙境、あるいは僧侶・道士が住んでいるところ（指仙境或僧道的生活環境）」であり、「塵外」とは、「『世外』というのと同じ」とある。したがって「外人」とは「仙境に住んでいる人」すなわち「仙人」のことであるか、あるいは「僧侶」や「道士」と解すべきである。そうである以上、桃源郷の人の服装は漁人の服装とは異なったものであるということになる。

なお、「外人」について『漢語大詞典』では『荘子』山木篇とともに「桃花源記」を用例として示し「外面的人（外の人）」と理解している。しかもその用例を「其中往来種作、男女衣著、悉如外人。此中人語云、不足為外人道也」として示しており、最初の「外人」と三番目の「外人」をともに「外面的人」と理解している。

なお、龔斌氏の解釈の根拠となっている「桃花源詩」の「俎豆猶古法、衣裳無新製」という表現と桃花源の中の住人の服装との関係については次章で検討するので、ここではこれ以上は言及しない。

2　袁行霈氏の論考について

一方、袁行霈氏は『陶淵明集箋注』において「其中往来種作、男女衣著、悉如外人」に対して次のように注を施している。

> ここで言っているのは次のようなことである。桃花源の中で行き来したり耕作している様子やそこにいる男女の衣服は、桃花源の外の人とまったく同じである。「悉く外人の如し」というのは耕作や衣服などの様々な生産活動や生活・習俗などのことを言っているのである。（中略）この「桃花源記」の文章の中には「外人」ということばが全部で三度出てくる。ここの他に「遂与外人間隔」、「此中人語云、『不足為外人道也。』」とある。これらの「外人」もすべて桃花源の外の人を指している。（傍点―論者）
>
> 意謂桃花源中往来耕種之情形以及男女衣著、完全与桃花源以外之人相同。「悉如外人」、指種作与衣著等各方

面之生産生活習俗（中略）。此文中「外人」共出現三次。別有「遂与外人間隔」、「此中人語云、『不足為外人道也。』」皆指桃花源以外之人。（傍点—論者）

このように袁行霈氏は「桃花源記」に三度出てくる「外人」はすべて「桃花源の外の人」を意味しているとしているのである。ちなみに、「桃花源詩」の「俎豆猶古法、衣裳無新製」に対する袁行霈氏の注は次のようである。

意謂礼制与穿著均保持古風。「俎豆」、古代祭祀所用礼器。「新製」、新様式。

これはその礼制や着ている衣服はすべて昔の習わしを保っていることを言っているのである。「俎豆」とは昔の祭祀で用いた礼器のことである。「新製」とは新しいスタイルのことである。

この点についても次章において言及することとする。

むすびにかえて

従来の論考はさまざまな観点からこの「外人」の問題を検討している。しかしその観点は必ずしも有機的に繋がっているわけでもなければ、一貫した論理のもとにあるわけでもなかった。それぞれが自らの考えにとって都合の良いところを取って自説を立てていると言っても大きくは間違っていまい。そこで論者は従来の論考を整理し、それら論考の観点を論者なりに総合的に組み立て直した。その結果、「外人」ということばの意味するところを検討するには「文脈」という概念のもとで再検討することが、一貫した論理のもとにあるゆえに有効であると考える。次章においては、そのことについて述べたい。

第二章　「外人」解釈の問題点

はじめに

陶淵明の作とされる「桃花源記」には「外人」ということばが三度あらわれる。この「外人」についての日本における解釈は前章で述べたように次のように整理することができる。

甲…漁人と同じような服装であるとするもの
（1）「桃花源の外の人」とする説（一海説）……………………A
（2）「洞天外の人」とする説（内山説）……………………B
乙…漁人とは異なった服装であるとするもの
（1）「外国人」と解釈する説（狩野説・鈴木説）……………………C
（2）「別世界の人（異界の人）」と解釈する説
a「洞天」を前提としない説（南・都留＋釜谷・石川・小出説）……D

b「洞天」であることを前提とする説（坂口説）……………………E

「D」と「E」はともに「「別世界の人（異界の人）」と解釈する説」である。しかしその内容には差異がある。「D」説は「桃花源記」に描かれた世界は「洞天」であることを前提としない説であり、「E」説は「洞天」であることを前提とする説である。

前章ですでに述べたように、「外人」の解釈については一海知義氏が一九五九年に問題を提起し大きな波紋を投げかけたが、それ以来一九八九年に内山氏が発言するまでの三十年間において専らこのことについて論じた文章は意外にも一篇もない。内山氏の論考も「外人」の問題に焦点を当ててなされたものではない。この問題について専門的に論じたものは内山氏の論考以後に公表された次の三篇だけである。

・一九九二年、小出貫暎「「桃花源記」中の「外人」の解釈について」
・一九九三年、村山敬三「「桃花源記」雑感—洞天思想・藍沢南城・授業実践——」
・一九九五年、坂口三樹「桃花源記「外人」贅説」

この三篇の論文（文章）についてはすでに前章で紹介したのでここではこれ以上は言及しない。
それにしても「外人」の解釈の差異が、なぜそんなにも重要なのであろうか。一海氏は次のように述べている。

わたくしがこの一見ささいなことを問題にしたのは、このことばに対する二様の解釈が、実は淵明のえがいたユートピアに対する二様のイメージを生むからである。桃源郷における耕作なり服装なりが、漁師にとってはじめての、異様な景物としてうつったか、それともそれは漁師の生活にひきくらべて、清浄ではあるに

しろ、親しみ深いものであったのか。(127)

論者も一海氏の見解に同意する。桃源郷の中に住んでいる農民の姿が漁師には「異様」なものとして設定されているのか、それとも漁師にとって「親しみ深いもの」として描かれているのかによって、「桃花源記」全体から読み取りうるものがまったく異なってくる。その意味で「外人」の解釈の差異はきわめて重要な問題だと言える。

論者は、内山氏と同じく「桃花源記」は洞天思想や洞窟探訪説話群の文脈において検討することが不可欠だと考えている。そのことについてはすでに第一部において言及した。第四部で問題としている「外人」もその文脈で検討する必要があると考えている。

論者は前章で述べたように、その結果「外人」の意味するところを検討するには次のような六つの「文脈」において再検討することが有効であると考える。

(1)　一語、一文における検討
(2)　前後の文章との関係で構成される文脈における検討
(3)　文章全体で構成される文脈における検討
(4)　桃花源詩との関係で構成される文脈における検討
(5)　唐代桃源詩との関係で構成される文脈における検討
(6)　洞窟探訪説話との関係で構成される文脈における検討

これらの六つの文脈は、おおむね、(1)から(6)へと次第にその範囲が大きくなっていっている。そして、それぞれの文脈において、その解釈にある種の妥当性と不当性が同時に存在していると判断される。

　これより以降順次それぞれの文脈における検討の内容について述べ、それぞれ問題点を指摘したい。

一　語、一文における検討

　語の意味するところを調査する場合、そのもっともオーソドックスな方法は次のようなものであろう。まず、その語が使われる以前あるいは同時代の、さらには少し降る時代の用例を拾い、それぞれの文脈においてその語の意味するところを探る。そして、それにもとづいて当該箇所の語の意味を推定する。そのような方法である。一海氏の論考「外人考―桃花源記瑣記―」（一九五九年）[128]の中心はそのような方法によって「外人」という語の意味するところを、調査検討の結果を報告したものである。

（一）一海氏の論考

一海知義氏は「外人考―桃花源記瑣記―」において、次のように述べる。

　両博士（狩野直喜と鈴木虎雄）とも、はじめの外人を、漁師の側からいって「外国人」、あとの二つを、桃源郷の人人にとっての「外人」と釈く点は共通している。

「桃花源記」には「外人」ということばが三度見えるが、それは次のようなものである。

① 男女衣著、悉如外人。
② 遂与外人間隔。
③ 不足為外人道也。

前章で見たように、狩野氏は「桃花源記序」（一九四八年）において、①の「男女衣著、悉如外人」を「外国人」と、②の「遂与外人間隔」を「外人」、③の「不足為外人道也」を「他の人々」と理解している。一方、鈴木氏は、（『陶淵明詩解』弘文堂、一九四八）において、①を「どこか知らぬ外国人」と、②を「境外の人」と解釈している。③は訳していないが、「不足為外人道也（外人の為に道ふに足らざるなり）」を「ここの人たちが言ふことに、「我々がこんな処にこんな生活をしてをることはお話にもなりませんよ」と」と訳しており、この訳しかたから考えて、桃源郷の人々にとっての「外人」と解釈していると判断される。

　また、一海氏は言及していないが、前章で示したように釈清潭の『陶淵明集・王右丞詩集』も斯波六郎氏の『陶淵明詩訳注』も「外国人」と理解している。

　さて、一海氏がここで問題にしているのは「外人」を今日の我々のことばとしての「外国人」と解釈できるかどうかということである。そして、先秦諸子の文献、漢代の文献、「桃花源記」と同時代の文献、あるいはやや降る文献における用例を挙げ、「『外人』という中国語」は「そのまま日本語の『外国人』におきかえ」ることはできないことを論証している。

　その方法は、きわめてオーソドックスなものであり、十分に納得できるものである。そして、先秦諸子の文献（①『孟子』滕文公篇、②『荀子』法行篇、③『管子』問編、④『荘子』山木篇）、漢代の文献（①陸賈『新語』至徳篇、②

『後漢書』耒歙伝（例文なし）の調査からは次のように結論している。

> 外人とは、ある範疇あるいはグループ（たとえば当事者同志（ママ）、門人、家、侯国）以外のものを指すのに用いられることばである。とすれば、その範疇あるいはグループを中国人としそれ以外のもの、すなわち外国人という方向にも、このことばの意味は伸びていきそうに見える。しかしそうした用例はない。すくなくとも、普通の用例としては、ない。

また、「桃花源記」と同時代の文献あるいはやや降る文献（①『世説新語』品藻篇、②『魏書』李沖伝、③『隋書』元冑伝）の用例を加えた用例全体としては次のように述べる。

> 以上が、淵明以前あるいはその前後の文献から、検出しえた用例の、ほとんどすべてである。煩をさけてここには挙げなかった他の数例を含め、それらは共通して、外（ほか）の人、外（そと）の人、あるいは外（よそ）の人という意味で、用いられている。くりかえしていえば、我々が風俗習慣を異にする碧眼紅毛の異人を指していうような意味では、使われない。すくなくとも普通には、そういう方向にまでのびて使われることはない、といってよいであろう。（ルビ―原著）

一海氏は、「外人」ということばは「外（ほか）の人」「外（そと）の人」「外（よそ）の人」という意味であって、我々日本人が「風俗習慣を異にする碧眼紅毛の異人」として使っているような意味では使われることはないと結論している。それは現在においてはすでに常識であろう。では、どのように理解すべきか。

現に桃花源記中のあとの二つの外人（遂与外人間隔、不足為外人道也）も、例外ではなく、これは従来の注釈もいうごとく、「境外の人」あるいは「他の人々」である。したがってはじめの外人（男女衣著、悉如外人）だけを「外国人」と訳すのは、無理だと思う。これもやはり「他の人々」でなければならぬであろう。そして「外人」が日本語の「外国人」の意味をもって、普通に使われぬかぎり、この「外人」も、やはり桃源の人人からいっての「外の人」でなければならぬ、と思う。

一海氏の論証を読めば、たしかに氏の言うように、「はじめの外人（男女衣著、悉如外人）だけを『外国人』と訳すのは」、「『外人』が日本語の『外国人』の意味をもって、普通に使われぬかぎり」無理であると、論者もそう思う。

一海氏の論証の結論は、

①「外人」は「ある範疇あるいはグループ（たとえば当事者同志（ママ）、門人、家、侯国）以外のものを指すのに用いられることばである」が、中国人以外のものすなわち「外国人」を意味する用例はない。

②陶淵明以前あるいはその前後の文献での用例を調査すると、「外人」は「外（ほか）の人」「外（そと）の人」「外（よそ）の人」という意味で用いられている。

以上の二点にまとめることができる。

（二）一海氏に対する小出貫暎氏の批判

さて、一海氏の結論は右のようなものであったのだが、このような論に対して小出貫暎氏は一九九二年の論考「「桃花源記」中の「外人」の解釈について」において次のように批判する。

一海氏は①の「外人」を「外国人」と訳すことに対する異議を唱えて論を展開されているのである。しかし、そのことから「『外人』が日本語の『外国人』の意味をもって、普通に使われぬかぎり、この『外人』も、やはり桃源の人人からいっての『外の人』でなければならぬ」とするのは無理があると思う。

小出氏は、一海氏が「『外人』を『外国人』と訳すことに対する異議を唱えて論を展開されている」ことについては異議をとなえてはいない。つまり、陶淵明の時代における「外人」ということばを現代の日本語の「外人」ということばと同じように「外国人」という意味をこめて作用しているとするのは誤っているとするのである。しかし「外人」を「桃源の人人からいっての『外の人』でなければならぬ」とすることには同意できないという。そして、「次の点に焦点を当てて論ずべきであると考える」として、次の二つのことを挙げている。

A　漁人から見ての「外人」とみるか

B　村人から見ての「外人」とみるか

ここに採用されたのは「話者」あるいは「視点」という考え方である。「外人」ということばの用例からの判断だけではなく、物語の語り手や登場人物のどのような「視点」からなされた記述であるかを考えることによって、そこでの「ことば」の意味するところを探ろうというものである。桃源郷の外部から闖入した漁人から見ての「外」の人なのか、それとも桃源郷の内部に住まう村人から見ての「外」の人なのか。

そして、次のように結論する。秦から晋までに六百年近くが経っている。したがって、服装に変化がないはずはない。だから、

> 一海氏が指摘されるように、日本語の「外国人」、「碧眼紅毛の異人」とはとれないとしても、（中略）最初の「外人」も、具体的にどの人種と限る必要はなく、漁師にとって彼らが着ている衣装は別の世界のもののようだという意味からの「よそのもの」「ほかの人間」「境外の人」と理解していっこうに差し支えないのではないだろうか。

小出氏の解釈は前章で採り上げた龔斌氏(129)のそれと、桃源郷内の住人の服装は漁人の服装とは異なっていると理解している点で共通している。

ただ、ここで一つ指摘しておかなければならないことがある。それは、小出・龔の両氏の理解は、一海氏が批判した狩野・鈴木の両氏の理解（「外人」を「外国人」とする理解）と「外人」の解釈ということにおいてはまったく異なっている。にもかかわらず、「外人」ということばが共示的に指し示す方向についての理解は意外にも共通しているということである。

この両者は、ともに、桃源郷の中に住む村人の服装は漁人の服装とはまったく異なったものとして捉えている。このことは「外人」を「外国人」と解釈するか、漁人から見ての「外人」と見るかという相違以上に重要なことである。なぜなら、冒頭ですでに一海氏のことばを引用したように、「このことばに対する二様の解釈が、実は

淵明の描いたユートピアに対する二様のイメージを生むからである」。その差はこの物語全体のイメージを左右する。しかし、「よそのもの」「ほかの人間」「境外の人」とはいったいどういう人物のことを指しているのであろうか。それについてはよく分からない。

なお、漁人の服装と桃源郷の中に住む村人の服装とが異なったものと理解することにおいては、狩野・鈴木両氏の理解と龔・小出の両氏の理解とはたしかに共通している。しかし、どのような方向で異なっているのか、どのような原因によってその服装がこのように異なることになってしまったのか、それについての見解は同じではない。それについては狩野、鈴木両氏は何も述べていない。ただ桃源郷の村人の服装はまるで「外国人」のようだったという両氏の理解は「空間軸」を基準にした判断である。同時代における、距離的あるいは文化的に遠く離れた別の空間に存在している異国に住んでいる人のようだということである。

一方、龔氏・小出氏は、漁人の服装と桃源郷に住む村人の服装の間に違いが生じてしまったのは「六百年」という隔たりに因るものだと言うのである。これは言わば「時間軸」における隔たりに因って生じた差異である。すなわち漁人にとって桃源郷に住む村人の服装は「六百年」という隔たりによって「別の世界の人」「よそもの」「ほかの人」「境外の人」と感じさせるほど違いのあるものだったということである。

先に引用した小出氏の結論では、一海氏の指摘すなわち「外人」を「外国人」と訳した狩野・鈴木両氏の説を批判したことに対しては賛意を表わしていた。しかし、それをすぐに「桃源の人人からいっての『外の人』でなければならぬ」とすることには賛同しない。「よそのもの」「ほかの人間」「境外の人」と理解すべきだというのである。しかもそれは、最初の「外人」は漁人にとっての「外人」であり、二番目、三番目の「外人」は「桃源郷」の住人にとっての「外人」とすべきだというのである。

小出氏の結論の是非はさておき、一海氏の検討の方法は語の意味の調査方法としてきわめてオーソドックスなものであった。しかし、小出氏のこのような批判を受けると、一海氏の行った検討だけではやはり不十分であったと言わざるを得ない。なぜなら、小出氏や龔氏がより広い「文脈」において検討しているからである。

いや、正確に言えばそうではない。一海氏は劉直氏の論考「桃花源記裏的三箇「外人」」[130]と温汝能氏の評語「開朗一段、写出蕭野気象即在人間、故曰悉如外人（開朗の一段は、蕭野たる気象の即ち人間に在るを写し出だせり、故に「悉く外人の如し」と曰う）」[131]を自らの論証の正しさを援護射撃するものとして挙げているからである。そして一海氏は、温氏の評語に対して次のように解説している。

開朗の一段とは、漁師が洞穴から這い出たとき、眼前にからりと開けた風景、それを描写するのに、豁然開朗の語をもってはじめる一節のことをいう。蕭野とはあまり見かけぬことばであるが、たとえば劉宋の謝恵連の詩句、

蕭疎野趣生　　蕭疎として野趣生じ
透迤白雲起　　透迤として白雲起る

の蕭疎野趣をつづめた形容と考えてよいであろう。蕭野たる気象、かざりけなくひなびたアトモスフェアが、即ち人間に在り、そっくりそのままこの人間世界に存在している、そのさまを写し出したのが、この一段であり、だから「悉く外人の如し」といっているのだ。とすれば、温氏もまたここの「外人」ということばを、桃源の人からいって「外の人」、すなわち漁師たちのような一般の中国人と解した、としてよい。

以上の解説から分かるように、一海氏は温氏の評語を借りて、「開朗」を含む一連の文章、すなわち「復行数十

歩、豁然開朗。土地平曠、屋舎儼然。有良田美池、桑竹之属。阡陌交通、鶏犬相聞。其中往来種作、男女衣著、悉如外人。黄髪垂髫、幷怡然自楽（復た行くこと数十歩、豁然として開朗なり。土地は平曠にして、屋舎は儼然たり。良田美池、桑竹の属有り。阡陌 交わり通じ、鶏犬 相ひ聞こゆ。其の中に往来種作する、男女の衣著は、悉く外人の如し。黄髪垂髫、幷びに怡然として自ら楽しむ）」という文章における文脈の中で「外人」ということばの指すところを考えているのである。

そこで、次には劉直氏の論考を検討したい。なぜなら劉直氏の論考の中心は「前後の文章との関係」という「文脈」を考慮したものだからである。

（三）宮沢正順氏の説について

ただ、その前に一海氏の用例調査が本当に十分であったのかどうか、その点をもう一度検討する必要があると論者は考える。それは、これも何度も言っていることであるが、「桃花源記」は洞天思想や洞窟探訪説話と関係する一面を持っているが、その面から見たときに「外人」ということばがどのような意味を持っていたか、それを見なければならないと考えるからである。

宮沢正順氏が一九九六年に公表したものに「陶淵明と道教について」[132]という論文がある。この論文は「彼（陶淵明）の作品の中には、儒教はいうまでもなく、仏教や道家・道教の思想が、形を変えて影を落としているに思われる」ので、特に道教の視点からその作品について検討したというものである。その第五節で「桃花源記」について論じている。その中で宮沢氏は宋代の陳葆光の『三洞群仙録』の記載をもとに次のように述べている。

さて注目されることは、上述の『三洞群仙録』の「秦辟桃源、田居柳谷」の項に、極めて端的に「雖男冠女服、略同於外、然所服鮮潔、顔色燦然（男冠女服、外に略々同じと雖も、然れども服する所は鮮潔にして、顔色燦然たり）」〔133〕（書き下し文…門脇）と明記されていることである。陶淵明の「桃花源記」中の「其中往来種作、男女衣著、悉如外人（其の中に往来種作する、男女の衣著は、悉く外人の如し。〈書き下し文補足―門脇〉）」等三つの「外人」の語が、本誌（『漢文教室』―門脇）でしばしば議論されいる。しかし、『三洞群仙録』を読めば、この表現からは、「外人」の語に何の説明をも必要としないであろう。すなわち、外人は、漁人と同じい外界の人であり、ただ、境内の人の衣服の鮮潔さと人々の生き生きした顔色に漁人は感動しているのである。『三洞群仙録』のような解釈があることは、従来あまり考慮されていなかったようであるから、ここに記しておく。

このように宮沢氏は道教の文献の解釈から判断すれば、「桃花源記」の三つの「外人」はすべて「漁人と同じい外界の人」と理解しなければならないとしている。先に述べたように「桃花源記」が洞天思想や洞窟探訪説話と関係する面を持っているとすれば、道教の文献がどのように理解していたかということは、「桃花源記」の「外人」の理解に対して有力な証拠となるであろう。しかも、宮沢氏が引いた部分は「桃花源記」として記されているのである。そうだとすれば「桃花源記」の「外人」に対する宋代の理解であることはたしかであり、「桃花源記」の「外人」に対する有力な理解であると言うことができる。

（四）以上のまとめ

一海氏の論証の結論は次の二点にまとめることができる。

①「外人」は「ある範疇あるいはグループ（たとえば当事者同志（ママ）、門人、家、侯国）以外のものを指すのに用いられることばである」が、中国人以外のものすなわち「外国人」を意味する用例はない。

②陶淵明以前あるいはその前後の文献での用例を調査すると、「外人」は「外（ほか）の人」「外（そと）の人」「外（よそ）の人」という意味で用いられている。

ただ、以上のことは「一語」の意味を前代あるいは同時代の用例を検討することによって「外人」ということばの意味するところを特定しようという方法によってなされたもので、語の意味は文脈によって変わるものであり、前代あるいは同時代の用例だけによって決まるものではない。そこで、次節では、文脈において検討するという方法によってなされた論考について考えてみたい。

二　前後の文章との関係で構成される文脈における検討

前節では「一語」の意味を前代あるいは同時代の用例を検討することによって「外人」ということばの意味するところを特定しようという方法によってなされた論考、具体的には一海氏の論考およびそれに関連して宮沢氏の論考に対して検討を加えた。ここでは、「一語」に限定するのではなく、それを前後の文章との関係で構成される文脈において検討するという方法によってなされた論考、具体的には劉直氏の論考について検討したい。

（一）劉直氏の論考について

劉直氏は一九五六年に「桃花源記裏的三箇「外人」」[134]という文章を発表した。劉直氏の文章は実は七〇〇字に満たないごく短いものであり、論考と称するに足るようなものではない。しかし、前後の文章との関係で構成される文脈ということを考えて述べられた最初の文章であるという点では重要な文章であることに違いはない。

劉直氏の文章は、前後の文章と合わせて考えたとき「外人ということばをふくむそれぞれのセンテンスの構造から、三つの外人は区別して解すべきではなく、それらの指す内容は一つである、と結論」（一海氏）したものである。

劉直氏の論考については小出氏も次のように述べている。

劉氏は、「外人」という語を含む文が、……それぞれ「其中」「此絶境」「此中」を伴っており、これらが桃源郷を指すかぎり、それに対応する三つの「外人」が指す内容も同一でなければならない、と結論しており、云々。

すなわち劉直氏の論考は、次のような数句からできた一つのセンテンスというの「文脈」を考慮してなされたものである。

①其中往来種作、男女衣著、悉如外人。

②自云先世避秦時乱、率妻子邑人来此絶境、不復出焉、遂与外人間隔。
③此中人語云、「不足為外人道也。」

たしかに、「外人」ということばをふくむセンテンスには、「其中」「此絶境」「此中人」ということばをともなっており、「中」と「外」とが対置されている。したがって、一海氏の次のような指摘も十分納得できるもののように思える。

其中、此絶境、此中人が、ともに桃源郷あるいは桃源郷の人を指すかぎり、それらに対応する三つの外人が指す内容も、同一でなければならぬ、というのが、劉氏の論旨である。この指摘は正しいであろう。(135)

さらには、内山氏が「桃花源記」に描かれた世界は「洞天」であると論じたことを考慮に入れれば、あらためて劉直氏の論はより説得力のあるものと判断されるのである。この点について、すでに引用したように、内山氏は一九九〇年のシンポジウム(136)において次のように述べている。

それから「外人」の問題ですが、「外の人」と読めばいいのではないですか。「外人」ということばにするから現在の日本語にまぎらわしくなって誤解するのです。「此の中の人」ということばがあるから「外の人」と読めばいいので、なにも難しいことばでも何でもない。あたり前のことばじゃないですか。要するに洞天の中にいることに気づかないことから起こる疑問です。

ただ、内山氏のこのような発言は洞窟探訪説話群という文脈に「桃花源記」を置いたときに生ずるものである。

したがって、この点については第三部の第一章で論ずることとし、ここでは劉直氏の論じたことのみについて、その問題点を検討しておきたい。

（二）劉直氏の論考に対する小出氏の批判

劉直氏の論考に対して小出氏は次のように批判する。

> 「此」と「其」とは近称と中称の位置の違いがある。「其中往来種作男女」の「其中」という表現は明らかに漁師の目を通しての描写である。

小出氏の考えは次のようなことであろう。①の「其中往来種作、男女衣著、悉如外人」は、②の「自云先世避秦時乱、率妻子邑人来此絶境、不復出焉、遂与外人間隔」、および③の「此中人語云、不足為外人道也」とは明らかに「視点」が異なっているということである。

②と③は、桃源郷の中の住人が、その視点から発言したものである。したがって「此絶境」あるいは「此中人」というように近称をあらわすことばを使っている。しかし、①は「其中」とあって、その「其」は中称である。したがって、それは「漁師の目を通しての描写」だというのである。「視点」が異なっていることから「三つの『外人』が指す内容も同一でなければならない、と」は結論することはできないということである。

小出氏は、さらにその検討の対象である「文脈」の範囲をもう少し拡げている。それは、ある「段落」の文脈において、さらにはその「段落」と次の「段落」との関係である。そのような文脈に「外人」ということばを置いてみれば、①の「外人」は、「漁師にとっての外人ととるべきであろう」と結論している。劉直氏の検討には、たしかに小出氏のような観点が欠如している。そして、小出氏の観点を受け入れるならば、劉氏の議論はたしかに十全なものではない。

以上のことから次の二点が確認される。

（1）劉直氏の「其中、此絶境、此中人が、ともに桃源郷あるいは桃源郷の人を指すかぎり、それらに対応する三つの外人が指す内容も、同一でなければならぬ」という説は人を納得させるものではないこと。

（2）「視点」という考え方を導入すれば、「三つの『外人』が指す内容も同一でなければならない、と」は結論することはできないということ。

これらのことは小出氏の論考でなされた結論に相当する。

（三）小出氏の所説の問題点

以上の二点で（1）の指摘はたしかに首肯しうるものである。①の「外人」と、②③の「外人」では、発言の主体が異なっている。②と③の発言主体が桃源郷内の住人であることは言うまでもない。では、①の「外人」の発言主体が桃源郷内の住人でないことは明らかだが、いったい誰でなのであろうか。小出氏は「「其中往来種作男女」の「其中」という表現は明らかに漁師の目を通しての描写である」としているが、では、漁人であろうか。一見そのように見えるが、そうではない。この部分は地の文であり、漁人の発言ではない。これを語っているのはもちろんこの物語の「語り手」である。語り手が漁師とともに桃源郷の中に入ってきて、目の前の風景を見て語ったものである。

以上のことから、次のように言うことができる。小出氏が批判するように、「三つの『外人』が指す内容も同一でなければならない、と」は結論することはできない、と。

しかし、小出氏の批判は劉直氏の所説を正面から批判したものではない。すでに述べたように劉直氏の主張は、小出氏も言うように「「其中」「此絶境」「此中」をともなっており、これらが桃源郷を指すかぎり、それに対応する三つの「外人」が指す内容も同一でなければならない」というものであり、「中」すなわち桃源郷の内部と対比されている以上「外人」の「外」は桃源郷の外部でなければならないということである。たしかに、小出氏の言うように①の発言者と②③の発言者は異なるが、そのことが「外人」の意味するところが異なるという決定的な理由にはならないのである。

また、小出氏の論考は三十数年前に出された一海氏の説に反対するもので、内山氏の論考を対象としていない。小出氏は自らの論考（一九九二年）の前に公表されていた「シンポジウム」の記録（一九八九年に行なわれ一九九〇年に公表された）も、内山氏の論考（一九九一年に公表された）も見ていないようで、この二つの文章についてまったく言及していない。もっぱら一海氏の論考を批判の対象とするものであり、内山氏によってもたらされた新たな展開についてはその視野の中にまったく入っていない。すなわち、桃源郷は洞窟であるということを考慮に入れていないのである。

（四）以上のまとめ

劉直氏の論考およびそれを批判した小出氏のこれまでの主張は、前後の文章との関係で構成される文脈において検討されたものである。それだけでは、これまで論じてきたように第一の「外人」の意味するところを決定することはできない。次には、文脈の範囲を拡げて一段落の文脈および文章全体の文脈において検討した論考について見てみたい。

三　一段落の文脈および文章全体の文脈における検討

ある語が、どのような意味で用いられているか、それを考えるときに、その語そのものの用例から判断すること、また、その語を含む文章という文脈において検討することは、我々が普通に行なってきていることである。なにも珍しいことではない。このことについては前節において論じた。それと同じように、一つの段落という文脈にその語をおいて検討することも一般的に行なわれていることである。この節では、そのような検討を行っている論に対して検討を加えることとしたい。

（一）小出氏の論考

一段落の文脈および文章全体の文脈において検討しているものには、小出貫暎氏の論考「「桃花源記」中の「外人」の解釈について」（一九九二年）がある。小出氏の基本的な考え方は、「別世界の人（異界の人）」と解釈する「D説」である。

小出貫暎氏は先に示した「「桃花源記」中の「外人」の解釈について」において、

1 （①の「其中往来種作、男女衣著、悉如外人」のこと――門脇）の「外人」を外国人の意と取るべきか否かにと（ママ）

いうことを問題にするよりも、次の点に焦点を当てて論ずべきであると考える。

として、次の二点をあげている。

　Ａ　漁人からみての「外人」とみるか

　Ｂ　村人からみての「外人」とみるか

そして、「このことを考えるのには次の三点から考察する必要があろう」として、次の三点をあげている。

　①「外人」の字義の上から

　②文脈上から

　③「桃花源詩」との関連から

これらの論点は、すべて、本章において検討しようとしている六つの文脈に含まれている。①の「『外人』の字義の上から」については、すでに第一節で検討した。

　②の「文脈上から」については、氏の言う「文脈」の意味するところが曖昧で何を指して「文脈」と言っているのか、それだけではよく分からない。「文脈」とは他の部分との関係によって形成されるものである。したがって、その範囲をどのように設定するか、そのことによって文脈にはさまざまなレベルのものが生ずることとなる。単に「文脈」と言うだけでは必ずしも論理的に厳密であるとは言えない。そのことに対して小出氏は必ずしも自覚的ではない。

たしかに小出氏は「この問題は、やはりこの文脈上から考察することが**最も重要**だと考えたい（傍点―門脇）」と言う。しかし、それは、①の「『外人』の字義の上から」や、③の「「桃花源詩」との関連から」と比較して、②の「文脈上から」の考察が重要だと述べるだけである。③については次節で検討する。

それはともかく、直ぐ後に引かれた次のような文章からすれば小出氏の言う「文脈」とは先ずは一つの「段落」あるいは「場面」という「文脈」であるようだ。

> まず、最初の「外人」が文脈上でどの位置に出てくるかを考えてみたい。漁師が渓流を遡って行き、どのくらい来たのか分からなくなってしまう。そういう時に忽然と桃花の林にぶつかり、続いて不思議な光景が展開されていくのである。桃花の林が尽きたところで山に突き当たり、その山に小さな洞穴があり、その洞穴からほのかな光がさしている。漁師はその光に誘われるように狭い洞穴に入って行く。洞穴が突然開け、漁師の目に映ったものは、目を見張るばかりの整然とした村の風景であり、豊かでのどかな光景であった。その直後に、この村の人々が描かれ、男女の着ているものがことごとく「外人」のようであったというのである。

そして、次のようにつづける。

> 「黄髪垂髫、幷怡然自楽」までの描写は、**漁師の目を通して**、少なくとも**漁師を主体として**描かれていると見るのが自然であろう。漁師が目にした光景は、驚くほど新鮮ですばらしいものであった。そういう中で村人たちの着ているものがどのようであるのがふさわしいか。「其中往来種作、男女衣著、悉如（　）」の

（　　）の中に入る「外人」は、どういう人物が妥当かを考えたい。（傍点―門脇）

このような論述は、第一節で検討したような「一語、一文における検討」や「前後の文章との関係で構成される文脈における検討」に比べれば、かなり説得力があると言わなければならない。（　　）の中にはいる「外人」は、氏がのちに述べるように「漁師にとっての外人」、すなわち「よそもの」「ほかの人間」「境外の人」でなければならないように思える。また、たしかに「その衣装は漁師自身のものとは異なるものと見るのが自然で」、「顔附きは自分と同じ人達なのに、着ているものはまるで別の世界の人のもののようだという」のがその意味するところであるように感じられる。

なお、氏が「顔附きは自分と同じ人達なのに」というのは、「外人」を「外国人」、すなわち「紅毛碧眼の外国人」と解する説（狩野直喜[137]、鈴木虎雄[138]、釈清潭[139]、斯波六郎[140]、松枝茂夫＋和田武司[141]などの説）を意識してのことであろう。

氏のこれまでの議論は「一つの段落」という「文脈」におけるものである。これだけでも十分に説得力がある。しかし、氏の議論はそこに止まるものではなかった。さらに広い「文脈」を視野に納めてその議論を展開する。「このように解釈することによって、次の段落に述べられていることが生きてくるのである」と述べる。氏の言う「次の段落」というのは、以下のような文章のことである。

自云先世避秦時乱、率妻子邑人、来此絶境、不復出焉、遂与外人間隔。問今是何世、乃不知有漢、無論魏晋。
（自ら云ふ「先世 秦時の乱を避け、妻子邑人を率い、此の絶境に来り、復た焉より出でず、遂に外人と間隔す。」と。「今は是れ何世ぞ」と問ふ。乃ち漢有るを知らず、無論 魏晋をや。）

そして、次のように論ずる。

桃花源の人々が秦時の乱を避けてこの絶境にやって来てからすでに六〇〇年近くが経っていることになる。このことを考え合わせてみても、外界と六〇〇年も隔絶して生活している桃源郷の人々と、多くの王朝の交替の波にもまれて時代とともに変化してきた漁師の生活する世界の人々の着ているものが同じだというのはいかにも不自然である。また、作者の陶淵明が同じだと考えているとしたら、「乃不知有漢、無論魏晋（乃ち漢有るを知らず、無論 魏晋をや）」と表現した効果が薄れてしまうのではないだろうか。

漁人と桃源郷の中に住む村人との服装の相違は「六〇〇年」の年月と考え方は十分に納得できるように思える。第一章で挙げた龔斌氏も同じ考え方である。

やはり、「其中往来種作、男女衣著、悉如（　　）」の（　　）の中に入る「外人」は、「桃源の人人からいっての『外の人』」ではなく、「漁師にとっての外人」、すなわち「よそもの」「ほかの人間」「境外の人」なのであろうか。

（二）小出氏の論考の問題点

小出氏は、より広い文脈の中で「外人」ということばを検討しており、いずれもその論には説得力がある。しかし、その論に問題がないわけではない。次にはそのことについて述べたい。

小出氏の論考「「桃花源記」中の「外人」の解釈について」は一九九二年に公表された。しかし、前節ですでに指摘したように、小出氏は自らの論考の前に公表されていた「シンポジウム」の記録（一九八九年に行なわれ、一九九〇年に公表された）も、内山氏の論考（一九九一年に公表された）も、おそらくは見ていない。この二つの文章についてまったく言及していないのである。もっぱら一海氏の論考を批判の対象とするにすぎない。

たしかに、一海氏の論考に対しては本質的な批判を行ない、その論証のレベルにおいても一海氏の論考のレベルを、そして劉直氏の論考のレベルをも越えていて、その論理展開にはたしかに説得力がある。しかしながら、内山氏によってもたらされた新たな展開についてはまったく言及していない。

もし、小出氏が内山氏の発言や論考を見ていたら、内山氏の発言に対して何らかの言及が行なわれてしかるべきであろう。内山氏の発言とは次のようなものである。第一章ですでに引いたものであるが、三度目であるがもういちど引いておきたい。

それから「外人」の問題ですが、「外の人」と読めばいいのではないですか。「外人」ということばにするから現在の日本語にまぎらわしくなって誤解するのです。「此の中の人」ということばがあるから「外の人」と読めばいいので、なにも難しいことばでも何でもない。あたり前のことばじゃないですか。要するに洞天の中にいることに気づかないことから起こる疑問です。（傍点—門脇）

小出氏の論考の問題点は、洞天思想や洞窟探訪説話を考慮しなくて良いのか、という一言に尽きる。「桃花源記」そのものをその当時の洞天思想や洞窟探訪説話の「文脈上から」考えなくてよいのかということである。

「桃花源記」とほとんど同じ文章が『捜神後記』に入っており、第一話を除く冒頭の数編の洞窟探訪説話群のほぼ中間の位置にその文章が組み入れられている。「桃花源記」は、他の洞窟探訪説話とは共通性と同時に差異性も有している。したがって、そのような「文脈」に置いて「桃花源記」を見てみると、それは『陶淵明集』という「文脈」に置いたときとはその様相をまったく異にしたものとして立ち現れてくるはずである。「桃花源記」はもちろん『陶淵明集』に入っているが、『捜神後記』にも入っている。小出氏の論考は、そのことをなおざりにしている。「作者の時代の人々が『外人』ということばの使用範囲をどのようにつかんでいたのかが問題になる」という小出氏のことばに対しては、「作者の時代の人々が『洞窟探訪説話』をどのようなものとしてつかんでいたのかが問題になる」ということばをもって問題提起としておきたい。洞天思想や洞窟探訪説話との関係で見たとき、「桃花源記」がどのような様相を示すのか、「桃花源記」全体は、全体として何が表現されているのであろうか。そのことについてはすでに第一部・第二部で論じた。

四　「桃花源記」と「桃花源詩」との関係で構成される文脈における検討

次には、「桃花源記」一文内の文脈だけではなく、「桃花源詩」との関係で生ずる文脈において考察したものを採りあげたい。その文脈は、言うまでもなく「桃花源記」一文内の文脈よりも、より広い。ただ、これは「桃花源記」を『陶淵明集』に収められた作品として扱った上での議論である。そのことを確認しておかなければならない。なぜなら『捜神後記』に組み入れられた「桃花源記」には「桃花源詩」は附せられていないからである。

（一）小出氏、坂口氏の論考

さて、「桃花源記」と「桃花源詩」によって構成される文脈において「桃花源記」の三つの「外人」について論じているものに、小出貫暎氏、坂口三樹氏の論考がある。ここでは、この二氏の検討について述べたい。

1 嬴氏乱天紀　2 賢者避其世　嬴氏 天紀を乱し、賢者 其の世を避く。
3 黄綺之商山　4 伊人亦云逝　黄綺は商山に之き、伊（こ）の人も亦云（ここ）に逝く。
5 往跡浸復湮　6 来径遂蕪廃　往跡 浸く復た湮（うずも）れて、来径 遂に蕪廃す。
7 相命肆農耕　8 日入従所憩　相命じて農耕を肆（つと）め、日入りて憩ふ所に従ふ。
9 桑竹垂余蔭　10 菽稷随時芸　桑竹 余蔭を垂れ、菽稷 時に随って藝（う）う。
11 春蚕収長糸　12 秋熟靡王税　春蚕 長糸を収め、秋熟 王税靡（な）し。
13 荒路曖交通　14 鶏犬互鳴吠　荒路 曖として交り通じ、鶏犬 互ひに鳴吠（めいべい）す。
15 俎豆猶古法　16 衣裳無新製　俎豆は猶ほ古法にして、衣裳は新製無し。
17 童孺縦行歌　18 斑白歓游詣　童孺は縦（ほしいまま）に行々（ゆくゆく）歌ひ、斑白は歓んで游び詣（いた）る。
19 草栄識節和　20 木衰知風厲　草栄えて節の和するを識（し）り、木衰えて風の厲（はげ）しきを知る。
21 雖無紀歴志　22 四時自成歳　紀歴の志無しと雖も、四時 自ら歳を成す。
23 怡然有余楽　24 於何労智慧　怡然として余楽有り、何に於（おい）てか智慧を労（わずらわ）さん。
25 奇蹤隠五百　26 一朝敞神界　奇蹤 隠れること五百、一朝にして神界敞（ひら）く。
27 淳薄既異源　28 旋復還幽蔽　淳薄 既に源を異にす、旋（たちま）ち復た幽蔽に還れり。
29 借問游方士　30 焉測塵囂外　借問す 方に游ぶの士よ、焉（いづく）んぞ塵囂の外を測らん。
31 願言躡軽風　32 高挙尋吾契　願はくは軽風を躡（ふ）み、高く挙りて吾が契を尋ねん。

1 秦の始皇帝が天の秩序をかき乱して暴虐な政治を行ったため、
2 賢者たちはこの俗世を逃れた。

3 すなわち黄公や綺里季らの四皓は商山に隠れたし、
4 この人たちもこの桃花源に逃げこんだのである。
5 ところがその隠れた場所はいつしか埋没してしまって、
6 そこへ行く路もついに荒れ果ててわからなくなった。
7 しかし彼らはたがいにはげましあって農耕に精を出し、
8 日が暮れると思い思いに休息をとった。
9 桑の木や竹はたっぷりと蔭をおとし、
10 豆や高粱(コーリャン)は時節に合わせて種を蒔いた。
11 春になると蚕から長い糸を取り、
12 秋には作物の取り入れをするが、お上に税を納めることはいらなかった。
13 草深い路はかすかながら行き来が出来るし、
14 ニワトリや犬はたがいに鳴き交わし吠え交わしている。
15 祭礼の時の肉をのせるまな板や肴饌を盛る高つきなどは今なお古代のしきたりを守っているし、
16 衣装も新しい型のものは作らない。
17 子ども達は気ままに歩きながら歌い、
18 斑白の老人達は楽しげにだれかれの家へ遊びに行ったりしていた。
19 草が生い茂ると和やかな季節になってきたことがわかるし、
20 木の葉が枯れ落ちると風のはげしくなってきたことがわかる。

21 暦の本などはなくても、
22 四季がおのずから移り変わって一年がたつ。
23 まったく楽しいことが有り余るほどだから、
24 いまさら何を苦労して小賢しい智慧など働かす必要があろうか。
25 この秘境の所在がわからなくなってしまって凡そ五百年、
26 その神仙世界がある日たまたま発見されたのだ。
27 しかし、醇朴な風俗と軽薄なそれとは本源的にちがうのだから、
28 忽ちにしてまたもとの隠蔽された状態にもどってしまったのである。
29 ちと伺いますが、世俗のしがらみの中で生活している諸君には、
30 騒音ごうごうたる塵世の外なる別天地を窺い知ることはとてもできますまいな。
31 ああ、願わくは軽やかな清風に乗って
32 大空高く舞い上がり、自分の理想に合致したあの世界を訪ねていきたいものである。

（松枝茂夫・和田武司訳注(142)）

1 小出氏の論考

小出氏が考察しなければならないと言う三つの点の最後は「桃花源詩」との関係である。氏は次のように言う。

「桃花源詩」の中に次の句がある。

俎豆猶古法、衣裳無新製。

祭礼の儀式などは昔のままのやりかたのようであり、着るものも最近の型のものはない、というのである。また、この表現は、時代の変化とともに物事も変化していくことを暗示していると受け取れる。陶淵明が「記」と「詩」で描いた理想郷が別のものとは考えられない。このことからも、この村人たちの着ているものと漁師のそれが同じようなものと考えることはできないと言わざるを得ない。

「祭礼の儀式などは昔のままのやりかたのようであり、着るものも最近の型のものはない」という「桃花源詩」の「俎豆猶古法、衣裳無新製」という表現から、「村人たちの着ているものと漁師のそれが同じようなものと考えることはできない」。したがって、「其中往来種作、男女衣著、悉如外人」の「外人」は、「桃源の人人からいっての『外の人』」ではなく、「漁師にとっての外人」、すなわち「よそもの」「ほかの人間」「境外の人」と解さなくてはならない。小出氏はこのように言う。衣服に生じた差異は、先に述べたように時間軸上の差異から生じたものと判断している。

これは、「桃花源記」という一篇の文章の中での「文脈」だけではなく、「桃花源詩」との関係で生ずる「文脈」において考察されたものである。その「文脈」はより広いものになっている。したがって、氏の結論はさらに説得力を持っていると、普通ならばそのように言えそうである。

2　坂口氏の論考

坂口氏も、その論考の最後に「桃花源詩」を採り上げて次のように言う。

その伝承（洞天説話の伝承のこと――門脇）に基づいて淵明が「桃花源記」をものし、詩がその解釈の反映として詠じられたとすれば、それはそれで「記」の「外人」の解釈を探る上での一つの材料と見なしうるのではあるまいか。

坂口氏は次のように考えている。まず、その当時語られていた洞窟探訪説話にもとづいて陶淵明が「桃花源記」を作った。次にその文章「桃花源記」に対する「解釈の反映として」、「桃花源詩」が「詠じられた」。「桃花源詩」を詠んだのは、何のことわりもない以上、陶淵明ということであろう。

そして、小出氏と同じく「桃花源詩」の「衣裳無新製」という表現を採り上げて「其中往来種作、男女衣著、悉如外人」の「外人」をどのように解すべきかについて検討を加えている。

では、この「衣裳無新製」とは、どのように理解すべきなのか。祭礼の道具が古式に則っていることをいう第十五句（「俎豆猶古法」――門脇）と対になっていることから考えて、ここは当世風の衣服を着たものはいないとの意となろう。つまり、祭礼道具と衣服に象徴されるように、村人の生活ぶりは先秦時代そのままの淳樸さを保っているというのである。「男女衣著、悉如外人」を陶淵明がどのように理解したかはここに端的に示されている。

そして、結論として次のように述べている。

> 「桃花源記」の問題の「外人」は、やはり漁師から見ての「外人」――よその人・別世界の人――と考えるのが至当なのではあるまいか。

坂口氏の検討も、小出氏とおなじく、「桃花源詩」との関係を考えれば、一海氏や内山氏のように（坂口氏は内山氏の論考を読んでいる）最初の「外人」をその他の「外人」と同じように「桃源の人々からいっての『外の人』」、あるいは「洞天」の「外（そと）の人」と解するのは誤っているというのである。小出氏と同じく、その服装の差異は時間軸上の差異から生じたものということである。たしかに現代の我々の常識から考えれば、これは十分に納得できることである。もはや覆すことのできない結論であるようにさえ思えてくる。

このような考えかたは、日本だけではなく現代の中国においても行なわれている。というより、現代の中国では坂口氏がその調査の結果として述べた「現在の中国では、桃源境（ママ）の村人の服装は、漁師などの外界の人と何ら変わるところはなかったとする理解が支配的なのである」という見解に反して、むしろ氏と同じ結論に達したものの方が「支配的」である。第一章で言及した龔斌氏[143]もそのような説である。

（二）小出氏、坂口氏論考に対する疑問点

小出、坂口の両氏の結論は、「男女衣著、悉如外人」の「外人」は「漁師にとっての外人」すなわち「よそもの」「ほかの人間」「境外の人」、あるいは「漁師から見ての「外人」――よその人・別世界の人――」であるというものであった。

たしかに内山氏の次のような発言に比べれば、小出、坂口の両氏の結論は説得力のあるものである。内山氏は、論考「「桃花源記」の構造と洞天思想」の最後に「記」と「詩」の関係について次のように述べる。

なお、「桃花源記」と詩の作者の問題については、些かの疑問を呈するに止める。物語と詩の内容は必ずしも一致していない。詩は明らかに物語の一つの解釈として詠ぜられている点、王維以降の詩と共通点を持っており、詩の立場から物語を解釈することは、物語を歪曲してしまうので、この論文では敢えて取扱わなかった。

内山氏は、なんの論証もないまま「物語と詩の内容は必ずしも一致していない」、「詩は明らかに物語の一つの解釈として詠ぜられている」、そして「詩の立場から物語を解釈することは、物語を歪曲してしまう」と述べる。不確かなことについては保留するのは研究者の良心であろう。しかし、何の論証もなく「桃花源詩」との関係についての検討を放棄することは、一種の思考停止であると言わなければならない。

それに比べて「桃花源記」と「桃花源詩」との関係において生ずる文脈において検討した結果として出された小出、坂口の両氏の結論は、現代の我々を納得させるに足るものである。いや、これ以上の検討はありえず、昭和三十四年（一九五九年）に一海氏が提起して以来、小出氏の論考が公表された一九九二年までの三十三年（坂口氏の論考（一九九五年）までとするなら三十六年）にわたって「現場（高等学校の現場――門脇）の教師を悩ませて」きた問題はここに解決されたかに思える。

しかし、本当にそうであろうか。素朴な疑問であるが、もし二〇一四年の現在、目の前に六百年前すなわち室町時代の農民が突然目の前に現れたとしたら我々は「よそもの」「ほかの人間」「境外の人」とか「よその人・別世界の人」と感じるであろうか。ただ単に昔風の人と感じるだけではないだろうか。ただ昔風というだけであって変な服装の変な人ではない。また、「古」への志向を詠う陶淵明[144]の作品であることを考慮に入れればなおさらのことである。袁行霈氏は「俎豆猶古法、衣裳無新製」に対して「礼制と衣服はともに古風を守っているということである（意謂礼制与穿著均保持古風）」と注している。

内山氏の論考を、おそらくは見ないでなされた小出氏の論考はさておくとして、では、内山氏の論考を読んでなされた坂口氏の論考はどうであろうか。坂口氏の論考もその点は十分には理解していないと論者は判断する。初めに述べたように「桃花源記」に関するさまざまな問題は、それが『陶淵明集』に収められているだけでなく、それとは質の異なった著作である『捜神後記』にも収められていることから生じたものである。そして、『捜神後記』に収められた「桃花源記」は、数篇の洞窟探訪説話群のほぼ中間に位置している。そして、そこには「桃花源詩」は附されていない。そのことをどのように捉えればいいのであろうか。坂口氏はそのことを十分には自覚していない。

さらに、坂口氏は内山氏の論考を承け洞窟探訪説話群のなかの「袁相・根碩」の説話と比較して「桃花源記」において「外人」の服装が描写されている意味について検討を加えている。そのことについては高く評価しなければならない。しかし、論者は、坂口氏の検討はそれでも十分ではないと考えている。洞窟探訪説話群のいくつかの説話に記されている衣服についての描写は坂口氏の結論とはちょうど反対の結論に導くものである。

五　唐代の「桃源」詩との関係で構成される文脈における検討

坂口氏は、「桃花源詩」との関わりだけでなく、唐代において「桃花源記」の「影響を受けたと認められる作品」の中から王維の「桃源行」を採り上げ、「男女衣著、悉如外人」の「外人」の指すところを検討している。

（一）坂口氏の主張

それは、氏によれば次のような理由があるからである。

右にあげたような作品（張旭「桃花谿」、王維「桃源行」、韓愈「桃源図」、劉禹錫「桃源行」などを指す――門脇）はこれまで「桃花源記」を解釈する際の資料として、あまり活用されてはこなかった。しかし、それらの作品の中で「桃花源記」がどのように受容されているのかを窺うことは、とりもなおさず「桃花源記」がどのように理解されていたかを明らかにすることになるのではあるまいか。

たしかに、氏の言うように「「桃花源記」がどのように受容されているのかを窺うことは、とりもなおさず「桃花源記」がどのように理解されていたかを明らかにすることになる」。論者もそのように思う。

また、「桃花源記」の「影響を受けたと認められる作品」の中からなぜ王維の「桃源行」を選んだのかについて、坂口氏は次のように述べている。

なかでも王維の「桃源行」は、（……）、陶淵明の詩風を慕うこと頗る厚かった詩人の作だけに、注目に値する。

そして、「「桃源行」の表現を具体的に検討することによって、王維が「桃花源記」の該当箇所（「男女衣著、悉如外人」の「外人」の指す――門脇）をどのように理解していたかを探る」のである。

王維の「桃源行」[145]には第十句に「居人未改秦衣服（居人 未だ秦の衣服を改めず）」という表現がある。この表現について、坂口氏は次のように述べている。

これは、明らかに「男女衣著、悉如外人」及び「先世避秦時乱、率妻子邑人、来此絶境、不復出焉」を下敷きにした句である。そこでは、「未改」の表現が示すように、では（ママ）「樵客」[146]（前の句にあることば――門脇）「居人」の服装は異なるものとして描かれている。そしてそれは、王維が「男女衣著、悉如外人」の「外人」を、桃源郷の外の人を指すとは捉えていないことを示唆していると考えられるのではなかろうか。もし「外人」を桃源郷の外の人と解するのであれば、漁師と村人との服装は変わらないことになり、「桃源行」の「居人未改秦衣服」の句は、その解釈とは矛盾することになるからである。

坂口氏のこの議論も説得力がある。前節で検討した「桃花源詩」との関係における議論と合わせると、「男女衣著、悉如外人」の「外人」は「漁師から見ての「外人」――よその人・別世界の人――」であることは揺るぎない真実であるように思えてくる。

（二）坂口氏の主張の問題点

坂口氏は「「居人」の服装は異なるものとして描かれている」と述べている。しかし、本当にそうであろうか。また、唐代において「桃花源記」の「影響を受けたと認められる作品」、ことに王維の「桃源行」の中で「「桃花源記」がどのように受容されているのかを窺うことは、とりもなおさず「桃花源記」がどのように理解されていたかを明らかにすることになるので」あろうか。

内山氏は「「桃花源記」の構造と洞天思想」において、王維の「桃源行」以降「続々と出現する演変の作品・評論の類は、みな同じ「桃花源記」解釈に立脚しているわけではなく、大きく分けて（……）四つの傾向に分類することができる」としている。その「四つの傾向」とは、①仙境説、②避世説、③寓言説、④考証実在説の四つである。[147]そして、「桃花源記」の解釈の歴史を「盛唐から起こった仙境説は、北宋に至って避世説に移り、明清以降には寓言説が盛んになった」と総括している。このような歴史観に照らしてみると、王維の「桃源行」は、当然①の「仙境説」の最初に挙げられているのである。坂口氏自身、「桃源郷を仙境として描くのは、唐代に「桃花源記」が仙境譚として理解されていたことを示すであろう」[148]と述べている。しかし、「桃花源記」は洞窟探訪説話にあるような仙境譚とは明らかに異なっている。このことについては、第一部の第一章「洞窟探訪説話との関係について」で詳細に述べた。また、二〇〇二年の松本肇氏の論考[149]によれば「桃源郷」に対する考え方は唐代において「変容」しているとのことであるし、二〇〇八年の水津有理氏の論考[150]にも同様の指摘がある。

そうだとすれば「「桃花源記」を解釈する際の資料として」仙境譚としての王維の「桃源行」をそのまま「活用」して良いものであろうか。疑いは残る。王維の「桃源行」は、仙境譚ではない「桃花源記」を仙境譚として、誤解を恐れずにあえていえば、誤読したところからなされたものなのではないのか。もし、王維が誤読していたとすれば、「「桃花源記」を解釈する際の資料として」王維の「桃源行」を「活用」するにはよほどの配慮を払わなければならない。

王維の「桃源行」のは第十句「居人未改秦衣服」の「『未改』の表現が」「『樵客』と『居人』の服装が異なるものとして描」いたものであるとしても、それが「男女衣著、悉如外人」の「外人」の指すところを誤解なく解釈したものだと単純に考えていいとは思えない。再度言っておきたい。これはむしろ反対の証拠ではないのか。「居人未改秦衣服」は単に古風な服装を変えなかったということでしかないのではないか。

六 洞窟探訪説話との関係で構成される文脈における検討

次には、六朝志怪の書、ことに『捜神後記』における洞窟探訪説話群との関係で構成される「文脈」において論じたものについて検討を加えたい。それには、坂口三樹氏の論考「桃花源記「外人」贅説」(151)がある。

(一) 坂口氏の論考の検討

陶淵明の作とされる「桃花源記」はこれまでさまざまに理解されてきた。村山敬三氏の論考「「桃花源記」雑感――洞天思想・藍沢南城・授業実践――」(152)で指摘された江戸時代のことはひとまず措いておくこととし、ここでは明治維新以降、ことに戦後の日本の学界における理解を主として問題としたい。

すでに何度も述べているように、現在の我々が「桃花源記」を読むに際しては、洞天思想あるいは洞窟探訪説話との関係を考慮しないではおれない。ことに内山氏の論考は直に「桃花源記」を扱っており、二〇一〇年現在においても「桃花源記」に関するもので最も重要な論考だと言うことができる。「桃花源記」をどのように読むかということは単に個人の趣味の問題ではない。「桃花源記」を読む際に「桃花源記」には洞天思想あるいは洞窟探訪説話と関係があることが示され、「桃花源記」にたしかにそのような側面がある以上、そのことを考慮して検討することは個人の趣味の範囲を越えている。

村山氏、坂口氏の論考は内山氏の論考を承けてなされたものである。なかでも坂口氏の論考は直接に内山氏の論考を承けている。坂口氏は「外人」の解釈を検討するに際して、

(1) 王維の「桃源行」とで構成される文脈において、

(2) 『捜神後記』の洞窟探訪説話とで構成される文脈において、

(3) 「桃花源詩」とで構成される文脈において、

という三つの文脈において検討している。したがって『捜神後記』の洞窟探訪説話とで構成される文脈における検討は氏の論考にとって不可欠な部分であるといって良い。

氏は「「桃花源記」のような小説において、服装を描写することは話の展開上どのような意味を持つのであろうか」と述べ、衣服一般のもつ意味について次のように述べる。

そもそも衣服は、単に身体を陰蔽（ママ）・保護する役割ばかりでなく、それを着ている人の身分や地位、あるいはどのような社会・階層に属しているかを示す表徴としての機能を持っている。

そして氏は『後漢書』鄭玄伝を例に挙げ、鄭玄のかぶった頭巾である「『幅巾』は、何進の出仕の要請に対する謝絶の意思表示であり、ひいては、権力に諂わない鄭玄の剛毅さをも示すものとして、極めて重要な意味を担っていることになる」と述べる。当を得た見解である。

氏はその次に『捜神後記』の洞窟探訪説話の中のいわゆる「袁相・根碩」の説話が「特に注目に値する」としてそれを採りあげる。この説話のなかの「有一小屋、二女子住在其中、年皆十五六、容色甚美、著青衣。一名瑩珠、一名□□（一小屋有りて、二女子 住みて其の中に在り、年 皆な十五六、容色 甚だ美し、青衣を著く。一の名は瑩珠、一の名は□□なり）」という一文の「著青衣」という表現について次のように述べている。

極めてよく似た[153]展開のこの話にも、衣服についての描写が見られることは興味深い。この洞窟内の別天地に住む美女の衣服について、「青衣を著く」と言及したのはいかなる理由によるものか。（傍点―坂口氏）

そして、次のように続ける。

もうおわかりであろう。話の後半で約束が破られた後、開けられた袋の中から飛び去った青い鳥こそ、洞穴の中の別天地で夫婦となった青衣の美女の化身なのであった。すなわち、前半での「青衣」への言及は、つまるところこの結果へ向けての伏線に他ならなかったのである。

さらに、この節の結論として、最後に次のように述べる。

そして、こうした説話の展開のパターンにかんがみるならば、「桃花源記」の「男女衣著、悉如外人」という部分も、後半の「先世避秦時乱、云々」の部分の伏線と考えることは十分に可能であろう。その場合、村人の服装は漁人と異なっていてこそはじめて意味を持ってくる。とすれば、この「外人」は漁師から見てよその人、別世界の人との意と解するのが自然であろう。

坂口氏のこの結論は人を納得させる力がある。それは、三浦・内山の両氏によって切り拓かれた新たな展望の下でなされているからであろう。すなわち、この節での坂口氏の検討は、「桃花源記」そのものを洞窟探訪説話という文脈のなかに置いて、それらとの関係で検討しようとしているのである。

(二) 坂口氏の論考の問題点

坂口氏のこの部分の検討の結論はたしかに説得力を持っている。では、問題点はないのであろうか。論者は問題点がないわけではないと考える。それは坂口氏が数ある洞窟探訪説話のなかから「袁相・根碩」の説話だけしか採り上げていないことによる。

「桃花源記」は、たしかに洞天思想や洞窟探訪説話とともに一つの文脈を構成することのできる面をもっている。しかし、第三部の第一章で検討したように洞窟探訪説話群のなかに置いたとき、「桃花源記」はきわめて特異な説話なのである。

「桃花源記」のどの面が洞窟探訪説話群の構成する文脈と共通性があるのか、そして、どの面が「桃花源記」固有の特徴であるのかをまず明確にしておかなければならない。それを明確にしないまま、安易にすべて同質のものだとするのは、「桃花源記」の本質を見誤るのではないか。そして「外人」の問題も「桃花源記」の本質を見極めた上でなければ、最終的には解決しないと判断している。

ここに一つの例を挙げておきたい。それは、第三部の第一章ですでに述べたように、物語の枠組みの問題である。ここで言う枠組みとは次のようなものである。まず、洞窟のなかに入り、そこでしばらく過ごす。そのあと、ふたたび洞窟から出てくる。そしてもういちどそこを訪ねようとしたが、ほかの人に言わないとの約束をやぶったため、二度とそこを訪れることはできなかった、このようなものである。たしかにこのような枠組みは「桃花源記」はその他の洞窟探訪説話と共通している。しかし、実はそのような枠組みだけが洞窟探訪説話と共通しているにすぎないのである。

坂口氏の論考の、そして坂口氏の出した結論の問題点は右に述べた点についての配慮が欠如していたということである。

むすびにかえて

最後に、「外人」ということばについて、二つの点から論者の考えを述べて、本章および第四部を締め括りたい。二つの点というのは、

(1)　桃源郷の中の農民の衣服と当時の人々が洞窟に抱いていた共同幻想について
(2)　物語の語り手の視点について

という点である。

1　桃源郷の中の農民の衣服と当時の人々が洞窟に抱いていた共同幻想について

問題は、洞窟に対して当時の人々が共通に抱いていた認識のことである。数多くの説話にあるように、当時の人々は、洞窟に住む住人は特異な服装をしていると思っていた。これが彼らの共通の認識だったということである。これは当時の人々は、洞窟や壺中天のような半閉鎖空間のなかには別の世界があり、そこには仙人が住んでいるという共同幻想を抱いていたからである。この共同幻想が今日いうところの「洞天思想」である。人々はいつの時代においてこのような共同幻想のなかに生きているのであって、そこから逃れて生きることはできない。つまり、中国の当時の人々は今日洞天思想と呼んでいるような共同幻想のなかに生きていたということである。今日の我々から見てそれがいかに不合理なものであっても、当時の人々はそのなかに生きていて、そこから逃れて生きることはできなかったのである。

陶淵明もそしてそれを読む人々もその例外ではない。彼らも我々が現在の共同幻想のなかに生きているように当時の共同幻想のなかに生きていた。このことを忘れたところから「桃花源記」にたいする誤読も生まれているのである。

> 忽ち桃花の林に逢ふ、岸を夾むこと数百歩、中に雑樹無く、芳草鮮美にして、落英繽紛たり。漁人甚だ之を異しむ。復た前み行きて、其の林を窮めんと欲す。林水源に尽き、便ち一山を得たり。山に小口有り、髣髴として光有るが若し。便ち船を捨てて口従り入る。

漁人が桃花の林の先にある水源にあった洞口に入っていったとき、当時の人々はそのなかにどのような人物が住んでいると予想したのであろうか。それは当然他の多くの洞窟探訪説話と同じようにその中には青色や黄色、赤色などの異様な衣服を着た人々が住んでいると考えたはずである。それは「桃花源記」の漁人も、そして陶淵明自身も同じである。

しかし、そのような予想とは反して彼らは自分たちと同じような服を着ていたのである。

> 土地は平曠にして、屋舎は儼然たり。良田美池、桑竹の属有り。阡陌交わり通じ、鶏犬相ひ聞こゆ。其の中に往来種作する、男女の衣著は、悉(ことごと)く外人の如し。

漁人もこの物語を読む当時の人々も、まず洞窟のなかに洞窟の外と同じような農村があること、そしてその中に住んでいる住人の服装が他の洞窟探訪説話での住人のように異様な服装をしていたのではなく、洞窟の外の住人である当時の人々と同じような衣服を着ていたこと、それこそが意外なことだったのである。

陶淵明がここでわざわざ衣服のことを述べたのは、洞窟探訪説話に登場する洞窟の住人の衣服が洞窟に住む住人が異界の人物であることを示す指標であったを逆手にとって、それとちょうど反対に、桃源郷に住む住人が異界の人物ではないことを示すためだったのである。そしてそれは、「桃花源記」で当時の人々の前に提示された桃源郷が多くの洞窟探訪説話の洞窟とはまったく異質の世界であることを同時に示しているのである。

2　物語の語り手の視点について

さいごにもう一つ述べて、本章を締め括りたい。それは、「視点」の問題である。この視点について述べたのは小出貫暎氏の論考「「桃花源記」中の「外人」の解釈について」（一九九二年）(155) である。「桃花源記」に三度出てくる「外人」のうち、二番目と三番目は次のようである。

・自ら云ふに、先世 秦時の乱を避け、妻子・邑人を率ゐて、此の絶境に来たり、復た焉より出でず、遂に外人と間隔す、と。

・此の中の人 語げて云ふに、外人の為に道ふに足らざるなり、と。

ともに「自ら云ふに」「此の中の人 語げて云ふに」とあるように、ここでの「外人」は明らかに桃源郷の住人が発したことばなので、桃源郷の外すなわち洞窟の外の人という意味である。そのことに異論を唱える者は一人もない。

しかし、最初の「外人」はそうではない。

土地は平曠にして、屋舎は儼然たり。良田美池、桑竹の属有り。阡陌 交わり通じ、鶏犬 相ひ聞こゆ。其の中に往来種作する、男女の衣著は、悉く外人の如し。

「土地は平曠にして」から「男女の衣著は、悉く外人の如し」まで、すべて桃源郷の中の人が発したことばではない。だからここでの文章は「漁人」から見ての「外人」なのだということである。

漁師にとって彼らが着ている衣装は別の世界のもののようだという意味からの「よそのもの」「ほかの人間」「境外の人」と理解していっこうに差し支えないのではないだろうか。

このように言われると、たしかに最初の「外人」と二番目、三番目の「外人」とは、そのことばを発している人が異なっているので、いかにももっともなような気がする。

しかし、最初の「外人」の語り手は漁人なのであろうか。たしかに漁人に沿って視点は移動しているが、漁人の視点で語られているものではない。それはあくまで三人称の語り手の視点である。三人称の視点とは、語り手が登場人物の誰かの視点で語られるのではなく、物語の当事者である登場人物の主観的な視点（一人称の視点）に対して、物語には属さない、客観的な語り手の視点のことである。ただ、三人称の語り手は、自分以外の登場人物の心のなかで思っていることを描くことがあるため、「神の視点」と呼ばれることがある。実際には超能力でも使わない限り人が心の中で思っていることは他者にはわからないのに、三人称の語り手はそれを描写できるからである。

「桃花源記」で自分以外の登場人物の心のなかで思っていることを描いているのは、次の場面である。

　渓に縁りて行き、路の遠近を忘る。忽ち桃花の林に逢ふ、岸を夾むこと数百歩、中に雑樹無く、芳草鮮美にして、落英繽紛たり。漁人甚だ之を異しむ。

漁人は魚をもとめて川をさかのぼって行ったがいつの間にかどれほどの距離をきたのか分からなくなった。するととつぜん両岸に満開に咲いた桃の林のあるところにやって来た。そこには桃の木以外はなにもなく、下は香しい花の咲く草むらで、桃の花びらがひらひらを舞い落ちていた。このような風景を見て漁人は「異しく」（不思議だなぁ）と思ったのである。「桃花源記」で登場人物の心の中を描写しているのは唯一この場面だけで、それ以外は三人称の語り手の視点で語られている。

つまり、「外人」ということばが最初に現れる場面「其の中に往来種作する、男女の衣著は、悉く外人の如し」は漁人の視点で語られているのでもなく、三人称の語り手が登場人物の心の中を描写しているのでもない。あくまで三人称の語り手が客観的に描いているにすぎないのである。たとえば、「漁人以為く」ということばを添えて、

漁人以為く、其の中に往来種作する、男女の衣著は、悉く外人の如し。
漁人以為、其中往来種作、男女衣著、悉如外人。

となっていたとしたら、これは明らかに三人称の語り手が登場人物の心の中を描写していることとなる。しかし、ここは「其の中に往来種作する、男女の衣著は、悉く外人の如し」としか書かれていない。したがって、最初の「外人」だけ漁人の視点からの語りだというのは間違っている。このような考え方は物語論の基本的理論であって、現在ではもはや常識であると言ってもさしつかえないだろう。

＊

これまで論じてきたように最初に「外人」と発したのは、漁人にそって移動しているものの、漁人ではない。語り手が漁人の視点から語っているのでもない。あくまでこの物語「桃花源記」全体を語っている語り手である。しかも、その語り手は現代の我々とともに生きている人物ではない。あらためていうまでもなく当時の共同幻想の中に生きていた人物である。特に洞窟探訪説話に限っていえば、洞窟の中には当時の普通の人々が着ていたものとはちがった特異な衣服を着た仙人、仙女、仙童などが住んでいたという共同幻想をいだいていたのである。
そうだとすれば、最初の「外人」だけ他の二つとは異なってわざわざ「外国人」や「異邦人」「よその国の人」、

あるいは「別世界の人」「異界の人」などと考えるのは誤りであることは明らかである。

以上が、「外人」に対する論者の結論である。

〈附論〉川合康三氏の二篇の著述における「外人」に対する理解について

はじめに

序文で述べたように本書全体がほぼ完成したのち、川合康三氏の次の論考および著書が公表された。

・二〇〇四年　川合康三「「桃花源記」を読みなおす[156]」『説話論集』第十四集、清文堂出版社
・二〇一三年　川合康三『桃源郷―中国の楽園思想』講談社[157]

この二篇の論著で論じられている内容は、ともに論者の「桃花源記」に関するすべての論考と深く関わるものであるが、そこで述べられている内容で「桃花源記」に関わるものはすべて本書で述べた範囲を超えるものではない。したがって、すでにほぼできあがっていた小論を組み替えたり、小論の中に組み込むまでにはいたらないものである。ただ、この二つの文章で述べられた「外人」に対する氏の考え方については、述べておかなければならないことがいくつかある。そこで、そのことについては特に「附論」として独立させて論ずることとした。

一　川合康三氏の「外人」に対する理解

川合康三氏の「外人」に対する理解について、まずはじめに、「桃花源記」に最初に出てくる「外人」を川合氏は「異邦人」あるいは「よその国の人」、すなわち外国人と理解していることを確認し、次に、氏がそのように理解した根拠をたしかめ、最後に、それぞれの根拠の問題点について述べたいと思う。

(1)「外人」を外国人と理解していること

川合氏は二〇〇四年に公表した論考「「桃花源記」を読みなおす」（これより以降「論考」と呼ぶ）において、「其中往来種作、男女衣著、悉如外人。黄髪垂髫、并怡然自楽」のところを、

> その中に行き来して耕作しているものは、男も女も、着ているものはすべて異邦人のようであり、老人も子供もみなにこやかで楽しそうである。（傍点—門脇）

と訳し、「外人」については「異邦人」ということばを用いている。

このことは二〇一三年の著書『桃源郷—中国の楽園思想』（これ以降、「著書」と呼ぶ）においても変わるところはない。

> 男女の衣著は、悉く外人の如し（男も女も着ているものは、すべてよその国の人のようだ）。（傍点—門脇）

このように「外人」を「よその国の人」と訳しているのである。

二〇〇四年の「論考」でも、二〇一三年の「著書」においても、川合氏は、「外国人」（異邦人、よその国の人）と理解している。それは、一九二二年の釈清潭[158]や一九五九年の「外人考」[159]で一海知義氏が批判の対象とした一九四八年の狩野直喜氏[160]、同じく一九四八年の鈴木虎雄氏[161]、そして一九五一年の斯波六郎氏[162]と同様である。ただ、一海氏の論考以降、そのように理解する訳注や論著はほとんどなく、一海氏以降では、わずかに二〇〇一年の田部井文雄＋上田武両氏の『陶淵明集全釈』（明治書院）を挙げうるのみである。

なお、川合氏は、「外人」の解釈がこれまで一致していないことについて次のように述べている。

村を外側から見ている漁師の目に映った村人のありさま、その人々を「男女」と「黄髪垂髫」、つまりは老若男女というかたちで全体を述べる。その衣服が「悉く外人の如し」、この「外人」の解釈が従来ほぼ二つに分かれる。世俗の外側の人とするか、桃花源の外の人かによって、彼らの衣服は正反対になってしまうのである。作品の内部から見て、ここは漁師の視線に従ってずっと描写されていると考えれば、漁師の住む世俗とは異なる世界の人ということになるし、本文以下に見える二例の「外人」と同じであると固定すれば桃花源の外の人ということになる。（「論考」）

川合氏のこれらの指摘は、「桃花源詩」の表現との関係や、ここに「漁師の視線に従ってずっと描写されている」とあるように登場人物の「視線」という観点を考慮してなされたもので、そういう意味では何の根拠も示さないで訳されている釈清潭や狩野氏、鈴木氏、斯波氏のものとは異なっている。

ただ、ここで氏は「外人」の解釈は「従来ほぼ二つに分かれる」と述べているが、本書の第四部「「外人」の解釈とその問題点」の二章で検討したようにこのような理解は、正確とは言えない。正確には、「漁師の住む世俗とは異なる世界」というのに二つの理解があり、一つは川合氏自身が「異邦人」と訳しているように「外国人」と理解するものであり、もう一つは「別世界の人（異界の人）」と考えるものである。したがって、「外人」の解釈は、正確に言えば三つある。そしてその理解が不十分であることが、本章の「むすび」で述べるように氏の論述に混乱をもたらしているのである。

そのことの詳細については本章の当該箇所（「むすび」）に譲ることとし、ここでは川合氏が「外人」を「異邦人」や「よその国の人」、すなわち外国人と考えていることのみを確認しておきたい。

⑵「外人」＝外国人と理解する根拠

川合氏はなぜ「外人」を外国人と理解するのか、氏自身が述べていることから判断すれば、次の四つのことを根拠としていることが確認できる。

①　漁師の「視線」を根拠としていること
②　志怪小説の衣服の描写を根拠としていること
③　「悉如～」という言い方を根拠にしていること
④　「桃花源詩」を根拠としていること

これより以降、この四つの点について確認していきたい。

① 漁師の「視線」を根拠としていること

まず、川合氏は最初の「外人」は、他の二つのものが桃源郷の人々の口から発せられたものとはちがって、漁師の視線から見たものであることを根拠にしている。先ほど（二八八頁）引用した文章の中に次のような表現がある。

作品の内部から見て、ここは漁師の視線に従ってずっと描写されていると考えれば、漁師の住む世俗とは異なる世界の人ということになるし、本文の以下に見える二例の「外人」と同じであると固定すれば桃花源の外の人ということになる。（傍点─門脇）（「論考」）

また、著書においても次のように述べられている。

しかし「外人」とはそれを語る人の立場から見て「外の人」の意であるだろう。あとの二例は桃花源の住人が発したことばであるから、彼らにとって「外の人」とは当然世間の人を指すことになる。この箇所では漁師の目から見た村落の様子を語っているのだから、「外人」は漁師にとっての「外人」、つまり世間とは違う場所の人と解するのが妥当ではないか。（傍点─門脇）（「著書」）

たしかに、二つ目、三つ目の「外人」は桃源郷の住人から発せられたことばである。

・自ら云ふに、先世 秦時の乱を避け、妻子・邑人を率(ひき)ゐて、此の絶境に来たり、復た焉(ここ)より出でず、遂に外人と間隔す、と。

自云先世避秦時乱、率妻子邑人、来此絶境、不復出焉、遂与外人間隔。

・此の中の人語げて云ふに、外人の為に道ふに足らざるなり、と。

此中人語云、不足為外人道也。

この二つの文章では、「自ら云ふに（自云）」「此の中の人語げて云ふに（此中人語云）」とあるように、物語の中の人物が話すせりふの中に「外人」ということばが現れる。前の方の「自（自ら）」は、その前に「村中聞有此人、咸来問訊（村中此の人有るを聞き、咸な来りて問訊す）」とあることから、桃源郷に住んでいる住人のことであることは明白である。また後者は「此の中の人（此中人）」とあるので、あらためていうまでもないであろう。

一方、最初の「外人」は次のように出てくる。

山に小口有り、髣髴として光有るが若し。便ち船を捨てて口従り入る。初め極めて狭く、纔に人を通すのみ。復た行くこと数十歩、豁然として開朗なり。土地は平曠にして、屋舎は儼然たり。良田美池、桑竹の属有り。阡陌交わり通じ、鶏犬相ひ聞こゆ。其の中に往来種作する、男女の衣著は、悉く外人の如し。

山有小口、髣髴若有光。便捨船従口入。初極狭、纔通人。復行数十歩、豁然開朗。土地平曠、屋舎儼然。有良田美池、桑竹之属。阡陌交通、鶏犬相聞。其中往来種作、男女衣著、悉如外人。

ここの文章は、トンネルを通って桃源郷に入って行き、目の前に広がった桃源郷内の様子を描写しているものなので、まだ桃源郷の住人は出てこない。したがって、後の二例のように桃源郷の住人のせりふではない。たしかに川合氏の言うように、一貫して「漁師の視線に従ってずっと描写されている」ように、また「漁師の目から見た村落の様子を語っている」ように思える。しかし、この部分を語っているのは、本当に「漁師」なのであろうか。この部分は、漁師のことばとして記されているのではない。この部分を語っているのはこの物語の「語り手」なのである。

②　志怪小説の衣服の描写を根拠としていること

次に、桃源郷の空間が「非日常的世界」であることとの関係を捉えて次のように述べる。

> 彼ら（桃源郷の住人…補足門脇）の衣裳が世間一般のそれと異なることは、桃花源が非日常的世界であることの指標ではある。その点で志怪小説が異界を描く際にまず服装が特殊であることをもちだす書き方に類似している。しかしながらここでの服装の異常さはやがて知られるように、非日常世界のしるしではなく、人間界における時代的な差異に過ぎないのである。（傍点—門脇）（「論考」）

> 彼らの衣装が世間一般のそれと異なることは、桃花源が世間一般とは異なる世界であることの指標である。志怪小説では異界の人が登場する際、まず初めにその服装が記される。赤い服であったり黄色い服であったり、鮮やかな色であることが多い。服装はその人の属する世界を端的に示す指標であった。ここで漁師が彼らの服装に着目するのも、まだ真相を捉えられない漁師にとって、どんな人々なのかを知る手がかりが衣服なのだろう。それが「世間とは違う世界の人々のようだ」。（傍点—門脇）（「著書」）

この二つの説明は「志怪小説」の異界の描き方、ことにその服装の記述の果たす役割について論じている。たしかに氏がいうように「志怪小説が異界を描く際にまず服装が特殊であることをもちだす書き方に類似している」ので「彼らの衣装が世間一般のそれと異なることは、桃花源が世間一般とは異なる世界であることの指標である」。また、この点については、論者も前章ですでに述べたところである。

ただ、ここでは「世間一般のそれと異なる」「桃花源が非日常的世界である」（以上「論考」）とか、「桃花源が世間一般とは異なる世界であること」（「著書」）とは述べているが、桃源郷を「外国（異邦、よその国）」とまでは言っていない。これは後に述べるように、川合氏の「外人」理解に一種の混同があるからである。すなわち、氏は、先に述べた三種の理解（「外国」「異界」「桃源郷の外」）のうちの「外国」と「異界」とを混同しているのである。

③「悉如～」という言い方を根拠にしていること

川合氏は、「論考」の文章で「悉如（悉く～の如し）」という表現について次のように述べている。

ここ（「其の中に往来種作する、男女の衣著は、悉く外人の如く、黄髪垂髫、並びに怡然として自ら楽しむ」補足―門脇）まで漁師の目に従って叙述している流れからも、「外人」は漁師にとっての「外人」、世間と違う人の意味で解するのが自然だろう。「悉如～」という強調を帯びた言い方も、世間の人と同じであることに驚くより、それとまるで違っていることに驚いていると解する方がわかりやすい。（論考）

ここでは「悉如～」という表現をもとにして、「外人」の衣服を見て、「漁師にとっての「外人」、世間と違う人

の意味で解するのが自然だ」と述べている。また同じく「論考」の文章で、

> 服装が世間一般のそれと異なっていながら、いかにも異界らしい異常性にまでは及ばないことを伝えるのに、「悉く外人の如し」という言い方はまことにふさわしいといわねばならない。（論考）

とも述べている。さらに、「著書」でも、ほとんど同じ言い方で次のように述べている。

> 服装が世間一般のそれと異なってはいながら、異界らしい異常性にまでは及ばないことを伝えるのに、「悉く外人の如し」という言い方はまことにふさわしい。

「悉如（悉く〜の如し）」というのは、「悉」は「主語が示す人物や事物に対して、ひっくるめる意」（『全訳漢辞海』第三版 三省堂 二〇〇〇年）と説明されているように「すべて、みな、残りなく」ということを表現することばであり、「如」は改めていうまでもなく「〜のようだ」ということであるから、「すべて〜のようだ」という意味になる。その範囲においては全体を言い、その様子については「まるで〜のようだ」と比喩しているのである。川合氏はそのことを、この二つの文章で「いかにも異界らしい異常性にまでは及ばない」という言い方で述べている。

　このような一見したところではさして重要でないことばに着目して「外人」ということばの意味するところを理解しようとした注釈や論考はこれまでにはなく、川合氏の指摘が最初のものだと言え、その点については評価しなければならない。

④「桃花源詩」を根拠としていること

最後に、「桃花源詩」を根拠として述べていることについて見てみたい。川合氏は、「論考」において、「記」を韻文でリライトしている「詩」の方はどのように書かれているか。「詩」では「男女衣着、悉如外人」にほぼ相当する箇所が、「俎豆猶古法、衣裳無新製（俎豆は猶お古法、衣裳 新製無し）」と述べられている。と述べて、「桃花源詩」の「俎豆猶古法、衣裳無新製（俎豆は猶お古法にして、衣裳は新製無し）」とあることを示して次のように述べる。

儀礼も什器も衣服も秦の時代のままであることを強調しているのである。「詩」が桃花源の生活形態が今の世とは違うことに注意を喚起しているとしたら、「記」においても世間とはまるで異なる衣服を着ていることに対して驚きを表すものであろう。（傍点―門脇）（論考）…A

このように、川合氏は「外人」の服装を「秦の時代のままである」ので、「世間とはまるで異なる衣服を着ている」と理解しており、氏が「外人」を「外国人」（異邦人、よその国の人）と理解する根拠としている。

なお、「著書」においても、「桃花源記」と「桃花源詩」の関係について詳細に論じているが、「桃花源詩」の「俎豆猶古法、衣裳無新製（俎豆は猶お古法にして、衣裳は新製無し）」を「昔の服装のままであることが記されている」とし、次のように述べている。

ちなみに「記」に付された「詩」にも「衣裳　新たに製る無し」と、住人は昔の服装のままであることが記される。「詩」の方でも異界の人の服とは言わず今の世の人と違うと捉えている。

ここでは、「住人は昔の服装のままであることが記される」と、また「異界の人の服とは言わず今の世の人と違うと捉えている」と述べているが、「論考」の記述のように「世間とはまるで異なる衣服を着ている」とまでは言っていない。

二　川合康三氏の「外人」理解の問題点

川合氏は、これまで述べてきたように「桃花源記」に三度出てくる「外人」の最初のものを「外国人」（異邦人、よその国の人）と理解し、そのように理解する根拠として、漁師の視線、桃花源詩、志怪小説の衣服の描写、「悉如～」という言い方という四つの点を挙げている。それゆえ、その論述はたしかに説得力があるものとなっている。

しかし、論者は「世間の人と同じであることに驚くより、それとまるで違っていることに驚いている」（二九頁の「論考」の文章）という理解も、「志怪小説」の描き方、すなわち「服装が特殊であることをもちだす書き方」との関係で述べている理解も、その理解の仕方はまったく逆であると考えている。特に「服装が世間一般のそれと異なってはいながら、異界らしい異常性にまでは及ばないことを伝えるのに、「悉く外人の如し」という言い方はまことにふさわしい」という言い方は、いかにも苦しげに感じられるが、それにはそれなりの理由があると考える。

いずれにせよ、川合氏は「外人」を「外国人」と理解している。もういちどその点を確認しておきたい。二〇〇四年に公表した論考では「男女衣著、悉如外人。黄髪垂髫、并怡然自楽」のところを、「男も女も、着ているものはすべて異邦人のようであり、老人も子供もみなにこやかで楽しそうである」（傍点…門脇）と訳し、「外人」には「異邦人」ということばを充てている。また、二〇一三年の著書では「男も女も着ているものは、すべてよその国の人のようだ」と「よその国の人」と訳している。なぜ「異邦人」を「よその国の人」と訳し変えたのか、その理解は分からないが、いずれにせよ、「外国人」と理解していることに変わりはない。

先に述べたように、漁師の視線、桃花源詩、志怪小説の衣服の描写、「悉如～」という言い方という四つの点を根拠にしているゆえに「外人」を「外国人（異邦人、よその国の人）」と理解すべきだという川合氏の論述はたしかに説得力があるが、その四つの根拠それぞれに問題点がないわけではない。これより以降、それらの問題点について述べたい。

(1)　漁師の「視線」を根拠としていることの問題点

「桃花源記」の三つの「外人」のうち、二番目、三番目の「外人」が桃源郷の人から見ての「外人」すなわち「桃源郷の外の人」であることに対しては、それぞれが桃源郷の住人のせりふとして書かれている以上、異論を差しはさむ余地はない。それに対して、最初の「外人」はそれとは異なっているので、たしかに「漁師の視線に従ってずっと描写されている」と言えそうに思える。

しかし、ここで注意しなければならないのは、このことばは漁師がしゃべったことばでも、漁師が考えたことでもないということである。ここの「外人」はあくまでこの物語の語り手によって地の文として語られたものなのだ。この部分を語っているのはこの物語を語っている「語り手」なのである。たとえば「漁人以為く」ということばを添えて、「漁人以為く、其の中に往来種作する、男女の衣著は、悉く外人の如し（漁人以為、其中往来種作、男女衣著、悉如外人）」となっていたとしたら、これは明らかに全知の三人称の語り手が登場人物の心の中を描写していることになる。しかし、ここは「其の中に往来種作する、男女の衣著は、悉く外人の如し」としか書かれていない。

たしかに、その直前の「山に小口有り、髣髴として光有るが若し。便ち船を捨てて口従り入る。初め極めて狭く、纔に人を通すのみ。復た行くこと数十歩、豁然として開朗なり。土地は平曠にして、屋舎は儼然たり。良田美池、桑竹の属有り。阡陌 交わり通じ、鶏犬 相ひ聞こゆ。」というのは、語り手が漁師の動きに付き従ってなされた描写ではある。しかし、それがそのまま漁師の視点からなされた語りであるというのは、正確ではない。ここの「外人」は、その前の描写と同様に、語り手がその主観によって語ったものとして語られていると考えるべきであろう。このような考え方は物語論でいう「焦点化」という考え方であり、現在ではもはや常識であろう。

ここで問題となるのは、それではこの物語の語り手は誰なのかということである。それは普通陶淵明だとされている。しかし、本書全体で問題としているように「桃花源記」は、『陶淵明集』にも『捜神後記』にも収められていることからすれば、「桃花源記」の語り手は陶淵明であると断定できない。『捜神後記』に収められているということから考えれば、その語り手は誰とも知れないその当時の人々の集合的な存在であるというよりほかない。『捜神後記』は陶淵明が書いたものなので陶淵明ではないのか、と反論する向きもあるかと思うが、『捜神後記』もそこに含まれるいわゆる「志怪書」が当時民間に流通していた民話や説話を収集記録したものであるとすれば、『捜神後記』もそれらと同様に当時民間に流通していた民話や説話を収集記録したものであるはずである。したがって、陶淵明はあくまで収集記録した者であって、ここに収められた一つ一つの説話の語り手は陶淵明ではない。

もう一つ問題となるのは、この物語の読者として想定されたのは誰かということである。『捜神後記』の中の一つの説話と捉えるにしろ、『陶淵明集』の作品であると考えるにしろ、その読者として想定されているのは、あくまで当時の人々である。すなわち、この物語の語り手も読者として想定されている者も、その当時の人々が抱いていた共通の世界観（共同幻想）の中に生きていたのである。

道に迷い、いつの間にか洞窟の中に入って行ったという話が語られ始めたとき、その当時の人々はその洞窟の中にどのような人物がいると予想したであろうか。その答えは『捜神後記』冒頭の数篇を初めとする多くの洞窟探訪説話のなかに書かれている。洞窟の中に入って行く。するとその中には特異な衣服を着た人がいた。それが普通に予想されたことだったのである。だからこそ、そこの住人が着ている特異な衣服が、その世界が「世間一般」とは異なるものであることの指標となるのである。しかし、桃源郷では自分たちの世界に住んでいる者と変わりのない衣服を着ていた。そのことが、当時の読者には予想外のことだったということである。実際、漁師が入って行った洞窟の中に住んでいたのは、「仙人」でも「仙女」でも「仙童（神童）」でもない普通の農民だったのである。たとえその服装は秦代のスタイルのものであったとしても、まぎれもなくありきたりの農民だったのである。そのことこそが、漁師にも、そしてこの話を話している語り手にとっても、またこの話に耳を傾けている人々にとっても予想外のことだったということである。

(2) 志怪小説の「衣服の描写」を根拠としていることの問題点

川合氏は、志怪小説では「異界を描く際にまず服装が特殊であることをもちだす書き方」(「論考」)をしており、「異界の人が登場する際、まず初めにその服装が記される。赤い服であったり黄色い服であったり、鮮やかな色であることが多い」(163)と述べている。この点については、本書の第二部「洞窟探訪説話と「桃花源記」」の第一章「洞窟探訪説話との関係について」の八「異界にいる人物の服装」において詳細に論じた。

しかし、そのことを根拠として川合氏が「桃花源が非日常的世界であることの指標ではある」(「論考」)、あるいは「桃花源が世間一般とは異なる世界であることの指標である」(「著書」)としていることについては、賛同できない。その当時の人々が抱いていた共通の世界観(共同幻想)から見れば、洞窟探訪説話のおける衣服の描写は川合氏の認識とはまったく反対の結論に導くものでなければならない。

いま述べたように、当時の人々が洞窟に入っていくと、我々の住むこの世界の者とは異なった者、すなわち「仙人」や「仙童(神童)」「仙女」が住んでおり、しかも彼らは、この世界の者の衣服とはまったく異なった衣服を着ているという共同幻想の中に生きていたのである。だからこそ彼らの衣服が異界の住人であることを示す指標となったのだ。

「桃花源記」でわざわざ衣服のことを述べたのは、このような洞窟探訪説話に登場する洞窟の住人の衣服が、洞窟に住む住人が異界の人物であることを示すための指標であることを逆手にとって、それとはちょうど反対に、桃源郷に住む住人は異界の人物でないことを示すためだったと考えなければならない。そしてそれは、「桃花源記」という文章によって当時の人々の前に提示された桃源郷なるものが、他の多くの洞窟探訪説話で語られる洞窟内の世界とはまったく異質の世界であること、すなわち当時の人々が普通に生活している世界と同じ世界であることを同時に示しているということでもある。川合氏のことばを借りて言いなおせば、「非日常的世界で」「世間一般とは異なる世界である」はずの洞窟の中に、日常的で世間一般とは異なることのない田園があること、そのこと自体が日常的ではないということを示しているのである。

川合氏の論考のもっとも本質的で致命的な欠陥は、その当時の人々がどのような世界観（共同幻想）の中に生きていたのかということ、当時の人々は洞窟内世界に対してどのような共同幻想を抱いていたのかということ、洞窟に入っていくとどういう人がその中に住んでいると予想していたのかということなどに対する認識の不足である。このことは、『捜神後記』第一巻の十数編を初めとする当時の「洞窟探訪説話」を読めば、容易に理解することができるはずなのだが…。

(3)「悉如〜」という強調を帯びた言い方を根拠にしていることの問題点

この「悉如〜」は、「論考」の日本語訳「男も女も、着ているものはすべて異邦人のようであり」（傍点…門脇）、「著書」の「男も女も着ているものは、すべてよその国の人のようだ」（傍点—門脇）という表現から判断すれば、川合氏は「すべて〜のようだ」と理解していると考えられる。論者もそれで問題ないと考えるが、氏が「強調を帯びた言い方」（著書）と言うのは「悉」（すべて）に着目したからであり、「異常性にまで及ばないことを伝えるのに、「悉く外人の如し」という言い方はまことにふさわしい」（論考）と言うのは「如」（〜のようだ）という点に着目したからであろう。

ここには微妙な差異がある。この差は微妙であるが、重要な問題を孕んでいる。川合氏が、「強調を帯びた言い方」について述べたところを文脈が理解できるくらいの長さでもういちど引くと次のようになる。

> 「悉如」という強調を帯びた言い方も、世間の人と同じであることに驚くより、それとまるで違っていることに驚いていると解する方がわかりやすい。（論考）

傍点を施したように、桃源郷の中の住人の衣服を「まるで違っている」としているのである。一方、「異常性にまで及ばないことを伝えるのに、「悉く外人の如し」という言い方はまことにふさわしい」のところは次のように書かれている。

> 服装が世間一般のそれとは異なっていながら、いかにも異界らしい異常性にまで及ばないことを伝えるのに、「悉く外人の如し」という言い方はまことにふさわしいといわねばならない。（論考）[164]

ここでは「服装が世間一般のそれとは異なっていながら、いかにも異界らしい異常性にまで及ばない」としている。それでは桃源郷の中の住人の衣服は世間一般の人の衣服とは「まるで違っている」のであろうか。それとも「世間一般のそれとは異なっていながら、いかにも異界らしい異常性にまで及ばない」のであろうか。氏の説明には矛盾が存在していると言わなければならない。

「悉如～」という表現に着目したことは川合氏の独創で優れた点であろうが、「外人」に対する理解が誤っているので、このような矛盾をもたらすこととなったと考えられる。

ここは、「悉く外人の如し」という言い方が「ふさわしい」のは、「外人」の衣服が外国人の服装のように漁師たちのそれとは「まるで違っている」衣服だったからではなく、川合氏も述べているように時代を経ていて古いスタイルのものになっていたからだと考えるべきである。「洞窟の中の人々の衣服は時代を経ていて古くなっていたので、そのまま洞窟の外の人の服装と同じではないが、まるで洞窟の外の人の服装と同じもののようであった」と理解してはじめてこの「悉く外人の如し」を矛盾なく理解できるのである。

(4)　「桃花源詩」を根拠としていることの問題点

次に、「桃花源詩」を根拠としていることの問題点であるが、川合氏は「論考」において、「桃花源詩」に「俎豆猶古法、衣裳無新製（俎豆は猶お古法にして、衣裳は新製無し）」とあることを示して、

> 儀礼も什器も衣服も秦の時代のままであることを強調しているのである。

と述べて、「衣服」は「儀礼」や「什器」と同様に、「秦の時代のままである」としている。また、「著書」においても、「俎豆 猶お古法」について、

> たとえば「俎豆 猶お古法」――儀式の食器はいにしえのしきたりのまま――これは住人の生活儀式が古風であることを、「記」にも記されていた衣服が古めかしいのと対にしたもので、それを器物にまで拡張しただけであって、話の筋を変更するまでには至らない。このように「詩」は「記」に沿いながら、時にいくつの部分をふくらましているにすぎない。

と述べて、「儀式の食器はいにしえのしきたりのまま」であるというのは、桃源郷の「住人の生活儀式が古風であることを」述べたもので、「桃花源記」に記された「衣服が古めかしい」ことと「対にしたもの」だと理解し

ている。

川合氏が「「記」にも記されていた衣服が古めかしい」というのは、「男女衣著、悉如外人」というのを、桃源郷に住む人々の服装が漁師たちとは異なっていると理解し、その原因を「先世 秦時の乱を避け、妻子・邑人を率ゐて、此の絶境に来たり、復た焉より出でず、遂に外人と間隔（先世避秦時乱、率妻子邑人、来此絶境、不復出焉、遂与外人間隔）」していたことにあると見ているからである。

たしかに、本論ですでにとりあげた小出貫暎氏の論考「「桃花源記」中の「外人」の解釈について[165]」のように、「祭礼の儀式などは昔のままのやりかたのようであり、着るものも最近の型のものはない」という「桃花源詩」の「俎豆猶古法、衣裳無新製」という表現から、「村人たちの着ているものと漁師のそれが同じようなものと考えることはできない」。したがって、「其中往来種作、男女衣著、悉如外人」の「外人」は、「桃源の人人からいっての『外の人』」ではなく、「漁師にとっての外人」、すなわち「よそもの」「ほかの人間」「境外の人」と解さなくてはならないと理解することもできる。

しかし、論者は、川合氏が「「詩」は「記」に沿いながら、時にいくつの部分をふくらましているにすぎない」と理解していることには同意するものの、すでに述べたように、桃源郷に住む人々の服装が漁師たち「世間」の人々とは異なっていると解釈することには同意できない。

素朴な疑問であるが、もし二〇一六年の現在、目の前に六百年前すなわち室町時代の農民が突然目の前に現れたとしたとして、我々は「異邦人」や「よその国の人」と感じるであろうか。ただ単に昔風の服を着た人と感じるだけではないだろうか。ただ昔風の服を着た人というだけであって、「赤い服であったり黄色い服であったり、鮮やかな色」の変な服を着た変な人というのとは本質的に異なっている。昔風の衣服を着ているということと異世界の住人であることをあらわす指標としての衣服を着ていることとは、質的に次元の異なったことなのだ。二十年ほど前、日本を震撼させたくだんの新興宗教団体は、教祖も信者もあるときは全身真っ白の、またあるときは全身真っ赤の、しかも異様な形状の衣服を着ていたが、そのことを思い起こせば、論者の述べていることも容易に納得していただけるものと思うが、いかがであろうか。

さらに、本論ですでに述べたように「古」への志向を詠うという特徴を有する陶淵明(166)の作品であることを考慮に入れればなおさら、服装が昔風であることを「異邦人」「よその国の人」を表すものとして用いるとは考えられない。袁行霈氏は「俎豆猶古法、衣裳無新製」に対して「礼制と衣服はともに古風を守っているということである（意謂礼制与穿著均保持古風(167)）」と注しているが、論者も、「桃花源詩」のこの二句であらわされているのは、それ以上でもそれ以下でもないと考える。

むすび

論者は、川合氏の理解の問題点を象徴的にあらわすのは、「世間」や「世間一般」ということばであると考えている。最後に、川合氏がその説明で用いた「世間」や「世間一般」ということばについて述べ、この附論のむすびとしたい。

「桃花源記」の最初の「外人」ということばを、「「桃花源記」を読みなおす」（二〇〇四年）では「異邦人」と訳し、『桃源郷—中国の楽園思想』（二〇一三年）では「よその国の人」と訳しているので、ともに「外国人」という意味でそれを捉えているにもかかわらず、説明の部分では「世間」や「世間一般」ということばを使って説明している。

(1)世間とはまるで異なる衣服を着ている。(「論考」)

(2)彼らの衣装が世間一般のそれと異なることは、桃花源が非日常的世界であることの指標ではある。(「論考」)

(3)服装が世間一般のそれとは異なっていながら、いかにも異界らしい異常性にまで及ばないことを伝えるのに…(「論考」)

(4)ここまで漁師の目に従って叙述している流れからも、「外人」は漁師にとっての「外人」、世間と違う人の意味で解するのが自然だろう。(「著書」)

(5)彼らにとって「外の人」とは当然世間の人を指すことになる。(「著書」)

(6)「外人」は漁師にとっての「外の人」、つまり世間とは違う場所の人と解するのが妥当ではないか。(「著書」)

(7)人々が世間とはまるで異なる衣服を着ていることに漁師は奇異の念を抱く。(「著書」)

このように「世間」や「世間一般」ということばを何度も使って説明しているのである。しかし、「外国」や「よその国」は、明らかに「世間」に対することばではない。「世間」に対することばは「異界」であろう。したがって、川合氏も「服装が世間一般のそれとは異なっていながら、いかにも異界らしい異常性にまで及ばないことを伝えるのに」(傍点—門脇)(「論考」)、「志怪小説が異界を描く際にまず服装が特殊であることをもちだす書き方に類似している」(傍点—門脇)(論考)というように「異界」ということばを用いて説明しているのである。

一方で「外人」を「異邦人」「よその国の人」と訳しておきながら、説明するときには「世間」「世間一般」あるいは「異界」ということばを用いている。これは明らかに論理的整合性を欠いていると言わなければならない。

それゆえ、ついには「「外人」を「世間の外の人」を指すと理解すれば」などと苦しい説明をせざるをえなくなるのである。「外人」は「異邦人」「よその国の人」ではなかったのか。それとも「世間の外の人」なのか。

論者は、川合氏が「外人」を「異邦人」や「よその国の人」と訳しながら、説明の部分では「世間」や「異界」ということばを用い、果てには「「外人」を「世間の外の人」を指すと理解すれば」というように訳文の部分の「異邦人」や「よその国の人」とは矛盾するような説明をせざるを得なかったのは、最初の理解、すなわち一番目の「外人」を漁師の目から見ての「外の人」とする理解が間違っていたからだけでなく、「外人」についてのこれまでの理解に対する氏の理解に混同があるからだと考える。すなわち、本論で述べたように、「外人」についてはこれまで「外国人」「異界の人」「桃源郷の外」という三種の理解があるのだが、そのうちの「外国人」と「異界の人」を混同しているのである。

論者は、川合氏の検討の方法には評価すべき点があるものの、氏が採用した観点や、関係性に対する氏の理解は必ずしも十全なものではなく、その他の観点や関係性も考慮に入れなければならないと考える。したがって、「論考」において「「桃花源記」の文学性を中心に据えて自分なりに読みなおしてみたい」と述べた「文学性」についても、「陶淵明の文学全体とどのように結びついているのか」という問題提起に対しても、氏とは異なった「文学性を中心に据え」て読みなおすことも、また氏とは異なった「桃花源記」「陶淵明の文学全体」との「結びつき」を探ることが可能であると考える。この点については、すでに本論の第一部、第二部で論じたので、そこをお読みいただきたい。

結語

専門家以外にはあまり知られていないが、人口に膾炙した「桃花源記」と称される作品は、実は二つある。一つは『陶淵明集』に収められたものであり、もう一つは『捜神後記』に収められたものである。この二つの「桃花源記」を区別して論ずることは、専門の研究者においてもこれまでほとんどなかった。たしかに、その文章の大半は同じであって、おたがいにおたがいの異本と見ることもできる。しかし、同じ作品が二種の書に収められていることは、簡単に済ますわけにはいかない問題を有している。なぜなら、『陶淵明集』と『捜神後記』とは、その性質がまったく異なる書であるので、そこに収められた作品も当然異なった性質を有するはずからである。

『陶淵明集』は、あらためて言うまでもなく、陶淵明が創作した作品を収めた作品集である。そこには「飲酒二十首」「帰園田居」「擬挽歌詩三首」「読山海経十三首」などの詩や、「五柳先生伝」「自祭文」などの文が収められている。一方、『捜神後記』は民間説話を蒐集記録したもので、そこには「形魂離異」「李仲文女」「白水素女」「比邱尼」のような物語が収められている。そこに収められた物語は、もとは民間で語り伝えられたものであって、陶淵明が作ったものではない。

このように『陶淵明集』と『捜神後記』とは、まったく異なった性質の二種の書であるにもかかわらず、「桃花源記」はその両書に収められている。そうであるならば、「桃花源記」は陶淵明の創作なのか、それとも民間説話の記録なのか、そのことを踏まえて検討されなければならないはずである。しかし、これまでの数多くの「桃花源記」研究は、そのことを十分には意識しないでなされてきた。そのため、これまでの研究は、相互に議論が嚙みあっていないだけでなく、多くの誤りが認められるのである。

本書は全体として、陶淵明の創作集である『陶淵明集』に収められている一方で、その性格がまったく異なる『捜神後記』（民間説話を蒐集、記録した書）にも収められているという矛盾した性質を有する「桃花源記」を、どのように捉えれば良いのか、またどのように読むことができるのか、そのことについて当時の民間説話との関係、および陶淵明の作品との関係の検討を通して論じたものである。

第一部「洞窟の中の田園」の論述の目的は『捜神後記』と『陶淵明集』のそれぞれの文脈において検討したとき、「桃花源記」はいったいどのような姿を見せるのか、そのことを解明することにあった。

第一章「洞窟の中の世界」では洞窟探訪説話との関係について論じ、第二章「「世俗」と「超俗」のあいだに」では「桃花源記」に描かれた桃源郷は世俗でもあり、また超俗でもあるという両義的な存在であり、一方で同時に世俗でも超俗でもなく、その中間に位置するものであることを論じた。

第二部「物語としての「桃花源記」」では、『陶淵明集』の中の「桃花源記」と『捜神記』に収められた「桃花源記」の本文の差異に着目したとき、その差異から物語としての「桃花源記」はどのようなものとして立ち現れてくるのかについて論じた。第一章「洞窟に行く人、住む人」では「桃花源記」に登場する人物と洞窟探訪説話に登場する人物の作用の同一性と差異性について論じ、第二章「物語としての「桃花源記」」では「桃花源記」という物語の展開における登場人物の作用から読み取れるものについて論じた。

「桃花源記」の研究は長い歴史を持っている。そしてそれぞれの研究における主張は必ずしもその見解の一致を見ていない。なおかつそれぞれその論にはそれなりの妥当性を有している。

第三部「従来の「桃花源記」研究の概要とその問題点」ではそのことについて論じた。第一章「従来の「桃花源記」研究の概要」では従来の「桃花源記」研究の概要について述べ、第二章「従来の「桃花源記」研究の問題点」では従来の研究の問題点について検討を加えた。

「桃花源記」の解釈についての重要な問題の一つに、「桃花源記」に三度あらわれる「外人」の解釈についての問題がある。すなわち「桃花源記」の三つの「外人」のうちの最初の一つを「外国人」と理解し、その他の二つを「桃源郷の住民にとって外部の人」と解すべきなのか、それとも三つとも桃源の人々からいっての「外の人」と解すべきなのかという問題である。

第四部「「外人」の解釈とその問題点」ではそのことについて論じた。第三部と同様にその第一章「「外人」解釈史の概要」では従来の研究の概要について述べ、第二章「「外人」の解釈の問題点」では従来の研究の問題点について検討した。

第三部と第四部は、これまでの「桃花源記」研究の歴史について、その概要とそれぞれの研究の問題点について論じたもので、この二部はこれまでの研究を整理したものと言うことができる。

第一部と第二部で論じたことは、実は第三部、第四部での検討を踏まえた上でなされたもので、論者なりの「桃花源記」論ということになる。ただそれだけでなく、論者の意識としては、これまで先人が作りあげてきたものを基礎としながらも、それらとは異なった新たな陶淵明像を提示しえたという自負がないわけではない。あらためてそのような視点から読んでいただければ幸いである。

第三部と第四部の論述はいささか冗長で執拗と思えるくらい細部に拘った議論になっているかも知れない。しかし、それはこれまでの様々に入り組んだ議論をできるだけ正確に整理したいという論者の思いの下に、意識してなされたものである。そのことを踏まえてお読みいただきたい。

一方、第一部と第二部で論じたことはこれまでの論考にはまったく見られなかったものであるはずで、いささか奇異に映るところがあるかも知れない。しかし、『捜神後記』の洞窟探訪説話群、もしくは『陶淵明集』という文脈の中に「桃花源記」を置いたとき、「桃花源記」はこのように読むことができると論者は考えている。いささか論理的、図式的に過ぎるかも知れないが、ゆっくりと論理をたどって結論まで到っていただければ、それに勝る幸いはない。

なお、附録は、第一部、第二部の論考で述べた内容のある重要な部分の前提となることについて検討したものである。その当時は考えもしなかったが、今から振り返ると、附録に入れた論考は、本論の第一部、第二部の論考を書くために書かれたものだったのだと思う。ぜひ本論と合わせてお読みいただきたい。

附録　第一部

陶淵明の詩文の中に自己の影法師を意味する「影」およびそれにまつわる表現がある。それらの「影」には、陶淵明以前の詩文に用いられた「影」ということばに表現された内容を継承しつつも、それらには認められない特徴がある。それらの「影」を検討することは、詩として表現された陶淵明の「こころ」の内実を解明する手がかりになると考えられる。

陶淵明の全作品を通読するとき、相互に矛盾する表現が頻出し、そのため統一がとれておらず、複雑だという印象を受ける。その一方でその表現は常に平静さの支配のもとにある。それはなぜなのか。そのことを「影」およびそれにまつわる表現を検討することによって明らかにするというのが、附録一の二篇の論考の目的である。

第一章　陶淵明以前の詩文に見える「影」

はじめに

陶淵明の詩文百三十篇余りの中で、最も人口に膾炙したものの一つに「雑詩」という十二首の作品がある。その第二首に次のような句を見ることができる。

欲言無予和　　言はんと欲すれども予(われ)に和する無く
揮杯勧孤影　　杯を揮(ふる)ひて孤影に勧(すす)む

この句に表現されている詩人の姿、誰かに語りかけようとしても、それに「和(こた)」えてくれる人はおらず、月の光に照らされた者が、その影法師に「さあ、飲もう」と酒を勧めている姿は、「悠然として南山を見（悠然見南山）」（「飲酒二十首」の五）ている姿とともに、詩人陶淵明の描く一つの典型的自我像として、我々の心の中に鮮明な印象を残している。このような表現は従来の詩文には認め得ないものであり、詩人陶淵明の独自性を示す詩的表現であると言ってよい。後世になると、李白に、

花間一壺酒　　花間一壺の酒
独酌無相親　　独り酌みて相ひ親しむ無し
挙杯邀明月　　杯を挙げて明日を邀（むか）へ
対影成三人　　影に対して三人と成る（月下濁酌）

という有名な表現があるが、これはもちろん、陶淵明のこの詩句を踏まえたものであり、陶淵明のこの表現は李白にとっても強烈な印象を与えられたものであったにちがいない。
さて、「杯を揮（ふる）ひて孤影に勧（すす）む（揮杯勧孤影）」という表現が我々に鮮明な印象を与えるのは、酒を勧める相手が人間ではなく「影」であること、しかもそれが他者のそれではなく、自己の影法師であることにある。陶淵明のこのような「影」について、斯波六郎氏は『陶淵明詩訳注』(168)で次のように述べる。

淵明の詩に出てくる「影」は、決して一時的偶然的のものではなく、作者の一生を通じて、離れることのできなかったものであって、深くその「影」にくひ込んで、それをいとほしみつくし、あはれみつくし、絶えず撫でさすつてゐるといふ趣きさへ見えるのである。

この指摘は当を得たものである。本章は、斯波氏の指摘に沿いつつ、陶淵明の詩文に見える「影」（自己の影法師を対象とした表現）の内実を検討してみようというものである。
陶淵明の全詩文中に(169)「影」の用例は八例、また「景」字で「かげ」を意味するものが二例、都合十例ある。本論考では、それらの中から、影法師を意味するものに限定して採り挙げ、検討の対象とする。それは、陶淵明のそのような「影」、およびそれにまつわる表現が、従来の詩文には認められない独自性を有していること、そして、それの検討が詩として表現された陶淵明の「こころ」の内実を解明する一つの手がかりになると判断するからである。そのような「影」は、冒頭に提示したものを含めて、左の四例である。

偶景独遊　景を偶（ともな）飛て独り遊び
欣慨交心　欣慨 心に交る　（時運序）

顧慙華鬢　顧みて華鬢に慙ぢ
負影隻立　影を負（お）ひて隻立す　（命子）

顧影独尽　影を顧（かへり）みて独り尽し
忽焉復酔　忽焉として復た酔ふ　（飲酒序）

欲言無予和　言はんと欲すれども予（われ）に和するなく
揮杯勧孤影　杯を揮（ふる）ひて孤影に勧む　（雑詩十二首之二）

この他に「影」が重要なはたらきをなしている「形影神」という詩があるが、この詩においては「影」は擬人化されていて「影」そのものが語るという形式になっている。先に挙げた用例の「影」とはいささかその趣きを異にする。したがって、「形影神」詩の「影」は、この章では検討の対象としない。しかし、先の用例の「影」とは無視し得ない関係にある。そのことについては次章で述べる。

ところで、本論に入る前に確認しておきたいことが三つある。一つは、詩の表現を検討するに際しての、論者の基本的な態度である。高橋和巳氏は「事実と創作」[170]の中で、次のように述べている。

過去の、とりわけ異国の文学を研究する場合、ともすれば、ある詩人、文人の表現と、その詩人の事蹟との間に照応関係が発見できれば、それでことがすんだように安心してしまうということは、しばしば起りうる。一人の人間が喜怒哀楽し、考え、苦しみ、想像したことの地盤を知る予備考察—事実を事実として確認できる領域と、文学への文学的アプローチはまったく次元のことなったことなのだが……

ここで高橋氏が述べていることは、現代の文学研究者には研究上の常識として承認されていることであろう。論者も基本的にその立場に立つものである。すなわち、論者が、この論考でなそうとしているのは、その詩文を検討することによって陶淵明という詩人の事蹟の隠れた側面を明らかにすることではない。また、陶淵明の事蹟を検討することによって詩文に表現された詩人の思いを明るみに出すことでもない。詩として表現されたことばを検討することによって、詩そのものの境地を照らしだそうということである。

二つ目は、本論考に用いることばのことである。論者はしばしば「詩を語る者」ということばを使用する。それは、詩人の事蹟と一応切りはなし、事蹟を括弧でくくり、それを考察の対象からひとまず外したところの詩を語る立場にある主体を意味し、物語における「語り手」に相当するものである。この場合の「詩」は、もちろん広義の詩、すなわち文学作品全体を意味し、単に文章形式の一範疇であるそれを意味しない。

あえてこのことを述べたのは、次のような理由による。のちに、陶淵明の詩文との比較で検討する潘岳の「寡婦賦」は、李善が「寡婦なる者は、任子咸の妻なり。子咸死して、安仁其の寡孤の意を序す。故に焉に賦有り

（寡婦者、任子咸之妻也。子咸死、安仁序其寡孤之意。故有賦焉）[171]」と注を施しているように、潘岳が「任子咸の妻」の立場に立ってなされたものである。したがって、この詩は潘岳その人の「こころ」を直接的に表現したものではなく、潘岳の「こころ」を検討する一次資料にはなり得ないという考え方がある。しかし、「詩を語る者」という概念を導入すれば、この考えが妥当性を欠いていることは明白だからである。すなわち、この場合の「詩を語る者」は現実の世界で喜怒哀楽する潘岳その人ではなく、それとはいちおう切りはなされた潘岳すなわち任子咸の妻の立場に立って、詩をつづっている潘岳である。そして、そこでは潘岳は、任子咸の妻として一人称存在（主体）となっている。その意味で、陶淵明が一人称で詩を記述している立場と、同一次元にあると考えなければならない。

また、真偽の定かでない「悲憤詩」（蔡琰）を参考として採り挙げるのも、論証の根拠の資料としてではなく、ただ参考としてしか挙げ得なかったのは、陶淵明の詩文より時代が下る可能性があるからであって、それの真偽が明確ではないという理由によるのではない。それが蔡琰の真作であろうと後人の偽作であろうと、「詩を語る者」としては、同一次元にあると判断するからである。

いま一つは、詩語の検討方法についてである。附録一の第一章と第二章は「影」という詩語について検討するものであるが、その最終目標は、詩語「影」の検討を通して、詩を語る者が詩として表現した詩的な境地、および、それをもたらした「こころ」のありさまを考察することにある。したがって、一箇の詩語のみを摘出して分析し、その内容を明らかにすることよりも（このこと自体が本当に可能であるのかが、そもそもはなはだ疑わしいのであるが）、その詩語が、文脈の中でいかなる意味を帯び、いかに表現されているかを検討することに主眼を置くからである。すなわち、他の詩語との有機的な関係の中で、詩語「影」の内実を把握しようということである。

さきほど、「影」およびそれにまつわる表現と述べたのは、このことが念頭にあったからである。

以上の三点を確認して本論に入りたい。

先に挙げた四つ用例の「影」は、斯波氏が「自己の影法師をいとほしみつづけたといふことは、つまり、孤独なる自己をいとほしみつづけたことなのである」(172)と述べているように、まずは孤独感を表現している。そのことは、「独」「隻」「孤」という字がそれぞれの句の「影」とともに用いられていることからも容易に理解できる。しかし、その孤独感は、のちに示すように「影」の従来の用例に認められるそれとは異なった趣がある。例えば、従来の用例の「影」にはその背後に激しい悲哀の感情や外部の世界へ直線的に向う意識が濃厚に漂っているが、陶淵明のそれは、そのような感情や意識がほとんど認められない。むしろ自己の内部へ静かに沈潜していく方向にある。また、従来の用例では「影」と「形」とが完全には分離していないが、陶淵明のそれは完全に分離しているのである。

これより以降、陶淵明の作品の中の「影」を検討する前提的調査として、まず「影」には三つのタイプがあることを確認した上で、諸子の書の中の「影」、従来の文字作品に見える「影」の内容を検討したい。

一　「影」の三つのタイプ

陶淵明以前の詩文における「影」の用例を見てみると、それはおおむね次のように分類することができる。

(1)「形」字、あるいはそれに相当する字（身・軀）と一対で使用され、「常に付き従うもの」を単純に比喩し、

一種の決まり文句となっているもの。（諸子の書）

(2) 思慕する人を永遠に失った者がその「影」を顧みることで自己の孤独な姿をあらためて確認し、その「対象喪失」(173)の意識をますます深めるというもの。激しい感情を伴う。（潘岳や蔡琰）

(3) 心ならずも故郷から遠く離れてしまった者が自己の「影」に対することでその孤独な身の上に深く感じ入り、故郷という自己の安住できる世界へ思いを馳せるというもの。具体的な個人の喪失（「対象喪失」）には関わらない。現在の自己が存在する世界以外の世界へ直線的に向う意識を伴う。（厳忌や陸機）

以上の三つのタイプである。

なお、現実の政治の世界での栄達が成就せず、不本意のままに故郷へ帰るが、現在の自己は本来の意にそぐわない自己であることを、自己の「影」を顧みることで深く感じ、栄達への思いを募らせるというものもある（左思「詠史八首」の八(174)）。しかし、それは現在存在している世界以外の世界へ向う意識を伴うものとして第三のタイプに入れうるものであり、本論考ではその検討を省略する。

さて、以上の三つのタイプの中で圧倒的に多いのは「(1)」のタイプのもので、「形」字などと一対で用いられるものである。

昔為形与影　　昔は形と影為るも
今為胡与秦　　今は胡と秦為り（傅玄「苦相篇豫章行」）
君安游兮西入秦　　君 安游し 西のかた秦に入る

願為影兮随君身　願はくは影と為りて　君が身に随はん（傅玄「車遥遥篇」）

形影参商乖　形影 参商のごとく乖れ

音息曠不達　音息 曠しく達せず（陸機「為顧彦贈婦」詩之二）

我情与子親　我が情は子と親しく

譬如影追躯　譬へば影の躯を追ふが如し（楊方「合歓詩」）

これらはすべて、すでに身近にいない人を思いやりつつ詠んだものであり、おおむね「昔は形に付き添う影のように、いつも一緒にいたのに、今は離ればなれになってしまっている」ということを表現している。「影」と「形」とを「離れ難いもの」の比喩としてこのように使用するのは、我々の日常の経験から類推しても容易に納得しうることであり、中国においても古くからそのような比喩として用いられてきたようである。

二　諸子の書の中の「影」

陶淵明以前の詩文における「影」について見る前に、まず、諸子の書における用例についてみておきたい。

形枉則影曲、形直則影正。然則枉直随形而不在影。

形枉れば則ち影曲り、形直ければ則ち影正し。然らば則ち枉直は形に随ひて影に在らず。（『列子』説符）

大人之教、若形之於影、声之於響。

　大人の教へは、形の影に於ける、声の響於けるが若し。（『荘子』在宥）

然故下之事上也、如響之応声也。臣之事主也、如影之従形也。

　然るが故に下の上に事ふるや、響の声に応ずるが如きなり。臣の主に事ふるや、影の形に従ふが如きなり。

（『管子』任法）

名実相持而成、形影相応而立。故臣主同欲而異使。
　名実 相持して成り、形影 相ひ応じて立つ。故に臣主は欲を同じうして使を異にす。（『韓非子』功名）

影則随形、響則応声。故形声者天地之師也。

　影は則ち形に随ひ、響は則ち声に応ず。故に形声なる者は天地の師なり。（『鶡冠子』泰録）

ここに挙げたのはすべて諸子の書から採った例であって文学作品のものではないが、「形」と「影」が「声」と「響」とともに「付き従って離れられないもの」を表わす一種の決まり文句となっていたことが理解できる。「影」が「形」とともにこのように一対で使用されるのは「影」字の原義が漠然としたほのぐらさを表わすことにあるのではなく、「形」という実体が明確に存在して初めて生ずるくっきりとしたカゲを表わすことにあるからだと考えられる。

許慎『説文解字』日部に「景、光也。从日京声（景は、光なり。日に从ひ京の声）」とある。それに対して段玉裁は次のように注を施している。

（景、日光也。）日字各本無。依文選張孟陽七哀詩訂。火部曰、光、明也、左伝曰、光者遠而自他有燿者也。日月皆外光、而光所在処、物皆有陰。光如鏡、故謂之景。

（景は、日の光なり。）日の字 各本無し。文選張孟陽七哀詩に依りて訂す。火部に曰く、光は、明なり、左伝に曰く、光なる者は遠くして自他燿き有る者なり。日月は皆に外に光りて、而して光の在る所の処、物皆な陰有り。光は鏡の如し、故に之を景と謂ふ。

「景」字は本来「ひかり」あるいは「日光」を意味することばであった。さらに、段玉裁の説明によれば、「光」のあるところには必ずその「陰」（かげ）が生じる。だから「景」字で「かげ」も表わすことになったということである。

また、『説文解字』においても「景」字を「かげ」の意に使っているものがある。例えば日部に「晷は、日の景なり。日に从ひ咎の声（晷、日景也。从日咎声）」とある。なお、この箇所の段注は次のようである。

上文云景光也、渾言之。此云晷日景、不云日光、析言之也。以其陰別於陽。即今之影字也。

上文に景は光なりと云ふや、之を渾言するなり。此に晷は日の景なりと云ひ、日の光なりと云はざるは、之を析言すればなり。其の陰を以て陽に別つ。即ち今の影字なり。

すなわち、「景」という字は「ひかり」ということも「かげ」ということも両方とも表す字だということである。それは「ひかり」があり、それが物に当たれば「かげ」ができ、「景」という字はその双方を表すからであるということのようである。

さらに、劉熙の『釈名』釈天には、「景、竟也。所照処有竟限也（景は、竟なり。照す所の処は竟限有ればなり）」とあり、ある限定された範囲に光があたっている場所を言うとしている。

すなわち、「景」は漠然としたぼんやり「ひかり」を言うのではなく、くっきりと区切られた「ひかり」を言うのである。したがって、「景」字が「かげ」を意味する場合においても漠然とした陰翳やほのぐらさを言うのではなく、「ひかり」が物（形）に当り、その背後に出来たくっきりとした「かげ」を意味していたのである。そのため、次のようにも使用された。「日景を正して以て地中を求む（正中景以求地中）」（『周礼』地官・大司徒）と。なお、甲骨文には「影」字はもちろん、「景」字もまったく認められていない[175]。金文に一例あるが、それは三国鼎立のころのものである。

三　文学作品の中の「影」

さて、先ほど文学作品において、「形」と一対で使用される「影」は思い慕う人との離れ難い関係を比喩していると述べた。しかし、このような表現が成立する背後には、離別の意識、すでに離別してしまったか、離別するかもしれないという予見にすぎないかに関わらず、そのような意識がなければならない。事実、すでに示した用例も、そのような文脈の中で表現されている。そのためそれらの表現には思慕する人を失った孤独感、およびそれに伴う悲哀の感情が流れている。そのような、かけがえのない者を失う対象喪失とも呼ぶべき「影」からは、また次のような表現も生まれている。

上瞻兮遺象、下臨兮泉壤。
窈冥兮潜翳、心存兮目想。
奉虚坐兮粛清、愬空宇兮曠朗。
廓孤立兮顧影、塊独言兮聴響。
顧影兮傷摧、聴響兮増哀。

上 遺象を瞻(み)、下 泉壌に臨む。
窈冥に潜み翳(かく)れ、心に存して目に想ふ。
虚坐に粛清なるに奉じ、空宇の曠朗なるに愬(うった)ふ。
廓として孤立して影を顧(かへり)み、塊(さび)しく独言して響を聴く。
影を顧みては傷(いた)み摧(くだ)け、響を聴きては 哀(かなしみ) を増す。

これは西晋の潘岳（二四七〜三〇〇）の「寡婦賦」[176]の一節である。ここに「顧影（影を顧みる）」ということばが二度用いられているが、この「影」は自己の影（影法師）を意味している。先に挙げた用例のような、ただ常に付き従って離れ難いものを単純に比喩するだけの「影」ではない。すでにみまかった夫を思い、悲歎にくれ、今は自らの影法師を顧みるしかない。すると自己の孤独な身の上がますます深く感じられ、悲哀の感情がいやましに募ってくる。寡婦のそういう心情を切実に表現するために、詩を語る者が選択したことばである。第一のタイプの「影」とは、その質を異にしている。第二のタイプに属する。

この「影」にも、もちろん孤独感や対象喪失の悲哀の感情は流れている。その意味では第一のタイプのものと同様である。しかし、「傷摧（傷み摧(くだ)く）」「増哀（哀しみを増す）」という表現をともなっているように、その感情の度合ははるかに激しい。第一のタイプの表現は、すでにできあがった感情のパタンを言語表現として規則化され、日常化したことばでなぞり直した紋切型のことばであるに過ぎない。

それに対し、潘岳のこの表現は、のちに述べるように、ことばそのものとしては典故として認めうる表現が過去に存在するものの、一回きりのせっぱつまった感情を表現し得ている。また、「影」ということばのイメージが本来的に有している一種の「暗さ」や「空虚さ」が色濃くにじんでいる。このことは単純な比喩でしかない第一のタイプの表現には認めることができない。

後漢の蔡琰（一七七？～二四九？）に「悲憤詩」[177]という作品がある。すでに述べたように、この作品は蔡琰の真作であるのかどうか、定かでない[178]。偽作だとすれば、陶淵明以後の作品である可能性がある。そのため参考として挙げうるにすぎないが、この作品には潘岳の「寡婦賦」と同一タイプの「影」が認められるので、「寡婦賦」の「影」を理解するためにも、あえてここに採り挙げておきたい。

既至家人尽　又復無中外
城郭為山林　庭宇生荊艾
白骨不知誰　縦横莫覆蓋
出門無人声　豺狼号且吠
煢煢対孤景　怛咤糜肝肺
登高遠眺望　魂神忽飛逝

既に至れば家人尽き　又た復た中外無し
城郭は山林と為り　庭宇に荊艾生ず
白骨 誰なるかを知らず、縦横 覆蓋する莫し
門を出づれば人声無く　豺狼 号び且つ吠ゆ
煢煢として孤景に対し　怛咤として肝肺糜る
高きに登りて遠く眺望すれば　魂神 忽ち飛び逝く

この一節は、蔡琰が中国の地に帰って後、匈奴の地に残してきた吾が子のことを思い、詠んだものとされている。ことの真偽は別としても、詩全体を読むかぎり、たしかにそのような状況設定の下に為されている。死別であろうと生別であろうと、母親にとって吾が子との離別は「肝肺」を抉られるような悲しみであるに相違ない。二度と会えないわが子を思う母親は、対象喪失の深い悲哀に捉えられている。「怛咤糜肝肺（怛咤として肝肺糜る）」という表現をともなっているように、孤り自己の影法師（孤景）に「対」する母親の姿は、最愛の夫を失った寡婦

の姿と同様、深く激しい悲哀の感情に包み込まれている。愛する者を、思慕する対象を失った対象喪失の悲哀の感情は、自己の孤独な「影」を見つめることでより激しく高められ、作品全体を覆い尽くしている。

さて、自己の影法師を意味する「影」をともなう潘岳や蔡琰のことばも、そのことばだけに限定して言えば、すでに少し触れたように、詩語としては彼らの完全な独創ではない。「寡婦賦」の「廓孤立兮顧影（廓として孤立して影を顧（かへり）みる）」という句に、李善が「楚辞曰、廓抱影而独倚（楚辞に曰く、廓として影を抱きて独り倚る）」と注しているように、『楚辞』にすでに見えるものである。ここで『楚辞』というのは、前漢の厳忌の「哀時命」のことで、この作品は、王逸によれば[179]、厳忌が[180]屈原の受難を歎じて作ったものとなっている。厳忌は屈原の立場に立ち、一人称の存在として語っている。

然隠憫而不達兮、　然（しこう）して隠憫して而して達せず、
独徙倚而彷徉。　独り徙倚して而して彷徉す。
悵惝罔以永思兮、　悵惝として罔として以て永く思ひ、
心紆軫而増傷。　心は紆軫して而して傷を増す。
倚躊躇以淹留兮、　倚りて躊躇して以て淹留し、
日饑饉而絶粮。　日々に饑饉して而して糧を絶つ。
廓抱景而独倚兮、　廓として景を抱きて而して独り倚り、
超永思乎故郷。　超として永く故郷を思ふ。
廓落寂而無友兮、　廓落として寂しく而して友無く、

誰可与玩此遺芳。　誰か与に此の遺芳を玩ぶ可き。

この一節は、心ならずも故郷から追放され遠く離れてしまい、異郷の地を彷徨っている屈原の孤独な姿を描いており、傍点を施した句「廓抱景而独倚兮、超永思乎故郷（廓として景を抱きて独り倚り、超として永く故郷を思ふ）」は、その孤独感を切実に表現したものである。ここにも一種の喪失感がある。それはまず、安住の地すなわち依存すべき世界としての故郷の喪失であろう。その意味でこれも対象喪失の一つであると言いうる。しかし、それは夫や子などの具体的な個人との離別による実在的な対象喪失とは質を異にすると考えなければならない。故郷とは一種の概念であって、その喪失とは概念的な対象の喪失であると言える。

また、潘岳や蔡琰の表現が、ある意味で完全な「他者喪失」であるのに対して、心ならずも故郷を離れなければならなかったという状況設定の下になされたこのような表現は、現在の自己は本来の自己ではないという意識をともなっており、あり得べき本来の自己の喪失すなわち「自己喪失」を表現している。これは、自己のあり方のみに関わるものである。したがって、潘岳や蔡琰の詩に認められるような絶望的な激しい悲哀の感情よりも、もちろんそれが皆無ではないが、むしろ自己の依存すべき世界へ向う意識の方が支配的である。詩人の心は自己の内部へよりも、自己の外部の方へ向っている。

同様の意識は、次に挙げる陸機（二六一～三〇三）の作品「赴洛道中作二首」(181)にも認めることができる。

摠轡登長路　轡（たづな）を摠（と）りて長路に登り
嗚咽辞密親　嗚咽して密親に辞す
借問子何之　借問す 子は何（いづ）くにか之くと

世罔嬰我身　　世罔 我が身に嬰（まつは）ると
永歎遵北渚　　永く歎じて北渚に遵（したが）ひ
遺思結南津　　思ひを遺（のこ）して南津に結ぶ
行行遂已遠　　行き行きて遂に已に遠く
野途曠無人　　野途は曠（むな）しくして人無し
山沢紛紆余　　山沢 紛として紆余たり
林薄杳阡眠　　林薄 杳として阡眠たり
虎嘯深谷底　　虎は深谷の底に嘯（うそぶ）き
鶏鳴高樹巓　　鶏は高樹の巓（いただき）に鳴く
哀風中夜流　　哀風 中夜に流れ
孤獣更我前　　孤獣 我が前を更（へ）たり
悲情触物感　　悲情 物に触れて感（うご）き
沈思鬱纏緜　　沈思 鬱として纏緜たり
佇立望故郷　　佇立して故郷を望み
顧影凄自憐　　影を顧（かへり）みて凄として自（みずか）ら憐（あはれ）む

遠游越山川　　遠游して山川を越ゆ
山川修且廣　　山川は修（なが）くして且つ廣し

振策陟崇丘　策を振(あ)げて崇丘に陟(のぼ)り
案轡遵平莽　轡(たづな)を案(ひか)へて平莽に遵(したが)ふ
夕息抱影寐　夕べに息(いこ)ひて影を抱きて寐(い)ね
朝徂銜思往　朝に徂(ゆ)きて思ひを銜(ふく)みて往く
頓轡倚嵩巌　轡(たづな)を頓(とど)めて嵩(たか)き巌(いはほ)に倚(よ)り
側聴悲風響　聴(みみ)を側(そばだ)てて風の響きを悲しむ
清露墜素輝　清露は素輝を墜(おと)し
明月一何朗　明月は一に何ぞ朗(あきら)かなる
撫枕不能寐　枕を撫(な)でて寐(ゐ)ぬる能はず
振衣独長想　衣を振ひて独り長く想ふ

陸機のこの二首の作品と厳忌「哀時命」とを比較してみるとき、後者は現実的政界からの追放であり、前者は現実的政治の世界への旅路である点で両者は対極をなす。しかし、陸機の場合も「世罔嬰我心（世罔 我が身に嬰(まつは)る）」とあるように、その旅は決して心躍るような晴れやかなものではなかった。したがって、心ならずも故郷を離れなければならなかったという状況の下でなされた表現だという点で、両者は同一のタイプに属するものと言える。その意味で「顧影（影を顧(かへり)みる）」「抱影（影を抱く）」と表現したこの作品は、自己の外部の世界へ向う意識に包み込まれている。このことは、「哀時命」に「超永思乎故郷（超として永く故郷を思ふ）」という表現があったように、この二首の作品にそれぞれ「佇立して故郷を望む（佇立望故郷）」「衣を振ひて独り長く想ふ（振衣独長想)」とあること、また、その想いを否定する表現はもちろん、反省する表現さえまったく認められないことから容易に理解しうる。

潘岳や蔡琰の「影」にまつわる表現と、この両者の詩とをいま一度比較すれば次のように言うことができる。潘岳や蔡琰の対象は絶対に取り戻せないものであり、その回復の願望を完壁に拒絶された対象である。したがって、その「影」はそれに対することで悲歎にくれるしかない完全な絶望の象徴としての「影」である。そこに激烈な悲哀の感情が伴い、それが詩人の心を包み込むのは当然のことであろう。

それに対し、厳忌や陸機の対象は回復の可能性を残したものである。したがって、詩人は「「影」に対することで自己の孤独な身の上に深く感じ入るのではあるが、それに滞まるのではなく、自己の外部の世界へと向う意識をもつこととなる。潘岳や蔡琰の「影」は感情に、厳忌や陸機のそれは意識に包摂されているのである。

むすびにかえて

これまでの検討によって、陶淵明以前の詩文における「影」はおおむね、次のように分類することができることを述べてきた。

(1)「形」字、あるいはそれに相当する字(身や躯)と一対で使用され、「常に付き従うもの」を単純に比喩し、一種の決まり文句となっているもの。(諸子の書)

(2) 思慕する人を永遠に失った者がその「影」を顧みることで自己の孤独な姿をあらためて確認し、その

「対象喪失」の意識をますます深めるというもの。激しい感情を伴う。（潘岳や蔡琰）

(3)　心ならずも故郷から遠く離れてしまった者が自己の「影」に対することでその孤独な身の上に深く感じ入り故郷という自己の安住できる世界へ思いを馳せるというもの。具体的な個人の喪失には関わらない。現在の自己が存在する世界以外の世界へ直線的に向う意識を伴う。（厳忌や陸機）

それでは陶淵明の詩文に見える「影」は、これらの「影」とどのように同じであり、また異なっているのであろうか。それについては次章で述べることとしたい。

第二章　陶淵明の詩文に見える「影」

はじめに

第一章では、陶淵明以前の詩文において「影」がどのような意味を担って表現されて来たかについて検討を加えた。次には、伝統におけるこれらの「影」と比較しながら、陶淵明の詩文に見える「影」はそれらをいかに継承し、いかに革新しているかを検討して、その特徴を提示したい。最後に、そのような特徴は彼の「こころ」のどのようなあり方によって可能であったのかを考えてみるつもりである。なお、論者は個々の詩語は文脈の中で把握されねばならないと考えている。したがって、「影」（影法師）の認められる詩文を一つの文脈と認めうるていどにおいて挙げておきたい。

一　陶淵明の詩文に見える「影」について

まずは「時運并序（時運并びに序）」である。その「序」に次のようにある。

時運游暮春也。春服既成、景物斯和。偶景独游、欣慨交心。

時運は、暮春に游ぶなり。春服既に成り、景物斯れ和す。景を偶ひて独り游び、欣慨心に交はる。

次に挙げるのは「命子」である。

嗟余寡陋　嗟余寡陋
瞻望弗及　瞻望するも及ばず
顧慙華鬢　顧みて華鬢に慙ぢ
負影隻立　影を負いて隻立す

三番目に挙げるのは「飲酒」詩の序である。

余間居寡歓、兼比夜已長。偶有名酒、無夕不飲。顧影独尽、忽焉復酔。

余　間居して歓び寡く、兼ねて比ろ夜已に長し。偶々名酒有り、夕として飲まざる無し。影を顧みて独り尽くし、忽焉として復た酔ふ。

最後に挙げるのは「雑詩十二首」の第二首である。

欲言無予和　言はんと欲すれども予に和するなく
揮杯勧孤影　杯を揮ひて孤影に勧む

これらの詩文を一読しただけで、従来の用例における「影」およびそれにまつわる表現と、その趣きをまったく異にすることが理解できるであろう。それらがいかに違うのか、なぜ異なるのか、これ以降、具体的に検討していきたい。

（一）従来の用例における「影」との相違

陶淵明の詩文に見える「影」が従来の用例における「影」と異なっているのは次の三点である。

(1)愛する者や思慕する人との離別に関わらない
(2)「よろこび」や「たのしみ」の感情を認めうる
(3)自己の外部の世界へ直線的に向っていく意識をもたない

まず、これらの点について確認しておきたい。

(1)愛する者や思慕する人との離別に関わらない

陶淵明の詩文に見られる「影」は、まず、愛する者や思慕する人との離別に関わらない点で、第二のタイプの潘岳や蔡琰のものとは明白に異なっている。第一のタイプの「形」「影」が一対となった単なる形式的な「影」でないことは言うまでもない。陶淵明の「影」は自己のみに関わるもので、喪失の明確な「対象」を持たない。そのため、思慕する対象の喪失というせっぱつまった状況によってもたらされる激しい感情をともなっていない。「影」を見つめれば見つめるほど、やり場のない悲歎に落ち込んでいくような「影」ではない。

とは言うものの、陶淵明の「影」に悲哀の感情が皆無なわけではない。むしろ、それは全作品の根底に流れている。しかし、決して激情となってほとばしることはない。その深部に密やかに沈潜する静謐なる悲哀である。このことは、陶淵明の「影」の特徴の一つとして記憶に留めておいてよい。

(2)「よろこび」や「たのしみ」の感情を認めうる

陶淵明の「影」はやり場のない悲歎に落ち込んでいくような「影」ではない。しかし、それよりもさらに注意を喚起すべきことがある。それは、陶淵明の「影」には「よろこび」や「たのしみ」の感情をも認めうるという事実である。「時運」の序には「欣慨交心（欣慨心に交はる）」という表現がともない、その詩にも「陶然自楽（陶然として自ら楽しむ）」とあり、また「飲酒」詩の序には「輒題数句自娯（輒ち数句を題して自ら娯しむ）」などの句をともなっているが、そのことに「よろこび」や「たのしみ」の感情を認めることができる。

もっとも、「輒題数句自娯（輒ち数句を題して自ら娯しむ）」には「自」という字をともなっているように、その「たのしみ」や「よろこび」も陶淵明一人のものであって、他者と分ちあうような開かれた感情ではない。それは、「影」ということばが喚起する「孤独」の意識の支配を受けているからであろう。

「影」にまつわる表現に「たのしみ」や「よろこび」の感情を伴うことは従来の表現にはまったく見られないことであり、悲哀を相対化しているという点で重要な意味をもつ。それはおそらく、詩を語る者の「こころ」のあり方と密接に関係している。このことはのちに検討することとし、ここでは陶淵明の「影」には「たのしみ」や「よろこび」の感情をもともなっていることのみを指摘しておきたい。

ただ、念のために言い添えれば、他者に向って開かれた「たのしみ」や「よろこび」の感情が、陶淵明の作品の中にまったくないと言っているのではない。一例を挙げるとすれば、「且共歓此飲、吾駕不可回（且く共に此の飲を歓ばん、吾が駕は回らす可からず）」（「飲酒二十首」の九）を挙げることができる。「影」にまつわる表現には、それがないということに過ぎない。

(3)　自己の外部の世界へ直線的に向っていく意識をもたない

次に、陶淵明の「影」は、自己の外部の世界へ直線的に向っていく意識をもたない点で、厳忌や陸機の「影」とも異なっている。厳忌や陸機の「影」は、自己の影法師を見ることで本来の意にそぐわない自己（現実の自己）を見出し、すぐさま「故郷」などの自己の外部の世界へと、その意識を転じていく。

それに対し、陶淵明の「影」はあくまで自省的であり、自己の内部へ沈潜していく方向にある。たしかに「有志不獲騁（志有るも騁するを獲ず）」（雑詩）という句があり、この「志」とはおそらく現実の政治の世界への「志」であろう。しかし、それは厳忌の、あるいは左思のそれのように明確な形を持ってはいない。漠然とした、言わば「心のわだかまり」のようなものであると思われる。少なくとも、直線的に突出していくような意識ではない。

＊

これまで述べてきたように、陶淵明の「影」は、従来のそれとは異なった感情や意識を持っている。しかし、それが一種の「孤独感」を表現している点では共通している。それは伝統という基盤の上においてのみ、言語表現が、さらには文学表現が成立する以上、当然のことであろう。この点から言えば、「影」ということばのイメージが本来的にもっている「暗さ」や「空虚さ」からも自由ではない。陶淵明の「影」は「たのしみ」や「よろこび」の感情をともなっているとは言え、もちろん明るさや充実感が支配的であるわけではない。やはり、そこには「暗さ」や「空虚感」の方がはるかに濃厚に漂っており、悲哀の感情が流れていることは否定し得ない。例えば、次のような詩句にそれを認めることは難しくない。

黄唐莫逮　　黄唐は逮ぶ莫し
概独在余　　概　独り余に在り　（時運）

嗟余寡陋　　嗟余　寡陋
瞻望弗及　　瞻望するも及ばず　（命子）

爾之不才　　爾の不才なる
亦已焉哉　　亦た已焉んぬる哉　（同右）

日月擲人去　　日月　人を擲てて去り
有志不獲騁　　志有るも騁するを獲ず　（雑詩）

念此懐悲悽　　此れを念ひて悲悽を懐き
終暁不能静　　暁を終ふるまで静かなる能はず　（同右）

それでは、同じ「影」を用い、一見したところ同様の詩語を形成しているように見えるにもかかわらず、またそれに伴う共通した感情や意識が一定程度認められるにもかかわらず、いったい何故に、その趣をまったく異にする詩的表現をなし得ているのであろうか。このことが次の問題である。だが、その前に、詩語として用いられた場合に、「影」ということばは基本的にいかなる内容を担っているのかについて、いま少し考えておきたい。

（二）「影」ということばが表す基本的な意味

「影」は本来、「形」が存在して初めて生ずるものである。このことは、すでに挙げた用例からも容易に理解できるであろう。したがって、「影」は本来「形」から離れられないもので、「影」があれば必ず「形」が存在するはずである。そうであるにもかかわらず、あえて「影に対す（対影）」「影を抱く（抱影）」「影を負ふ（負影）」「影を顧（かへり）みる（顧影）」などと表現するのは何故であろうか。

それは、そこに本来の「形」すなわち実体が存在しないからだと考えるほかない。本来の実体が眼前に存在していれば、直接それを顧みればよいのである。したがって「影」を顧みるというのは、逆に言えば「影」をしか顧みれないということである。すなわち、「影」は実体の不在を意味しているのである。

「影」は「形」の相似体であるので、「影」を見ればすぐさま「形」が意識に上る。しかし、同時に「影」は「形」そのものではない。そのため「形」の持つ明白さはなく、「形」の不在を意識させ、「暗さ」や「空虚さ」を感じさせる。つまり「影」は実体を意識させつつ同時にその不在や喪失を感じさせる、そのような内容を有つことばであると言ってよい。

さて、陶淵明はその詩「帰園田居」五首の第一首の冒頭において自己の本性にしたがい、田園に帰ったと自ら述べている(182)。しかし、そのような自己のあり方に全面的に満足していたわけではなかったし、悟りを開いていたわけでもなかった。このことは、魯迅の指摘(183)以来、内外の多くの先学によって論証されてきたとおりである。陶淵明には、現在の現実の自己のほかに、現在の自己は本来の自己ではないと考えるもう一人の自己がいたのではないか。彼が「さあ、飲もう」と杯を指し出す相手であった「影」は、そのような「もう一人の陶淵明」だったと考えられる。

ただ、そういう点から言えば、潘岳や蔡琰や厳忌や陸機の「影」も、陶淵明のそれと同様に「もう一人の自己」であろう。にもかかわらず、陶淵明の「影」だけが激烈な悲哀の感情や自己の外部へ向う意識をもたない。それは何故であろうか。それは自己「形」と「影」とがそれぞれ一箇の存在として同時に客体化され、両者が完全に分離されているからだと論者は考えている。「影」が完全に対象化されて、現実の陶淵明の確固とした分身になっているからだと判断している。「影」に対って酒を勧め、ともに酒を飲むという表現は「形」と「影」のそのような完全な分離を示すものであろう。

一方、潘岳や蔡琰、厳忌や陸機の場合は、自己と「影」とが、その間に生じた感情や意識に包み込まれてしまっていて両者が完全には分離していない。自己が「影」に包み込まれているのだ。先ほど「影」は本来の自己がそこに存在していないことを意味していると述べたが、「こんなはずではなかった」という思いに支配されると、激しい悲哀の感情となって外にほとばしり出て行き、「かくありたい」という意識が包み込んでいるときには自己の外部へとその意識が突き抜けていくのだと考えられる。

二　「影」が表現しているもの

　さて、陶淵明の詩文に見える「影」は、従来の用例におけるそれと、さまざまな点で異なった特徴を有していること、そしてそれは、自己の「形」と「影」とが完全に分離していることによると思われるが、それではそのような分離はいかにして可能であったのだろうか。論者はそれは次のような事情によると考えている。陶淵明が詩として表現する際には自己の「形」と「影」とが一対一の状態で対峙しているだけの関係に終わっておらず、その両者を一段高い所からその両者を客観的に観て対象化し、双方を同時に相対化する第三の視点が存在していたからだと。

　悲しみや嘆きの情あるいは孤独の意識は現在の自己と「かくありたい」と願う自己とが一致しないところに生ずるものである。そして、現在の自己とそれに満足しないもう一人の自己とが一対一の関係のみに終始していて両者が葛藤の状態にあると、そこに生じた感情や意識は激しさを増し、双方を包み込んでしまう。また、そのような感情や意識が両者を包摂してしまっているため、自己と「影」とは完全に分離されない。このことは潘岳や蔡琰、厳忌や陸機の「影」に認められたとおりである。

　ところが、そのような感情や意識を生み出している二人の自己を一段高い所から冷静かつ客観的に眺める第三の自己がそこに存在するとき、両者は同時に対象化され相対化されるため、両者の間には相互にその存在を認め合うという一種の和解が成立し、激しい葛藤の状態から解放される。その結果その両者はそれぞれ独自の主張をもつ一箇の存在として完全に分離されることとなる。したがって「形」と「影」の双方の間に生じた感情や意識も相対化されて、悲哀のような感情さえ張りつめた激情から解き放たれ、静かに持続する悲哀として作品の底に沈澱することとなる。

ところで冒頭で少し触れたように陶淵明には「形影神」という特異な詩がある。この詩は、自己の死を中心テーマとする三部構成の作品である。一人の人間の「形」(肉体)と「影」(影法師)と「神」(精神)の三者が自己の死をめぐって、それぞれの考えを述べるという構成になっている。

(1) 人はいずれ死ぬ。だから生きているうちは、酒を飲んで憂いを忘れ楽しく過ごそうと述べる、いわば快楽主義者の「形(肉体)」

(2) 儒家の倫理思想に従って、死後に名を残すために善行を積むべきだと主張する「影(影法師)」

(3) さらに、その両者の考えに対して、その双方の主張を一応は認めながらも疑問をなげかけ、運命のあるがままにまかせて「大化」の自然に従うのが最も良いと、一段高い所から釈く「神(精神)」

「形影神」はこのような三部構成になっている一種の哲学詩で、「形」と「影」の対立の上に「神」があるという構造になっている。

このような形式の詩は前代未聞のものであり、陶淵明の「こころ」の特異性を示すものの一つと考えられる。また、「形」「影」「神」の分離と擬人化という発想がどのようにもたらされたかというのは、興味深い問題で本論考のテーマとも関わりがある。おそらくは中国古来の伝統思想である道家哲学と廬山の仏教思想、特に慧遠のそれの影響のもとになされたのであろうと推測されるが、それは今後の課題としここでは問わない。

ここで問題としたいのは、次の三点である。

(1) この詩では「形」と「影」とが、「神」とともに擬人化され分離していること。
(2) 「形」「影」「神」の三者がともに、陶淵明自身の三様の自己であること。このことは、三者のそれぞれの主張に類する表現が彼の作品全体にわたって随所に認められること[184]から、そのように判断することができる。
(3) この詩では「形」「影」の対立の上に「神」が存在しているという構造になっているということ。

以上の三点は、「影」にまつわる表現の内実と深いところで通底している。もちろん「形影神」詩の構造をただちに「影」にまつわる表現に当てはめて単純に図式化できるというのではない。なぜなら「形影神」詩の構造は陶淵明が作詩方法として完全に意識化した上でなしたものであり、これまで検討してきた「影」にまつわる表現の方は無意識裡になされたと考えた方がより事実に近いと思われるからである。ただ、「形」と「影」を一段高いところから客観化して眺めるという「神」の視点は、二人の自己を対象化、相対化して、それぞれを一箇の存在として認めて分離しているという点で、第三の陶淵明の視点と共通していると判断しても大きくは間違っていまい。あるいは、第三の視点を潜在的にもっていたからこそ「形影神」詩のような特異な構成の詩をなしえたと言った方が良いのかも知れない。また、一海知義氏が『陶淵明―虚構の詩人―』[185]で詳細に論じたように、陶淵明という詩人は「挽歌詩」や「自祭文」あるいは「五柳先生伝」などに認められるように、自己の一生や死さらには死後のことまでも冷静に余裕をもって対象化しユーモアを交えて一種の虚構として表現するという、従来の詩人にはあまり認められない視点と表現力を身につけていた。

以上のことから判断して、従来のものとは異なった特徴をもつ「影」にまつわる陶淵明の表現は、従来の詩文における「影」が自己と「影」の二者のみの関係の上に成立しているのとは異なり、自己と「影」を第三の陶淵明が一段高い所から客観視するという三者の関係の上に成立していると結論する次第である。

＊

ここで、いまいちど詩における主体すなわち詩を語る者と作品との関係を考慮に入れて、詩人の「こころ」のあり方を総括的に提示して本章を閉じたい。

いくら感情や意識に包み込まれてしまっていると言っても、詩を語る者そのものがそれらに捕捉されてしまっていると考えるのは誤っている。ある感情や意識に詩人が完璧に包摂されてしまっていたとすれば、彼は詩を書かない。いや、書けないに違いない。彼はもはや詩人ではない。人は詩を語ることによってのみ詩人となるのであって、詩人というものがア・プリオリに存在しているわけではない。別の面から言えば、語られた詩が存在する以上、そこには自己の「こころ」を対象化し、それを言語として表現した詩を語る者が存在していなければならないということである。完全な自動筆記（これが文学作品の創造において、そもそも本当に可能であるのかどうか、はなはだ疑問であるが）でもないかぎり、作品の背後には必ず詩を語る者が、それが個有名詞で明白に呼びうるものであるかどうかに関わりなく、存在する。

そして、一篇の詩として表現されたとき、詩人の「こころ」は、それがどんなに激烈なものであろうとも、詩を語る者によって対象化されるのである。すなわち、陶淵明以前の「影」にまつわる表現は、「形」と「影」が一つの感情や意識に包摂されているという「こころ」を、詩を語る者が対象化したものとして表現されているものだということである。この時、それらの詩における「こころ」のあり方は、詩を語る者を頂点とし、二様の自己すなわち「形」と「影」を底辺の両端の点とする平面的三角形の構造となっている。

それに対し、陶淵明の「影」にまつわる表現に認められる「こころ」は、次のようになっていると言うことができよう。すなわち詩を語る者を頂点とし、三様の陶淵明を三つの底点とする四面体を構成し、従来の平面的な構造に対し、立体的な構造になっていると。そして、したがって陰翳に富んだ深みのある詩的世界を構築し得ているのだ、と。

陶淵明の全作品を通読するとき、そこには相互に矛盾する表現が頻出し、そのため統一がとれておらず、複雑だという印象を受けるのは三様の自己のいずれか一人、あるいは二人、または同時に三人の、それぞれに類する「こころ」をその時々の「こころ」のありように従って、そのつどそのまま表現しているからだと推測される。また、その表現が常に平静さの支配の下にあるのは、第三の陶淵明の客観化し相対化する視点が、それが詩表現の表面に直接的に現われているかどうかに関わりなく、常に存在しているからではないだろうか。

以上述べてきたような意味において「影」およびそれにまつわる表現を検討することによって求められた陶淵明のこのような「こころ」のあり方は、従来の詩文には表現されなかった新しい境地を、陶淵明がそれに自覚的であったかどうかに関わりなく、中国の文学世界にたしかに開示し得ていると言うことができる。

むすびにかえて

以上、陶淵明の詩文に見える「影」およびそれにまつわる表現について、従来の用例と比較しつつ考えるところを述べてきたが、本章の論考は彼の詩文全体に対して新たな見解を提示しようとしたものではない。陶淵明の全作品の本質に関わると思われる「影」の表現の内実が少しでも明らかに示し得ればという意図のもとになされたものであり、その結論はおそらく先学諸氏の研究の範囲におおむね収まるものと考えている。ただ、論者の推論した「こころ」のあり方が、議論の絶えない陶淵明の詩文全体の有する矛盾性や複雑さを解き明かす一つの鍵になり得ていれば幸いである。

附録　第二部

附録の第二部では、「読山海経」第一首の中の「頗迴故人車」の「迴」の理解が日本と中国では異なっていることから、「迴」をどのような方向へ回転することを意味することばとして理解すべきかについて検討している。附録第一部と同様に、本論の第一部、第二部の論考で述べたことの、重要な部分の前提となる検討である。附録第二部も二章からなり、第一章では、「読山海経」第一首「頗迴故人車」の従来の解釈とその問題点を、主として中国での理解と日本での理解に分けて検討している。第二章では、「読山海経」第一首が表現している境地とはどのようなものであるのかについて述べている。

第一章　「読山海経」第一首「頗迴故人車」の従来の解釈とその問題点

はじめに

あらためて言うまでもなく、陶淵明は六朝時代の多くの詩人の中にあって、唐代以降今日に至るまで、最も高い評価を与えられている詩人の一人である。しかし、鍾嶸が『詩品』において中品にランクしていること（これに対しては、後世、批判がないわけではないが）からも分かるように、陶淵明の生存中およびそれを含む六朝時代にあっては必ずしも今日ほど高く評価されていたわけではなかった。

ただ、本章で検討する「読山海経」第一首は当時においても陶淵明の詩の中でも最もすぐれた作品の一つとして評価されていた。それればかりでなく他の詩人の多くの作品と比較しても高く評価されていたと推測されるのである。その根拠は二つある。一つは、陶淵明の最も早い理解者の一人であった[186]昭明太子蕭統が中心になって編纂した詞華集（アンソロジー）『文選』に、この詩が採録されていること。いま一つは、中品にランクした鍾嶸その人が、その評語において、「懽言して春の酒を酌む」、「日暮れて天に雲無し」が如きに至っては、風華清靡にして、豈に直（ただ）に田家の語と為すのみならん邪(や)（至如懽言酌春酒、日暮天無雲、風華清靡、豈直為田家語邪）」と、第一首中の一句「懽言酌春酒」を採りあげて、高く評価していることである。

さて、「読山海経」が、『山海経』を読んでなされたものであることは言うまでもないが、そればかりではない。第一首の第十三・十四句に「汎覧周王伝、流観山海図（周王の伝を汎覧し、山海の図を流観す）」とあることから分るように、『穆天子伝』を読み『山海経図』を見ての作品でもある。ただ、他の詩（第十三首を除く）が『山海経』『穆天子伝』に記述されたことがらを直接詠み込むのに対して、第一首は、それらとはいささか異なっている。それは第十三首が「総結」[187]の詩として他の詩と質を異にしているのと同様、あるいはそれ以上である。元の劉履が、

此の詩凡て十三首、皆な二書の載する所の事物の異を記すも、而(しか)れども此の発端の一篇、特だ以て幽居自得の趣を写す耳(のみ)。

此詩凡十三首、皆記二書所載事物之異、而此発端一篇、特以写幽居自得之趣耳。[188]

というように、第一首は『山海経』および『穆天子伝』に載せられている「事物の異」をまったく詠み込んでいない。この詩は「総序」[189]とも言うべき作品で、「この詩を作るに至った次第を詠歌した総論的な詩首である」[190]。すなわち第一首は一連の詩群のプロローグなのである。

しかし、本来の「序」のようなプロローグではない。一つの独立した作品としても読みうるものである。いや、この第一首のみが、「飲酒」[191]「帰去来兮辞」などの代表作とともに『文選』に載録されていることから判断されるように、他の十二首よりも重要な詩であるとされていたと判断されるのである。

さて、他の一連の作品に対して相対的に独立していて、それ相当の重要性を有するとすれば、それについて検討してみることも陶淵明の詩の境地を読み解くうえで無駄なことではないであろう。そのうえのちに述べるようにその解釈に看過しえない重要な問題点があるのだとすれば、積極的に検討してみる価値があると判断されるのである。

ここに、まずは、その詩の全体を示したい。

1	孟夏草木長	孟夏　草木長じ
2	繞屋樹扶疏	屋を繞(めぐ)りて樹は扶疏たり
3	衆鳥欣有託	衆鳥　託する有るを欣(よろこ)び
4	吾亦愛吾盧	吾も亦た吾が盧を愛す
5	既耕亦已種	既に耕し亦た已に種(う)え
6	時還読我書	時に還た我が書を読む
7	窮巷隔深轍	窮巷は深轍を隔つも
8	頗迴故人車	頗る故人の車を迴らす
9	歓言酌春酒	歓言として春酒を酌み
10	摘我園中蔬	我が園中の蔬を摘(つ)む
11	微雨従東来	微雨　東従(よ)り来(きた)り
12	好風与之倶	好風　之と倶にす

13　汎覧周王伝　　周王の伝を汎覧し
14　流観山海図　　山海の図を流観す
15　府仰終宇宙　　府仰に宇宙を終う
16　不楽復如何　　楽しからずして復た如何(いか)ん

この作品は、鍾嶸が陶淵明の詩全体に対して評したことばと同様に「詩のスタイルがつづまやかで虚飾がなく平静で、無駄なことばが無く[192]（文体省静、殆無長語[193]）」、一読して理解しうるほどに平易な語彙の組合せで構成されている。

しかし、それは修辞主義的傾向にあった当時の文学情況において異質であった。そして、そうであるがゆえに、鍾嶸には上品にランクされず、一般的に「田家の語（田舎者の素朴なことば[194]）」と評されていたということであろう。そのことはさておき、この詩の内容は次のようなものである。

(1) 初夏の候、草木は生い繁り、
(2) 樹々が我が廬(いおり)を取りまくようにふさふさと枝葉を茂らせている。
(3) 鳥たちはその樹々に集まり、身を託すことのできる場所があるのを欣んでいるようだ。
(4) 私も、私のこの廬(いおり)が気に入っている。
(5) さて、田畑はもう耕してしまったし、種播きも早や済んでしまった。
(6) まずは我が家で、私好みの本でも読むとしよう。
(7) 我が廬(いおり)は、大通りから隔たり奥まった袋小路にある。それゆえに、我が廬(いおり)に貴人が訪れて来ることはない。

(8) そして、故人はその車駕を迴らせる。
(9) 私は歓んで春の酒を飲み、
(10) 我が菜園の青物を摘んできてつまみにする。
(11) 霧雨が東の方から降って来た。
(12) するとそれとともに心地よい風が吹いて来た。
(13) そんなとき『穆天子伝』をさっと読み、
(14) 『山海経（図）』をざっと眺めわたせば、
(15) あっというまに宇宙をひと周り。
(16) これが楽しくなくて、何としよう。

一応、このようにパラフレイズすることができる。ただ、以上のパラフレイズでは、ある箇所を故意に曖昧にしておいた。それは第八句「頗迴故人車」の部分である。「そして、故人はその車駕を迴らせる」としておいたが、この句は、従来、二様に解釈されている。それは車駕を回転させる方向についてのことで、簡潔に言えば次に示すように知り合い（故人）がその車の向きを変えてやって来るのか、それとも去って行くのかというものである。

① やって来る（接近して来る）………「来」の方向（迴来）
② 去って行く（遠ざかって去(ゆ)く）……「去」の方向（迴去）

古典詩を読むとき、このように解釈が分れることは良くある。また、ある場合にはこのような複数の解釈のどれをとって理解しても一首全体の詩としての価値にはほとんど影響を与えないこともたしかにある。

しかし、この詩の場合、一首全体におけるこの句の価値の比重は二様の解釈をともに許すほど軽くはない。なぜなら「来」の方向なのか、「去」の方向なのかによって、この詩を語る者の精神が開かれたもの（①）なのか、それとも閉ざされたもの（②）なのかに分かれるからである。

この両者の精神のありようは正反対である。もちろん「開かれた精神」「閉ざされた精神」という言い方は単純化した言い方であって、その内実は決してそれほど単純ではない。ただ、そのいずれに理解されるかによってこの詩の世界はまったく異なった様相を呈する。そしてその相違は陶淵明詩全体を解読する上で大きな影響を与えるものである。

なお、本章で行おうとしている二様の解釈の内実の解明、およびそのような二様の解釈を示す従来の注釈の検討などは、論者が「読山海経」第一首に対して為そうとしている検討全体の前半部に相当するものであり、次章で行う後半部の検討の前提となるものである。

一　二様の解釈

さて、さきほどは「頗廻故人車」を、一応、現代の日本の多くの注釈者の訓み方に従って「頗る故人の車を廻らす」と訓んでおいた。あるいは松枝茂夫＋和田武司両氏が「頗る故人の車を廻らしむ」[195]と訓んでいるように、または余冠英氏が「常使故人回車而去」[196]とパラフレイズしているように、使役として読む方がよいのかもしれない。ただ、それにしても「迴」の方向は依然として明確ではない。

「頗迴故人車」の句は、前の句「窮巷隔深轍」と一つの聯を構成している。そして、この聯の文法的な組み立ては次のようになっている。前の句「窮巷隔深轍」は、「窮巷」が主語で、「隔」が述語、「深轍」が目的語という組み立てになっており、後句「頗迴故人車」は、前句全体が主語になり、「窮巷」であるという状態が「深轍」を「隔」てている、あるいは、「窮巷」が「深轍」より「隔」たっている、そのような状況が「故人の車」（目的語）を「迴らせる」（述語）ということである。

このような統辞論的構成を踏まえ、その文脈の整合性をこの二句のみに限定して見る限り、「迴」の方向は二様に解釈しうると言うよりほかはない。まずは試みに直後の聯「歓言酌春酒、摘我園中蔬（歓言として春酒を酌み、我が園中の蔬を摘む）」とともに、その二様の解釈を示してみたい。ただ、「窮巷隔深轍（窮巷 深轍を隔つ）」という句は表面的な意味（表示義）のレベルの解釈だけでは十分には理解できない。この句はそれ以上の意味すなわち共示的な意味を担っている。なぜならこの句は典故を有していることが明白だからである。そこで先ずそのことについて確認しておかなければならない。

「窮巷隔深轍（窮巷 深轍を隔つ）」を表示義のレベルで理解するとすれば「行きづまりの小路（窮巷）は、深い轍を隔てている」、あるいは「深い轍より隔たっている」ということになる。この句が、このレベルの内容だけしか表現しないとすれば、この句は意味をなさない。しかし、この句の意味はこれのみに止まるものではない。李善が「漢書に曰く、張負 陳平に随ひて其の家に至るに、家は乃ち負郭窮巷にありて、弊席を以て門と為す。然れども門外に多く長者の車轍有り、と。韓詩外伝に、楚狂接輿の妻曰く、門外の車轍 何ぞ其れ深き、と（漢書曰、張負随陳平至其家、家乃負郭窮巷、以弊席為門。然門外多有長者車轍。韓詩外伝、楚狂接輿妻曰、門外車轍何其深）」と注しているように、「深轍」は、「長者」などの貴顕の車駕の通過によってつけられた深い轍のことであり、さらには、「長者」などの貴顕の車駕が通過しうる大通りを意味している。それでは、陳平の家はどうかと言うと、それは「負郭窮巷（城壁に近い行きづまりの小路）」にあり、やぶれむしろ（席）を門にしていたのである。そうであるにもかかわらず、その門の外には深い轍がたくさんできていたのである。

したがって「窮巷」が「深轍」より隔たっているというのは、まずは「窮巷」と大通りと詩人の住まいとの地理的な距離を表現している。しかし、ただ単に地理的な距離を示すだけではない。長者や貴顕との心理的距離をも表している。さらには、直後の句「頗迴故人車」の「迴～車」という表現をも考慮に入れて読み解くとすれば、逯欽立氏が「詩では「深轍を隔つ」と言っているが、これは貴人の車は窮巷に来ることはないということを言っているのである（詩言隔深轍、是説無貴人車到窮巷）」[197]と注するように、「読山海経」第一首の「窮巷隔深轍（窮巷深轍を隔つ）」も、長者や貴人は陳平や狂接輿の住まいに訪れたが、私の廬のある「窮巷」にはやって来ないということを意味していると判断するのが妥当であろう。

それでは、このことを踏まえて「迴」の方向に関する二様の解釈を示すとすれば、どのようになるのであろうか。まず、①の「来」の方向の解釈から示してみたい。「窮巷隔深轍、頗迴故人車。歓言酌春酒、摘我園中蔬（窮巷は深轍を隔つも、頗る故人の車を迴らす。歓言として春酒を酌み、我が園中の蔬を摘む）」の四句をまとめて示したい。

貴顕の車駕が深い轍を残して往きかう大通りから、少しはずれ、奥まり入りくんだ行きづまりの小路に、私の廬は建っている。（わざわざ訪れてくるような貴人は一人もいない。）だから、古なじみの人々をして、狭い小路の方にその車駕の向きをぐるりと変えさせる（来させる）こととなる。このようにして古なじみの人が来てくれれば、楽しく語らいつつ春の酒を酌みかわし、（おもてなしするものは何もないけれども、）酒の肴に私の菜園の青物を摘み採って来よう。

次に②の「去」の方向の解釈であるが、

貴顕の車駕が深い轍を残して往きかう大通りから少しはずれ、奥まり入りくんだ行きづまりの小路に、私の廬は建っている。だから、わざわざ訪れて来てくれるような貴人は、もちろん一人もいない。それればかりでなく、そんな奥まった所にあるために、たとえ近くに来たとしても、古なじみの人に、車駕の向きをくるりと変えて帰らせてしまうこととなる。それもよし。そんな折こそ、我が愛読書をひもとき、歓んで春の酒を独り酌み、酒の肴に私の菜園の青物でも摘んでくることとしよう。

一応、このように解釈することができる。

それでは、従来の注釈者は「迴」の方向についてどのように理解したのであろうか。次の節ではそのことについて検討したい。

二　従来の注釈の検討

従来の注釈者は「迴」の方向についてどのように理解したのであろうか。まずは、中国人による注釈の主なものを見てみたい。

（一）中国人の注釈

「読山海経」第一首に施された最も古い注は李善のそれであろう。しかし、李善は「頗迴故人車」については特に注を施していない。のちに呂向は「頗、少也」とし、そのあとに次のように記している。

言窮巷之曲、隔此大路、少能迴故人之車、以過我也。謂所居幽僻。

言ふこころ、窮巷の曲、此の大路より隔(へだ)たれば、能く故人の車を迴らして、以て我を過(よ)ぎること少(すくな)し。居る所の幽僻なるを謂ふ。

おそらくこれが最も古い注であろう。この注の「過我」の「過」は「通りすぎる」では文脈をたどれない。「立ち寄る」でなければならない。とすれば「迴」は「来」の方向に解していると理解できる。呂向の注解は第一の部類（「来」の方向）に属する。ただ、「居る所の幽僻なるを謂ふ（謂所居幽僻）」という注を付加していることから理解できるように、呂向は「頗」を「少」と理解し、否定詞の方向に解している。そして、注の文章全体としては、閉ざされた精神の表明の方向に理解しているものと判断される。

呂向の注解の問題点は、「頗」を「少」と同じ意味に解しうるのか否かという点にある。「頗」が「少」と同じ方向のことばであると理解する訓詁は、『廣雅』釈詁に「頗、少也」とあるように、たしかに見ることができる。しかし、この「頗迴故人車」の「頗」をそのように読むことは妥当であろうか。この点については、あとで検討することとし、ここでは問題を提示するに止めておきたい。

呂向のこの注に対して丁福保は、程穆衡の注をそのまま用いて、興味深い注を施している(198)。

程伝に、呂氏曰く、此れ窮巷の曲、能く故人の車を迴らして以て我を過ぎること少きなりと言ふ、と。然れども詩意を按ずるに、乃ち謂へらく、巷隔たりて、頗る故人をして車を迴らして去らしむるを致す、と。

程伝、呂氏曰、此言窮巷之曲、少能廻故人之車以過我。然按詩意、乃謂巷隔、頗致故人廻車而去。

丁福保は、「迴」を明白に「去」の方向に解しており、故人との接触がない点で、呂向の理解と異なる所はない。ただ、呂向の理解が、「頗来」は「少来」であり「不来」と同じであるというような消極的かつ屈折的な非接触性にあるとすれば、丁福保の理解は端的に「去」と表現しうるような直截な非接触性にある。ニュアンスにおいてこのような相違がある。ともかくも丁福保は、明らかに「迴」を「去」の方向に解している。

以上の呂向、丁福保の解釈に対して、それとは明白に対立する解釈をしている者もいる。王士禛がそれである。

既に田を耕し、復た下種し、還りて書を読みて故人を候てば、吾が盧の楽事尽きたり。車大なれば則ち轍深く、此の窮巷 貴人をして来らしめざるも、頗る故人の駕を迴らしむ。歓然として酒を酌み、而して蔬を摘みて以て之に侑む。

既耕田、復下種、還読書而候故人、吾盧之楽事尽矣。車大則轍深、此窮巷不来貴人、頗迴故人之駕。歓然酌酒、而摘蔬以侑之。(『古学千金譜』巻十八)

傍点部「頗迴故人之駕」を見る限り「迴」の方向は必ずしも明確ではない。しかし「故人を候つ」「蔬を摘みて以て之に侑む」などの表現に注目しつつ文脈をたどってみると、王士禛が「迴」を「来」の方向に理解した上で、以上の解釈を行なっていることは明白である。

以上、呂向、丁福保、王士禛の解釈は中国人による三種の解釈の典型である。ただ、呂向の注のように「迴」字そのものは「来」の方向で理解し、全体としては接触しない方向に解釈するものは他に見ることができない。また、王士禛の解釈も中国人のものではあまり多く見ることはできない。次に示す李辰冬のそれは王士禛と同じような理解を示す数少ない例の一つである。

「隔」は、「融」として読むべきである。「窮巷隔深轍」は「窮巷融深轍（窮巷は深轍を融す）」ということにほかならず、深轍（貴人の車）を融すことができるからこそ、それに続けて「頗迴故人車」と言うのである。先人（呂向…補足門脇）は、「この句は、私の住んでいるところは行きづまりの小路の片隅にあるので、故人の車駕の方向を変えさせて私の所に立ち寄らせうることはほとんどないという意味である」と解釈しているが、これでは一首全体の詩的な文脈は通らなくなってしまう。さらに、車駕の向きを変えさせることができないのに、どうして深い轍をつける貴顕の車を来させることができよう。そんなことができるはずがないではないか。

「隔」、当「融」講。「窮巷隔深轍」、就是「窮巷融深轍」、因為能融深轍、所以援著説、「頗迴故人車」。前人解釈此句為…「此言窮巷之曲、少能廻故人之車以過我」、詩意就不通了。而且既不能迴車、何来深轍。(199)

李辰冬の解釈の全体は、「隔」を「融」と誤解することに始まっているため、出発点ですでに誤っているが、李辰冬が「頗迴故人車」の「迴」を「来」の方向に理解しようとしていることは明白である。ただ、王士禛や李辰冬のように「迴」を「来」の方向に解することは、先に述べたように中国人の解釈においては一般的ではない。中国人の解釈で一般的なのは「去」の方向の方である。


「窮巷」二句、人客到らず、正に書を読むに好し。

　「窮巷」二句、人客不到、正好読書。（呉淇『六朝選詩定論』[200]）

以上二句（窮巷隔深轍、頗迴故人車…補足門脇）は、言ふこころ居処偏僻なれば、車轍通らず、常に故人をして車を回して去らしむ。

　以上二句（窮巷隔深轍、頗迴故人車…補足門脇）、言居処偏僻、車轍不通、常使故人回車而去。（余冠英『漢魏六朝詩選』[201]）

「頗迴故人車」、「迴」は「転回（向きを変える）」「掉転（ぐるりと回して反対方向に向きを変える）」という意味である。この句は、知り合いの車でさえも向きを変えて立ち去らせてしまうと言っているのである。わざわざ知り合い（故人）を来させないと言っているのは「窮巷が深轍を隔て（窮巷隔深轍）」ているからである。

　頗迴故人車、迴、転回、掉転。這句是説連故人的車子也掉頭他去。把故人不来故意説成是由於窮巷隔深轍。（逯欽立『陶淵明集』[202]）

「回」は「回転」という意味である。「故人」は「熟人（知り合い）」、「朋友（友だち）」という意味である。この二句（窮巷隔深轍、頗回故人車）は、私の住んでいる狭い裏町に訪れてくる貴人はいない。親しい友だちでもしばしば車の向きを変えて帰ってしまうと言っているのである。

回、回転。故人、熟人、朋友。這両句説、我住的陋巷無貴人来訪、連老朋友也経常掉転車子回去。（唐満先『陶淵明詩文選注』[203]）

「窮巷」の句は、自分の住んでいるところは辺鄙なところで、深い轍のついた大通りからは遠く離れているという意味であるが、それは世俗と行き来したくないと言っているのである。「深轍」は、車馬がしきりに往来する大通りを意味している。「轍」は馬車の通る道のことである。「頗回」の句は、しばしば古なじみの馬車の向きを変えて帰させてしまうということである。私が考えるには、陶淵明の友人の多くは劉裕に仕えていた。このときおそらく陶淵明は友人と行き来することはほとんど無かったのであろう。「回」は「転（向きを変える）」という意味である。

「窮巷」句、意思是自己居処偏僻、距離深轍大道很遠、説明不願与世俗往来。深轍、指車馬頻繁往来的大道。轍、車道。「頗回」句、往往使故人車馬掉頭而去。按、陶淵明的故交、多仕劉裕、大概這時詩人很少与他們交往。回、転。（李華『陶淵明詩文選』[204]）

「窮巷」の二句が意味しているのは、住んでいる処が田舎の辺鄙な町なので、貴人の車は入ってくることができない。したがってしばしば旧友に車の向きを変えて帰らせてしまう、ということである。自分が住んでいるのが辺鄙なところなので、世俗の人と交際することが非常に少ないことを言っているのである。

窮巷二句。因為居住在郷野的陋巷裏、大車進不来、因此常使旧友迴車離去。意謂所居幽僻、很少和世人来往。（徐魏『陶淵明詩選』[205]）

「窮巷」の二句。「窮巷」は辺鄙な巷（裏町）ということである。「轍」は車輪の通った跡で、馬車が通る特定の路線のことでもある。「故人」は旧友という意味である。この二句で言っているのは、自分が住んでいるのは辺鄙なところで、深い轍のついた大通りからは遠く離れている。車がそこまでやってくる術がないので、その結果、多くの旧友に車の向きを変えて帰らせ、自分の処を訪ねないようにさせてしまっている、ということである。

窮巷二句。窮巷、偏僻之巷。轍、車輪痕迹、也就是車行時一定的路線。故人、旧友。這是説自己的住処偏僻、和有很深的轍迹的大路有距離、因而車子無従到達、結果使得許多旧友回車而去、不来訪問自己了。（程千帆＋沈祖棻『古詩今選』[206]）

右に挙げたものは、目についたものをアト・ランダムに拾ったものにすぎない。また、現在のところ最も新しく信頼するに値する袁行霈氏の『陶淵明集箋注』[207]においては、次のような注が施されている。

「窮巷隔深轍、頽迴故人車」は、住んでいるところが辺鄙な路地なので、古なじみの友だちもほとんどやってこないという意味である。

窮巷隔深轍、頽迴故人車・意謂居在僻巷、少有故人来往。

このように述べた上で、李善注および逯欽立の注をそのまま引用している。

これらの解釈は、注の全体的なニュアンスに多少の相違は見られるものの、「去」の方向に理解していることではすべて一致している。このような理解の仕方は、特に近年の中国では一般的である。ただ、なぜ「去」の方向に解さなければならないのかという点については、ほとんど説明がない。おそらく「詩意」を考えてみればそうなるということであろう。また、例えば先に挙げた李華の注のように、いくらか説明のある場合であっても説得力を持つものではない。

（二）日本人の注釈

中国とは反対に日本では「来」の方向に解する方が一般的である。なかでも釈清潭は「窮巷なれば貴人の車轍は容れざるも、時に故人の車を容れることあり」[208]と大意を述べ、その注解において、次のように明快に断言する。

頗廻故人車、故人が偶ま訪問して呉れるのみ、廻は廻去にあらず廻来なり。（傍点―門脇）

おそらく日本で最初に「来」の方向で解釈したのはこれであろう。「来」の方向に解するものを、これもアト・ランダムに列挙しておきたい。

窮巷は深轍より隔れど、頗(いささ)か故人(ともどち)の車を廻(めぐ)らしむ（ルビ、原文のまま。以下の用例、同じ）
注：頗廻故人車。たまには友人が訪ねてくれる。（斯波六郎[209]）

窮巷は深き轍を隔つるも　頗(すこぶ)る故人の車を回らさしむ
注：頗＝なかなか、相当に。故人＝ふるなじみ、気の合う友人。車を回らすとは車の方向をかえること、ここではわざわざ訪問して来ることをいう。
訳：せまく貧しいこの路地は、深いわだちをつけるお上の車とはずっと無縁だけれど、気の合うなじみの

連中は、わざわざ車の向きをかえて、よくこの家を訪ねてくれる。（一海知義[210]）

ゆきづまりの小路であるから大官の訪れることもないが、友人の車はちょいちょいやって来る。（大矢根文次郎[211]）

窮巷　深轍を隔つるも　頗る故人の車を廻らす

注：「頗」は、いささか。「迴」は廻と同意で、車の方向を転換する。わざわざ訪れてくれる意。（都留春雄[212]）

窮巷は深き轍を隔つれば　故人の車を廻せること頗し。

注：「頗」は少なめのこと。「故人」は古なじみ。（中略）この句は、『文選砂』がいうように「時には故人も訪ねてくる」と解し、次の句を連ねて、「そんなときには、ともに楽しいことばをやり交して、春の酒を飲む」と読む。（花房英樹[213]）

窮巷は深轍を隔つるも　頗る故人の草を迴らしむ

訳：街道からそれたこの狭い路地は、深いわだちをつける役人の草をおのずから拒んでいる。しかし気心のしれた友人はわざわざ車の向きをかえて、よく私の家を訪ねてくれる。（松枝茂夫・和田武司[214]）

以上のように、日本では「来」の方向が大勢を占めている。

それでは、「去」の方向に解するものが日本においてまったく無かと言えば、そうではない。漆山又四郎は「頗る故人の車を廻せり」と、「廻」字に「かへ（せり）」[215]とルビをふっている。また、『文選』足利本および慶安本では、「迴」字の傍に「カヘセリ」と訓をつけている。同じく「カヘセリ」と傍訓を付けているものに菊池東匀句読の『陶靖節集』[216][217]がある。さらに、「去」の方向に解した特殊な例がある。吉川幸次郎氏のそれ[218]である。

窮しき巷は深き轍を隔て、頗る故人の車は逈れり。

吉川氏は、「迴」を「逈」とし、「さかれり」と訓んでいる。「逈」は「迥」と同義で、『説文解字』には「迥、遠也」とあり、『爾雅』釈詁上には「迥、遐也」とある。「遐」はやはり「とおい」という意味を表わす字である。したがって、「逈」を「とおざかる」「とおざける」という意味で「さかる」と訓むのは誤りではない。

日本においては一般的な理解である「来」の方向に解しているが、吉川氏は一般に反して、「去」の方向に解している。しかし「迴」（あるいは「回」「廻」）が一般であるにもかかわらず、吉川氏があえて「逈」字に置きかえたのは何故であろうか。その理由は記されていない。わざわざルビをふって「さかれり」としており、また吉川の二種のテキストに異同がない以上、[219]誤植であるはずはない。吉川氏は、意識的に「逈」に訓んでいる。「迴」が、「逈」になっているテキストがあるのであろうか。論者は未だ見ていない。ともかくも、吉川氏が「故人がやって来る」と解していないことは明白である。

以上のことをまとめてみるに、近年においては、中国では「去」の方向に解する方が大勢を占め、日本ではちょうどその逆になっている。そして、その根拠はいずれもほとんど示されていない。あえてその根拠を推測すれば、やはり「詩意」を検討すればということであろう。しかし両者は互いに正反対の方向を指している。

三　解釈に対する疑問点

さて、異なった解釈があり、もし、そのそれぞれにそれぞれの妥当性を主張しうる正当な根拠があるとすれば、逆の面から言うと、それぞれについてその不当性を提起しうる根拠があるということでもあろう。

第一の解釈（「来」の方向）については、ひとまず措き、ここでは第二の解釈（「去」の方向）について、その不当性を提起する根拠をいくつか示し検討してみたい。

1　第一の疑問点―「歓言」について

まず、「窮巷隔深轍、頗回故人車」の直後の句「歓言酌春酒」で、「歓びて言い」と言っている以上、語らう相手がいるはずで、そうだとすれば、当然友人は車を迴らしてやって来ていなければならない、「迴去」と解してはまったく意味をなさなくなってしまうではないかという疑問である。いかにももっともな疑問のように思える。

しかし、実は、直後に「歓言酌春酒」という句があることは、「迴」を「来」の方向に理解しなければならないということの充分な根拠とは言い得ない。なぜなら、「歓言」の「言」は、必ずしも「語らう」と解する必要がないからである。すなわち、この「歓言」は「歓然」あるいは「歓焉」と同じ表現と解することができるのである。そのことについては、何人かの注釈者が述べている。中でも丁福保の注(220)は、そのことを最も端的に述べている。

「然」は、『文選』は「言」に作る。「然」と「言」とは同音の通借字為り。『詩』の大東に、「睠言として之を顧みる」とある。『後漢書』劉陶伝は「眷然として之を顧みる」に作り、『荀子』宥坐篇は「眷焉として之を顧みる」に作る。「然」「焉」「言」三字、皆な通借す。

然、文選作言。然与言為同音通借字。詩大東、睠言顧之。後漢書劉陶伝、作眷然顧之、荀子宥坐篇、作眷焉顧之。然焉言三字、皆通借。

丁福保が言うように「言」は「然」や「焉」と同じように状態を表わす添え字であるとすれば、「言」は、必ずしも「語る、語らう」と解する必要はない。ただ、念のために言い添えれば、「言」が「然」「焉」と解しうることは、もちろん「迴」を「迴去」と解させうる直接的な根拠ではない。ここで言いうるのは、「歓言」という表現は「来」「去」の双方の解釈をどちらか一方に決定づける根拠にはなり得ないということだけである。

2　第二の疑問点―「故人」について

第二の疑問点は「頗迴故人草」には「故人」ということばが使用されていることである。この「故人」ということばの意味、すなわち当時の言語の規則で規定される意味、言語習慣として認められている既成の意味は、単なる「知りあい」というようなものではない。それには親近感や好意などの感情がともなっている。そしてそのような感情を共示的にともなう「故人」を拒否する方向に解することには疑念が残るというものである。

この疑問に対しては、池上嘉彦氏の言説(221)にもとづいて次のように言っておきたい。詩的な言語は「規則（コード）を変える創造性」を常に孕んでおり、また、そこでは「『コンテクスト』により生み出される『意味』が

『コード』に基づく『意味』に対してその自立性を強く主張し、対立に基づく緊張関係を作る」ことがあると。

現代の中国の注釈者が、「連故人的車子也～（知り合いの車でさえも～）」「連老明友也～（友人の車でさえも～）」[222]と解しているように解釈することも、詩的な言語の原理に従えば十分に可能なのである。問題なのは、そのように表現することによっていかに新しい何かを創造しえているかということである。

3　第三の疑問点―顔延之の「贈王太常」について

いま一つ、「迴」を「迴来」と解さなければならないとする根拠として採り挙げられる詩がある。それは、陶淵明とほぼ同時代の詩人顔延之の「贈王太常」[223]という作品である。この作品は顔延之が太常の官にあった王僧達に贈ったものである。その第十六句目に「亟迴長者轍（亟々長者の轍を迴らしむ）」とある。一見して分かるように、陶淵明の表現と非常によく似ている。顔延之は陶淵明より年少であるが、顔延之自身のことばに嘘がないとすれば陶淵明と実際に交友関係にあった[224]。また、陶淵明のために自ら「誄」を作っている。とすれば、これらの二つの表現の間に密接な関係のあることは否定できない。そして、顔延之の詩の方が陶淵明の詩より遅れて作られたと推測され、これほど類似した表現であるからには、顔延之は陶淵朋の表現を踏まえた上で、このような表現をなしたに違いない。とすれば、顔延之の詩のこの表現は陶淵明の詩の「頽迴故人車」という句を解するための重要な根拠となりうるはずである。

では、顔延之のこの表現はどのように解しうるのか。一般的には、「長者」は王僧達のことを意味し、太常の王僧達がたびたび車駕を迴らせてやって来ると理解されている。これが正しいとすれば、論理的な帰結として陶淵明の表現も「来」の方向に読むことの方が正しいこととなる。

しかし、顔延之の詩に対する解釈が正しくなければ逆の可能性もありうる。事実、内田泉之助氏[225]は、「廻めぐらす。ここでは、わが家へ長者が訪ねてくるとせずに、通釈のように解した」と言い、「通釈」では「身分の高い人が（せっかく訪ねて来たのに、また）車を引きかえしてもどることがしばしばである」と述べている。

また、呉淇[226]も、顔延之の詩の「廻」は、「去」の方向の「廻」であると考えている。

按ずるに、「廻車」の句の下、諸本「歓言として春酒を酌み、我が園中の蔬を摘む」の二句有り。諺に云へらく「客至れば琴書を罷む」と、客至るも書を読みて輟めざるが若きは、是れ晋人の放誕なる悪習にして、靖（陶淵明）は為さず。蓋し好事の者「廻車」の句を誤解し、故に此二句を増添する耳。按ずるに、此の「廻」の字、顔延年の「贈王太常詩」中の「廻」字に同じからず。此の詩の「窮巷」云云は、言ふこころ、大路は車馬の行くこと多く、故に轍深しと。此の若く窮巷の、大路と隔絶するは、人客此に至らば多く廻らしむる所以なり。顔詩の「林閭時ありて晏く開き、亟々長者の轍を廻らしむ」は、林閭の上に於て、又た「郊扉は常に昼も閉す」の一句を着くるは、時に開く者、長者の来るを待てばなり。若し来る轍無くんば、焉んぞ去る轍有らん。但だ人は門の常に閉すを見て、正に去る轍を見るも、来る轍を見ざる耳。

按、「廻車」句下、諸本有「歓言酌春酒、摘我園中蔬」二句。諺云「客至罷琴書」、若客至而読書不輟、是晋人放誕悪習、靖節不為。蓋好事者誤解「廻車」句、故増添此二句耳。按此「廻」字、与顔延年「贈王太常詩」中「廻」字不同。此詩「窮巷」云云、言大路車馬行多、故轍深、若此窮巷、与大路隔絶、所以人客至此多廻。顔詩「林閭時晏開、亟廻長者轍。」於林閭上、又着「郊扉常昼閉」一句、時開者、待長者之来也。若無来轍、焉有去轍。但人見門常閉、正見去轍不見来轍耳。

これらの説明を読むかぎりでは、顔延之の「亟迴長者轍（亟々長者の轍を迴らしむ）」という表現も「迴」を「来」の方向で理解するための十分な根拠だとは言えない。

以上のところで判断する限り、二種の解釈の一方のみに決定することは不可能なように思える。もしそうだとすれば、詩的な言語といえども言語の規則を前提にしなければ成立しえず、一つの詩的表現も詩的な言語の伝統の上にしか花開くことはないという原理にしたがって、まずは従来の用例を調べ、その時代の言語の規則における意味を明確にしておかなければならない。次の節においてはそのことについて検討したい。

四　従来の用例の検討

ここでは従来の用例について、それぞれの時代の言語の規則において検討し、その意味するところを明確にしておきたい。

1　「迴車」が表示義のレベルの意味をしか担っていない用例

論者が調査した限り、「迴故人車」とまったく同じ表現のものは一例もない。ただ、それに近い統辞形態の表現「迴～車」は、屈原の「離騒」に見ることができる。

悔相道之不察兮　　道を相るの察かならざるを悔い
延佇乎吾将反・　　延佇して吾れ将に反らんとす

迴朕車以復路兮　　朕(わ)が車を迴らして以て路に復(かへ)り
及行迷之未遠　　行き迷ふことの未だ遠からざるに及ばん

ここにおける「迴」は、表示義レベルの内容しか担っておらず、単に「車駕を回転させて、その向きを変える」ことを意味しているにすぎない。しかし、ここで注意を要するのは、「迴～車」という表現に「反」「復」ということばをともなっており、このことから判断すれば、「迴～車」は、車駕の向きを百八十度回転させて、もとの地点へ帰って去くことを意味しているとしなければならない。ある地点に向かってやって来るという意味ではない。このような「迴～車」という表現が、共示義のレベルの内容を担うように発展し、言語表現の規則のなかに組み入れられてそのまま一定の意味を担うとすれば、それは当然「去」の方向でなければならない。

　これを陶淵明の詩に当てはめれば、「窮巷」のあたりまでやって来るには来るが、そこで車駕の向きを百八十度回転させてもと来た方向に「反(かえ)（復）」って去くということになる。しかし、結論を下すにはまだ早い。いま少し別の用例を見てみたい。

「螳蜋之斧」ということばで有名な、斉の荘公の故事には、「迴～車」というのではなく、単に「回車」という形ではあるが、次のような表現がある。

　斉の荘公出猟するに、螳螂の足を挙げて、将に其の輪を搏(う)たんとする有り。其の御者に問ひて曰く、此れ何の虫ぞやと。御曰く、此は是れ螳螂なり。其の虫為(た)る、進むを知りて退くを知らず、力を量らずして敵に就くを軽んず、と。荘公曰く、此れ人為(た)らば、必ず天下の勇士為り、と。是(ここ)に於て車を回(めぐら)して之を避け、而して勇士之に帰す。

斉荘公出猟、有螳螂挙足、将搏其輪。問其御者曰、此何虫也。御曰、此是螳螂也。其為虫、知進而不知退、不量力而軽就敵。荘公曰、此為人、必為天下勇士矣。於是回車避之、而勇士帰之。

これは『韓詩外伝』より採ったものであるが、ほとんど同じ文章が、『淮南子』(227)にも採られている。

ところで、この場合も、「離騒」の表現と同様、表示義のレベルしか担っておらず、それだけでは単に「車駕の向きを変える」という意味でしかない。しかし、この「回車」には「避」がともなっているように、「来」の方向へ向う表現ではない。ある対象の近くまで接近して来るが、そこで方向を変えて、その対象を避け、そこから遠ざかって去くという表現である。

司馬相如の「上林賦」(228)と揚雄の「甘泉賦」(229)にも前二例と同じ言語現象と考えられる次のような表現がある。

道尽途殫、廻車而還。　道尽き途殫きて、車を廻らせて還る（司馬相如）

於是事畢功弘、廻車而帰。　是に於て事畢り功弘まり、車を廻して帰る。（揚雄）

これらの文章には「還」や「帰」ということばが「迴車」という表現と一緒に出てくる。したがって、この二つの文章における「回車」が、「来」の方向ではなく、「去」の方向の表現として発展していく可能性の中にあることは、もはや言うまでもないであろう。

以上の用例は、「迴車」そのものには「車駕を回転させて、その向きを変える」という表示義のレベルの意味をしか担っていない例である。しかし、それらはすべて「反」「復」「避」「還」「帰」などのことばをともなっているように、その状況において中心的な位置を占めていた対象から遠ざかって去っていくという文脈の中で用いられており、「遠ざかっていく」という意味を共示的に担う方向に発展していく可能性を孕んだ表現である。

2 「去」の方向に発展していく可能性をもつ用例

さて、以上のような用例に対して、すでに「去」（遠ざかって去く）という方向に発展していく可能性のある意味を担ったより高いレベルに発展した言語表現がある。

臣聞く、盛飾して入朝する者は、私を以て義を汙さず。名号を砥厲する者は、利を以て行ひを傷らず、と。故に里の勝母と名づくるは、曾子は入らず、邑の朝歌と号するは、墨子は車を廻らす。

臣聞、盛飾入朝者、不以私汙義。砥厲名号者、不以利傷行。故里名勝母、曾子不入、邑号朝歌、墨子廻車。

これは「獄中上書自明(230)」において鄒陽がなした表現である。文字通りに読めば全体として文脈をたどれない。村の名前が「勝母（母に勝る）」だったので曾子はその村に入らなかった、一方、墨子は「朝歌」だったので車駕を回転させた。それだけではこの文章は意味をなさない。言語の秩序を逸脱した表現であり文脈を考慮に入れる必要がある。その表現形式の統辞的組成より判断すれば、「邑の朝歌と号するは、墨子は車を廻らす（邑号朝歌、墨子廻車）」は、「里の勝母と名づくるは、曾子は入らず（里名勝母、曾子不入）」といわゆる隔句対を形成しており、しかも正対の対句表現である。対句表現は文脈を構造化する一つの手法であり、そのことからこの文脈を辿れば「不入」と「廻車」は同一内容を表現しているものであると解釈することができる。すなわち、この文章における「廻車」は、ただ単に「車駕の向きを変える」という意味だけでなく、「中に入らない」「遠ざかって去く」という意味も共示的に担っていると読まなければならない。このことは、この部分に対して施された李善の注に言う「淮南子に曰く、墨子は楽を非とすれば、朝歌に入らず（淮南子曰、墨子非楽、不入朝歌）」の内容をいま少し検討してみれば、より明白になる。

この注で李善の引く『淮南子』の文章は「説山訓」のもので、次のようになっている。

> 曾子は孝を立つれば、勝母の閭を過ぎらず。墨子は楽を非とすれば、朝歌の邑に入らず。孔子は廉を立つれば、盗泉を飲まず。
>
> 曾子立孝、不過勝母之閭。墨子非楽、不入朝歌之邑。孔子立廉、[231]不飲盗泉。

ここで注意しなければならないのは、鄒陽が典故としたとされる『淮南子』には「不入」とあるだけで、「迴車」という表現が見られないことである。鄒陽が「迴車」と表現したときに、すでに、そこに「不入」という意味を込めていたはずで、そうでなければ彼の文章は焦点を結ばない。ただ、鄒陽がこのように表現した時点では、「迴車」の単独での使用にはまだ誤解を生むおそれをもつ不安定性があり、十分に規則に組み込まれていなかったのかもしれない。しかし、その判断は別の検討を待たなければならない。それはともかく鄒陽の「獄中上書自明」では「故里名勝母、曾子不入、邑号朝歌、墨子廻車」となっているように、「不入」という表現を対に用いることによってその方向が明確になっていることはたしかである。

それに対して曹植と呉質の次のような表現はそれを単独で用い、それでいてすでに「不入」という意味をその中に含んでいて安定している。

> 墨翟は伎を好まず、何為れぞ朝歌を過ぎて車を迴す。足下は伎を好んで、墨翟の車を迴すの県に値へり。

墨翟不好伎、何為過朝歌而廻車乎。足下好伎、値墨翟廻車之県。（曹植「与呉季重書」[232]）

墨子は車を廻（かへ）すも、而も質は四年なり。

墨子廻車、而質四年。（呉質「答東阿王書」[233]）

この二つの表現は、曹植と呉質の間にとり交された贈答文で用いられたもので、「廻車」という表現は、両者の間に意志の疎通の齟齬がまったくないまでに安定した表現になっていたことが知られる。それを可能にしたのは、『淮南子』の故事自体が誤解を生じないほどに文化の規則に組み込まれ、その上に「廻車」という表現が言語表現の体系のなかに規則化（コード）されていたという時代の文化的、文学的状況によるものであると判断される。

これら鄒陽、曹植、呉質の表現は、先に引用した『淮南子』説山訓の墨子のエピソードにもとづく表現であるが、曾子のエピソード（「曾子立孝、不廻勝母之閭」）にもとづいた次のような表現もある。

臣聞、孔子忍渇於盗泉之水、曾参回車於勝母之閭、悪其名也。

臣聞く、孔子は渇を盗泉の水に忍び、曾参は車を勝母の閭に回らすは、其の名を悪（にく）めばなり。

これは『後漢書』鍾離意伝の文章で、陶淵明とほぼ同時代のものである。したがって、この表現からは、「廻車」という表現が陶淵明の時代においてどのようなレベルの共示義を担っていたかを知ることができよう。そのことについては、もはや多言を用いる必要はあるまい。ここでは「廻車」という表現には「不過」という意味が共示的に含まれているとだけ指摘しておきたい。

以上、屈原の表現から『後漢書』のそれに至るまで、順次たどっていけば、「廻車」という表現がいかにして、表示義のみのレベルから共示義を含むレベルにまで発展していったのか、その変化の過程を知ることができる。

3　共示義のレベルにおいて「去」の方向の意味をもつ用例

また、陶淵明とほぼ同時代でやや時代の下る劉鑠の「擬行行重行行」詩に次のような表現がある。(234)

眇眇陵長道　　眇眇として長き道に陵（のぼ）り
遥遥行遠之　　遥遥として行きて遠く之（ゆ）く
迴車背京里　　車を迴らして京里に背（そむ）き
揮手従此辞　　手を揮（ふる）ひて此（ここよ）従り辞す

ここにおける「迴車」という表現も、車駕の向きを変えて「京里」に「背（そむ）」き、そこを「辞」するのであって、「来」の方向の表現ではない。その「迴車」ということばのみをとりあげ、このことばの発展の流れにあてはめれば、それは『楚辞』の「離騒」や『韓詩外伝』の「蟷蜋之斧」と同じところに位置している。しかし、ことはそれほど単純ではない。なぜならそれは、次のような事情によってこの表現が為されているからである。

劉鑠のこの表現は「擬古詩」のものであり、李善の注を待つまでもなく「古詩十九首」の第十一首(235)の詩の中の次のような表現にもとづくものである。

迴車駕言邁　　車を迴らし駕して言（ここ）に邁（ゆ）き
悠悠渉長道　　悠悠として長道を渉る

しかし、「古詩十九首」のこの表現は、それだけでは「迴」の方向は明確であるとは言い難い。ただ、そのような判断は表示義のレベルで見た限りのことで、共示義のレベルにおいてはすでに「去」の方向と判断するよりほかない。なぜなら、「古詩十九首」の「迴車駕言邁」という表現は、『詩経』邶風の泉水の次のような表現に基づくものだからである。

出宿于干　出でて干に宿し
飲餞于言　言に飲餞し
載脂載舝　載ち脂し載ち舝し
還車言邁　車を還して言に邁かば
遄臻于衛　遄に衛に臻らん
不瑕有害　瑕ぞ害有らざらんや

「古詩十九首」の「迴車駕言邁」という表現は、『詩経』邶風の泉水の傍点部の表現「還車言邁（車を還して言に邁く）」によるものである。文脈からすでに判断されるように、「還車（車を還す）」は車の向きを百八十度回転させて帰って去くということを表現したものである。鄭玄の箋「我還車疾至於衛而返（我車を還して疾に衛に至りて返る）」を待つまでもない。

すなわち、劉鑠の表現は、『詩経』の「還車言邁」から「古詩十九首」の「迴車駕言邁」へ、そして「迴車駕言邁」から劉鑠の「擬行行重行行」の「迴車背京里」へという流れの中でなされたものなのである。

4　「迴＋（車駕に関することば）」の用例

さて、以上はすべて「迴車」の用例であるが、最後に「迴＋（車駕に関することば）」の形式の用例をいくつか見ておきたい。

　因りて軫を回らして衛に還り、阿房に背きて未央に反る。
　因回軫還衛、背阿房反未央。（揚雄「羽猟賦」(236)）

喪柩既に臻り、将に魏京に反らんとす。霊輀　軌を迴らせば、白驥　悲鳴す。
　喪柩既臻、将反魏京。霊輀迴軌、白驥悲鳴。（曹植「王仲宣誄」(237)）

時に于て曜霊は景を俄け、係ぐに望舒を以てす。般遊の至楽を極め、日は夕なりと雖も而れども劬るるを忘る。老氏の遺誡に感じ、将に駕を蓬廬に迴さんとす。
　于時曜霊俄景、係以望舒。極般遊之至楽、雖日夕而忘劬。感老氏之遺誡、将迴駕乎蓬廬。（張衡「帰田賦」(238)）

揚雄の用例は、「還」字と「反」字をともなっているので、もはや言うまでもないだろう。

曹植の用例(239)も「反」字をともなっているが、次の張衡の用例についてはいささか説明を要する。ここで「老氏之遺誡」というのは、李周翰が「老子曰く、馳騁田猟は人心をして発狂せ令む（老子曰、馳騁田猟令人心発狂(240)）」と注するように『老子』第十二にある誡めの文章のことである。そこでことばを補ないパラフレイズすると、「老子が馳騁田猟は人の心を狂わせると誡めたことばを思い、車の向きを変えて我が家に帰ろう」となる。「迴駕

（駕を迴す）」はもちろん田猟の地から遠ざかって去くという意味を内包している。

むすびにかえて

これまで挙げたいくつかの用例によれば、「迴車」およびそれに類する表現は、「去」の方向に解さなければならない。論者が調査した限りでは、ほとんどの場合これらの用例と同じである。そうだとすれば陶淵明の時代の言語の規則においては、「迴車」は車駕の向きを変えて話題の中心となっている対象を避け、それに背を向けて、それから遠ざかって去き、もとの地点に帰って去くという意味を担った表現であったと言うことができる。

それでは、このことを根拠にして即座に「読山海経」第一首の「頗迴故人車」も「去」の方向に解すべきであると結論を下すことができるかと言えば、もちろんそう簡単にはいかない。すでに述べたように、詩的な言語はまずは既成の言語表現（既成の詩的表現も含む）の規則の上に成立するものではあっても、それのみに止まるものではなく、そこから逸脱する可能性を有するものでもあるからである。

詩的な言語は、既成の規則に背き、それから逸脱することによって既成の規則との間に緊張した関係を生み出し、そこに既成の規則に依拠した表現では把握し得なかった新たな認識を創造していくものである。また、さらにそのことによって既成の規則を改変しさえする。すなわち、「頗迴故人車」という表現が規則に基づくものにすぎないとすれば「去」の方向に解さなければならず、そうではなくて規則から逸脱した表現であるとすれば「来」の方向にも解しうるということである。

ただ、「来」の方向に解するとすれば、すなわち規則から逸脱した表現であると判断するとすれば、逸脱することによっていかなる新しい認識が創造されているのか、それを明らかに示さなければならない。なぜなら、それこそがあえて既成の規則に背いてそのように表現した、その詩的表現の価値であるはずなのだから。だが残念ながら従来の注釈でこの点に言及したものはない。

ところで、ある詩的表現がいかなる意味を担っているか、「読山海経」第一首の場合で言えば、「迴車」の「迴」が「去」の方向の表現であるのか、「来」の方向のそれであるのかは、どのように判断できるのであろうか。それは既成の規則に従って規定される意味をもとにし、何層にも構造化された文脈の中にそのことばを置いて、文脈とその表現「迴車」との関係において判断するよりほかはない。

すなわち、まずは一篇の作品、この詩「読山海経」第一首の場合は、第一首全体のレベルの文脈において、次には一連の作品群、この詩の場合は、「読山海経」十三首全体のレベルの文脈で解釈するよりほかはない。また、一詩人によって生み出された作品群全体のレベルの文脈を、さらには、時代の文学的・文化的レベルの文脈をも考慮に入れておかなければならないであろう。

これらのレベルは、順次より高次のものになっていく。ただそれは、地層のような一定の層を形成しているのではない。それらは相互に構造化し合っている。したがって、より低次のレベルでの検討を、順次より高いレベルに上げて再検討すればよいというものではない。より低次のレベルにおいて文脈を考慮するときには、より高次のレベルの文脈も同時に考慮されているということでなければならない。その実際については次章に譲ることとしたい。

第二章　「読山海経」第一首が表現している境地

はじめに

第一章で述べたように陶淵明の「読山海経」第一首は、その解釈において見過ごせない問題を有している。それは第八句「頗迴故人車」の「迴」の方向に対する理解で、従来、正反対の二様の解釈がなされている。一つは「迴来」（車の方向を変えてやって来る）と解するもので、いま一つは「迴去」（車の向きを変えて去って行く）と解するものである。近年では、中国人の解釈はおおむね後者にあり、日本人のそれはほぼ前者に属している。

それらの注解の概要については論者はすでに前章で検討を加え、次のことを述べた。

(1) 二様の解釈のどちらか一方に決定づけることは前後数句の文脈において見る限り不可能であること

(2) したがって、まずは当時の言語の規則において「迴車」がいかなる内容を担っていたかを検討しておく必要があり、それを検討した内容

(3) 検討した結果、「迴」は「去」と解する方が言語の規則に従った理解であること

以上の検討による限り「迴去」と解する方が妥当である。しかし、日常言語においても発話の段階では規則への依存度よりも文脈への依存度の方が優先する。まして、規則より逸脱することによって新しい認識を拓いていくものである詩的言語にあっては、なおさら文脈に依存する度合が大きい。規則だけに依拠して解釈するのでは十分な結果を生み出すことはできない。それゆえに、前後数句という小さな文脈で解釈しきれないからには、より大きな文脈において検討してみるよりほかはない。

本章の目的は、第一章での検討結果をふまえて「読山海経」第一首全体の文脈をたどり、そこに「頗迴故人車」という句を置いたとき「迴」がどのような方向に向って現出してくるのかを読み解くことにある。また、一首の詩の全体的文脈とはその詩として表された境地のことでもあり、本章における検討は同時にこの詩「読山海経」第一首の境地を提示することにもなるはずである。

さて、一人の詩人の作品群を全体的に見るとき、時代の言語の規則とは別に、詩人個有の言語の規則とも言うべき、言語使用上の一定の性向がある。そして、それが詩として表した詩人個有の境地と深く関わることがあるのはよく知られた事実である。それゆえに「読山海経」第一首の全体的文脈を見る前に、まず「迴～」という表現が陶淵明の他の作品群の中において、いかなる文脈において、いかなる内容を担って用いられているのかを見ておくこととしたい。

一　陶淵明の詩文に見える「迴（回）～」の用例の検討

陶淵明の詩文では「迴＋車」という表現は、「読山海経」第一首の他には見ることができない。「読山海経」のこの用例だけである。ただ、車駕を表わす語と「回」字との組み合せで表現されているものは、わずか一例であるが、次のものを挙げることできる。「飲酒二十首」第九首[241]のものである。

清晨聞叩門
倒裳往自開
問子為誰与
田父有好懐
壺漿遠見候
疑我与時乖
襤縷茅檐下
未足為高栖
一世皆尚同
願君汨其泥
深感父老言
稟気寡所諧
紆轡誠可学
違己詎非迷
且共歓此飲

清晨　門を叩くを聞き
裳を倒(さかし)まにして往きて自ら開く
問う　子は誰かと為すと
田父　好懐有り
壺漿もて遠く候(うかが)われ
我の時と乖(そむ)くを疑う
茅檐の下に襤縷するは
未だ高栖と為すに足らず
一世　皆な同を尚(たつと)ぶ
願はくは君其の泥に汨めと
深く父老の言に感ずるも
稟気　諧(かな)ふ所　寡(すくな)し
轡を紆(ま)ぐるは誠に学ぶ可きも
己(おのれ)に違(たが)ふは詎(なん)ぞ迷いに非ざらん
且(しばら)く共に此の飲を歓(たのし)まん

吾駕不可回　　吾が駕は回す可からず

ある晴れた日の朝、百姓のおやじが酒壺をぶらさげてはるばるやって来た。時俗を避け、ボロを着てあばら屋に住む私に、「そんな生活は、高尚な生き方とは言えませんぞ」と忠告する。なるほど、その通りかもしれん。しかし、生まれついての性格ゆえに詮かたもない。まあ、酒でも飲んで楽しみましょうや。そして「吾駕不可回（吾が駕は回す可からず）」、私の車はもはや引き戻せませんぞ、と続く。

この詩の最後に「吾駕不可回（吾が駕は回す可からず）」とあるが、この句の「吾駕」が何を比喩しているのかについては諸説ある。しかし、「回」が車駕の向きを一八〇度回転させて現在いる場所に背を向けもとの道を戻って帰って行く、そのような方向の表現であることは明白である。

また、車駕とは無関係であるが、「回舟」という形で次のような表現を見ることができる。

瞻夕欣良讌　　夕を瞻て良讌を欣ぶ
離言聿云悲　　離言 聿に云に悲し
晨鳥暮来還　　晨鳥 暮に来たり還り
懸車斂余輝　　懸車 余輝を斂む
逝止判殊路　　逝くと止まると殊路を判つ
旋駕悵遅遅　　駕を旋せば悵として遅々たり
目送回舟遠　　目送す 回舟の遠きを
情随万化遺　　情は万化に随ひて遺る

これは「於王撫軍坐送客（王撫軍の坐に於て客を送る）」と題された詩のものである。「駕（車駕）」を「旋」らせて宴席より家に帰っていってこの地に「止」まる私と、舟の向きを百八十度回転させてここから遠ざかって旅立って「逝」く客人との別離の様子を表現したものである。「目送す 回舟の遠きを（目送回舟遠）」という句の「回舟」が「来」の方向ではなく「去」の方向であることは、「送」「遠」という語があることからも言うまでもない。すなわち「回舟」は「回る舟」なのである。

さらに、従弟の死去に逢い、その旧宅に立ち寄ってその死を悼んだ詩「悲従弟仲徳（従弟仲徳を悲しむ）」には、次のように表現されている。

遅遅将回歩　　遅遅として将に歩を回さんとし
惻惻悲襟盈　　惻惻として悲しみ襟に盈つ

従弟の仲徳の葬儀に行った帰りの道すがら、従弟とその家族のことを思えば、悲しみが胸に盈ちあふれてくる。この「回歩（歩を回す）」は、やはり従弟の旧宅より立ち去り、我が家へ帰って去くという方向の表現である。

以上、陶淵明の詩文においても「迴（回）～」という表現は、すべて「迴去」の方向である。時代の言語の規則に依拠した表現であって、詩人個有の特殊な言語的性向の存在を示してはいない。

したがって、現代の日本の多くの研究者が理解しているように「迴来」と解するためには、詩学の理論上、次のような解釈の過程を経なければならない。

(1) 時代の言語の規則（その当時において、「迴車」というときの「迴」は「去」の方向に向っていくという内容を共示時に担っているのが一般的であるということ）より逸脱した表現であると認定する。

(2)「迴」字の原義に立ち戻り、「迴車」をその表示義通り、「車駕を回転させる」「車駕の向きを変える」ということを表現するに過ぎないものと捉える。つまり、回転させる行為から、百八十度という限定を取り除く。

(3)以上のことを前提として、文脈との関係の中で表現内容を解釈していく。

この三つの過程において注意を要するのは、規則から逸脱した表現であると認める際に、それはいかなる理由に依るのか、その理由を明示しなければならないことである。つまり、逸脱することによって規則に依存した表現よりもいかに価値の有る表現となり得ているのか、すなわち、いかなるより新しい認識を表現し得ているのかを明らかに示さなければならないということである。詩的言語表現を解釈するときには常にこのこと意識していなくてはならない。

特にこの詩「読山海経」第一首の場合は、第一章ですでに述べたように、「迴来」なのか「迴去」なのかによって、「開かれた精神」を表現しているのか、「閉された精神」を表現しているのかという見過ごすことのできない重大な問題が生じてしまう。そして、それらは排他的な二者択一性の関係にある。ことは重大であり曖昧に済ます訳にはいかない。しかし、この点について明白に論じたものは、論者の眼の及ぶ範囲にはない。そうだとすれば再度その文脈をたどりなおして検討するほかない。

二　文脈における検討

「読山海経」は、ほんらい十三首の作品よりなる連作詩である。しかし、第一首はプロローグとも言うべき詩であって、他の十二首の詩に対して相対的に自立している。(242)他の詩と同列にあるのではない。かと言って完全に自立した詩でもないことは、同一詩題の下に他の詩と並んであることから明白である。ただ、「飲酒」二十首、「擬古」九首、「雑詩」十二首などの詩においてはその中の一首一首の比重はほぼ同じであるが、それと比較すれば、「読山海経」第一首の自立性はより強いと言える。一方、「停雲」や「始作鎮軍参軍経曲阿作」「庚戌歳九月中于西田獲早稲」のように一詩題のもとに一首だけある他の多くの詩に比べれば、その自立性はやはり相対的なものでしかない。別の面から言えば、「読山海経」の他の詩と第一首との関係は、「飲酒」詩における二十首の詩とその「序」の関係に相当するものである。そしてその「序」が、「読山海経」においては単なる「序」ではなく自立した一篇の詩になっているということである。「読山海経」の第一首はそのような微妙な位置にある。

この微妙な性格は、第一首のなかだけの文脈において検討する場合には、第一首は相対的であっても一応自立しているので、さほど重要な意味を持つものではない。しかし、より高次のレベルの文脈を考慮に入れるとすれば、その微妙な性格を無視することはできない。

本章においては、第一首のなかの文脈における検討を中心に置き、より高次のレベルの文脈については論述において必要なところだけに限定して論及するつもりである。それゆえに大矢根文次郎氏の言うように「其一は、（中略）その書（『穆天子伝』と『山海経』…門脇）の種々な場面に焦点をあてて詠出するのではなく、いわばこの詩を作るに至った次第を詠歌した総論的な詩である」(243)ことだけを確認して、ひとまず自立した一篇の作品として読んでいくこととする。

1　二句一聯ずつの検討

ここで「読山海経」第一首の全体をもう一度示しそのあとは二句一聯ずつ検討していくこととしたい。

第1聯	孟夏草木長　繞屋樹扶疏	孟夏 草木長じ　屋を繞(めぐ)りて樹は扶疏たり
第2聯	衆鳥欣有託　吾亦愛吾廬	衆鳥 託する有るを欣(よろこ)び　吾も亦た吾が廬(いおり)を愛す
第3聯	既耕亦已種　時還読我書	既に耕し亦た已(すで)に種(う)え　時に還(ま)た我が書を読む
第4聯	窮巷隔深轍　頗迴故人車	窮巷は深轍を隔(へだ)つも　頗(すこぶ)る故人の車を迴(めぐ)らす
第5聯	歓言酌春酒　摘我園中蔬	歓言として春酒を酌み　我が園中の蔬を摘(つ)む
第6聯	微雨従東来　好風与之倶	微雨 東従(よ)り来(きた)り　好風 之(これ)と倶(とも)にす
第7聯	汎覧周王伝　流観山海図	周王の伝を汎覧し　山海の図を流観す
第8聯	俯仰終宇宙　不楽復如何	俯仰に宇宙を終(お)う　楽しからずして復た如何(いか)ん

問題の「頗迴故人車」は、一応、これまでの多くの注釈書にしたがってひとまず「頗(すこぶ)る故人の車を迴(めぐ)らす」と読んでおきたい。

第1聯「孟夏草木長　繞屋樹扶疏」（第一・二句）

大化の自然の運行に従って季節はめぐり、その季節の推移に沿って草木は消長する。今は初夏、草木の生い茂る季節である。樹木も枝々に葉をふさふさ（扶疏）と繁茂させている。

この聯では、まずこの詩で展開される舞台の季節が設定されている。この季節（初夏）がどれほどのことを意味するかについては、あえて問わない。しかし、このような表現の背後には自然には四季のサイクルがあり、それに従って植物が消長をくりかえすという自然観があることは、確認しておかなければならない。つまり、自然という場の上にこれらの詩句が成り立っているということである。そして、そのような自然において詩人が描き出すのは繁茂した草木樹々である。

そこで注意を要するのは、その草木樹々の繁茂の仕方である。詩人は「繞屋（屋を繞る）」すなわち自己の住居を取り囲むものとして草木を生い茂らせる。詩人の目には住居をとり囲む樹々がまず目に映っている。詩人はその詩の冒頭においてそこで展開される出来事の場を設定し、それを草木樹々に取り囲まれた小世界としているのである。これは四方の彼方にひろびろと拡がっていく開放された空間ではない。詩人はそのように取り囲まれた小世界の内部にその身を置いている。

第2聯　「衆鳥欣有託　吾亦愛吾廬」（第三・四句）

　この草木樹々に取り囲まれた小世界に詩人とともに棲むのは「鳥」たちである。彼らは己が身を安心して「託」すことのできる場所があるのを「欣（よろこ）」んでいる。それは、直接的には詩人の住居を取り囲む樹木、葉をふさふさと生い茂らせている樹々であろう。しかし、ただそれだけでなく樹木に取り囲まれた小世界そのものでもある。この小世界は生き物が安住することができる空間なのである。

　さて、陶淵明の詩文の中で詠まれている「鳥」はねぐらに帰る鳥であると断言しても差しつかえがないほどに、詩人は「帰鳥」をしばしば、そしてそのつど大きな比重を与えて詠んでいる。なかでも有名なのは「飲酒」第五首に見られるものであろう。

　　采菊東籬下　　菊を采（と）る　東籬の下
　　悠然見南山　　悠然として南山を見る
　　山気日夕佳　　山気　日夕に佳（よ）く
　　飛鳥相与還　　飛鳥　相ひ与（とも）に還（かへ）る
　　此中有真意　　此の中に真意有り
　　欲辨已忘言　　辨ぜんと欲して已（すで）に言を忘る

ここの「山気日夕佳　飛鳥相与還（山気　日夕に佳（よ）く　飛鳥　相ひ与（とも）に還（かへ）る）」という二句は、この二句それ自体よりも、この二句を承けて「此中有真意　欲辨已忘言（此の中に真意有り　辨ぜんと欲して已に言を忘る）」という二句が続くことによって、その重さが量られている。そのことの詳細は、吉川幸次郎氏の論述[244]に譲ることとし、ここでは、ねぐらに帰る鳥が詩人にとって特殊な重要性を有していたということだけを確認しておきたい。

このことは、詩人自身に「帰鳥」と題する詩があることからも理解することができる。

翼翼帰鳥　　翼翼たる帰鳥
晨去于林　　晨に林を去り
遠之八表　　遠く八表に之き
近憩雲岑　　近く雲の岑に憩ふ
和風弗洽　　和風洽かざれば
翻翮求心　　翮を翻して心を求む
顧儔相鳴　　儔を顧みて相ひ鳴き
景庇清陰　　清陰に景れ庇はれんとす

翼翼帰鳥　　翼翼たる帰鳥
載翔載飛　　載ち翔り載ち飛ぶ
雖不懐游　　游ばんことを懐はずと雖も
見林情依　　林を見れば情は依る
遇雲頡頏　　雲に遇へば頡頏するも

相鳴而帰　相ひ鳴きて而して帰る
遐路誠悠　遐(はるか)なる路に誠に悠(はるか)なるも
性愛無遺　性の愛するところ遺(わす)るる無し

翼翼帰鳥　翼翼たる帰鳥
相林徘徊　林を相(たす)く徘徊す
豈思天路　豈に天路を思はんや
欣及旧棲　旧(もと)の棲(すみか)に及びしを欣(よろこ)ぶ
雖無昔侶　昔の侶無しと雖も
衆声毎諧　衆声毎(つね)に諧(かな)ふ
日夕気清　日の夕べ気は清し
悠然其懐　悠然たり其の懐(おも)ひ

翼翼帰鳥　翼翼たる帰鳥
戢羽寒條　羽を寒(ふゆ)の條(えだ)に戢(おさ)む
游不曠林　游ぶは曠(ひろ)き林にせず
宿則森標　宿るは則ち森の標(こずえ)
晨風清興　晨の風清く興り
好音時交　好き音(ね)を時に交(まじ)ゆ

矰繳奚施　　矰繳奚ぞ施さん
已倦安労　　已に倦めり　安んぞ労せんや

朝早く林を飛び立った鳥は、世界の果て（八表）まで飛んで行き、いまは「旧の棲」に戻ってきたのを「欣」んでいる。そしてその「懐」いは「悠然」としている。この鳥の姿が、「読山海経」の鳥たちの姿と酷似していることは一読して理解できる。ただ、「帰鳥」の鳥が羽を「戢」めているのは「寒條（冬の枯枝）」であるのに比して、「読山海経」の鳥は初夏のふさふさと繁茂した樹々に身を託している。その恵まれた状況を知りうる。
また、「帰去来辞」には、「雲無心以出岫、鳥倦飛而知還（雲は無心にして以て岫を出で、鳥は飛ぶに倦みて還るを知る）」とも述べられている。これらのねぐらに帰る鳥、ねぐらで悠然としている鳥が詩人自身の自己イメージであろうことは多くの研究者の指摘するところである。その身を安心して託すことのできる場所があるのを欣んでいる鳥の懐いはそのまま詩人の懐いでもある。そのような詩人の自己イメージを表現したものと思われる詩に次のようなものがある。「飲酒二十首」第四首である。

栖栖失群鳥　　栖栖たり失群の鳥
日暮猶独飛　　日暮れて猶ほ独り飛ぶ
徘徊無定止　　徘徊して定止なく
夜夜声転悲　　夜夜　声は転た悲し
厲響思清遠　　厲響　清遠を思ひ
去来何依依　　去来　何ぞ依依たる

因値孤生松　　孤生の松に値えるに因り
斂翮遥来帰　　翮を斂めて遥かに来り帰る
勁風無栄木　　勁風に栄木無きも
此蔭独不衰　　此の蔭 独り衰へず
託身既得所　　身を託するに既に所を得たり
千載不相違　　千載 相ひ違はざれ

吉川幸次郎氏は、

この一首も、淵明の自敍であること、疑いをいれない。／長い長い漂泊ののちに、見いだした孤生の松とは、人の世のつめたさにもてあそばれつくされたのち、やっと見いだした心のよりどころを、それにたとえているに、相違ない。(245)

と説明している。「長い長い漂泊ののちに」「身を託してすでに所を得た」のちの鳥こそが、詩人の廬のまわりの樹々にいま楽しくさえずっている鳥たちであろう。そしてこの鳥たちが詩人その人でもあることはもはや言うまでもない。このことは「吾も亦た吾が廬を愛す（吾亦愛吾廬）」と続くことによっていっそう明白である。詩人自身もまた樹々に取り囲まれた小世界にあって己が身を託しうる所のあるのを「欣」んでいる。そして、この小世界こそが詩人にとっての己が身を託しうる樹々でもあるということである。

さて、この聯（「衆鳥欣有託　吾亦愛吾廬」）でもう一つ注意しなければならないのは、一つの句の中に「吾」という字が二度重ねて用いられていることである。主語としての「吾」は、それ自体として問題としうるものではない。しかし同じ句の中にもう一度「吾廬」と重ねて用いられていることには注意しなければならない。定型詩という形式の詩の中の詩的言語であるだけにより敏感になる必要がある。

この句（「吾亦愛吾廬」）の「吾」は一種の強意表現として読まなければならないだろう。他の誰のものでもなく「私自身の」というような意味合いの「吾」である。他者の関わりを拒否した「吾」であると言えば、あるいはことばが過ぎるかもしれない。しかし、少なくとも他者の存在をその認識から捨象したうえでの表現であると言うことはできよう。

このことは、のちに述べられる「我書」「我園」のように「われ」ということばを冠して「われ」への意識を表明する詩人の精神を鑑みれば的はずれな解釈ではない。それはともかくも、詩人は他者との関係の上にある相対的な自己（われ）としてではなく、窮極的な一点に収斂していく絶対的な自己として自己自身の姿を描き出しているのである。

第3聯　「既耕亦已種　時還読我書」（第五・六句）

樹々に取り囲まれた平和で幸福な小世界にあって、詩人は己れのなすこととして「読書」を採りあげる。そして、その前提には耕作と種播きの終了をおく。それらの行為が塵俗の世界（現実政治の世界）から離脱することによって可能となることであることは言うまでもない。

詩人は、平穏な小世界で「読書」する。そして読むものは「我が書」すなわち私好みの本である。しかも、それは経書や史書ではない。世俗の世界での生活に役立つものではなく、塵俗の世界（現実政治の世界）から遠く離れた、空想的で超現実的な世界のできごとを描いた『山海経』であり、『穆天子伝』である。

ここに表現されている農耕や読書は双方ともに世俗性の拒否とまではいかなくとも、超俗性という概念に包摂される行為である。そのことは「五柳先生」が好むものとして最初に挙げられるのが「読書」[246]であることと合わせて考えれば納得のいくところである。

さらに言えば、以上の六句はすべて超俗性という概念に属することがらのみを描きだしている。したがって、ある意味で平板な印象を与えかねない。一般的に言って、対立するものと並置されることによってことがらは陰翳を与えられ、立体性を獲得する。そこで、詩人は次の聯（第七・八句「窮巷隔深轍　頗迴故人車（窮巷は深轍を隔つも　頗る故人の車を迴らす）」）において世俗性を提示し、「脱俗性」→「脱俗性」→「脱俗性」と続いた平面的な表現を一挙に立体化する。ただ、この聯は問題のある箇所であるのでのちに述べることとし、次には、先に、第九・十句について見ておきたい。

第5聯　「歓言酌春酒　摘我園中蔬」（第九・十句）

「歓んで酌み」、飲む酒は「春酒」である。「春酒」は『詩経』豳風七月の次のような表現にもとづいている。

六月食鬱及薁　　六月に鬱及び薁を食ひ
七月亨葵及菽　　七月に葵及び菽を亨る

八月剝棗　　八月に棗を剝(う)ち
十月穫稲　　十月に稲を穫(か)る
為此春酒　　此の春酒を為(つく)りて
以介眉寿　　以て眉寿を介(たす)く

これによれば「春酒」は長寿の人のよわいを助けるもの（以介眉寿）である。ただ、この句での「春酒」が明確に『詩経』での内容すなわち「眉寿（長寿）」を介(たす)けるものとしての酒という内容を担っているのかどうかは必ずしも明白ではない。というのは陶淵明の詩文には「春酒」という表現がこの一例しかなく、また、これと同義の表現である可能性のある「春醪(しゅんろう)」ということばも、そのような文脈を形成するものとは断言し難いからである。

靄靄停雲　　靄靄(あいあい)たる停雲
濛濛時雨　　濛濛たる時雨
八表同昏　　八表　同(とも)に昏(くら)く
平路伊阻　　平路　伊(こ)れ阻(はば)まる
静寄東軒　　静かに東軒に寄り
春醪独撫　　春醪(しゅんろう)　独り撫(ぶ)す
良朋悠邈　　良朋　悠邈たり
搔首延佇　　首を搔きて延佇す　（「停雲」）

良辰入奇懐　　良辰 奇懐に入り
挈杖還西廬　　杖を挈（たづさ）へて西廬に還（かへ）る
荒塗無帰人　　荒塗 帰る人無く
時時見廃墟　　時時 廃墟を見る
茅茨已就治　　茅茨 已（すで）に治に就（つ）き
新疇復応畬　　新疇 復た畬（しゃ）に合すべし
谷風転凄薄　　谷風 転（うた）た凄薄
春醪解飢劬　　春醪 飢劬を解く　（「和劉柴桑」）

在昔無酒飲　　在昔 酒の飲むべき無く
今但湛空觴　　今は但だ空觴に湛う
春醪生浮蟻　　春醪 浮蟻を生じ
何時更能嘗　　何れの時か更に能く嘗（な）めん　（「挽歌詩三首」其二）

これらの「春醪（しゅんろう）」の用例はたしかに「眉寿を介（たす）く」ということと十分な関係を[247]認めがたい。しかし、少なくとも時俗の煩わしさからの離脱を可能にし、世俗的な憂いを忘れさせるものであるという文脈にある酒一般と同列にあることだけは、たしかである。「春酒」を飲むことによって俗世の方に意識を向けるということには決してならない。そのベクトルは常に脱俗の方を指している。

さて、「春酒」を飲むときの酒の肴(さかな)には詩人が自己の菜園で自ら育成した蔬菜(我園中蔬)を当てる。この句には外的世界(世俗の世界)との接触を暗示する表現はまったく含まれていない。むしろ、すでに述べたように「我園中蔬」と「我」を冠することによってその意識を内的世界の方へ方向づけている。

ともかくも、「歓言」の「言」を「語らう」と解しない限り、外的世界(世俗)との交流を直接示す表現を見出すことはできない。そして、「歓言」の「言」は、第一章ですでに述べたように、必ずしも「語らう」と解する必要はない。「言」は「然」や「焉」と同様に用いることができる。そのことはすでに述べたように丁福保の指摘[248]の通りである。

第6聯「微雨従東来　好風与之倶」(第十一・十二句)

我が菜園より摘んできた蔬菜を肴にして眉寿を介(たす)くという「春酒」を酌んで飲んでいると、東の方から霧のような雨が音もなくやって来た。と同時に涼しい風が霧雨とともにさあーっと吹いて来てあたりの暑気をひと払いし、私の衣のなかにも吹き込んでほてった体を冷やしてくれる。

「好風」が自分にとって好ましい自然現象であることは「好」という字の字義にから明らかである。「風」そのものは自然現象であり、人間の感情や心理とは関係がない。しかし、人間はそれらの自然現象に対して何らかの感情をもつ。「好しき」と感ずるのか、そうでないふうに感ずるのかは人間の主観的な感情に過ぎない。しかし、詩人は「微雨」(きりさめ)とともに吹いてきた「風」を自分にとって好ましい自然現象と感じたのである。そうだとすれば、このような「好風」とともにやって来る以上、「微雨」も好ましい雨であったはずだ。「停雲」で

「靄靄停雲、濛濛時雨。八表同昏、平路伊阻（靄靄たる停雲　濛濛たる時雨。八表同に昏く、平路伊れ阻まる）」と把えられたような好ましからざる雨ではない。

この風と雨が、酒を飲み肴をつまんで晴れやかな気分になった詩人の心に、さらに爽やかさをもたらした。その清爽感は世俗の憂悶より解放された清爽感であり、直後の四句で展開される時間、空間の制約を超越した世界へと詩人の精神を飛翔させる契機としての役割を果している。

第7聯「汎覧周王伝　流観山海図」（第十三・十四句）

さて、いよいよ書を読むこととなる。この行為は詩題が「読山海経（山海経を読む）」とあるようにこの詩の本来のテーマである。ただ、そこで読むとされているのは『山海経』そのものではなく、「周王伝」や「山海図」である。「周王伝」とは『穆天子伝』のことであり、「山海図」とは『山海経図』のことである。

これらはともに経世済民に資する書ではない。一海知義氏が「各地の奇怪な草木鳥獣、さらには仙人の生活にまで空想の筆を走らせた特異な書物であって、神仙の流行を見たこの時代の知識人の好んだもののようである」[249]と言うように神仙思想との関わりが深い書で、現実の政治に背を向ける方向にあるものである。また、その読み方も「汎覧」（さっと目を通す）であり「流観」（ざっと眺める）であって、根を詰めて行うようなものではない。「五柳先生伝」に「書を読むことを好めども、甚しくは解するを求めず（好読書、不求甚解）」とあるような、五柳先生の読書のやり方と同じものである。

第8聯「府仰終宇宙　不楽復如何」（第十五・十六句）

『穆天子伝』や『山海経』（『山海経図』）などの書物を「汎覧」し、「流観」して得られた経験は、その書が空想的で超現実的なものである以上、時間、空間を超越した世界すなわち「宇宙」の周覧である。これは言うまでもなく、時間、空間に制限された現実の俗世とは対極に位置する。

貧居乏人工　　貧居 人工 乏(とぼ)しく
灌木荒余宅　　灌木 余が宅を荒(おほ)ふ
班班有翔鳥　　班班として翔鳥有り
寂寂無行迹　　寂寂として行迹無し
宇宙一何悠　　宇宙 一に何ぞ悠たる
人生少至百　　人生 百に至ること少し
歳月相催逼　　歳月 相ひ催(うなが)し逼(せま)り
鬢辺早已白　　鬢辺 早くも已(すで)に白し
若不委窮達　　若(も)し窮達に委(ゆだ)ねずんば
素抱深可惜　　素抱 深く惜(おし)む可し

この「飲酒二十首」第十五首においても「宇宙」は、「人生」「歳月」と対極にあるものとして表現されている。

また、宇宙へ思いを馳せるのは、やはり「灌木」に「荒（おお）」われ、「班班（ひらひら）」と「翔（と）ぶ鳥」だけが大空に見えるだけで、訪ねる人の「行迹」一つない小世界においてである。

2　二聯四句ずつの検討

これまで、「読山海経」第一首の一首全体の文脈をたどってきた。その特徴をまとめてみると次の四点に要約できる。

① 樹々草木に取り囲まれた平和で幸福な小世界という情況設定
② 自己の内への方向性
③ 世俗世界からの離脱
④ 超俗世界への志向性

これらの四点は、もちろん相互に関係しており、その関係の中でそれぞれの特徴が確認されるのである。また、それぞれの特徴の相互関連性において、その詩に個有の文脈が一定の形を持つものとして浮かび上がってくる。ここにいま一度、「読山海経」第一首の全体を示して別の角度からその相互関連性についての論述を続けたい。

1 孟夏草木長　2 繞屋樹扶疏……第1聯
3 衆鳥欣有託　4 吾亦愛吾廬……第2聯
（第1聯・第2聯）……Ⅰ

5 既耕亦已種　6 時還読我書……第3聯 ⎫
7 窮巷隔深轍　8 頗迴故人車……第4聯 ⎭ Ⅱ

9 歓言酌春酒　10 摘我園中蔬……第5聯 ⎫
11 微雨従東来　12 好風与之倶……第6聯 ⎭ Ⅲ

13 汎覧周王伝　14 流観山海図……第7聯 ⎫
15 府仰終宇宙　16 不楽復何如……第8聯 ⎭ Ⅳ

全十六句、八聯よりなるこの詩を、全体の構成を考えると、それぞれ一つの概念に包摂することができる一まとまりのことがらを述べたものとして大きく四つに分けることができる。すなわち、第1聯と第2聯を「Ⅰ」とし、第3聯と第4聯を「Ⅱ」、第5聯と第6聯を「Ⅲ」、第7聯と第8聯を「Ⅳ」とする四つに大別することができるということである。それを、いわゆる「起」「承」「転」「結」と把えて考えることも可能であろう。しかし、そのことはのちに述べることとし、これより以降、一聯ずつ順次その内容および相互の開聯性について検討したい。

Ⅰ　第1聯＋第2聯（孟夏草木長　繞屋樹扶疏　衆鳥欣有託　吾亦愛吾廬）

ここでは、すでに述べたようにこの詩で展開される劇の舞台が設定されている。それはまず、自然の時間の流れにおける現在の位置である「孟夏」、そしてその時点における植物の状態である。ただ、それは純粋に客観的に把えられているのではない。あることがらについてそれを叙述した瞬間に、すでに純粋な客観性などはもはやありえない。そこにはすでにこの詩の語り手の視点が存在し、その視点からした選択が行なわれている。すなわち、この記述においては語り手との関わりにおいて森羅万象の一部分が選択的に把えられているのである。

第2句「繞屋樹扶疏」では、樹々が「繞屋」すなわち「詩人の廬をとりまく」ものと把えられ、第3句「衆鳥欣有託」と第4句「吾亦愛吾廬」では、己が身を託する所が有るのを欣ぶ鳥たちは（「欣」という表現にすでに語り手の視線を明白に認めることができる）、「吾」と「吾が廬」、およびそこにおける語り手の感懐すなわち「愛」との関係の上に把えられているのである。自然における時間、空間の現時点の位置と、それへの素朴な感情、この二聯四句は以上ように括ることができる。

Ⅱ　第3聯＋第4聯（既耕亦已種　時還読我書　窮巷隔深轍　頗迴故人車）

この二聯は、前の二聯が人の力の及ばない自然をその表現の根底に据えているのとは異なり、人の行うことを基底にした記述である。まずは農作業である。これは自然のサイクルという時間の中にしか成立しないことがらではあるが、自然そのものではなく、人為を待ってはじめて成立するものである。したがって、「耕」も「種」も、またそれらを終えてしまった閑期における「読書」も、人間の時間の流れの中に位置付けることができる。

第3聯の記述は、農事（人事に属する）の暦における現在の位置を、「耕種」と「読書」を対比することによって指示しているという一面をもっている。

次に、第4聯すなわち第7句「窮巷隔深轍」と第8句「頗迴故人車」では、第2聯（衆鳥欣有託　吾亦愛吾廬）の時間性に対して、空間性における位置が示されてされている。ただ、この聯は問題の聯であるのであとで検討することとし、ここではこの聯が、自然に対する人事、および時間に対する空間という二つの概念における語り手の現在の位置を述べるものであることだけを確認しておきたい。

Ⅲ　第5聯＋第6聯（歓言酌春酒　摘我園中蔬　微雨従東来　好風与之倶）

前の四聯（第1句～第8句）は、『山海経』を読むという中心テーマの周辺の状況をさまざまな角度から描いたものである。それに対して、この二聯が、ともに後の二聯（汎覧周王伝　流観山海図　府仰終宇宙　不楽復何如）で述べられる「読書」そのものの記述に向って、前八句を収斂させる役割にあることは明白である。第1聯と第2聯が「起」であるとすれば、第3聯と第4聯は基本的にはそれを「承」け、視点を自然から人事へ少しずらして、空間的、時間的位置の測定という同様の内容を述べる「承」である。それにならって言えば、第5聯と第6聯は「転」に、第7聯と第8聯は「結」に相当する。

さて、自然か人事かというモノサシで測るとすれば、第5聯は人事の範疇に入り、第6聯は自然に入るものと考えられる。しかし、「酌酒」も「摘蔬」も本来の人事すなわち農作業の決まりの範疇に入るものではない。一般的な人事から離れたことがら、すなわち通常の暦に載らないことがらに属しており、「微雨」も「好風」も自然のサイクルの安定した流れの中で言えば一時的、偶発的な現象にすぎない。酒が人を日常性から非日常性（反日常性ではない）へ導くものであることは言うまでもない。また、この場合の風雨は、唐突に出現しており、連続して流れる時間を停頓させ、それを異化するものである。それらはすべて、時間、空間の座標軸において把握された現在の状態の日常性から、その意識を、時空を超越した世界に解き放ち、そこに飛翔させるための仕掛けである。

Ⅳ　第7聯＋第8聯（汎覧周王伝　流観山海図　府仰終宇宙　不楽復何如）

この二聯については、もはや多言を用いる必要はあるまい。この詩が全体としてこの二聯に収斂していくものであることは、詩題の意図するところから明らかである。

3　以上のまとめ

以上の検討から理解できるように、第一首全体は、陶淵明自身が自覚的であったかどうかに関わらず、最終の二聯の「読書」から「宇宙」へというテーマに向って整然と構成されている。印象的ではあるが断片的でしかない単に目についただけの現象を、詩人特有の感性で点綴したような作品ではない。きわめて構成的な作品である。また、すでに述べたように、第一首は全十三首の中で特異な位置にあり、他の詩に対して相対的に自立している。したがって、その役割は、後の詩群で展開される、時間、空間を超越した物語の世界へこの詩を読む者を導くものである。この点から言っても、前の六聯はすべて最終の二聯に収斂していくものと理解しなければならない。ただ、これらの「物語」はじつは現実政治の世界を批判することを目的とする寓話であるとの考え方がある。論者もおそらくはそうであろうと考える。しかし、そのことは本論考のテーマとは直接に関わらないので、ここでは検討しない。

4　第4聯「窮巷隔深轍、頗迴故人車」から読み取れるもの

さて、このような文脈において、第4聯（第7句と第8句）「窮巷隔深轍、頗迴故人車」からはどのようなことを読み取ることができるのであろうか。まず、他の句と明白な相違を示す特徴がある。それは、この句が唯一、樹々に取り囲まれた小世界の外の世界についての記述を含んでいるということである。第7聯（汎覧周王伝、流観山海図）と第8聯（俯仰終宇宙、不楽復何如）は、時間、空間を超越した世界の方に属するものである。したがって、これを除くと他の句はすべて草木樹々に取り囲まれた小世界に住む者がその内部に位置し、そこで認識したことがらについて記述したものである。語り手の視点は小世界の外に出ることがない。それに対して第7句と第8句は小世界とその外部の世界との位置関係を鳥瞰しうる位置にまでその視点が上昇している。ここでいう外部の世界とは「深轍」の故事を待つまでもなく、明らかに現実政治の世界、世俗の世界、詩人自身のことばで言えば、「塵事」[250]の世界のことである。

この視点より見た二つの世界はまず「隔てられた」関係にあるものとして把えられる。それは、同じく「窮巷」を用いた次のような表現と同一の認識である。

野外罕人事　　野外人事罕（まれ）に
窮巷寡輪鞅　　窮巷 輪鞅 寡（すくな）し
白日掩荊扉　　白日 荊扉を掩（おほ）ひ

虚室絶塵想　　虚室　塵想を絶つ　（「帰園田居五首」第二首）

草廬寄窮巷　　草廬　窮巷に寄せ

甘以辞華軒　　甘んじて以て華軒を辞す　（「戊申歳六月中　遇火」）

たしかに、外部の世界と内的小世界の間には通路があり完全に断絶してしまっているわけではない。通行することが可能である。しかし、「輪鞅寡し（寡輪鞅）」「華軒を辞す（辞華軒）」とあるように、世俗とは断絶していて、世俗を拒否している。ともかくも、二つの世界を繋ぐ通路は隘路であって容易に往来することができる大路ではない。それゆえに、第7句「窮巷隔深轍」が、世俗からの地理的な距離だけでなく、心理的な距離すなわち脱俗性を表現していることは明白である。そればかりでなく、すでに述べたように他の詩句が一面的に脱俗性を示す内容のみを連続的に記述するのに対して、この句は世俗との対比の上にそれを示すがゆえに一連の脱俗性の表現にアクセントを与え、表現に厚みを増すこととなっている。

ところで、このように強調された脱俗性に対して、もし第8句が「故人は車駕の向きを変えて狭い露地をやって来る」との表明であるとすれば、この表現は何処に向ってその焦点を結ばせようというのであろうか。また、全詩の構成上、全句は第7聯・第8聯（汎覧周王伝、流観山海図。府仰終宇宙、不楽復何如）に収斂される以上、そして、それらの聯が「読書」を通して時間、空間を超越した世界に飛翔することを表現したものである以上、隘路を通ってわざわざやって来る「故人」は、何らかの形でその飛翔に関わるものでなければならない。一体いかにして「読書」から「宇宙」への飛翔に関わるというのであろうか。

この詩が単に田園生活の楽しい様子のひとこまひとこまを点綴しただけのものならば、そのひとこまとして気のおけない友人の来訪を描くこともありうる。しかし、すでに見てきたようにこの詩は後の詩群（第二首以降の詩）に展開される超越的世界へのプロローグとして構成的に作られており、全体として世俗的世界から超俗的世界への架橋としての役割を果すものとして存在していると理解しなければならない。

このような十二首の全体的文脈における第一首の位置を見るとき、「故人」の来訪は、そこにおいて、いかなる詩的価値を有するというのであろうか。また、第一章で検討したように、当時の言語の規則にしたがえば「迴車」の「迴」は「去」の方向の表現である。にもかかわらず、もし敢えてそれから逸脱し「来」の方向に詩人が用いているとすれば、詩人はそれによって従来には認識されなかった新しい世界を開示していなければならない。しかし、それは一体いかなる世界だと言うのであろうか。

一聯一聯の文脈、第一首全体の文脈、十三首全体の文脈など、さまざまのレベルの文脈に置いて「窮巷隔深轍、頗迴故人車」という表現を見るとき、「隘路ではあるけれども」と理解するよりも、「隘路であるがゆえに」と解する方がすべてのレベルの文脈においてより整合性があり、詩としての価値を有すると論者は判断する。そして、詩的言語においてはさまざまのレベルの文脈における整合性だけが解釈の妥当性を保証する。

5　「故人」ということばの意味するもの

さて、第一章ですでに言及したように、「頗迴故人車」の「迴」を「来」の方向に理解する研究者がそのように理解する一つの根拠は、「故人」ということばにある。つまり「故人」ということばはただ単に「知りあい」という程度を意味するだけでなく、「親しみ」や「温かさ」などの感情を共示時に担っており、そのような感情のともなう「故人」の車駕の向きを変えさせて帰らせるというのは不自然である。また、陶淵明の詩文から伝記[251]

的事実を読み取る限り、田園に隠棲した後も「故人」と完全に絶交していたわけではないことはたしかである。それゆえに「窮巷」ではあるけれども「故人」が大通りからわざわざ行きづまりの狭い小路の方にその車駕の向きを変えてやって来ることもあったと理解すべきだということであろう。

しかし、このような解釈は既成の全体的枠組を部分に当てはめるというやり方でしかない。近年の陶淵明研究が従来の完全無欲な隠者としての陶淵明像という幻想を否定するところに始まったとするなら、当時の言語の規則を考慮に入れず、各レベルの文脈の整合性を十分に検討されないままなされたこのような解釈は、もう一つ別の幻想に支配されていると言わなければならない。

では、「故人」ということばのもつ共示的な内容すなわち「親しみ」や「温かさ」などの感情はこの文脈の中でどのような詩的価値を有するのであろうか。それに対しては中国の注釈者である唐満先の「這両句説、我住的陋巷無貴人来訪、連老朋友也経常掉転車子同去（この二句（窮巷隔深轍、頗回故人車）は、私の住んでいる狭い裏町に訪れてくる貴人はいないが、親しい友だちでさえしばしば車の向きを変えて帰ってしまうと言っているのである）」という注釈を示せば、それで十分であろう。

6　「読山海経」第一首が表現している境地

第一章で述べたように、陶淵明は自己を相対化する視点をたしかにもっている。私の住居は辺鄙なところにあるので、親しい友だちでさえしばしば車駕の向きを変えて去ってしまうのだ。このようないささか自虐的とも受けとりうる表現も、そのような視点が生み出したものだと言える。そのうえ、「読山海経」全十三首の文脈に置いて見れば、第一首は他の連作詩の「序詩」であると言えるので、すべての作品ができあがったあとに全体の構成を考慮したうえで事後的にかつフィクションとして書かれたと推測することもできる。そうであれば、あえて伝記的事実を考慮に入れて解釈しなければならないということもない。また、一般的に言って、詩を理解するときに伝記的事実を不用意にもち込むことはかえって危険ですらある。なぜなら「詩」と「事実」はあらためて言うまでもなく別の次元のものであるからだ。

それよりも重要なことは、陶淵明の伝記的事実がどうであろうと隠棲への志向、あるいは隠遁生活そのものを詠むという時代の文化的、文学的環境が言語表現の主要なあり方の一つとして存在し、そのような時代の文脈の中に陶淵明も生きていたという事実である。言いかえれば、現実には高位高官に位置する者でさえ同時に「隠」への思いを文学作品として表現していたという事実、そしてそれが決して特別なことではなく、むしろ一般な文学現象であったという事実を重視しなければならないということである。そのような現象に対して今日の視点から否定的に評価し、不誠実である、無節操だなどとするのは、陶淵明の作品を研究する上で決して生産的なことではない。陶淵明の「故人さえも去ってしまう」という表現も、このような時代の文化的、文学的文脈においては、今日的な価値判断におけるほど特殊なものではない。

ただ、陶淵明の描き出す「隠」の世界は本来の隠者が山野に隠棲するのとは異なり、「窮巷」ではあっても、都市と地続きの場所であることは注目しておいてよいことである。この詩人は田園、すなわち都市と山野の中間にその身を置いており、「読山海経」第一首においても脱俗性のみの一面的な表現で終始するのではなく、世俗性を配することによってその表現に陰翳を生じさせ立体感を与えている。そればかりでなく、この詩を陶淵明という詩人の全作品群という文脈において見るとき、そこに認められる世俗性と脱俗性という矛盾する内容の同時的表現も詩人が自ら選択した自己の位置の中間性、両義性と無関係ではない。この点については本書の第一部・

第二章で論じた通りである。

そのことはさておき、「窮巷隔深轍、頗迴故人車」という詩句は、すでに述べたように第一義的には自己の住居の位置を客観的に表現したものである。しかし、もちろんそれだけではない。詩人の精神のありようをも表現している。陶淵明の作品にあって最も人口に膾炙した詩「飲酒」第五首に、次のような表現がある。

結廬在人境　廬を結んで人境に在り
而無車馬喧　而も車馬の喧しき無し
問君何能爾　君に問ふ何ぞ能く爾るやと
心遠地自偏　心遠ければ地自ら偏なればなり

人里に廬を構えているのに、私の住居を訪れてくる官吏の車駕の喧騒はない。人は私に「どうしてそんなことがありうるのか」と尋ねる。そこで私は答える。「私の心が世俗から遠く離れた境地にあれば、その土地も自然に辺鄙な場所になるのだよ」と。

ここでの廬を結んだ場所、車馬の喧騒より隔絶しているという状況、ともに「読山海経」第一首と酷似している。また、「窮巷隔深轍」という表現が地理的な距離だけではなく世俗との心理的な距離をも同時に表現しているとすれば、そこで表現された廬のありようは詩人の精神のありようをも同時に表現していると考えられるからである。第一章の冒頭で「閉ざされた精神」と述べたが、それは以上のような意味での精神のありようのことである。ただ念のために言い添えれば、それは世俗に対して閉じているのであって、時間や空間を超越した世界に対しては、逆に、無限に開かれているのである。

別の面から言えば、ふさふさと葉を茂らせた樹々に取り囲まれた平和な小世界は、第一首をプロローグ、第十三首をエピローグとし、第二首より第十二首までに描かれた超現実的な事件が次々に演じられる、それ自体で完結していて現実の時空を超越した演劇的世界なのである。

むすびにかえて

以上、第一章とあわせて、「頽廻故人車」の「廻」の解釈の検討より「読山海経」第一首の詩として表された境地の解明に至るまで、考えるところを述べてきた。しかし、この二章で検討してきたことは、再度、陶淵明の詩文全体の文脈、さらには時代の文学的、そして文化的文脈に置きなおして、より詳細に検討しなければならないことである。この二章で提出した結論も、それゆえに仮の結論であるにすぎない。

あとがき

最初に陶淵明の詩集を読んだのは、一海知義先生の『陶淵明』[252]によってです。この書をどこで買ったのか、まったく覚えていません。いま、この書の奥書を見ると昭和四十七年（一九七二年）三月十日の発行で第十四刷となっています。ですから、陶淵明を読み始めたのは、一九七二年に慶應義塾大学に入ってまもなくということのようです。いっぱい書き込みがあり、手垢に汚れ、今ではかなり年季の入った本になっています。ただ、そのときなぜ陶淵明の詩を読もうと思ったのか、陶淵明の詩のどこに惹かれたのかもまったく覚えていません。ただ、いつも上着のポケットに入れておいて、少しでも時間があれば読んでいたことだけは記憶にあります。

吉川幸次郎先生の『陶淵明伝』[253]を読んだのもそのころだと思います。一海先生の訳注と合わせるようにして読んでいました。こちらも奥書を見ると昭和四十七年（一九七二年）発行の十五刷となっています。この書は「陶淵明伝」となっているにもかかわらず、その「死」から書き始められています。まずそのことに衝撃を受けました。一海先生がこの書の「解説」で「淵明の人間と文学を、矛盾の相においてとらえたこと、それが本書のもつ特色の一つであろう」と述べるように、吉川先生は陶淵明を俗世を超越した隠者としてではなく、矛盾を抱えた一人の人間として描いています。そのような陶淵明像に自分を重ねて読んでいたように記憶しています。

なぜ陶淵明に惹かれたのか、先ほど述べたようによく覚えていません。卒業論文では、大学に入ったときから『文心雕龍』をやろうと決めていましたので、卒業論文で陶淵明を扱おうとしたからでもありません。むしろそのころは自分には詩は読めないと思っていました。自分にはそのような感性がないと思っていました。一方で、文学批評や理論についてならなんとか考えることはできる、なぜなら、理性によって論理的に考えれば良いから、そのように考えていました。

なぜそう思ったのか、いまでは不思議なことなのですが、文学作品としての詩そのものを研究することはできない、いやその前に読むことさえできないと、かたくなにそう思っていました。その考えは後にかわるのですが、そのきっかけになったのは、劉若愚の『新しい漢詩鑑賞法』[254]でした。劉若愚の方法はいわゆる「新批評」の考え方にもとづいたものですので、その当時でもすでに古くなった理論だったのだと思いますし、今ではもう骨董品のような理論だと言えますが、当時の私は詩というものを論理的に研究することができるんだと、非常に衝撃を受けました。

そのような自分が、陶淵明の詩文について論文を書こうと思ったのは、東北大学の大学院の博士課程後期課程に編入してからのことです。そのころ東北大学の中国語学文学研究室では演習で『文選』[255]の雑詩の部分を読んでいましたが、何年生のときの演習だったかはっきりとは覚えていませんが、我々の班が「読山海経詩」[256]を担当することになりました。そこであれこれ調べているうちに「頰迴故人車」の「迴」の理解が日本と中国では異なっていることに気がつきました。そこでこのことについて論文を書こうと思ったのです。実際にそれを書き上げたのは大東文化大学に奉職してからのことで、本書の「附録 第二部」の二つの文章がそれです。また、「読山海経」詩について調べているうちに陶淵明の詩の中の「影」にまつわる表現がそれ以前のものと異なっていることに気づきました。そこでそのこともまとめて論文にしました。それが本書の「附録 第一部」の文章で、もとは一篇の論文でした。

また、岡村繁先生の『陶淵明―世俗と超俗』[257]が出版されたのは一九七四年、そしてそれを読んだのが、この本に書き込まれたメモによると一九七七年のことでしたが、この書に反発する意識がこれらの論文を書かせた面もあったのだと思います。この書に対しては今では川合康三先生の次の文章を示すだけで十分でしょう。

人間この世に生きている限り、現実の様々な拘束、利害の網の目の中で悩んだり、世俗的工夫に己を汚すことから免れない。陶淵明の実生活もそうであったということを強調した本もある。しかし文学としての問題は、陶淵明という人間が実際にどうであったか、ではなく、陶淵明がどんな文学世界を創り出したか、なのだ。陶淵明の「実像」なるものを描き出して、それを文学研究であると錯覚している例もないではないが、文学とは人間の可能性の追求であるべきであり、可能性を繰り広げ、それを人々に呼び掛け、共感を呼び起こすものではないだろうか。陶淵明の文学が長い生命を持ち続けてきたのは、彼の実際の人間がどうであったかに関わりなく、彼の創り出した文学が人々の強い共感を呼び起こし、引きつけてきたからにほかならない。（『中国の自伝文学』[258]）

それからしばらくは陶淵明の詩文について研究することはありませんでした。ふたたび陶淵明の文学について考えるようになったのは、大学の二年生の授業で文言小説を読むようになってからです。一九八〇年代の後半のことです。前期に六朝志怪を読み、後期に唐代伝奇を読んでいました。その中で毎年のように「桃花源記」を扱っていましたが、この文章をどのように捉えたらよいのか、いつも迷っていました。これまでの研究をいろいろ調べてみましたが、あまりにも様々な考えがあり、まとまりがつきませんでした。そんなときに本文で何度も言及した内山知也先生が大東文化大学の一九九〇年の漢学会の大会で、のちに「「桃花源記」の構造と洞天思想」としてまとめられることを話され、そのことがきっかけとなって洞窟探訪説話との関係の中で「桃花源記」を調べてみることとなりました。ただ、これまでの研究史については整理がつかないまま数年の歳月がたってしまいました。その間、ずっと気になっていたのですが、『文心雕龍』の研究[259]や『二十四詩品』の訳注[260]などに時間が取られ、なかなか「桃花源記」に集中することができませんでした。

一九九八年の夏休み、これまでの研究の内容についてあれこれ考えていたときに、ふと「桃花源記」には二つのものがあることに気づきました。改めて言うまでもなく『陶淵明集』に収められたものと、『捜神後記』のものです。この二書に収められていること、字句に異同のあることなど、すでに分かっていましたが、それまでは単なる一つのバリエーションとしか考えていませんでした。これまでの研究者も同様でした。しかし、本書の第三部で論じたようにこの二つの「桃花源記」はその質をまったく異にするものです。このような視点からこれまでの研究を整理したところ本書の第三部で示した【「桃花源記」に対するこれまでの理解の分類関係図】ができあがりました。これまで整理のつかなかった先行研究のすべてがこの図の中に収められ、本書で書いたことの構想が一気にできあがりました。そのあと一九九九年にこれまでの研究史をまとめたものを発表し、そのあとは「桃花源記」の研究を集中して行い、その結果を二〇〇二年、二〇〇三年、二〇〇四年にまとめて公表しました。

実はこれで「桃花源記」についての研究は一区切りがついたと思っていたのですが、二〇〇七年度に佐々木優沙さんの卒業論文の指導を行う過程で新たな主題が次第に明らかになってきました。本書の第二部は、佐々木優沙さんはもちろんのこと、その場に参加していた学生、院生全員との共同の成果とも言うべきものです。ことに、この物語の登場人物の作用を「物語の展開」という観点から見るべきではないかと指摘したのは、そのころ、大学院の博士後期課程に在籍していた鈴木拓也君（現在は大東文化大学の非常勤講師）です。このことによって二つの「桃花源記」を動的に捉えることができるようになりました。なお第二部で用いた「図」は佐々木優沙さんが卒業論文で用いたものにもとづいて、論者なりの修正を加えて作成したものです。本書が多少ともおもしろいものになっているとしたら、この二人を初めとする当時の学生諸君、院生諸君のおかげです。ありがとう。

最後に、第四部で論じた劉直の論考「桃花源記裏的三箇「外人」」はなかなか現物を見ることができず、一海知義先生の論に頼らざるを得なかったのですが、細谷美代子先生からコピーを頂戴し、それによってその論の内容を直に確認することができました。また、同じく第四部で論じた道教文献での「外人」の理解については宮沢正順先生がご自身の論文「陶淵明と道教」を送って下さいました。両先生には、この場を借りてお礼申し上げます。ありがとうございました。

本書は、大東文化大学研究成果刊行助成金による刊行物である。

初出誌一覧

第一部　洞窟の中の田園

第一章　洞窟の中の世界
原題　陶淵明〈桃花源記〉小考――洞窟探訪説話との比較において――
『六朝学術学会報』第三号　平成十四（二〇〇二）年三月三十一日

第二章　洞窟の中の田園
原題　〈桃花源記〉小考――「世俗」と「超俗」のあいだに――
『中国読書人の政治と文学』創文社　平成十四（二〇〇二）年十月一日

第二部　物語としての「桃花源記」

第一章　洞窟に行く人、住む人
原題「桃花源記」と洞窟探訪説話の登場人物の用きについて
――二つの「桃花源記」から読み取れるものの検討の前提として――
『大東文化大学 漢学会誌』第四十八号　平成二十一（二〇〇九）年三月二十日

第二章　物語としての「桃花源記」
原題　二つの「桃花源記」から読み取れるもの
――物語の展開における登場人物の用きの検討から――
『大東文化大学 漢学会誌』第四十九号　平成二十二（二〇一〇）年三月二十日刊行

第三部　従来の研究の概要とその問題点

第一章　従来の研究の概要
原題　陶淵明〈桃花源記〉小考――従来の理解とその問題点について――
『大東文化大学 漢学会誌』第三十八号　平成十一（一九九九）年三月十日
第二章　従来の研究の問題点
原題　陶淵明〈桃花源記〉小考――従来の理解とその問題点について・再説――
『大東文化大学 漢学会誌』第四十一号　平成十四（二〇〇二）年三月二十日

第四部　「外人」について

第一章　研究史の概要
原題　陶淵明〈桃花源記〉「外人」小考――「外人」の解釈史の概要――
『大東文化大学 漢学会誌』第四十二号　平成十四（二〇〇三）年三月二十日
第二章　内山論文「以前」の解釈とその問題点

原題　陶淵明〈桃花源記〉「外人」小考――内山論文「以前」の解釈とその問題点について――
『新しい漢字漢文教育』第三十六号　平成十五（二〇〇三）年六月十日

第三章　内山論文「以前」の解釈とその問題点
原題　陶淵明〈桃花源記〉「外人」小考――内山論文「以後」の解釈とその問題点について――
『六朝学術学会報』第五号　平成十六（二〇〇四）年三月三十一日

附　論　川合康三氏の二篇の著述における「外人」に対する理解について
原題　川合康三氏の二篇の論著における「桃花源記」の「外人」に対する理解について
『大東文化大学漢学会誌』第五十四号　平成二十七年三月十日

附　録　第一部

第一章　陶淵明以前の詩文に見える「影」
第二章　陶淵明の詩文に見える「影」
ともに、原題　陶淵明研究ノート――陶淵明の詩文に見える〈影〉について――
『大東文化大学紀要』人文科学　第二十二号　昭和五十九（一九八四）年三月三十一日

附　録　第二部

第一章　「読山海経」第一首「傾迴故人車」の従来の解釈とその問題点
原題　陶淵明研究ノート――「読山海経」第一首〈傾迴故人車〉の解釈について――

第二章　「読山海経」第一首が表現している境地
『大東文化大学 東洋研究』第七十二号　昭和五十九（一九八四）年八月三十一日
原題　陶淵明研究ノート――「読山海経」第一首の詩的世界について――
『大東文化大学創立六十周年記念中国学論集』昭和五十九（一九八四）年十二月十五日

「桃花源記」関係参考文献リスト

【「桃花源記」関係参考文献リスト（公表年代順）】

年	著者	題名	掲載誌	発行
一九二二	釈清潭	『陶淵明集・王右丞詩集』		国民文庫刊行会
一九二八	漆山又四郎	『陶淵明集』		岩波書店[216]
一九四八	狩野直喜	「桃花源記序」	『東光』五〔狩野直喜先生永逝記念〕	弘文堂
	鈴木虎雄	『陶淵明詩解』		弘文堂
一九五一	中沢希男	「桃花源記について」	『国語研究』一（一）	群馬大学
	斯波六郎	『陶淵明詩訳注』		東門書店[262]
一九五二	近藤春雄	「桃源と桃花源記」	『愛知県立女子短期大学紀要』三	
一九五五	高橋君平	「桃花源記の文体」	『近代』一三	神戸大学
一九五九	一海知義	「外人考—桃花源記瑣記—」	『漢文教室』四五	大修館書店
	小川環樹	「中国の楽園表象」	『文学における彼岸表象の研究』	中央公論社[263]
一九六三	瀧沢精一郎	「他界観よりせる「桃花源記」」	『大東文化大学・漢学会誌』五	
	瀧沢精一郎	「秦人洞—桃源郷と其周辺—」	『国学院雑誌』六四	
	藤田秀雄	「陶淵明「桃花源詩」考」	『九州中国学会報』九	
	秋田成明	「中国文学に描かれたユートピア—陶淵明の「桃花源記」を中心に—」	『甲南大学・文学会論集』二一〔国文学編〕三	
一九六四	秋田成明	「中国文学に描かれたユートピア（下）—陶淵明の「桃花源記」を中心に—」	『甲南大学・文学会論集』二四〔国文学編〕四	

年	著者	題名	掲載誌	出版社
一九六五	石川忠久	「陶淵明の隠逸について」	『日本中国学会報』一七	
	大矢根文次郎	「桃花源記并詩について」	『東洋文化研究所紀要』六	財団法人無窮会・東洋文化研究所
一九六七	大矢根文次郎	『陶淵明研究』		早稲田大学出版部
	星川清孝	『陶淵明』		集英社(264)
一九六八	一海知義	「陶淵明における「虚構」と現実」	『吉川博士退休記念中国文学論集』	筑摩書房
一九七三	高橋稔	「桃源考」	『駒沢大学外国語部・論集』二	
一九七六	瀧沢精一郎	「隠れ里―「桃花源記」に入る前に、新入国文科生に―」	『国学院大学栃木短期大学紀要』一〇	
一九七七	大室幹雄	『囲碁の民話学』		せりか書房
	芳賀徹	「桃源郷の詩的空間」	『比較文学研究』三二	
一九八〇	林田慎之助	「桃源郷の話」(志怪小説の世界　三)	『創文』第一九五号	創文社
一九八一	上里賢一	「陶淵明における虚構のあり方(三)―「桃花源記并詩」を中心にして―」	『国文学論集(琉球大学法文学部紀要)』二五	
	高橋徹	『陶淵明ノート―帰去来の思想―』		国文社(265)
一九八二	高橋稔	「六朝志怪について」	『六朝唐小説集』	学習研究社

一九八三	高橋稔	「桃源伝説と桃花源記」	『学習院女子短期大学紀要』二一	
	三浦國雄	「洞天福地小論」	『東方宗教』六一(266)	
	三浦國雄	「洞庭湖と洞庭山」	『月刊百科』二五〇(267)	
一九八四	片岡政雄	「『桃花源記幷詩』における詩情構成の追究—陶淵明文学の詩情ならびに思想形式の究極として—」	『大東文化大学創立六十周年記念中国学論集』	
	門脇廣文	「陶淵明研究ノート—陶淵明の詩文に見える〈影〉について—」	『大東文化大学紀要』人文科学第二二号	
	門脇廣文	「陶淵明研究ノート—「読山海経」第一首〈頽廻故人車〉の解釈について—」	『大東文化大学 東洋研究』第七二号	
	門脇廣文	「陶淵明研究ノート—「読山海経」第一首の詩的世界について—」	『大東文化大学創立六十周年記念中国学論集』	
一九八五	ロルフ・スタン	『盆栽の宇宙』	※原著は一九四二年に出版されたもの。	せりか書房
	芳賀徹	「桃源郷の系譜—陶淵明から漱石へ」	『国文学研究資料館講演集』六	
	青野繁治	「フロイト主義の図解?—「聴我説、聴我説、没有桃源」を評す」	『咿唖』二一・二二合併号	咿唖之会

一九八六	三浦國雄	「『盆栽の宇宙』を読む」	『東方宗教』六七[268]	日本道教学会
	芳賀徹	「蕪村詩画における桃源郷」	『与謝蕪村の小さな世界』[269]	中央公論社
一九八七	青野繁治	「没有桃源」	『中国文芸研究会報』六	※未見
	上田武	「補説―中国における陶淵明像の形成の過程―」	『陶淵明――中国におけるその人間像の形成過程』[270]	汲古書院
	高橋稔	「『捜神記』序―伝承の記録と創作の起こりとの関係――」	『中国の文学論』	汲古書院
	能見恵美子	「桃源郷考―志怪の中に求めたものは―」	『筑紫国文』一〇	筑紫女学園短期大学
一九八八	小尾郊一	『中国の隠遁思想』		中央公論社[271]
	高橋稔	「創作説話の起こりについて」	『中国説話文学の誕生』第九章	東方書店[272]
	都留春雄＋釜谷武志	『陶淵明』		角川書店[273]
	松崎治之	「『桃花源』考―創作動機をめぐって」	『筑紫女学園短期大学紀要』二三	
	芳賀徹	「桃源郷の系譜」	『文学の東西』	放送大学教育振興会
	青野繁治	「『桃源』とフロイト理論」	『求索』第二号	大阪外国語大学中国文学研究会

年	著者	題名	掲載誌	出版社
一九八九	石川忠久	『NHK 漢詩を読む　陶淵明』		日本放送出版協会
	中野美代子	『仙界とポルノグラフィー』		青土社
	松田伸子	「中隠の住まい―陶淵明の住環境をめぐる表現を中心に」	『比較文学研究』五五	東大比較文学会
一九九〇	内山知也ほか	「（シンポジウム）『桃花源記』について」	『新しい漢文教育』一〇	
一九九一	内山知也	「「桃花源記」の構造と洞天思想」	『大東文化大学漢学会誌』三〇（山井教授追悼号）	
	中野美代子	『ひょうたん漫遊録　―記憶の中の地誌―』		朝日新聞社[274]
一九九二	小出貫暎	「「桃花源記」中の「外人」の解釈について」	『漢文教室』一七三	大修館書店
一九九三	村山敬三	「「桃花源記」雑感―洞天思想・藍沢南城・授業実践―」	『漢文教室』一七五	大修館書店
	沼口勝	「陶淵明「乞食」の詩の寓意について」	『中国文化・漢文学会会報』五一	
一九九五	坂口三樹	「桃花源記「外人」贅説」	『漢文教室』一八〇	
一九九六	三浦國雄	「中国人のユートピア」	『わが桃源郷・若杉憲司写真集』[275]	平河出版社
	宮沢正順	「陶淵明と道教について」	『漢文教室』一八二	
一九九七	一海知義	『陶淵明―虚構の詩人―』		岩波書店[276]

年	著者	題名	掲載誌	出版社
	細谷美代子	「「桃花源記」考」	『筑波大学学校教育論集』第二〇号	
一九九八	興膳宏	『風呂で読む　陶淵明』		世界思想社
一九九九	先坊幸子	「六朝「異界説話」と桃源郷」	『中国中世文学研究』三五	広島大学中国中世文学会
	門脇廣文	「陶淵明「桃花源記」小考—従来の理解とその問題点—」	『大東文化大学漢学会誌』三八	
二〇〇〇	和田武司	『陶淵明 伝論—田園詩人の憂鬱—』		朝日新聞社[277]
	上田武	「陶淵明における田園と虚構—「桃花源記」を読む」	『国語教育—研究と実践—』三七	千葉県高等学校教育研究会国語部会
二〇〇一	沼口勝	『桃花源記の謎を解く—寓意の詩人・陶淵明』		日本放送出版協会[278]
	田部井文雄＋上田武	『陶淵明全釈』		明治書院
二〇〇二	松本肇	「唐詩に見る桃花源」	『日本中国学会報』第五四号[279]	
	門脇廣文	「陶淵明「桃花源記」小考—従来の理解とその問題点について・再説—」	『大東文化大学漢学会誌』第四一号	

	門脇廣文	「陶淵明「桃花源記」小考—「洞窟探訪説話」との比較において—」	『六朝学術学会報』第三号	
	門脇廣文	「陶淵明「桃花源記」小考—「世俗」と「超俗」のあいだに—」	『中国読書人の政治と文学』	創文社
二〇〇三	門脇廣文	「陶淵明「桃花源記」「外人」小考—「外人」の解釈史の概要—」	『大東文化大学漢学会誌』第四二号	
	吉田宏志	「安堅筆「夢遊桃源図」をめぐって—朝鮮王朝の桃源郷観を中心に—」	『朝鮮儒林文化の形成と展開に関する総合的研究』	平成11年～14年度科学研究費補助金研究成果報告書
	門脇廣文	「陶淵明「桃花源記」「外人」小考—内山論文「以前」の解釈とその問題点について—」	『新しい漢字漢文教育』第三六号	
	宮崎法子	『花鳥・山水画を読み解く—中国絵画の意味—』	[角川叢書24]	角川書店
	高西成介	「桃花源記」を読む	『漢文教育』第二八号	中国中世文学会
	香山 菜穂	王維と桃源郷—「桃源行」と「桃花源記」を比較して	『長野国文』第一一号	長野県短期大学国語国文学会
二〇〇四	川合康三	「「桃花源記」を読み直す」	『説話論集』第十四集中国と日本の説話II	清文堂出版

年	著者	題名	掲載誌	発行
	門脇廣文	「陶淵明〈桃花源記〉「外人」小考―内山論文「以後」の解釈とその問題点について―」	『六朝学術学会報』第五号	
	小林佳廸	「桃源洞」に見られる「桃花源記」に関する需要の変遷	『恵泉アカデミア』第九号	恵泉女学園大学
	小林佳廸	「桃花源記」の具現化現象―桃源県における文化景観をめぐって	『中国文化』第六二号	中国文化学会
	秋山愛	漢文入門教材の一提案：「桃花源記」を使って（鈴木二千六教授退官記念号）	『学芸国語国文学』第三六号	東京学芸大学
	向嶋成美・坂口三樹・門脇廣文［他］	中国文化学会平成15年度シンポジウム『桃花源記』を読み直す―いくつかのキーワードを軸に 発表要旨	『中国文化』第六二号	中国文化学会
二〇〇七	三浦國雄	安堅「夢遊桃源図」と「桃花源記」	『国学院中国学会報』第五三号	国学院大学中国学会
	中島亜理沙	桃花源記并詩」にみえる陶淵明の理想	『長野国文』第十五号	長野県短期大学日本語日本文学会
二〇〇八	水津有理	梅堯臣「武陵行」にみる叙事の技法	『お茶の水女子大学中国文学会報』第二七号	お茶の水女子大学

年	著者	題名	掲載誌・書名	発行
二〇〇九	門脇廣文	「桃花源記」と「洞窟探訪説話」の登場人物の用きについて―二つの「桃花源記」から読み取れるものの検討の前提として―	『大東文化大学 漢学会誌』第四八号	
	月野文子	漢文教材における問題点：『桃花源記』の訓読とその符号を例に	『文芸と思想』第七三号	福岡女子大学
二〇一〇	門脇廣文	二つの「桃花源記」から読み取れるもの―物語の展開における登場人物の用きの検討から―	『大東文化大学 漢学会誌』第四九号	
二〇一三	川合康三	『桃源郷―中国の楽園思想』	〔講談社選書メチエ〕五五八	講談社
二〇一五	門協廣文	川合康三氏の二篇の論著における「桃花源記」の「外人」に対する理解について	『大東文化大学 漢学会誌』第五十四号	

注

（1）『陶淵明集箋注』袁行霈（中華書局）二〇〇三年。ただ、句読はそのままではない。また、旧体字は新体字に改めた。

（2）正確には「国境の長いトンネルを抜けると雪国であった。」であるが、なぜか一般的には「国境の長いトンネルを抜けるとそこは雪国であった。」として流布している。

（3）魯迅（一八八一～一九三六）は『中国小説史略』において「干宝の書物（『捜神記』のこと――門脇注）に続くものに、『捜神後記』十巻がある。陶潜の撰と題している。その書物は現存し、やはり前者と同じく精霊の奇蹟や妖怪変化のことを記録している。陶潜は、物事に達観した人で、鬼や神々を信じこむ筈がない。多分、その名に託した偽作であろう（続干宝書者、有『捜神後記』十巻。題陶潜撰。其書今具存、亦記霊異変化之事如前記、陶潜曠達、未必拳拳於鬼神、蓋偽托也）」と述べている。訳は今村与志雄訳『中国小説史略』（上）筑摩書房［ちくま学芸文庫］一九九七年に拠った。）」

（4）『新しい漢文教育』一〇、一九九〇年

（5）『大東文化大学漢学会誌』三〇号、一九九一年［山井教授追悼号］

（6）『世界大百科事典 第2版』の「洞天福地」の項目。この項目は稲畑耕一郎氏の担当。

（7）なお、「福地」は「十大洞天、三十六小洞天、七十二福地」とあるように、洞天の下位階層にあるものであるが、本質的に洞天と変わるものではない。

（8）『東方宗教』六一。のちに『中国人のトポス―洞窟・風水・壺中天―』（平凡社、一九八八年［平凡社選書一二七］、および、この書の文庫本版『風水・中国人のトポス』（平凡社、一九九五年［平凡社ライブラリー］）に収められた。

（9）『月刊百科』二五〇。（のちに『中国人のトポス―洞窟・風水・壺中天―』（平凡社、一九八八年［平凡社選書一二七］、および、この書の文庫本版『風水・中国人のトポス』（平凡社、一九九五年［平凡社ライブラリー］）に収められた。）

（10）なお、三浦氏は、一九九六年に「中国人のユートピア」（『わが桃源郷・若杉憲司写真集』平河出版社）なる文章を書き、再度、「桃花源」について論じている。

（11）「桃花源記」を読みなおす」『説話論集』第十四集、清文堂出版社、二〇〇四年

（12）『桃源郷―中国の楽園思想』講談社［講談社選書メチエ］五五八、二〇一三年

(13)「桃花源記旁證」北京大学、北京師範大学中文系教師同学編『陶淵明研究資料彙編』(中華書局(一九六二)所収)

(14)一九七三年の「桃源考」(『駒沢大学外国語部・論集』二)に始まる一連の論考

(15)一九六八年の「陶淵明における「虚構」と現実」(『吉川博士退休記念中国文学論集』筑摩書房)、『陶淵明—虚構の詩人—』(岩波書店［岩波新書(新赤版)五〇五］)などの論著。

(16)ロルフ・スタンの『盆栽の宇宙』(せりか書房、一九八五年(原著は一九四二年に出版された))に示唆はあるようである。しかし、そのことをはっきりと指摘したのは、三浦氏が初めてである。

(17)『大東文化大学漢学会誌』三〇号、一九九一年［山井教授追悼号］

(18)内山氏の原文では、「③」「⑥」のところには番号が入っておらず、「④」のところに「③」が、「⑤」のところに「④」が入っている。文意を考えて改めた。あるいは内山氏の本意でないかも知れない。

(19)実際には第一話の前に「丁令威、本遼東人、学道于霊虚山。後化鶴帰遼、集城門華表柱。時有少年、挙弓欲射之。鶴乃飛、徘徊空中而言曰、『有鳥有鳥丁令威、去家千年今始帰。城郭如故人民非、何不学仙冢纍纍。』遂高上冲天。今遼東諸丁。云其先世有升仙者、但不知名字耳」という「洞窟探訪説話」ではない話があり、第六話の後には「平楽県有山臨水、巌間有両目、如人眼、極大、瞳子白黒分明、名為「目巌」」という「洞窟探訪説話」が第七話として入っている。

(20)上田義文『文学における彼岸表象の研究』(中央公論社、一九五九年)。のちに、『中国小説史の研究』(岩波書店、一九六八年)に収められた。

(21)『囲碁の民話学』(せりか書房、一九七七年)

(22)『翁童論』(新曜社、一九八八年)

(23)『仙界とポルノグラフィー』(青土社、一九八九年)など。

(24)『仙界とポルノグラフィー』(青土社、一九八九年)

(25)おそらく『晋書』に伝のある張華を意識してなされたもの。張華は、二三二年(太和六年)~三〇〇年(永康元年)。三国時代から西晋の政治家。魏、晋に仕えた。字は茂先。范陽方城(今河北省固安県)の人。著書に『博物誌』がある。

(26)「「桃花源記」の構造と洞天思想」(『大東文化大学・漢学会誌』三〇、一九九一年)

（27）唐高宗顕慶中、有蜀郡青城民、不得姓名。嘗採薬於青城山下、遇一大薯薬。劚之深数丈。其根漸大如甕。此人劚之不已。漸深五六丈、而地陷不止。至十丈余。此人堕中、無由而出。仰視穴口、大如星焉。分必死矣。忽旁見一穴、既入、稍大、漸漸匍匐、可数十歩、前視、如有明状。尋之而行。一里余。此穴漸高。繞穴行可一里許、乃出一洞口。洞上有水、闊数十歩。岸上見有数十人家村落、桑柘花物草木、如二三月中。有人男女衣服。不似今人。耕夫釣童、往往相遇。一人驚問得来之由、遂告所以。乃将小舠子渡之。民告之曰、「不食已経三日矣。」遂食以胡麻飯栢子湯諸葅。止可数日、此民覚身漸軽。問其主人、此是何所、兼求還蜀之路。其人相与笑曰、「汝世人。不知此仙境。汝得至此、当是合有仙分。可且留此、吾当引汝謁玉皇。」又其中相呼云、「明日上巳也、可往朝謁。」遂将此人往。其民或乗雲気、或駕龍鶴。此人亦在雲中徒歩。須臾、至一城、皆金玉為飾。其中宮闕、皆是金宝。諸人皆以次入謁。独留此人於宮門外。門側有一大牛、赤色、形状甚異、閉目吐涎沫。主人令此民礼拝其牛、求乞仙道。如牛吐宝物、即便吞之。此民如言拝乞。少頃、此牛吐一赤珠、大踰径寸。民方欲捧接、忽有一赤衣童子拾之而去。民再求、得青珠、又為青衣童子所取。又有黄者白者、皆有童子奪之。民遂急以手捧牛口、須臾得黒珠、遽自吞之。黒衣童子至、無所見而空去。主人遂引謁玉皇。玉皇居殿、如王者之像、侍者七人。冠剣列左右。玉女数百、侍衛殿庭。奇異花果、馨香非世所有。玉皇遂問民。具以実対、而民貪顧左右玉女。玉皇曰、「汝既悦此侍衛之美乎。」民俯伏請罪。玉皇曰、「汝但勤心妙道、自有此等、但汝修行未到、須有功用、不可軽致。」勅左右、以玉盤盛仙果、其果紺赤、絶大如拳、状若世之林檎而芳香無比、以示民曰、「恣汝以手捧之。自其果紺赤起、至恣汝以手捧之止。原作示民曰、「恣汝以手拱之、所得之数也。其果紺赤、絶大如拳、状若世之林檎而芳香無比、自手拱之。今據明鈔本改。所得之数、即侍女之数也。自度尽拱可得十余。遂以手捧之、唯得三枚而已。玉皇曰、「此汝分也。」初至未有位次。且令前主人領往彼処。勅令三女充侍、別給一屋居之。令諸道侶、導以修行。此人遂却至前処、諸道流伝授真経、服薬用気、洗漉塵念。而三侍女亦授以道術。後数朝謁、毎見玉皇。必勉其至意。其地草木、常如三月中。無栄落寒暑之変。度如人間。可一歳余。民自謂仙道已成、忽中夜而歎。左右問。曰、「吾今雖得道、本偶来此耳。来時妻産一女、纔経数日、家貧、不知復如何、思往一省之。玉女曰、「君離世已久、妻子等已当亡、豈可復尋。蓋為塵念未祛。至此誤想。」民曰、「今可一歳矣、妻亦当無恙、要明其事耳。」玉女遂以告諸隣。諸隣共嗟嘆之。復白玉皇。玉皇命遣帰。諸仙等于水上作歌楽飲饌以送之。其三玉女又与之別、各遺以黄金一鋌、曰、「恐至人世、帰求無得、以此為費耳。」中女曰、「君至彼、倘無所見、思帰、吾有薬在金鋌中、取而吞之、可以帰矣。」小女謂曰、「恐君為塵念侵、不復有仙、金中有薬。恐有明鈔本有作不。固耳。吾知君家已無処尋、唯舍東一擣練石尚在、吾已将薬置石下。如金中無、但取此服可矣。」言訖。見一群鴻鵠。天際飛過。衆謂民曰。汝見此否、但従之而去。衆捧民挙之。民亦騰身而上、便至鵠群、鵠亦不相驚擾、与飛空。回顧、猶見岸上人揮手相送、可百来人。乃至一城中。人物甚衆。問其地、乃臨海縣也、去蜀已甚遠矣。遂鬻其金為資糧。経歳乃至蜀。時開元末年、問其家、無人知者。有一人年九十余。云、「吾祖父往年因採薬、不知所之、至今九十年矣。」乃民之孫也、相持而泣、云、「姑叔父皆已亡矣、時所生女適人身死。其孫已年五十余矣。相尋故居、皆為瓦礫荒榛、唯故礎尚在。民乃毀金求薬、将吞之、忽失薬所在。遂挙石、得一玉合、有金丹在焉。即吞之、而心中明了、却記去路。此民雖仙洞得道、而本庸人、都不能詳問其事。時羅天師在蜀。見民説其去処。乃云、「是第五洞宝仙九室之天。玉皇即天皇也。大牛乃馱龍也。所吐珠、赤者吞之、壽与天地斉、青者五万歳、黄者三万歳、白者一万歳、黒者五千歳、此民吞黒者、雖不能学道、但於人世上亦得五千歳耳。玉皇前立七人、北斗七星也。」民得薬、服却入山、不知所之、蓋去帰洞天矣。出『原仙記』。

(28) 長沙醴陵県有小水、有二人乗船取樵、見岸下土穴中水逐流出、有新斫木片、逐流下、深山中有人迹、異之。乃相謂曰、「可試如水中看何由爾。」一人便以笠自障、入穴。穴纔容人。行数十歩、便開明朗然、不異世間。

(29) 「外人考―桃花源記瑣記―」(『漢文教室』四五　一九五九年)

(30) 「『桃花源記』の構造と洞天思想」(『大東文化大学漢学会誌』三〇号、一九九一年〔山井教授追悼号〕)

(31) 「桃花源記」には「外人」という表現が三度見える。そのなかの最初の「外人」をどのように解釈するかについて、一海氏の論考が発表されて以来、論争となっている。しかし、現在のところまだ最終結論が出ているわけではない。この問題を解決するのが「洞窟探訪説話」に見える洞窟の住人の「衣服」についての記載であると、筆者はかんがえている。そのことについて「陶淵明「桃花源記」小考―「外人」について―」(掲載誌未定)なる小論を執筆中である。なお、「洞窟探訪説話」に見える洞窟の住人の「衣服」に着目して論じたものに、坂口三樹氏の「桃花源記「外人」贅説」(『漢文教室』一八〇　一九九五年)がある。しかし、坂口氏は「洞窟探訪説話」のなかの「袁相・根碩」の説話しか取りあげておらず、「桃花源記」を「洞窟探訪説話」群の文脈において検討していない。そのためであろう、まったく反対の結論にいたってしまっている。

（32）「超俗」ということばはふつう「世俗」と対立することばとして用いられてきた。したがって一時的に世俗から離れて山に隠遁した者に対しても、仙人のような超越的な存在に対しても同様に「超俗」を用いて形容する。しかし、一時的には隠遁しているが、時が来れば役人になる、あるいは復帰する者に対しても、役人になることなどすでに眼中になく異界に住んでいる仙人のような存在に対しても、同じ「超俗」ということばで形容して良いものであろうか。このことについては、第二部の第二章で論ずるが、この章ではひとまず、「超俗」を従来の用い方に従って用いておきたい。

（33）「桃花源記」は、『陶淵明集』や『文選』では、「桃花源記幷詩」、あるいは「桃花源詩幷序」と題して、「桃花源詩」とあわせて収録されている。なお、『捜神後記』には「詩」の部分は収録されていない。

（34）角川書店、一九八八年［鑑賞中国の古典⑬］

（35）『吉川博士退休記念 中国文学論集』（筑摩書房、一九六八年）。『陶淵明―虚構の詩人―』（岩波書店、一九九七年）などを参照のこと。

（36）右の注の書

（37）これは、今回論じている主旨から外れることであるが、「外人の為に道ふに足らざるなり（不足為外人道也）」、すなわち「洞窟の外の人には言うまでもないよ」という桃花源の村人このことばは、ふつう「禁止」のことばとされている。それは、それでまちがいないことであろう。しかし、この遠慮がちで微妙なこの言い回しは、論者は、もう少し深い「しかけ」ではないか。つまり、本当に禁止するならもっとストレートで厳格な言い方、例えば「外人の為に道ふ勿かれ（勿為外人道也）」などと表現するはずである。しかし、ここではいかにも遠慮がちな「禁止」になっている。それは、相手に絶対に言わせないようにしようとする「禁止」であるよりも、むしろ「そそのかしている」、あるいは、そそのかしているような言い方をして相手を試している、そのように捉えるべきではないか。そして、「漁人」は、桃花源の村人のそのことばに、まんまと乗せられて、「禁止」の約束をやぶってしまうこととなるのである。そのように読んでこそこの物語のおもしろさが、より見えてくるように思う。

（38）「（シンポジウム）『桃花源記』について」（『新しい漢文教育』一〇号、研文社、一九九〇年）と「『桃花源記』の構造と洞天思想」（『大東文化大学 漢学会誌』三〇号、一九九一年［山井教授追悼号］）に示されたもの。

(39)『比較文学研究』五五 東大比較文学会 一九八九年

(40)『陶淵明集』(日本図書センター、一九七八年)二二九頁。

(41) 現在(二〇一四年九月)のところ最も新しい注釈書である、田部井文雄+上田武の『陶淵明集全釈』(明治書院、二〇〇一年)を例にとると、「少しばかりは、旧友の車を向かわせることもある」と解釈している。しかし、星川清孝氏は一九六五年の『古詩源(下)』(集英社[漢詩大系 五])において、つとに、「わだちの深い大通りから隔たって、世間を避けて閑居している私は、面会の人を謝絶して、昔なじみの友人さえ、度々車をめぐらし返らせたのである」と解釈し、その注において「廻故人車:知人の車を返らせて、面会を謝絶した」と述べている。また、一九六七年の『陶淵明』(集英社[コンパクト・ブックス中国詩人選]。一九九六年に[中国名詩鑑賞]の第一巻『陶淵明』として小沢書店から再刊された)において、「行きどまりの路地(ろじ)にある貧乏な私の家は、車が多く往来する通りの深いわだちから遠く隔っていて、世間を避けて暮らしている私は、人との面会を謝絶して、昔なじみの友人さえ、度々車をめぐらして返り去らせたのである」と解釈し、注において「頗廻故人車:来訪した知人の車をしばしば向きをかえて帰らせた。面会もしないで帰らせたことが多い。文選呂向注に『窮巷の曲、此の大路に隔たりて、少しく(頗の意)能く故人の車を廻(めぐ)らしめて、以て我に過(よぎ)(立寄る)らしむるなり』と解している。これは行き過ぎた車を引き返して廬に来させるというのであるが、窮居は人を避けるのであるからここの廻車は、『墨子車を廻す』(史記)や『車を廻して帰る』(揚雄賦)等の『車を返して帰らせる』意味である。余冠英の『漢魏六朝選』に『故人をして廻り去らしむ』と解するのがよい。淵明全集に菊地耕斎は『カヘセリ』と読んでいる」としている。さらには、一海知義氏は、一九九七年の『陶淵明—虚構の詩人—』(岩波書店[岩波新書 五〇五])において、「頗る故人の車を回(かえ)らしむ」と訓読し、「回」を「かえる」と解釈している。ただ、一海氏は一九五八年の『陶淵明』(岩波書店[中国詩人選集 第四巻])においては、「気の合うなじみの連中は、わざわざ車の向きをかえて、よくこの家を訪ねてくれる」と解釈し、「故人 ふるなじみ、気の合う友人。車を回らすとは車の方向をかえること、ここではわざわざ訪問してくることをいう」と注している。また、一九六八年の『陶淵明・文心雕龍』(筑摩書房[世界古典文学全集 第二五巻])においても、「なじみの車だけよく訪ねて来る」と解釈し、一九五八年の書とまったくおなじように注している。なぜ、一九九七年の著書においては「回(かえ)らしむ」と訓んで従来の解釈を変えたのであろうか。その点については、なにも記されていない。

(42)『桃源郷—中国の楽園思想』（講談社［講談社選書メチエ］五五八、二〇一三年、一七二〜一七三頁）

(43)「〈シンポジウム〉『桃花源記』について」（『新しい漢文教育』一〇号、研文社、一九九〇年）と「『桃花源記』の構造と洞天思想」（『大東文化大学 漢学会誌』三〇号、一九九一年［山井教授追悼号］）に示されたもの

(44)『晋書』巻九十四・隠逸伝に「劉驎之字子驥、南陽人、光祿大夫耽之族也。驎之少尚質素、虚退寡欲、不修儀操、人莫之知。好游山沢、志存遁逸。嘗採薬至衡山、深入忘反、見有一澗水、水南有二石囷、一囷閉、一囷開、水深広不得過。欲還、失道、遇伐弓人、問径、僅得還家。或説囷中皆仙霊方薬諸雑物、驎之欲更尋索、終不復知処也」とある。また、『世説新語』棲逸第十八にも次のように記載されている。「南陽劉驎之、高率善史伝、隠于陽岐。于時苻堅臨江、荊州刺史桓沖将尽訏謨之益、征為長史、遣人船往迎、贈貺甚厚。驎之聞命、便升舟、悉不受所餉、縁道以乞窮乏、比至上明亦尽。一見沖、因陳無用、翛然而退。居陽岐積年、衣食有無常与村人共、値己匱乏、村人亦如之。甚厚為郷閭所安。」

(45)もともとここは字が欠けている。

(46)漢明帝、永平五年、剡県劉晨阮肇、共入天台山取穀皮。迷不得返、経十三日、糧乏尽、饑餒殆死。遥望山上有一桃樹、大有子実、而絶巌邃澗、永無登路。攀縁藤葛、乃得至上。各啖数枚、而饑止体充。復下山、持杯取水。欲盥漱、見蕪菁葉従山腹流出。甚鮮新。復一杯流出、有胡麻飯糝。相謂曰、此必去人径不遠。便共没水、逆流行二三里、得度山、出一大渓辺。有二女子、姿質妙絶。見二人持杯出、便笑曰、劉阮二郎捉向所失流杯来。晨肇不識之、縁二女便呼其姓、如似有旧、乃相見忻喜。問来何晩。因邀還家。其家銅瓦屋、南壁及東壁下、各有一大床。皆施絳羅帳、帳角懸鈴。金銀交錯、床頭各有十侍婢。勅云、劉阮二郎経渉山岨、向雖得瓊実、猶尚虚弊、可速作食。食胡麻飯山羊脯牛肉、甚甘美。食畢行酒。有一群女来。各持三五桃子、笑而言、賀汝壻来。酒酣作楽。劉阮忻怖交并。至暮、令各就一帳宿、女往就之。言声清婉、令人忘憂。至十日後、欲求還去。女云、君已来是、宿福所牽。何復欲還耶。遂停半年。気候草木是春時、百鳥啼鳴、更懐悲思、求帰甚苦。女曰、「罪牽君、当可如何。遂呼前来女子、有三四十人、集会奏楽、共送劉、阮、指示還路。既出、親旧零落、邑屋改異、無相識。問訊得七世孫、伝聞上世入山、迷不得帰。至晋太元八年、忽復去、不知何所。

(47)『晋書』隠逸伝の陶潜伝に「陶潜、字元亮、少懐高尚、博学善属文。」とある。ここの「高尚」は「高潔な節操」という

ような意味であろうが、そのあとに「博学善属文」と続くことからすれば、士大夫の有する「高潔な節操」であることはまちがいない。

(48)「劉驎之字子驥、南陽人、光禄大夫耽之族也。驎之少尚質素、虚退寡欲、不修儀操、人莫之知。好游山沢、志存遁逸。嘗採薬至衡山、深入忘反、見有一澗水、水南有二石囷、一囷閉、一囷開、水深広不得過。欲還、失道、遇伐弓人、問径、僅得還家。或説、囷中皆仙霊方薬諸雑物、驎之欲更尋索、終不復知処也」とある。

(49)「南陽劉驎之、高率善史伝、隠于陽岐。于時苻堅臨江、荊州刺史桓沖将尽訏謨之益、征為長史、遣人船往迎、贈貺甚厚。驎之聞命、便升舟、悉不受所餉、縁道以乞窮乏、比至上明亦尽。一見沖、因陳無用、翛然而退。居陽岐積年、衣食有無常与村人共、値己匱乏、村人亦如之。甚厚為郷閭所安」とある。

(50)上里賢一「陶淵明における虚構のあり方(三)――「桃花源記幷詩」を中心にして――」(『国文学論集(琉球大学法文学部紀要)』二五、一九八一年)

(51)陶淵明の研究にまとめて資料を提供してくれるものに、北京大学、北京師範大学中文系教師同学編『陶淵明研究資料彙編』中華書局(一九六二)がある。

(52)一九六五年に大矢根文次郎は「桃花源記幷詩について」(『東洋文化研究所紀要』六、財団法人無窮会、東洋文化研究所)において、別の分類をおこなっている。その所説は『陶淵明研究』(早稲田大学出版部、昭和四十二年(一九六七年))に収められている。ここでは『陶淵明研究』の第六篇「作品」の「桃花源記幷詩」によって補足しておきたい。この「八 歴代桃源観」に、「桃花源記」に対する従来の考え方について時代順に論じている。まずは、大きく次の四つに分けて論じている。

1　唐・宋の桃源観―桃花源は実在か否か
2　寓言説
3　清の桃源観―実在にして寓言
4　現代中国人の桃源観

「1」の「唐・宋の桃源観―桃花源は実在か否か」は、さらに「神仙観―唐代」「神仙境否定と実在説―宋代」に分けられている。

(53) 上田武「補説―中国における陶淵明像の形成の過程―」(廖仲安著、上田武訳注『陶淵明―中国におけるその人間像の形成過程』汲古書院、一九八七年)

(54) 上田武氏は「山中問答」を「山中にて俗人に答ふ」としている。

(55) 石川忠久『NHK 漢詩を読む　陶淵明』(日本放送出版協会、一九八九年)

(56) 原文は「況仰述千載之前、記殊俗之表。綴片言於残闕、訪行事於故老、将使事不二迹、言無異途、然後為信者、固亦前史之所病。然而国家不廃注記之官、学士絶誦覧之業、豈不以其所失者小、所存者大乎。」訳は竹田晃氏(『捜神記』平凡社[東洋文庫一〇]一九六四)に拠った。

(57) 『中国の文学論』(汲古書院、一九八七年)

(58) 『王安石』[中国詩人選集二集]清水茂、一九六二年五月二十二日、岩波書店、四十三～四十八頁

(59) 「枸杞」も一般的には「仙境」を表す標識であったようである。『羅浮山霊異跡記』に「麻姑壇に枸杞樹あり、時に赤犬ありて樹下に見はる。或は天晴朗なるとき、犬の吠ゆる声を聞く」とある。

(60) 水津有理氏の「梅堯臣「武陵行」にみる叙事の技法」(『お茶の水女子大学中国文学会報』二〇〇八年)の冒頭に同様の指摘がある。また川合康三氏は『桃源郷―中国の楽園思想』(講談社、二〇一三年)の第五章「桃花源」の「2 それぞれの桃花源」において詳細に論じている。

(61) 手許の指導書に「戦乱・クーデター・残虐な簒奪劇と激動する政治を間近に眺めてきた淵明の悲憤の裏返しの結実が「桃花源記」であったかもしれない。当然、淵明個人の資質、老荘思想に傾き、虚構を避けなかったという点も関連しようし、晋の文化的な様相、志怪小説が流行したということも影響して生み出されたユートピアであった。」とある。

(62) 『吉川博士退休記念中国文学論集』筑摩書房

(63) 岩波書店[岩波新書(新赤版)五〇五]

(64) 北京大学、北京師範大学中文系教師同学編『陶淵明研究資料彙編』(中華書局(一九六二)所収)

(65) 原文は「陶淵明「桃花源記」寓意之文、亦紀実之文也。其為寓意之文、則古今所共知、不待詳論。其為紀実之文、則昔

賢及近人雖頗有論者、而所言多誤。故別擬新解、以成此篇。」

(66) 内山知也氏は「「桃花源記」の構造と洞天思想」(『大東文化大学・漢学会誌』三八、一九九一年)において陳寅恪氏の諸説を「考証実在説」として紹介し、この五つの要点を紹介している。ただ、「陳氏の説を簡単に要約すると」として紹介しているのであるが、「総括」したのは陳氏自身であって内山氏ではない。表現に適切さを欠くものと思う。

(67) (甲)真実之桃花源在北方之弘農、或上洛、而不在南方之武陵。
(乙)真実之桃花源居人先世所避之秦乃苻秦、而非嬴秦。

(丙)「桃花源記」紀実之部分乃依拠義熙十三年春夏間劉裕率師入関時戴延之等所聞見之材料而作成。

(丁)「桃花源記」寓意之部分乃牽連混合劉驎之入衡山採薬故事、並点綴以「不知有漢、無論魏晋」等語所作成。

(戊)淵明「擬古」詩之第二首可与「桃花源記」互相印証発明。

(68) 『魏晋南北朝史論叢続編』生活・読書・新和三聯書店、一九五九年

(69) 「桃花源記旁證」に「桃花源事又由劉裕遣戴延之等泝洛水至檀山塢与桃原皇天原二事牽混為一而成。(中略)所謂避秦人之子孫亦桃原或檀山之上「塢聚」中所居之人民而已」とある。なお、『水経注』第十五に「洛水又東逕檀山南、其山四絶孤峙、山上有塢聚、俗謂之檀山塢」とある。

(70) 「塢」…中国語の原義は小さい土手の意であるが、軍事上の防砦や民間人によって築かれた避難設備を指す場合が多い。漢代辺境に置かれた〈塢候〉は前者の例。後者については、王莽時代以後戦乱時に民衆が〈塢壁〉を築いて自衛することが普及した。後漢末や永嘉の乱では天険を利用した山城が作られ、数百家、数千家が集結し塢主(多く豪族層)を推戴して規律ある自給的共同生活を営んだ。このような塢は漢帝国崩壊後の新しい集落形態を示し、〈村塢〉と呼ぶことがある。
(『世界大百科事典』第2版、平凡社、二〇〇六年)

(71) 青土社、一九八九年。

(72) 内山氏が「以上の六話の中から」というのは、『捜神後記』の冒頭の六つの説話のことである。しかし、正確に言えば、この六話の前に一つ話が入っており、それは洞窟探訪の説話ではない。それゆえ、内山氏の言う六話の洞窟探訪説話は、『捜神後記』では、第二話から第七話までの六つの説話のことである。また、内山氏はここで第七番目までの説話しか取

り上げていないが、第八番目には、「始興機山」の説話があり、そこに「洞窟」を意味する「石室」という言葉が出てくる。たしかに「石室」には入っていかないので「洞窟探訪説話」とは言えないかも知れない。しかし、一種の「洞窟説話」とは言えるのではないだろうか。

(73)「重なるものは」は「主なるものは」の誤りか。

(74) 内山氏の原文では、「③」「⑥」のところには番号が入っておらず、「④」のところに「③」が、「⑤」のところに「④」が入っている。文意を考えて改めた。あるいは内山氏の本意でないかも知れない。

(75) 内山氏の「「桃花源記」の構造と洞天思想」(『大東文化大学・漢学会誌』三八、一九九一年)

(76) 大矢根文次郎『陶淵明研究』(早稲田大学出版部、一九六七年)第六篇「作品」の「桃花源記幷詩」に詳しく述べられている。

(77)「世俗」が一般社会を指すのではなく、官僚社会を指すことは、小尾郊一『中国の隠遁思想』(中央公論社、一九八八年[中公新書九〇二])に詳しい。

(78) 原文は、「続干宝書者、有『捜神後記』十巻。題陶潜撰。其書今具存、亦記霊異変化之事如前記、陶潜曠達、未必拳拳於鬼神、蓋偽托也。」訳は今村与志雄訳『中国小説史略』(上)筑摩書房[ちくま学芸文庫]一九九七年に拠った。

(79) 内山知也ほか「(シンポジウム)『桃花源記』について」(『新しい漢文教育』一〇、一九九〇年)

(80) 大矢根文次郎『陶淵明研究』(早稲田大学出版部、一九六七年)の第六篇「作品」の「桃花源記幷詩」に詳しい。

(81)「桃花源記幷詩」であるのか、「桃花源詩幷序」であるのかについては、大矢根文次郎氏の『陶淵明研究』(早稲田大学出版部、一九六七年)に詳しい。

(82)『陶淵明』岩波書店、一九五八年[中国詩人選集第四巻]

(83)『陶淵明—虚構の詩人—』岩波書店、一九九七年[岩波新書(新赤版)五〇五]

(84) 岩波書店[岩波新書(新赤版)五〇五]

(85) 前野直彬編訳『六朝・唐・宋小説選』(平凡社、一九六八年[中国古典文学大系二四])なお、原文は次のようである。

嵩高山北有大穴、莫測其深。百姓歳時遊観。晋初嘗有一人、誤堕穴中。同輩冀其儻不死、投食于穴中。墜者得之、為尋穴而行。計可十余日、忽然見明。又有草屋、中有二人、対坐圍棊。局下有一杯白飲。墜者告以飢渇。棊者曰、可飲此。遂飲之、気力十倍。棊者曰、汝欲停此否。墜者不願停。棊者曰、従此西行有天井、其中多蛟龍。但投身入井、自当出。若餓、取井中物食。墜者如言、半年許、乃出蜀中。帰洛下、問張華。華曰、此仙館大夫。所飲者瓊漿也。所食者龍穴石髄也。

(86)「心好異書、性楽酒徳、簡棄煩促、就成省曠。」とある。

(87) 藤野岩友ほか編著『中国文学小事典』（高文堂出版社、一九八二年）

(88)『捜神記』（平凡社、一九六四年〔東洋文庫一〇〕）

(89) 岩波書店〔岩波新書（新赤版）五〇五〕

(90)「重華一去寧復得、天下紛紛経幾秦」書き下し文、訳文は清水茂『王安石』（岩波書店、一九六二年〔中国詩人選集二集四〕）に拠った。

(91)『陶淵明』岩波書店、一九五八年〔中国詩人選集第四巻〕の解説のことば。

(92) 同右

(93)「（シンポジウム）『桃花源記』について」（『新しい漢文教育』一〇、研文社、一九九〇年）における堀江忠道氏の発言。

(94)「（シンポジウム）『桃花源記』について」（『新しい漢文教育』一〇、研文社、一九九〇年）における石川忠久氏の発言。

(95) 高橋稔氏の五篇の論考は、次の通りである。

①一九七三年の「桃源考」（『駒沢大学外国語部 論集』二）

②一九八二年の『六朝唐小説集』（学習研究社）での「解説　六朝志怪について」

③一九八三年に発表された「桃源伝説と桃花源記」（『学習院女子短期大学紀要』二一）

④一九八七年の「『捜神記』序——伝承の記録と創作の起こりとの関係——」（『中国の文学論』汲古書院）

⑤一九八八年の『中国説話文学の誕生』（東方書店）の第九章「創作説話の起こりについて」

(96)『隋書』経籍志には『武陵記』は見えない。

(97) せりか書房、一九七七年
(98) 『漢魏叢書』に梁の任昉撰の『述異記』が収められている。しかし、森野繁夫氏の「任昉述異記について」(『中国文学報』一三、一九六〇年)によれば、後世の偽作とのことである。また、『隋書』経籍志には「『述異記』十巻 祖冲之撰」と記載されており、南朝斉の祖冲之(四二九〜五〇〇)の撰とされている。両者は別の書だと考えられる。
(99) 『唐前志怪小説史』(南開大学出版社、一九八四年)
(100) この点は、論者もそのように考えているが、状況証拠からそのように推測しているだけで、何らかの確たる証拠があるわけではない。
(101) 内山氏の原文では、「③」「⑥」のところには番号が入っておらず、「④」のところに「③」が、「⑤」のところに「④」が入っている。文意を考えて改めた。あるいは内山氏の本意でないかも知れない。
(102) 正確に言えば、すでに述べたように、三浦國雄氏が一九八三年に二篇の論考ですでに指摘している。したがって、本来なら、一九八三年以降の論考はすべてある意味で批判されなければならないだろう。しかし、三浦氏の論考は「洞天思想」そのものについて論じることに重点があり、「桃花源記」を直接論じるものではなかった。また、その題名に「桃花源記」あるいは「陶淵明」という言葉が記されていなかったので、陶淵明の研究者の目に留まらなかったのも仕方のないことだったかも知れない。
(103) 「(シンポジウム)『桃花源記』について」(全国漢文教育学会『新しい漢文教育』一〇、研文社、一九九〇年)
(104) 「外人考―桃花源記瑣記―」(『漢文教室』四五、大修館書店、一九五九年)
(105) 『東光』五、弘文堂、一九四八年[狩野直喜先生永逝記念]
(106) 弘文堂、一九四八年
(107) 「(シンポジウム)『桃花源記』について」(全国漢文教育学会『新しい漢文教育』一〇、研文社、一九九〇年)
(108) 『大東文化大学漢学会誌』三〇号[山井教授追悼号]
(109) [岩波文庫 赤8―2]。なお(上)も一九九〇年に出版された。
(110) 朝日新聞社

(111)「陶淵明」の部分を一海氏が執筆。なお『文心雕龍』の部分は興膳宏氏。
(112)岩波書店［岩波新書（新赤版）五〇五］
(113)既出
(114)［NHKブックス910］
(115)「（シンポジウム）『桃花源記』について」（全国漢文教育学会『新しい漢文教育』一〇、研文社、一九九〇年）
(116)『大東文化大学漢学会誌』三〇号［山井教授追悼号］
(117)『漢文教室』一七三、大修館書店
(118)『漢文教室』一七五、大修館書店
(119)『漢文教室』一八〇、大修館書店
(120)『魏晋南北朝小説詞語匯釈』（語文出版社、一九八八年）
(121)『陶淵明詩選』（遠流出版公司、一九八八年［中国歴代詩人選集］④）
(122)『陶淵明集訳注』（文津出版、一九九四年）
(123)『たのしみを詠う陶淵明』（汲古書院、二〇〇五年）の「付録三」
(124)松枝茂夫・和田武司訳注『陶淵明全集』（下）一九九〇年。一五九頁
(125)松枝茂夫・和田武司訳注『陶淵明全集』（下）一九九〇年。一六二頁
(126)漢語大詞典出版社、一九九〇年
(127)「外人考―桃花源記瑣記―」（『漢文教室』四五、大修館書店、一九五九年）二〇頁
(128)『漢文教室』四五、大修館書店
(129)『陶淵明集校箋』（上海古籍出版社、一九九六年）
(130)『語文学習』五六号（中国青年出版社、一九五六年）
(131)『陶詩滙評』
(132)『漢文教室』第一八二号（大修館書店、一九九六年）

(133) 前後の原文は次の通り。「『桃源記』、晋太康中、武陵漁人黄道真、泛舟自沅泝流而入、見山中桃花夾岸、落英繽紛、睹一石洞涓涓流中吐、寒声漱玉、居室蟬聯、池亭連貫、雖男冠女服、略同於外、然所服鮮潔、顔色為燦然。見道真甚悦、遞邀至家、為具酒食、問今所歴代、道真具以実告、衆皆感歎曰、何人世之多遷貿也。道真辞出、他日復尋花源之路、乃迷不復見矣。」

(134) 『語文学習』五六号（中国青年出版社、一九五六年）

(135) 「外人考―桃花源記瑣記―」（『漢文教室』四五、大修館書店、一九五九年）二〇頁

(136) 「（シンポジウム）『桃花源記』について」（全国漢文教育学会『新しい漢文教育』一〇、研文社、一九九〇年）

(137) 「桃花源記序」『東光』五（弘文堂、一九四八年［狩野直喜先生永逝記念］）

(138) 『陶淵明詩解』（弘文堂、一九四八年）

(139) 『陶淵明集・王右丞詩集』（国民文庫刊行会、一九二二年）

(140) 『陶淵明詩訳注』（東門書店、一九五一年）

(141) 『陶淵明全集』（岩波書店、一九九〇年［岩波文庫 赤8―2］）

(142) （『陶淵明全集』（下）松枝茂夫・和田武司訳注、岩波書店［岩波文庫］赤8―2、一九九〇年）

(143) 『陶淵明集校箋』（上海古籍出版社、一九九六年）

(144) 一例をあげれば「五柳先生伝」の最後の賛の部分には五柳先生を称えて太古の伝説上の帝王と比較して「無懐氏之民歟、葛天氏之民歟」と述べている。

(145) 漁舟逐水愛山春、両岸桃花夾去津。坐看紅樹不知遠、行尽青渓不見人。山口潜行始隈隩、山開曠望旋平陸。遥看一処攅雲樹、近入千家散花竹。樵客初伝漢姓名、居人未改秦衣服。居人共住武陵源、還従物外起田園。月明松下房櫳静、日出雲中鶏犬喧。驚聞俗客争来集、競引還家問都邑。平明閭巷掃花開、薄暮漁樵乗水入。初因避地去人間、及至成仙遂不還。峡裏誰知有人事、世中遥望空雲山。不疑霊境難聞見、塵心未尽思卿県。出洞無論隔山水、辞家終擬長游衍。自謂経過旧不迷、安知峰壑今来変。当時只記入山深、青渓幾曲到雲林。春来遍是桃花水、不弁仙源何処尋。

(146) 「では」は衍文か。

(147) 内山氏の論考のちょうど十年前、一九八一年にすでに、「陶淵明における虚構のあり方（三）―「桃花源記幷詩」を中心にして―」（『国文学論集（琉球大学法文学部紀要）』二五）において、上里賢一氏は従来の諸説の整理を行っていた。その結果は内山氏とほぼ同じである。①神仙境を描いた、いわゆる神仙譚。②実在する桃源郷について、実際に語り伝えられている話を記録したもの。③作者が、桃源物語にかこつけて、現実社会についての思いをほのめかした、いわゆる寓意である。④実際の話を記録したもの（紀実）であると同時に寓意である。

(148) 廖仲安著、上田武訳注『陶淵明―中国におけるその人間像の形成過程』（汲古書院、一九八七年）の上田氏の〔補説一六〕に詳しい説明がある。

(149) 「唐詩に見る桃花源」（『日本中国学会報』第五四号、二〇〇二年）。後に『唐代文学の視点』（研文出版、二〇〇六年）に収められた。

(150) 「梅堯臣「武陵行」にみる叙事の技法」『お茶の水女子大学中国文学会報』第二七号

(151) 『漢文教室』一八〇、大修館書店

(152) 『漢文教室』一七五、大修館書店、一九九三年

(153) 「似た」のところ坂口氏の原文では「展た」となっている。誤植であろう。

(154) 個人を超える集団（家族・社会・国家・民族など）の秩序を支えたり、それへの帰属を理解する観念。また共同で作り上げる精神の成果（宗教・イデオロギーなど）も、こう呼ばれる。（『大辞林』第三版、三省堂、二〇〇六年）

(155) 『漢文教室』一七三、大修館書店

(156) 説話と説話文学の会編『説話論集』第十四集―中国と日本の説話Ⅱ―（清文堂出版社）

(157) 〔講談社選書メチエ〕五五八、一七二～一七三頁

(158) 『陶淵明集・王右丞詩集』国民文庫刊行会、一九二二年。のちに『陶淵明集』として日本図書センターから再版された。一九七八年、二二九頁。

(159) 「外人考―桃花源記瑣記―」（『漢文教室』四五、大修館書店、一九五九年）

(160) 「桃花源記序」（『東光』五、弘文堂、一九四八年〔狩野直喜先生永逝記念〕）

(161)『陶淵明詩解』(弘文堂、一九四八年)
(162)『陶淵明詩訳注』東門書店、一九五一年。後に北九州中国書店から再版された。一九八一年、四九〜五〇頁。
(163)この点については、本書の第二部「洞窟探訪説話と「桃花源記」」の第一章「洞窟探訪説話との関係について」の八「異界にいる人物の服装」で論じてあるので、ぜひ合わせてお読みいただきたい。
(164)「著書」では「服装が世間一般のそれと異なってはいながら、異界らしい異常性にまでは及ばないことを伝えるのに、「悉く外人の如し」という言い方はまことにふさわしい」となっている。
(165)『漢文教室』一七三、大修館書店、一九九二年
(166)一例をあげれば「五柳先生伝」の最後の賛の部分には五柳先生を称えて太古の伝説上の帝王と比較して「無懐氏之民歟、葛天氏之民歟」と述べている。
(167)『陶淵明集箋注』中華書局、二〇〇三年
(168)北九州中国書店、一九八一年、四九〜五〇頁。
(169)『陶淵明集箋注』袁行霈〔中華書局〕二〇〇三年。ただ、旧体字は新体字に改めた。
(170)『人間にとって』(新潮社、一九七九年)一二三頁。
(171)宋淳熙重雕鄱陽胡氏蔵版『文選李善注六十巻』(芸文印書館(台湾)民国六十三(一九七四)年五月)第十六巻、第十八葉。
(172)『陶淵明詩訳注』(北九州中国書店、一九八一年)四九〜五〇頁。斯波六郎氏には『中国文学における孤独感』(岩波書店一九五六年二月)という著作があり、その陶淵明の章にも同趣旨の記述が見られる。
(173)小此木啓吾『対象喪失―悲しむということ』(中央公論社、一九七九年〔中公新書五五七〕)
(174)『文選』巻二十一。習習籠中鳥、挙翮触四隅。落落窮巷士、抱影守空廬。出門無通路、枳棘塞中塗。計策棄不收、塊若枯池魚。外望無寸禄、内顧無斗儲。親戚還相蔑、朋友日夜疏。蘇秦北游説、李斯西上書。俯仰生栄華、咄嗟復彫枯。飲河期満腹、貴足不願余。巣林棲一枝、可為達士模。
(175)「景」の字義については、小川環樹氏の「中国の文字における風景の意義」(『風と雲』朝日新聞社、一九七二年)に詳

細に言及されている。

(176)『文選』巻十六、賦、哀傷

(177)『後漢書』董祀妻伝。

(178)このことについては、岡村貞雄「蔡琰の作品の真偽」(『日本中国学会報』第二三集、一九七一年、二〇〜三五頁)に詳しい。

(179)哀時命者厳夫子之所作也。(中略)忌哀屈原受性忠貞、不遭明君、而遇暗世。斐然作辞、歎而述之。故曰哀時命也。(章句)

(180)もとは「荘忌」。姓の「荘」が後漢明帝の名であるため、『漢書』等では諱を避けて「厳忌」と表記している。

(181)『文選』巻二十六

(182)少無適俗韻、性本愛丘山。誤落塵網中、一去十三年。羈鳥恋旧林、池魚思故淵。開荒南野際、抱拙帰園田。

(183)「魏晋風度及文章与薬及酒之関係」(『而已集』人民文学出版社、一九七三年〔魯迅作品集〕)

(184)「形」の考え方に類する表現には「中觴縦遥情、忘彼千載憂。且極今朝楽、明日非所求」(済斜川)があり、「影」の考え方に類する表現には「匪道曷依匪善奚敦」(栄木)がある。また、「神」の考え方に類する表現には「窮通靡攸慮、憔悴由化遷」(歳暮和長常侍)がある。

(185)岩波書店、一九九七年〔岩波新書五〇五〕

(186)陶淵明の同時代人で「誄」を書いた顔延之は別にして、陶淵明を最も早い時期に最も高く評価したのはやはり自ら陶淵明の詩文集を編纂し、それに序文を冠し、また「伝」を書いた昭明太子蕭統であった。

(187)黄文煥『陶詩析義』巻四に「十三首中、初首為総冒、末為総結、余皆分詠「玉台」、「玄圃」、「丹木」、超然作俗外之想、興古帝之思」とある。また、徐魏も「『読山海経』詩共有十二首。是作者読『山海経』、『穆天子伝』等書後所詠、其中多借古詠今。第一首是総冒、末首長総結、其他各篇都是分詠書中所記的奇異事物、云々。」(『陶淵明詩選』三聯書店(香港)一九八二年六月)と述べている。

(188)『選詩補註』巻五

(189) 清、邱嘉穂『東山草堂陶詩箋』巻四

(190) 大矢根文次郎『陶淵明研究』（早稲田大学出版部、一九六七年）七七六頁。

(191) 『文選』巻三十には「雑詩」の題で二首収められている。

(192) 高木正一『鍾嶸詩品』（東海大学出版会、一九七八年）二五四頁。

(193) 鍾嶸『詩品』陶淵明評に「宋徴士陶潜、其源出於応璩、又協左思風力、文体省静、殆無長語、寓意真古、辞典婉惬」とある。

(194) 高木正一『鍾嶸詩品』（東海大学出版会、一九七八年）二五四頁。

(195) 松枝茂夫＋和田武司両氏は、李長之の『陶淵明伝論』の翻訳である『陶淵明』（筑摩書房、一九六六年）においても、また、最近の著作である『隠逸詩人陶淵明』（集英社、一九八三年［中国の詩人 第二巻］）においても、このように訓んでいる。

(196) 「迴」を使役に訓めば、このようにも訓みうる。事実、中国人の注釈には、そのように解しているものがある。例えば、余冠英は「常使故人回車而去」（『漢魏六朝詩選』人民文学出版社、一九七八年［中国古典文学読本叢書］）と「使」を付け加えて注している。

(197) 『陶淵明集』（中華書局（北京）、一九七九年）一三三頁。都留春雄氏は、『陶淵明』（筑摩書房、一九七四年［中国詩文選 第11巻］）において、「「窮巷」は「園田の居に帰りて」詩参照。（中略）昔、楚王の使者が、多額の金子をたずさえ、隠者接輿に仕官を促して帰った。接輿の妻は、やがて帰宅してそれを悟り、暗に仕官を諫めての言葉に、「門外の車軼（轍）、何ぞ其れ深きや」とある（「韓詩外伝」）。それをふまえたのが、ここの「深轍」。それを隔つというのは、「園田の居に帰りて」の「車馬の喧無し」というのに近い表現。俗世である官界とは、交渉がない意である。暗にそれらを拒否する意を含むであろう」とていねいに説明している。また、「「園田の居に帰りて」詩参照」となっている部分は、「「窮巷」は、行きづまりの露地。貧しい意味をも、窮字は含む」とある。

(198) 『陶淵明詩箋注』（芸文印書館、一九七四年）一六三頁。

(199) 『陶淵明評論』（中華文化出版事業委員会（台北）、一九五七年）。後に、一九七八年に東大印書公司（台北）から再版さ

れた。

(200) 全十八巻（清康熙年間刊）の巻十一。後に、呉淇著、汪俊点校で二〇〇九年に廣陵書社から出版された。
(201) 人民文学出版社、一九七八年［中国古典文学読本叢書］、一九六頁。
(202) 中華書局（北京）、一九七九年、一三三頁。
(203) 上海古籍出版社、一九八一年、七六頁。
(204) 人民文学出版社、一九八一年、八〇頁。
(205) 三聯書店（香港）、一九八二年、一三〇頁。
(206) 上海古籍出版社、一九八三年、上―八四頁。
(207) 中華書局、二〇〇三年。
(208) 『陶淵明集』（日本図書センター、一九七八年）二二九頁。もとは一九二二年に国民文庫刊行会から刊行された。
(209) 『陶淵明詩訳注』（北九州中国書店、一九八一年、再版）三四九頁。もとは一九五一年に東門書店から刊行された。
(210) 『陶淵明』（岩波書店、一九五八年［中国詩人選集 第四巻］）一五一～一五三頁。一海知義氏は、『陶淵明 文心雕龍』（筑摩書房、一九六八年［世界古典文学全集 第二十五巻］）の一四〇頁においても、ほとんど同じように述べている。また、一海氏は、『漢魏六朝詩集』（平凡社、一九七二年［中国古典文学大系第十六巻］）において、「露地裏は重い事のわだちを遠ざけ、なじみの事だけよく訪ねて来る」と訳している。
(211) 『陶淵明研究』（早稲田大学出版部、一九六七年）
(212) 『陶淵明』（筑摩書房、一九七四年［中国詩文選 第11巻］）二五六～二五八頁。
(213) 『文選（詩騒篇）四』（集英社、一九七四年［全釈漢文大系 第二十八巻］）三七四～三七五頁。
(214) 『隠逸詩人陶淵明』（集英社、一九八三年［中国の詩人 第二巻］）一五五～一五六頁。松枝＋和田両氏は、李長之『陶淵明伝論』の翻訳書『陶淵明』（筑摩書房、一九六六年）一六九～一七〇頁においても同様に解釈している。
(215) 『陶淵明集』（岩波書店、一九二八年［岩波文庫］漆山又四郎が訳注、幸田露伴校閲）一七七頁。
(216) 一六一八～一六八三。江戸時代前期の儒者、医師。元和四年八月六日生まれ。菊池元春の子。林羅山に漢籍を、野間玄琢に医学をまなぶ。筑後（福岡県）久留米藩、薩摩鹿児島藩につかえた。天和二年十二月八日死去。享年六十五。京都出身。名は武勻。字は東勻。著作に『七書講義通考』『本朝歴代名臣伝』などがある。

(217) 寛文四年（一六六四年）武村三郎兵衛刊

(218) 『陶淵明伝』、最初一九五五年に「新潮」に連載され、一九五六年に「新潮叢書」として、さらに一九五八年に「新潮文庫」として刊行された。のち一九七四年に『吉川幸次郎全集第七巻』（筑摩書房）に収められた。四二二頁。

(219) 一九五八年の「新潮文庫」版と昭和三十三年、一九七四年の『吉川幸次郎全集第七巻』版。

(220) 『漢魏六朝詩選』（人民文学出版社、一九七八年［中国古典文学読本叢書］）

(221) 『詩学と文化記号論—言語学からのパースペクティブ—』（筑摩書房、一九八三年）七頁。

(222) 『陶淵明集』（中華書局（北京）、一九七九年）および『陶淵明詩文選注』（上海古籍出版社、一九八一年）より引用した文章を参照のこと。

(223) 『文選』巻二十六所収。

(224) 顔延之「陶徴士誄」（『文選』巻五十七所収）に「深心追往、遠情逐化。自爾介居、及我多暇。伊好之洽、接閻鄰舎、宵盤昼憩、非舟非駕。（心を深くして往を追い、情を遠くして化を逐ふ。爾の介居せし自り、我が暇多きに及ぶ。伊れ好の洽き、閻を接し舎を鄰にす。宵は盤み昼は憩い、舟に非ず駕に非ず）」とある。

(225) 『文選（詩篇下）』（明治書院、一九七二年［新釈漢文大系 第14巻］）三八三～三八四頁。

(226) 『六朝選詩定論』全十八巻（清康熙年間刊）

(227) 斉荘公出猟、有一虫挙足将搏其輪。問其御曰、「此何虫也。」御曰、「此是螳螂也。其為虫、知進而不知却、不量力而軽敵。」荘公曰、「此為人而必為天下之勇武矣。」回車而避之。

(228) 『文選』巻八所収。

(229) 『文選』巻七所収。

(230) 『文選』巻三十九所収。

(231) 『淮南子』の原文は「曾子立廉」となっている。

(232)『文選』巻四十二所収。
(233)『文選』巻四十二所収。
(234)「擬古二首之一」。『文選』巻三十一所収。
(235)『文選』巻二十九所収。
(236)『文選』巻八所収。
(237)『文選』巻五十六所収。
(238)『文選』巻十五所収。
(239)『文選』は「反」となっているが、『曹子建集』では「及」になっているテキストもある。しかしながら、「迴軌」が車の向きを百八十度回転させて帰って去くという表現であることは、その文脈からして、間違いない。
(240)五色令人目盲、五音令人耳聾、五味令人口爽、馳騁田猟令人心発狂、難得之貨令人行妨、是以聖人為腹不為目、故去彼取此。
(241)陶淵明の詩文の引用には、陶澍注『陶靖節集往』（太平書局（香港）、一九六四年）を用いた。
(242)第十三首も『山海経』『穆天子伝』に記述された事柄を全く含んでいない。したがって第一首と同様に他の詩に対して相対的に自立しており、第一首をプロローグとすれば、第十三首はエピローグに相当する。
(243)『陶淵明研究』（早稲田大学出版部、一九六七年）七七六頁。
(244)「陶淵明伝」（『吉川幸次郎全集』第七巻、筑摩書房、一九七四年）
(245)右の注の書。
(246)「五柳先生伝」に「好読書、不求甚解。毎有会意、便欣然忘食」とある。
(247)「飲酒二十首」第七首に「秋菊有佳色、裛露掇其英、汎此忘憂物、遠我遺世情」とある。
(248)丁福保『陶淵明詩集注』（重文印書館（台北）一九七四年、四版）一六三頁。
(249)『陶淵明 文心雕龍』（筑摩書房、一九六八年〔世界古典文学全集 第二十五巻〕）一四〇頁。
(250)「辛丑歳七月赴假還江陵夜行塗口」詩に「閒居三十載、遂与塵事冥」とある。

(251)「於王撫軍坐送客」「与殷晋安別」「贈羊長史」「歳暮和張常侍」「和胡西曹示顧賊曹」などの詩は、詩題にすでにそれを読み取ることができる。
(252) 岩波書店、一九五八年〔中国詩人選集　第四巻〕
(253) 新潮社、一九五八年〔新潮文庫〕
(254) 佐藤保訳、大修館書店、一九七二年
(255) 一つの班はおおむね後期課程の院生一名、前期課程の院生一名、学部生一名で構成されていた。
(256)『陶淵明集』では「読山海経十三首」となっており、『文選』に採られているのはその第一首である。
(257) 日本放送出版協会、一九七四年〔NHKブックス二二四〕
(258) 創文社、一九九六年〔中国学芸叢書〕
(259)『文心雕龍の研究』創文社、二〇〇五年〔創文社東洋学叢書〕
(260)『二十四詩品』明徳出版社、二〇〇〇年〔中国古典新書続編〕
(261)〔岩波文庫〕、漆山又四郎が訳注をつけ、幸田露伴が校閲したもの。
(262) 一九八一年に北九州中国書店から再版された。
(263) 後に『中国小説史の研究』（岩波書店、一九六八年）に収められた。
(264) 一九九六年に『陶淵明』〔中国名詩鑑賞1〕として小沢書店から再版された。
(265) 二〇〇〇年に『帰去来の思想—陶淵明ノート 増補版』として、いくらかの文章を加えて再版された。
(266) のちに『中国人のトポス—洞窟・風水・壺中天—』（平凡社、一九八八年〔平凡社選書一二七〕、および、この書の文庫本版『風水・中国人のトポス』（平凡社、一九九五年〔平凡社ライブラリー〕）に収められた。
(267) のちに『中国人のトポス—洞窟・風水・壺中天—』平凡社〔平凡社選書一二七〕一九八八年、および、この書の文庫本版『風水・中国人のトポス』平凡社〔平凡社ライブラリー〕一九九五年に収められた。
(268) のちに『中国人のトポス—洞窟・風水・壺中天—』平凡社〔平凡社選書一二七〕一九八八年、および、この書の文庫本版『風水・中国人のトポス』平凡社〔平凡社ライブラリー〕一九九五年に収められた。

(269) 後に、中央公論社、一九八八年［中公文庫］に収められた。
(270) 廖仲安著、上田武訳注『陶淵明—中国におけるその人間像の形成過程』汲古書院、第九章
(271) ［中公新書九〇二］
(272) ［東方選書一七］
(273) ［鑑賞中国の古典一三］
(274) ［朝日選書四二五］
(275) 後に『不老不死という欲望—中国人の夢と実践—』（人文書院、二〇〇〇年）に収められた。
(276) ［岩波新書（新赤版）五〇五］
(277) ［朝日選書六五三］
(278) ［ＮＨＫブックス九一〇］
(279) 後に『唐代文学の視点』（研文出版、二〇〇六年）に収められた。

門脇廣文（かどわき　ひろふみ）
一九五〇年神戸市生まれ
大東文化大学文学部教授（二〇一七年四月より
大東文化大学学長）
著訳書　『文心雕龍の研究』（創文社）、『二十四詩品』（明徳出版社）、『中國美學範疇辭典譯注』（共訳、大東文化大学人文科学研究所）
など

洞窟の中の田園
―そして二つの「桃花源記」

二〇一七年二月一七日　第一版第一刷印刷
二〇一七年二月二八日　第一版第一刷発行

定価［本体八五〇〇円＋税］

著　者　門　脇　廣　文
発行者　山　本　實
発行所　研文出版（山本書店出版部）
〒101-0051
東京都千代田区神田神保町二-七
TEL03(3261)9337
FAX03(3261)6276
印　刷　モリモト印刷
製　本　大口製本

ISBN978-4-87636-418-3